Au fil du rasoir

KARIN SLAUGHTER

Au fil du rasoir

thriller

Traduction de l'anglais (Etats-Unis) par
PAUL THOREAU

Harper
Collins
POCHE

Titre original : KISSCUT

Ce livre est publié avec l'aimable autorisation de HarperCollins Publishers, LLC, New York, U.S.A.

HARPERCOLLINS FRANCE

83-85, boulevard Vincent-Auriol, 75646 PARIS CEDEX 13
Tél. : 01 42 16 63 63

www.harpercollins.fr

ISBN 979-1-0339-0101-3

Pour Doris Smart,
qui aimait l'équipe de football d'Auburn et
la lecture — dans cet ordre.

Samedi

UN

« *Dancing Queen* ». Sara Linton fredonnait en se frayant un passage sur l'extérieur de la piste de patin à roulettes.

Young and sweet, only seventeen.

Elle entendit le frottement métallique des roues contre le revêtement, sur sa gauche, et se retourna juste à temps pour rattraper un petit gamin avant qu'il ne vienne s'écraser contre elle.

« Justin ? », s'étonna-t-elle, car elle venait de reconnaître le garçonnet de sept ans. Elle le releva en le tenant par le pan de sa chemise, et les chevilles du gamin, montées sur ses patins à roulettes, tricotèrent dans tous les sens.

« Salut, docteur Linton », réussit à dire Justin, entre deux halètements. Il voulait lever le nez vers elle, mais son casque était trop grand pour son tour de tête, et il le ramena en arrière, plusieurs fois de suite.

Elle lui rendit son sourire, en se retenant de rire.

« Salut, Justin.

— A mon avis, cette musique, ça doit vous plaire, non ? Ma maman, elle aime bien, elle aussi. »

Il la fixait du regard, les lèvres légèrement entrouvertes. Comme presque tous ses patients, Justin paraissait un peu stupéfait de la croiser en dehors de la clinique. Parfois, elle se demandait si les gens ne l'imaginaient pas habitant dans le sous-sol de l'établissement, attendant leurs rhumes et leurs fièvres rien que pour pouvoir les examiner.

« En tout cas… » Justin repoussa de nouveau son casque en arrière, en se flanquant un coup sur le nez avec sa coudière… « Je vous ai vue, vous avez chanté.

— Tiens », fit Sara, en se penchant pour lui régler sa jugulaire. La musique sur la piste était si forte qu'elle sentait les basses vibrer dans la boucle de plastique qu'elle resserra sous le menton de Justin.

« Merci », brailla le garçon, puis, sans raison apparente, il fit mine de poser les mains sur son casque. Ce geste le déséquilibra, il trébucha, se cramponna à la jambe de Sara.

Elle l'empoigna de nouveau par la chemise et ils s'acheminèrent en tandem vers la rambarde de protection qui ceinturait la piste. Après avoir essayé à son tour une paire de rollers en ligne, Sara avait plutôt préféré s'en tenir à une paire à quatre roues, car elle n'avait pas envie de se retrouver sur les fesses devant la moitié de la ville.

« Ouah ! » Justin fut pris d'un fou rire, se rattrapa en s'affalant des deux bras sur la rambarde. Il avait les yeux baissés sur les patins de Sara. « Mais vous avez des pieds énormes ! »

A son tour, elle baissa les yeux sur ses patins, et sentit la rougeur de la honte lui monter au visage. Depuis qu'elle avait sept ans, on la taquinait sur la taille de ses pieds. Et depuis près de trente ans qu'elle entendait ce genre de remarque, elle éprouvait encore le besoin pressant d'aller se cacher sous son lit, avec une glace nappée de chocolat.

« Vous avez mis des patins de garçon ! », hurla Justin d'une voix perçante, en lâchant la rambarde pour pointer du doigt ses patins noirs. Elle le rattrapa juste avant qu'il ne heurte le sol.

« Mon cœur, lui chuchota-t-elle bien poliment à l'oreille. Quand tu devras faire tes piqûres de rappel pour tes vaccins, crois-moi, tu te souviendras de cette séance. »

Justin réussit à adresser un sourire à sa pédiatre.

« Je crois que maman me cherche », marmonna-t-il en cheminant le long de la rambarde, plaçant une main après l'autre, non sans jeter un coup d'œil prudent par-dessus l'épaule, histoire de s'assurer qu'elle ne le suivait pas.

Sara aimait les enfants, un trait de caractère commun à la plupart des pédiatres, mais elle ne tenait pas pour autant à passer son samedi soir entourée d'une nuée de gamins.

« C'est ton rendez-vous ? » lui demanda Tessa, en pilant juste derrière elle.

Sara lâcha à sa sœur un regard peu amène.

« Au fait, rappelle-moi comment je me suis laissé embringuer là-dedans. »

Tessa essaya de sourire.

« Parce que tu m'aimes ?

— Exact », lui répliqua Sara d'un ton caustique. De l'autre côté de la piste, elle repéra Devon Lockwood, le dernier petit ami en date de Tessa, qui travaillait aussi dans l'affaire de plomberie de la famille Linton. Devon aidait son neveu à boucler un tour de la piste des petits, sous la surveillance de son frère.

« Sa mère me déteste, grommela Tessa. Chaque fois que je m'approche de lui, elle me lance des regards mauvais.

— Papa en faisait autant avec nous », lui rappela Sara.

Devon remarqua qu'elles le dévisageaient et leur adressa un signe de la main.

« Il est doué, avec les gosses, remarqua Sara en lui faisant signe à son tour.

— Il est doué de ses mains », rectifia Tessa à voix basse, presque en parlant toute seule. Face à Sara : « A propos, où est Jeffrey ? »

Sara guetta l'entrée de la piste, se posant la même question. Et se demandant aussi pourquoi elle se souciait tant de savoir si son ex-mari allait se montrer ou pas.

« Je ne sais pas, fit-elle. Depuis quand cet endroit est-il aussi bondé ?

— C'est samedi soir, et la saison de football n'a pas commencé. Qu'est-ce que les gens vont faire d'autre ? demanda Tessa, mais sans lui laisser la latitude de changer de sujet. Où est Jeffrey ?

— Il ne viendra peut-être pas. »

Tessa sourit et, à ce sourire, Sara comprit que sa sœur lui gardait un commentaire sournois en réserve.

« Vas-y, dis-le.

— Je ne voulais rien dire, se défendit Tessa, et Sara était incapable de saisir si elle mentait ou non.

— Il nous arrive de sortir ensemble. » Sara s'interrompit, en se demandant qui elle essayait de convaincre, Tessa ou elle-même. « Ce n'est même pas sérieux, ajouta-t-elle.

— Je sais.

— C'est à peine si on s'embrasse. »

Tessa leva les paumes, dans un geste de résignation.

« Je sais, répéta-t-elle, avec un petit sourire en coin.

— On sort ensemble de temps en temps. Et c'est tout.

— Tu n'as pas à te justifier. »

Sara lâcha un soupir sonore en s'adossant à la rambarde.

Elle se sentait idiote, comme une adolescente, et pas comme une adulte. Elle avait divorcé de Jeffrey deux ans plus tôt, après l'avoir surpris avec la femme qui tenait l'atelier de création d'enseignes de la bourgade. La raison pour laquelle elle s'était remise à le fréquenter demeurait un mystère, autant pour elle que pour les membres de sa famille.

Un air romantique commença, et la lumière déclina. Sara regarda la boule de miroirs descendre du plafond, et projeter des petits carrés de lumière partout sur la piste de patinage.

« J'ai besoin d'aller aux toilettes, glissa-t-elle à sa sœur. Tu surveilles, au cas où Jeff arriverait ? »

Tessa jeta un œil par-dessus l'épaule de Sara.

« Quelqu'un vient tout juste d'y entrer.

— Mais maintenant, il y a deux cabinets. » Sara se tourna vers les toilettes des dames, pile à temps pour voir une adolescente s'y enfermer. Elle reconnut la jeune fille, c'était Jenny Weaver, l'une de ses patientes. Elle lui adressa un signe de la main, mais la jeune fille ne la vit pas.

« J'espère que tu peux attendre », marmonna Tessa.

Sara se rembrunit en voyant une autre adolescente qu'elle ne reconnut pas suivre Jenny aux toilettes. A ce rythme, avant que Jeffrey n'arrive, elle souffrirait de défaillance rénale.

Tessa inclina la tête vers la porte d'entrée.

« Tiens, à propos de grand beau brun. »

Sara sentit un sourire idiot se dessiner sur ses lèvres, et elle regarda Jeffrey s'approcher de la piste. Il était encore en tenue de travail, en costume gris anthracite, avec une cravate bordeaux. En tant que chef de la police de Grant

County, dans cette salle, il connaissait quasiment tout le monde. Il lança un regard circulaire, en s'arrêtant ici ou là pour serrer des mains, c'était elle qu'il cherchait, du moins le supposait-elle. Il traversa la foule, et elle ne fit rien pour attirer son attention. Au stade où ils en étaient de leur relation, elle n'était pas mécontente de laisser Jeffrey se charger de tout le travail.

Sara avait rencontré Jeffrey sur l'une de ses premières affaires, en qualité de coroner de la ville. Elle avait coiffé la casquette du médecin légiste pour gagner l'argent nécessaire au rachat des parts de son associé, qui se retirait de la clinique pédiatrique de Heartsdale. Et même si elle avait achevé de rembourser le Dr Barney depuis des années, elle avait conservé le poste. Elle aimait bien le défi que représentait la médecine pathologique. Douze ans plus tôt, elle avait fait son internat au service des urgences du Grady Hospital d'Atlanta. La transition d'un univers hospitalier au rythme effréné, où il était sans arrêt question de vie et de mort, à des maux de ventre et autres infections des sinus dans cette clinique lui avait causé un choc dans son système de vie.

Jeffrey l'aperçut enfin. Il s'arrêta à mi-chemin pour serrer la main de Betty Reynolds, relevant légèrement les commissures des lèvres, avant de retrouver tout son sérieux quand il fut rattrapé par sa conversation avec la propriétaire du bazar de la ville.

Elle n'avait aucun mal à deviner de quoi Betty lui parlait. Sa boutique avait subi deux effractions au cours des trois derniers mois. Betty était plutôt portée à lancer des accusations, et même si Jeffrey avait manifestement la tête ailleurs, elle continuait de lui parler.

Finalement, Jeffrey opina du chef, en gratifiant Betty

d'une petite tape dans le dos tout en lui serrant la main, prenant probablement un rendez-vous avec elle pour en reparler demain. Il réussit à se tirer d'affaire, puis vint en direction de Sara, avec un sourire rusé.

« Salut », lui lança-t-il. Incapable de s'en empêcher, elle lui tendait déjà la main, comme un peu tout le monde autour de cette piste de patinage.

« Salut, Jeffrey », intervint Tessa, avec une sécheresse de ton inhabituelle chez elle. En général, c'était Eddie, son père, qui se montrait grossier avec Jeffrey.

Ce dernier eut un sourire perplexe.

« Salut, Tessie.

— Hum, hum », marmonna Tessa, en s'écartant de la rambarde. Et elle s'éloigna en quelques foulées de patins, non sans lancer à Sara un regard entendu par-dessus l'épaule.

« Qu'est-ce qui se passe ? », s'enquit Jeffrey.

Elle retira sa main, mais Jeffrey la retint du bout des doigts, juste assez longtemps pour lui faire comprendre que c'était lui qui choisissait de la libérer. Plus que tout, c'était cette qualité qu'il avait qui l'attirait, et à un niveau très primaire.

Elle croisa les bras.

« Tu es en retard, lui dit-elle.

— J'ai eu du mal à m'enfuir.

— Son mari est absent de la ville ? »

Il lui adressa le même regard qu'aux témoins qui lui mentaient, quand il n'était pas dupe.

« J'étais en train de parler avec Frank, lui précisa-t-il, évoquant l'inspecteur-chef de la brigade de Grant County. Je lui ai dit qu'il était de garde ce soir. Je n'ai pas envie que nous soyons dérangés par je ne sais quoi.

— Dérangés à quel sujet ? »

Le même sourire lui contracta les commissures des lèvres.

« Oh ! je me suis dit que ce soir, j'allais te séduire ! »

Elle éclata de rire, reculant dès qu'il se pencha en avant pour l'embrasser.

« En général, les baisers, ça marche mieux quand les lèvres se touchent, fit-il observer.

— Pas devant toute ma clientèle, riposta-t-elle.

— Alors, viens par ici. »

Sachant bien qu'elle aurait mieux fait de s'abstenir, Sara se baissa, passa sous la rambarde et lui attrapa la main. Il la tira, la fit rouler jusque vers le fond de la piste, près des toilettes, et ils se calèrent dans un coin, à l'abri des regards.

« C'est mieux ? lui demanda-t-il.

— Ouais », répliqua-t-elle, en considérant Jeffrey de haut, car avec les patins elle mesurait cinq centimètres de plus que lui. « Beaucoup mieux. J'ai vraiment besoin d'aller aux toilettes. »

Elle fit mine de s'éloigner, mais il l'arrêta en la prenant par la taille.

« Jeff, protesta-t-elle, bien consciente que sa voix était tout sauf menaçante.

— Tu es si belle, Sara. »

Elle leva les yeux au ciel, comme une adolescente.

Il éclata de rire.

« La nuit dernière, j'ai rêvé que je t'embrassais, partout.

— Ah ouais ?

— J'ai un peu oublié ton parfum. »

Elle tâcha de prendre un air las.

« C'est toujours Colgate.

— Ce n'est pas de ce parfum-là que je parlais. »

Sous le coup de la surprise, Sara en resta bouche bée, et il sourit, visiblement ravi de sa réaction. Elle se sentit remuée, tout au fond d'elle-même, et elle était sur le point de lui répondre quelque chose — sans du tout savoir quoi —, quand l'Alphapage de Jeffrey se déclencha.

Il ne la quitta pas des yeux, comme s'il n'avait pas entendu le bip.

Elle s'éclaircit la voix.

« Tu ne dois pas répondre ? »

Il baissa enfin les yeux sur l'Alphapage accroché à sa ceinture. « Merde, marmonna-t-il en voyant ce qui s'affichait à l'écran.

— Quoi ?

— Une effraction, répondit-il abruptement.

— Je croyais que Frank était de garde.

— Il est de garde pour les petites affaires. Il faut que j'utilise la cabine téléphonique.

— Où est ton portable ?

— Batterie morte. » Jeffrey se donna l'air de maîtriser son irritation, suffisamment pour la gratifier d'un sourire rassurant. « Rien ne va venir gâcher notre soirée, Sara. » Il lui posa la main tout contre la joue. « Rien n'est plus important pour moi que cette soirée.

— Après notre dîner, tu as un rendez-vous un peu chaud ? le taquina-t-elle. Parce que nous pouvons annuler, si besoin est. »

Il plissa les paupières, la tançant du regard, les yeux mi-clos, avant de se détourner.

Elle le regarda partir, en laissant échapper un « Seigneur », les dents serrées, tout en s'adossant au mur.

Elle n'arrivait pas à croire que, en moins de trois minutes, il ait réussi à la transformer en une idiote de première.

Elle sursauta ; la porte des toilettes venait de se fermer en claquant. Jenny Weaver se tenait là, elle regardait en direction de la piste, comme si elle était perdue dans ses réflexions. A côté du T-shirt noir à manches longues qu'elle portait, la peau de l'adolescente avait l'air cireuse. Elle avait à la main un sac à dos rouge foncé, qu'elle balança sur son épaule alors que Sara avançait dans sa direction. Le sac décrivit un grand arc de cercle, frôlant la poitrine de la pédiatre.

« Hé là ! », fit Sara, et elle recula.

Jenny cligna des yeux en la reconnaissant.

« Désolée, grommela-t-elle à mi-voix, en regardant ailleurs.

— Ça va », fit Sara en cherchant à engager la conversation. La jeune fille avait l'air perturbée. « Et toi ? s'enquit-elle. Est-ce que ça va ?

— Oui, m'dame », fit Jenny, en agrippant la bretelle de son sac.

Avant qu'elle ait rien pu ajouter, Jenny s'éloigna.

Sara regarda l'adolescente s'enfoncer dans une foule de gamins, près de la salle des jeux vidéo. La lumière des écrans éclaira le corps de Jenny d'une lueur verte, et puis elle disparut dans un coin. Elle sentait bien que quelque chose n'allait pas, mais elle ne pouvait tout de même pas poursuivre la jeune fille et exiger de savoir ce qui se passait. A cet âge, tout virait au drame. Connaissant les adolescentes, ça concernait sûrement un garçon.

Ce fut la fin de la chanson, le retour des lumières, et de nouveau un vieil air rock fusa des haut-parleurs, les basses résonnant jusque dans la poitrine de Sara.

Elle observa les patineurs sur la piste, qui attrapaient le rythme, et se demanda si elle avait jamais eu leur agilité. Skatie's avait eu beau changer plusieurs fois de propriétaire depuis l'adolescence de Sara, cela restait le lieu de rencontre des ados de Grant County. Sara avait passé plus d'une soirée, le week-end, derrière ce même bâtiment, à se peloter avec Steve Mann, son tout premier petit ami un peu sérieux. Leur relation n'avait rien de très passionnel, c'était plutôt une sorte d'alliance, qui les unissait tous deux dans une même cause : quitter Grant County. C'est au cours de leur dernière année de fac que le père de Steve avait été terrassé par une crise cardiaque et, depuis cette date, Steve dirigeait la quincaillerie familiale. Désormais, il était marié, et il avait des enfants. Sara, elle, s'était enfuie à Atlanta, mais quelques années plus tard, elle était rentrée.

Et elle était là, ce soir, de retour au Skatie's, en train de se peloter avec Jeffrey Tolliver. Enfin, en train d'essayer.

Avec un haussement d'épaules, elle refoula toutes ces pensées et se retourna vers les toilettes. Elle posa la main sur la poignée de la porte, la relâcha d'un coup, au contact de quelque chose de poisseux. Dans cette partie de la piste de patinage, l'éclairage était encore faiblard, et elle dut observer sa main de près pour comprendre de quoi il s'agissait. En fait, elle capta l'odeur avant même de reconnaître la texture. Elle baissa les yeux sur son chemisier, là où le sac à dos de Jenny Weaver l'avait effleurée.

Une fine traînée de sang lui dessinait un arc de cercle sur la poitrine.

DEUX

Jeffrey essaya de ne pas arracher le téléphone public du mur, mais ses mains le démangeaient. Il inspira à fond pour se calmer, composa le numéro du poste de police, et attendit patiemment, une sonnerie, puis une autre, et encore une autre.

Maria Simms, sa secrétaire et coordinatrice des appels à temps partiel, finit par décrocher.

« Bonsoir, commissariat de police de Grant County, voulez-vous ne pas quitter je vous prie ? » et elle le mit en attente, sans même prendre le temps d'écouter sa réponse.

Il inspira une deuxième fois, profondément, tâchant de ne pas se laisser gagner par l'exaspération. Il repensa à Sara, sur la piste, probablement déjà en train de se raisonner, de renoncer à leur sortie de ce soir. A chaque pas qu'il faisait vers elle, Sara reculait de deux pas. Il avait beau comprendre ses raisons, il n'allait pas jusqu'à les apprécier.

Il s'adossa au mur ; il sentait la sueur lui dégouliner dans le dos. Le mois d'août arrivait en force, à tel point que, par comparaison, les températures de juin et juillet, qui avaient pourtant déjà battu tous les records des maximales saisonnières de la Géorgie, évoquaient plutôt un temps d'hiver. Certains jours, il avait l'impression, dès qu'il sortait dans la rue, de respirer à travers une lavette humide. Il desserra sa cravate et défit le premier bouton de sa chemise, histoire de laisser passer un peu d'air.

Un éclat de rire tonitruant jaillit du côté de la façade du bâtiment, et il risqua un œil au coin, pour mieux voir ce qui se passait sur le parking. Il avisa un petit groupe de garçons qui traînaient vers une vieille Ford Camaro toute cabossée, en se passant une cigarette. Le téléphone public était installé sur le flanc du bâtiment, par conséquent Jeffrey se trouvait dans l'ombre du grand avant-toit jaune et vert. Il crut déceler une odeur de joint, mais il n'en était pas sûr. Ces jeunes avaient l'attitude de gosses partis pour faire un mauvais coup. Il le percevait fort bien, pas seulement parce qu'il était flic, mais aussi parce qu'il avait lui-même traîné avec un groupe du même genre, et à cet âge.

Il hésitait à s'approcher d'eux, quand Maria reprit la ligne.

« Bonsoir, commissariat de police de Grant County, merci d'avoir patienté. Que puis-je faire pour vous ?

— Maria, c'est Jeffrey.

— Oh ! salut, chef ! s'écria-t-elle. Désolée de vous avoir dérangé. C'était une fausse alarme, dans un commerce.

— Lequel ? », s'enquit-il, se rappelant le savon qu'il venait d'essuyer de la part de Betty Reynolds, elle-même propriétaire du bazar au centre-ville.

« C'est le pressing, lui répondit-elle. C'est le vieux Burgess qui a déclenché l'alarme, par accident. »

Jeffrey s'étonnait un peu que Maria, avec ses soixante-dix ans bien sonnés, appelle Bill Burgess un vieil homme, mais il laissa filer.

« Rien d'autre ? voulut-il savoir.

— Il y a bien eu un truc au restaurant, où Brad est allé fouiner, mais on n'a rien trouvé.

— Il a fait un saut là-bas ? Pourquoi ?

— Juste dit qu'il avait cru voir quelque chose, c'est tout. Vous savez comment il est, Brad, il irait fouiner jusque derrière son ombre. » Elle lâcha un petit gloussement. Brad était en quelque sorte la mascotte du poste, un jeune homme de vingt et un ans, avec un visage rond et de fins cheveux blonds qui lui donnaient l'air d'un gamin. La plaisanterie en vogue, parmi les aînés de la brigade, consistait à subtiliser le chapeau de Brad et à le lui cacher en différents hauts lieux de la ville. Pas plus tard que la semaine dernière, Jeffrey avait aperçu le couvre-chef au sommet de la statue du général Lee, devant le lycée.

Il pensa à Sara.

« C'est Frank qui est de permanence ce soir. Ne me sonne pas sur mon Alphapage, sauf s'il y a un mort.

— D'une pierre deux coups, fit de nouveau Maria en gloussant. Le coroner et le chef, d'un seul appel d'un seul ! »

Il tâcha de se remettre en tête la raison qui avait motivé son déménagement de Birmingham à Grant : il voulait vivre dans une petite ville, où tout le monde connaissait son voisin. La contrepartie, c'était que tout le monde s'occupait de la vie privée de son voisin. Il était sur le point d'en faire innocemment la réflexion à Maria, mais s'arrêta quand il entendit un hurlement strident en provenance du parking.

Il se pencha, juste à l'angle du bâtiment, pile à l'instant où une voix de fille hurlait ces mots :

« Va te faire foutre, espèce de salopard !

— Chef ? fit Maria.

— Une minute », chuchota-t-il, le ventre noué, tétanisé par cette expression de colère dans la voix de cette fille. D'expérience, il le savait, il n'y avait rien de pire que de devoir gérer une fille qui s'engueulait sur un parking un samedi soir. Les types, il savait les prendre ; en général c'était à qui serait le plus frimeur et, la plupart du temps, un jeune gars préférait plutôt qu'on le freine, pour l'empêcher de se fourrer dans une vraie bagarre. Les filles, il leur en fallait beaucoup pour s'énerver, et il leur en fallait encore beaucoup plus pour retrouver leur calme. Avec une ado en colère, il y avait de quoi avoir peur, surtout quand elle brandissait un pistolet.

« Je vais te tuer, espèce d'enfoiré ! », beuglait-elle à l'un des garçons. Les copains du jeune homme s'écartèrent rapidement pour former un demi-cercle, et leur camarade se retrouva seul, le pistolet pointé sur la poitrine. La fille était à peine à plus d'un mètre de sa cible et, sous les yeux de Jeffrey, elle s'avança d'un pas, resserrant davantage l'espace entre eux.

« Merde, siffla Jeffrey, puis il se souvint qu'il tenait encore le combiné dans la main. Envoie Frank et Matt chez Skatie's, tout de suite.

— Ils sont à Madison.

— Lena et Brad, alors, reprit-il. Approche silencieuse. Il y a une fille avec un pistolet, devant le parking. »

Jeffrey reposa délicatement l'appareil sur son support. Il se sentait le corps tout tendu. Il avait la gorge serrée, son artère carotide lui faisait l'effet d'un serpent, palpitant surr le côté de son cou. En l'espace de quelques secondes, un millier de choses lui traversèrent l'esprit, mais tout en retirant sa veste de costume, il chassa ces pensées, et fit coulisser son holster dans son dos. Lorsqu'il pénétra sur le parking, il se tenait les bras le long du corps, bien dégagés. Dès qu'il entra dans le champ de vision de la fille, elle lança un regard dans sa direction, tout en gardant son arme braquée sur le garçon. Le canon était pointé sur le bas-ventre et, lorsque Jeffrey s'approcha, il vit bien que la main de la fille tremblait. Heureusement, elle n'avait pas encore l'index calé sur la détente.

Jeffrey se déplaça de manière à se positionner parallèlement au bâtiment. La fille tournait le dos à la piste de patinage, avec le parking et l'autoroute en face d'elle. Il espérait que Lena aurait eu le bon sens de faire arriver Brad par le côté du bâtiment. Inutile de préciser ce que cette fille ferait si elle se sentait bousculée. Une erreur idiote pourrait finir par tuer beaucoup de gens.

Quand ilk fut arrivé à sept ou huit mètres de la scène, il intervint, d'une voix suffisamment forte pour attirer l'attention de tout le monde.

« Salut. »

La fille sursauta, et pourtant l'arrivée de Jeffrey sur les lieux ne lui avait pas échappé. Ses doigts se logèrent autour de la détente. L'arme était un Beretta .22, ce qu'on appelait un pistolet de souris, certainement pas de quoi arrêter un bonhomme situé à bonne distance, mais largement suffisant pour causer pas mal de dégâts de près. Avec ce pistolet, elle avait huit chances sur dix de tuer quelqu'un. Si elle était bonne tireuse et, à cette distance, même un singe serait bon tireur, elle tenait huit vies dans la paume de sa main.

« Vous tous, là, reculez », lança Jeffrey aux jeunes types qui se trouvaient là. Il y eut un instant de flottement, avant que cet ordre ne leur entre dans le crâne, et le groupe finit par refluer vers l'entrée du parking. L'odeur de joint vous prenait à la gorge, même à cette distance, et Jeffrey comprit, à la façon dont le garçon tenu en joue oscillait sur ses jambes, qu'il avait pas mal fumé avant que la fille ne lui tombe dessus.

« Allez-vous-en ! », lui ordonna la fille. Elle était vêtue de noir, les manches longues de son T-shirt remontées au-dessus des coudes, probablement à cause de la chaleur. C'était tout juste une ado, et elle avait une voix feutrée, mais qui portait malgré tout.

Elle répéta son ordre. « Je vous ai dit de vous en aller. »

Jeffrey ne bougea pas de là où il était, et elle tourna de nouveau le regard vers le garçon.

« Je vais le tuer », annonça-t-elle.

Jeffrey tendit les mains en avant.

« Pourquoi ? »

La question parut la surprendre, et c'est exactement pour cela qu'il la lui avait posée. Les gens armés d'un pistolet ont tendance à ne pas beaucoup réfléchir, avec ce qu'ils ont entre les mains. Elle s'adressa à lui , et le canon de l'arme s'abaissa légèrement vers le sol.

« Pour l'empêcher, dit-elle.

— L'empêcher de faire quoi ? »

Elle eut l'air de tourner et retourner la question dans sa tête.

« Ça ne regarde personne.

— Ah non ? » s'étonna-t-il, en se rapprochant d'un pas, et puis d'un autre encore. A cinq mètres environ de la fille, il s'arrêta, suffisamment près pour assister aux événements, mais pas assez pour représenter une menace.

« Non, monsieur », répondit la fille, et ses bonnes manières le mirent un peu plus à son aise. Les filles qui vous donnaient du « monsieur » ne tiraient pas sur les gens.

« Ecoutez, commença-t-il, tout en s'efforçant de réfléchir à ce qu'il allait bien pouvoir lui raconter. Savez-vous qui je suis ?

— Oui, monsieur, répéta-t-elle. Vous êtes le chef Tolliver.

— C'est exact, confirma-t-il. Et vous, comment dois-je vous appeler ? Votre nom ? »

Elle ignora la question, mais le garçon remua, comme si un déclic venait de se produire dans son cerveau embrumé par le joint.

« Jenny. C'est Jenny, fit-il.

— Jenny ? reprit Jeffrey, en s'adressant à elle. C'est un joli nom.

— Ouais, en… enfin », bredouilla-t-elle, visiblement prise au dépourvu. Malgré tout, elle fut prompte à se ressaisir. « Je vous en prie, restez silencieux. Je n'ai pas envie de vous parler.

— Peut-être que si, insista Jeffrey. J'ai l'impression que vous en avez gros sur le cœur. »

Cela sembla la laisser songeuse, puis elle releva le canon de son arme sur la poitrine du jeune homme. Sa main tremblait toujours.

« Allez-vous-en ou je le tue.

— Avec ce pistolet ? lui demanda Jeffrey. Vous savez ce que c'est, de tuer quelqu'un avec un pistolet ? Vous savez l'effet que ça fait ? » Il la regarda digérer la question, et aussitôt il comprit qu'elle n'en aurait pas le cran.

Jenny était une fille de grande taille, avec probablement vingt-cinq kilos de trop. Vêtue entièrement de noir, elle avait l'allure de ces filles pour qui se fondre dans le décor tient lieu de manière d'être. Le garçon sur qui elle braquait son arme était plutôt beau gosse, probablement une histoire de désir amoureux non partagé. Du temps de Jeffrey, elle se serait contentée de lui laisser un mot méchant sur la porte de son casier. Aujourd'hui, elle le menaçait avec un pistolet.

« Jenny, commença Jeffrey, en se demandant si l'arme était chargée. On va arranger tout ça. Ce type ne vaut pas la peine de se mettre dans les embêtements.

— Allez-vous-en », répéta-t-elle, mais cette fois la voix n'était plus tout à fait aussi ferme. Elle se servit de sa main libre pour s'éponger la figure. Il se rendit compte qu'elle pleurait.

« Jenny, je ne crois pas… » Il s'arrêta, car elle libéra la sécurité. Le déclic métallique tinta désagréablement à son oreille comme la lame d'un couteau. Il passa la main dans le dos, la refermant sur la crosse de son arme, mais sans dégainer.

Il tâcha de conserver une voix calme, un ton raisonnable.

« Qu'est-ce qui se passe, là, Jenny ? Pourquoi on ne parlerait pas un peu de tout ça ? Ça ne doit pas être si terrible. »

Elle s'essuya de nouveau le visage.

« Si, monsieur, rectifia-t-elle. C'est terrible. »

Elle s'exprimait d'une voix si glaciale qu'un frisson lui parcourut la nuque. Il sortit son pistolet de son étui, et réprima un frémissement. Il détestait les armes à feu car, en tant que flic, il savait quels ravages elles étaient capables de causer. Il en portait une parce qu'il y était contraint, et non parce qu'il en avait envie. Au cours de ses vingt années au sein des forces de police, Jeffrey n'avait dégainé son arme devant un suspect qu'en de rares occasions. Il n'avait tiré que deux fois, et jamais directement sur un être humain.

« Jenny, essaya-t-il encore, en mettant un peu d'autorité dans la voix. Regardez-moi. »

Elle demeura rivée sur le garçon qui était devant elle un moment qui parut durer une éternité. Jeffrey resta silencieux, histoire de lui laisser l'impression qu'elle gardait la maîtrise de la situation. Lentement, elle tourna le regard vers lui. Elle avait les yeux baissés, et elle finit par tomber sur le neuf millimètres qu'il tenait au côté.

Elle se passa la langue sur les lèvres, l'air tendu, manifestement en train d'évaluer la menace.

« Tirez-moi dessus », souffla-t-elle, de la même voix éteinte.

Il crut avoir mal entendu. Il était à cent lieues de s'attendre à pareille réponse.

« Abattez-moi ou je l'abats », répéta-t-elle. Là-dessus, elle releva son Beretta vers la tête du garçon. Jeffrey la regarda faire ; elle écarta les pieds, bien à l'aplomb des épaules et, de sa main libre, elle enveloppa la crosse du pistolet. Sa position était celle d'une jeune femme qui sait comment on tient une arme. A présent, elle gardait les yeux rivés sur le garçon.

Ce dernier lâcha un geignement.

« Oh ! merde ! » Et il y eut un bruit d'éclaboussures, car il s'était mis à uriner sur l'asphalte.

Jenny tira un coup de feu aussitôt Jeffrey leva son arme, mais le projectile alla se perdre loin au-dessus de la tête du jeune homme, fracassant quelques morceaux de l'enseigne en plastique et de l'auvent du bâtiment.

« C'était quoi, ça ? » siffla Jeffrey, sachant que si Jenny était encore debout sur ses deux jambes, c'était seulement parce qu'il n'avait pas eu les tripes de presser à son tour sur la détente. Elle avait logé la balle dans le point sur le « i » de Skatie's, pile au centre. Il y avait peu de chances pour qu'aucun des flics de Jeffrey soit capable de tirer avec une telle précision, surtout dans un tel état de tension.

« C'était un avertissement », le prévint Jenny, et pourtant, il ne s'attendait plus à aucune réponse de sa part. « Abattez-moi », répéta-t-elle. Elle se passa de nouveau la langue sur les lèvres. « J'en suis capable. Je sais me servir de ce machin. » Elle agita le pistolet, pour expliciter sa pensée. « Vous savez que j'en suis capable », répéta-t-elle, en reprenant sa position jambes écartées, afin de compenser le recul du Beretta. Elle se contenta de réorienter le canon et, toujours sur l'enseigne, fit sauter l'apostrophe du « s » à la fin de Skatie's. Les gens qui se trouvaient sur le parking auraient pu détaler ou pousser des hurlements, Jeffrey n'aurait rien remarqué. Tout ce qu'il vit, c'était la fumée s'échappant de l'orifice du canon.

Quand il retrouva sa respiration, il reprit la parole.

« Entre une enseigne et un être humain, il y a une grande différence. »

Elle grommela quelque chose, et il tendit l'oreille pour mieux entendre.

« Lui, ce n'est pas un être humain. »

Du coin de l'œil, Jeffrey capta un mouvement. Instantanément, il reconnut Sara. Elle avait retiré ses patins, et le blanc de ses chaussettes ressortait sur le noir de l'asphalte.

« Mon chou ? s'écria-t-elle, d'une voix faussée par la peur. Jenny ? ajouta-t-elle.

— Allez-vous-en ! lâcha Jenny sur un ton cassant,

mais d'une voix irascible, davantage celle d'une enfant que celle du monstre qu'elle était quelques secondes auparavant. S'il vous plaît.

— Elle va bien, lui assura Sara. Je viens de la trouver, à l'intérieur, et elle va bien. »

La main qui tenait le pistolet fléchit, et puis d'un seul coup Jenny sembla retrouver toute sa résolution, relevant la main, pointant de nouveau l'arme sur le garçon, entre les deux yeux. En même temps que ce regain de fermeté, ce fut le retour de cette même voix éteinte.

« Vous mentez », lâcha-t-elle.

Jeffrey lança un coup d'œil à Sara et comprit que la fille ne se trompait pas. Sara n'était pas une menteuse chevronnée, donc elle était facile à percer à jour. Mettant cet aspect de côté, et en dépit de la distance, il discerna le sang dont étaient couverts la chemise et le jean de Sara. Visiblement, il y avait un blessé sur la piste de patinage, et ce blessé était peut-être mort — sûrement même. De nouveau, il considéra Jenny, et réussit à associer le doux petit visage de cette jeune fille à la menace qu'elle était devenue.

Il tressaillit, car il s'aperçut que la sécurité de son propre pistolet était toujours enclenchée. Avec un déclic, il la dégagea, en lançant à Sara un regard d'avertissement, pour qu'elle se tienne en retrait.

« Jenny ? » Sara avala sa salive, cela se vit. Jeffrey ne reconnaissait pas cette voix chantante qu'elle se donnait. Il ne l'avait jamais entendue parler aux enfants sur un ton condescendant. A l'évidence, toute cette violence que Jenny avait introduite sur la piste de patinage avait transformé Sara. Jeffrey ne savait pas trop comment le prendre. Il n'y avait pas eu de coup de feu sur la piste et, quand il avait fait un pointage auprès de Buell Parker, le vigile engagé par Skatie's lui avait dit que tout allait bien. Où était-il, ce Buell ? se demanda-t-il. Etait-il à l'intérieur, en train de sécuriser la scène du crime, pour en interdire l'accès ? Qu'avait fabriqué Jenny, à l'intérieur de cet endroit ? A cette minute, il aurait donné n'importe quoi pour figer la scène qui se déroulait devant lui, et comprendre ce qui se passait.

Il engagea une balle dans le canon du neuf millimètres. A ce bruit, la tête de Sara pivota d'un coup sec, et elle tendit la main vers lui, la paume vers le sol, comme pour l'implorer. Non, du calme. Ne fais pas ça. Il regarda par-dessus l'épaule de Sara, vers l'entrée de la patinoire. Il s'attendait à voir là-bas un groupe de spectateurs, le nez contre la vitre, mais sur le seuil il n'y avait personne. Qu'était-il arrivé, à l'intérieur, qui serait plus digne d'intérêt que la scène en train de se jouer devant lui ?

Sara essaya encore.

« Elle va bien, Jenny. Viens voir, viens.

— Docteur Linton, fit Jenny, d'une voix hésitante, s'il vous plaît, ne me parlez pas.

— Mon cœur, insista Sara, d'une voix aussi tremblante que celle de Jenny. Regarde-moi. Je t'en prie, regarde-moi. » Comme la jeune fille ne répondait rien, Sara répéta : « Elle va bien. Je te promets qu'elle va bien.

— Vous mentez, riposta Jenny. Vous êtes tous des menteurs. » Elle tourna de nouveau toute son attention vers le garçon. « Et toi, tu es le pire de tous les menteurs, lui lança-t-elle. Pour ce que tu as fait, salopard, tu iras brûler en enfer. »

Le garçon fut pris d'un accès de colère, des postillons s'échappaient de sa bouche.

« Je t'y retrouverai, salope ! »

La voix de Jenny se para d'un certain calme. Une forme d'échange paraissait s'instaurer entre elle et le garçon et, quand elle lui répondit, sa voix était enfantine.

« Je le sais bien. »

Du coin de l'œil, Jeffrey vit Sara s'avancer. Il surveillait Jenny, qui abaissa le canon court de son arme, pour l'aligner sur la tête du garçon. La fille se tenait là, clouée sur place, elle attendait. Ses mains ne tremblaient pas, sa lèvre ne tremblait pas, et sa main ne faiblissait pas. Elle paraissait encore plus résignée à accomplir la tâche qu'elle avait devant elle que ne l'était Jeffrey lui-même.

« Jenny… », commença-t-il, s'efforçant de trouver une issue à tout cela. Il n'allait pas tirer sur une jeune fille. Il n'était pas question qu'il abatte cette gamine.

Jenny regarda par-dessus son épaule et il suivit son regard. Une voiture de police avait fini par arriver, par s'arrêter, et Lena Adams et Brad en étaient descendus, leurs armes dégainées. Ils composaient une formation en triangle, digne du manuel, avec Jeffrey au sommet de la figure.

« Abattez-moi, fit Jenny, en maintenant son arme braquée sur le garçon.

— Baissez vos armes », ordonna Jeffrey aux deux fonctionnaires de police. Brad suivit les ordres, mais il vit que Lena hésitait. Il lui lança un regard dur ; il était sur le point de réitérer son ordre, lorsque finalement elle baissa son arme.

« Je vais tirer », marmonna Jenny. Elle conservait une immobilité surnaturelle, et Jeffrey se demanda ce qui animait cette jeune fille, pour qu'elle soit ainsi capable d'aborder cette situation avec une telle résignation.

Jenny s'éclaircit la voix.

« Je vais tirer. Ça m'est déjà arrivé. »

Jeffrey consulta Sara du regard, en quête d'une confirmation, mais il vit que toute son attention restait accaparée par la fille au pistolet.

« Ça m'est déjà arrivé, répéta Jenny. Abattez-moi, sinon je vais le tuer et ensuite, de toute manière, je vais me tuer moi aussi. »

Pour la première fois, Jeffrey estima sa distance de tir. Il tâcha de persuader son cerveau d'accepter l'idée qu'en dépit de sa jeunesse, elle représentait bel et bien un danger très net pour ce garçon devant elle. S'il l'atteignait à la jambe ou à l'épaule, elle aurait encore le temps de presser sur la détente. Même s'il visait plutôt le torse, il subsistait encore un risque qu'elle puisse lâcher une balle avant de s'écrouler. Vu le niveau auquel Jenny pointait son arme, le garçon serait mort avant même qu'elle ne touche le sol.

« Les hommes sont si faibles, siffla Jenny en voyant l'arme. Vous ne faites jamais ce qu'il faut. Vous dites que vous allez faire, mais en réalité ce n'est jamais vrai.

— Jenny…, l'implora Sara.

— Je te donne jusqu'à cinq, lui annonça Jenny. Un. »

Jeffrey avala sa salive, non sans mal. Son cœur cognait si fort dans ses oreilles qu'il voyait plus qu'il n'entendait la fille compter.

« Deux.

— Jenny, je t'en prie. » Sara joignit les mains devant elle, les doigts entrecroisés, avec énergie, comme pour une prière. Ils étaient très sombres, presque noircis de sang séché.

« Trois. »

Jeffrey l'ajusta. Elle n'allait pas faire cela. Il n'en était pas question. Elle ne devait pas avoir plus de treize ans. Les filles de treize ans ne tiraient pas sur les autres. C'était du suicide.

« Quatre. »

Jeffrey regarda le doigt de la fille se crisper sur la détente, il regarda les muscles de son avant-bras se contracter au ralenti, lorsqu'elle eut le geste de caler l'index dessus.

« Cinq ! cria-t-elle, les veines du cou saillantes. Tirez-moi dessus, nom de Dieu ! », ordonna-t-elle, tout en se préparant à l'effet de recul du Beretta. Il la vit tendre le bras et bloquer le poignet. Le temps s'écoulait si lentement qu'il put même voir ses muscles se bander le long de son avant-bras, quand son doigt se raffermit sur la détente.

Elle lui accorda une dernière chance.

« Tirez-moi dessus ! », beugla-t-elle.

Et c'est ce qu'il fit.

TROIS

A vingt-huit semaines, l'enfant de Jenny Weaver aurait pu être viable hors du ventre de sa mère, si sa mère n'avait pas essayé de le faire partir dans les toilettes en tirant la chasse dessus. Le fœtus était bien développé et bien nourri. Le tronc cérébral était intact et, moyennant une intervention médicale, les poumons auraient fini, avec le temps, par atteindre leur maturité. Les mains auraient appris à saisir, les pieds à fléchir, les yeux à cligner. Par la suite, la bouche aurait appris à parler d'autre chose que des horreurs qu'elle racontait à Sara pour le moment. Les poumons auraient inspiré de l'air, la bouche aurait respiré, haletante, en quête de vie. Mais, dans la réalité, cet enfant avait été assassiné.

Depuis ces dernières trois heures et demie, Sara avait tenté de recomposer ce bébé, à partir des morceaux que Jenny Weaver avait abandonnés dans les toilettes, dans ce sac d'école rouge que l'on avait retrouvé au fond de la poubelle, à côté de la salle de jeux vidéo. En pratiquant de minuscules points de suture, au lieu des grosses coutures dignes d'une balle de base-ball dont elle se contentait d'habitude, elle avait recousu la chair pas plus épaisse qu'une feuille de papier, afin de lui restituer un semblant de figure humaine, de figure enfantine. Ses mains tremblaient, et elle avait dû recommencer certains nœuds car, à sa première tentative, elle n'avait pas eu assez d'agilité dans les doigts.

Pourtant, ce n'était pas suffisant. Travailler sur cet enfant, nouer ces minuscules points de suture, c'était comme de tirer sur un fil dépassant de la maille d'un pull. Pour chaque zone du corps qu'elle réparait de la sorte, il y en avait une autre qu'elle ne pouvait dissimuler. Il n'existait aucun moyen de masquer les traumatismes que le fœtus avait subis. Au bout du compte, elle avait finalement accepté l'idée que cette tâche à laquelle elle s'était volontairement astreinte se réduisait à un exercice bien futile. Le bébé, une fille, entrerait dans la tombe en ayant à peu près l'air qu'il avait la dernière fois que sa mère l'avait vu.

Sara respira à fond, relut son rapport avant de contresigner ses remarques. Elle n'avait pas attendu Jeffrey ou Frank pour commencer l'autopsie. C'était sans témoins qu'elle avait procédé à ce découpage, à cette dissection et à ce réassemblage. Elle avait exclu leur présence, à dessein, car elle ne se serait pas sentie capable de réaliser ce travail sous les regards de tiers.

Une grande vitre séparait son bureau de la morgue proprement dite, et elle se redressa dans son siège, en fixant la housse mortuaire noire posée sur la table d'autopsie. Elle laissa son esprit vagabonder, et elle entrevit une alternative à cette mort qu'elle venait de constater. Elle contempla une vie de rire, de pleurs et d'amour partagé, puis la vérité : le bébé de Jenny ne profiterait jamais de tout cela. Jenny elle-même en avait à peine profité.

Depuis une grossesse extra-utérine, plusieurs années auparavant, Sara était incapable d'avoir des enfants. A l'époque, la nouvelle avait été difficile à supporter, mais avec les années, cette perte s'était émoussée, avec d'autres, et elle avait appris à cesser de désirer ce qu'elle n'aurait jamais. Pourtant, il y avait quelque chose dans cet enfant non désiré, sur cette table, cet enfant qui s'était vu privé de vie par sa propre mère, qui réveilla toutes ces émotions en elle.

Le métier de Sara consistait à prendre soin des petits. Elle les tenait dans ses bras, les berçait, et roucoulait devant eux d'une manière qui lui serait à jamais impossible avec son enfant. Assise dans la morgue, sans détacher les yeux de ce sac noir, ce désir nostalgique de porter un bébé la reprit avec une acuité saisissante, et il s'accompagna d'une sensation d'absence qui lui donnait l'impression d'un vide à la place de la poitrine.

Il y eut des bruits de pas dans l'escalier, et elle se leva, s'essuya les yeux, tâchant de se reprendre. Elle posa les paumes bien à plat sur son bureau et s'obligea à tenir debout, tandis que Jeffrey entrait dans la morgue. Elle cherchait ses lunettes, s'efforçant de se donner une contenance, quand elle remarqua que Jeffrey n'était pas entré directement dans son bureau, comme en temps normal. A travers la vitre, elle le vit s'arrêter devant la housse noire. S'il la vit, il n'en laissa rien paraître. Il se pencha au-dessus de la table de dissection, les mains derrière le dos. Elle se demanda à quoi il pensait, s'il songeait à la vie qu'aurait pu avoir ce bébé. Ou s'il réfléchissait au fait qu'elle ne pourrait jamais lui donner d'enfants.

Elle entra dans la pièce, le rapport d'autopsie contre la poitrine, et s'éclaircit la voix. Elle laissa glisser le dossier sur le rebord de la table et resta debout face à lui, le bébé entre eux. La housse était trop grande pour le nouveau-né, et elle bâillait autour du corps comme une couverture, car elle n'avait pas eu la force de remonter la fermeture Eclair, d'enfermer l'enfant un peu plus dans les ténèbres et de la placer sur un rayonnage à l'intérieur de la chambre froide.

Elle ne trouvait rien à dire. Elle fourra la main dans la poche de sa blouse de laborantine, et elle eut la surprise d'y retrouver ses lunettes. Elle les chaussait quand, finalement, c'est lui qui prit la parole.

« Donc, fit-il, d'une voix basse et rocailleuse, comme s'il n'en avait guère fait usage ces derniers temps. Voilà ce qui se passe quand on essaie de tirer la chasse d'eau sur un bébé. »

Cette réflexion inhumaine arrêta net le cœur de Sara, et elle ne sut pas trop comment réagir. Elle retira ses lunettes et essuya les verres avec le pan de sa blouse, pour s'occuper les mains.

Jeffrey prit une profonde inspiration et lâcha un lent soupir. Elle se pencha plus près, eut l'impression qu'il sentait l'alcool, sachant que ce ne pouvait être le cas, car il buvait rarement autre chose qu'une bière de temps en temps, en suivant le match de football dominical de la fac.

« Des pieds minuscules, marmonna-t-il, sans détacher le regard du petit corps. Ils sont toujours aussi petits ? »

Là encore, elle ne répondit pas. Elle regarda les pieds, les dix orteils, la peau ridée de la plante des pieds. C'était le genre de pied qu'une mère embrasserait. Ces orteils étaient le genre d'orteils qu'elle compterait tous les jours, comme un jardinier compte les fleurs d'une roseraie.

Elle se mordit la lèvre, tâchant de ne pas se laisser aller de nouveau. Ce vide dans sa poitrine était presque écrasant, et elle posa la main sur son cœur, sans réfléchir.

Jeffrey la dévisageait. Il avait les yeux injectés de sang,

de minuscules filaments rouges lui jaillissant des iris. Il semblait avoir du mal à se tenir droit. Elle ne savait pas si c'était à cause de l'alcool ou du chagrin.

« Je croyais que tu ne buvais pas, remarqua-t-elle enfin, bien consciente de son ton de voix accusateur.

— Et moi je croyais aussi que je ne tirais pas sur les gamines », lâcha-t-il, le regard figé quelque part au-dessus de l'épaule de Sara.

Elle avait envie de le soutenir, mais elle se sentait paralysée par son propre chagrin.

« Frank, fit-il. Il m'a filé un coup de whisky.

— Ça t'a aidé ? »

Elle vit ses yeux s'embuer. Il faisait un drôle d'effort pour se ressaisir. Sa mâchoire se contracta et il eut un sourire terne.

« Jeffrey… »

Il repoussa son geste de sollicitude.

« Tu as trouvé quelque chose ?

— Non.

— Je ne… » Il s'interrompit, baissa les yeux, mais pas sur l'enfant. Il resta le regard rivé sur le sol carrelé. « Je ne sais pas quelle attitude adopter, avoua-t-il enfin. Je ne sais pas ce que je dois faire. »

Quelque chose, dans le ton de sa voix, la transperça. Le voir brisé de la sorte lui était plus pénible que la douleur qu'elle éprouvait elle-même. Elle contourna la table et lui posa la main sur l'épaule, mais il se refusa à la regarder.

« Tu crois qu'elle allait lui tirer dessus ? » lui demanda-t-il.

Elle sentit une boule au fond de sa gorge car, jusqu'à cette minute, elle n'avait pas considéré cet aspect. Jenny tournait le dos à Sara. Seuls Jeffrey, Lena et Brad avaient eu une vision claire de la scène.

« Sara ? »

Vu la façon dont il la regardait, elle comprit que l'heure était venue de recourir à des faux-fuyants.

« Oui, lui répondit-elle, en prenant une voix ferme. C'était net et sans bavure, Jeffrey. Tu y étais contraint. »

Il s'éloigna d'elle. Il se retourna et s'adossa au mur.

« C'est probablement Mark le père, non ? » Il appuya la tête contre la cloison. « Ce garçon sur qui elle allait tirer ? »

Elle mit les mains dans ses poches, carra les pieds bien à plat sur le sol, pour s'interdire toute velléité d'aller vers lui.

« Ça me paraît tomber sous le sens.

— Ses parents ne vont pas nous laisser le questionner avant demain. Tu savais ça ? »

Elle secoua la tête lentement, en signe de dénégation. Mark n'était soupçonné de rien. Jeffrey ne pouvait tout de même pas arrêter ce garçon parce qu'on lui avait pointé une arme sur la poitrine.

« Ils estiment qu'il est passé par suffisamment d'épreuves comme ça. » Jeffrey laissa retomber la tête. « Qu'est-ce qui a pu la pousser à commettre un geste pareil ? Qu'est-ce qu'elle a bien pu subir, qui l'aurait amenée à se dire… ? » Il releva les yeux vers elle, et sa voix resta en suspens. « C'était une de tes patientes, hein ?

— Sa mère s'est installée ici il y a environ trois ans. » Elle s'interrompit, tâchant de changer de registre. Elle savait que cela aiderait davantage Jeffrey d'évoquer cette histoire comme n'importe quelle autre affaire, plutôt que de s'étendre sur le rôle horrible qu'il y avait joué. Pour l'heure, peu importait que cela ne fût pas ce dont elle, Sara, aurait eu besoin.

« D'où sont-ils ? lui demanda-t-il.

— Je crois qu'ils étaient originaires du Nord, je ne sais trop d'où. Sa mère est descendue par ici, après un divorce apparemment assez méchant.

— Comment es-tu au courant ?

— Les parents me racontent certaines choses. » Elle observa un temps de silence. « Je ne savais pas que Jenny était enceinte. Je ne pense pas qu'elle ait eu de rapport sexuel au cours de ces six derniers mois, peut-être davantage. » Elle porta la main à sa poitrine. « C'était une gosse si délicieuse. Jamais je n'aurais imaginé qu'elle commettrait une chose pareille. »

Il hocha la tête, en se frottant les yeux.

« Tessa n'est pas certaine de pouvoir identifier qui que ce soit dans le vestiaire. Brad va prendre l'un des albums de promotion du lycée, voir s'il y déniche un visage familier. Je veux que tu y jettes un œil, toi aussi.

— Bien sûr.

— Il y avait tellement de monde, ajouta-t-il, en faisant manifestement allusion au Skatie's. Les gens sont repartis avant de faire leur déposition. Je ne sais pas si nous allons pouvoir remonter une piste.

— Tu as dégoté quelque chose ? »

Il secoua la tête négativement.

« Tu es certaine que deux personnes seulement sont entrées dans les toilettes ? Jenny et quelqu'un d'autre ?

— C'est tout ce que j'ai vu, répondit Sara, mais après cette soirée, elle ne savait plus trop si elle aurait encore jamais la moindre certitude sur rien. Je ne l'ai pas vue. Je suppose que si je l'avais croisée dans mon cabinet, je l'aurais reconnue. J'imagine. » Elle s'interrompit, tâchant de se souvenir, mais rien de nouveau ne lui vint à l'esprit. « Elle était grande, peut-être coiffée d'une casquette de base-ball. »

A ce détail, il releva les yeux.

« Tu te souviens de quelle couleur ?

— Il faisait noir, Jeffrey », objecta-t-elle, sachant qu'elle allait le décevoir. A présent, elle comprenait pourquoi tant de témoins délivraient volontiers des faux témoignages. En ne sachant pas lui dire qui était cette autre fille, elle se sentait stupide, inutile. Son cerveau s'efforça de compenser cette carence, en jetant pêle-mêle des bribes d'informations qui auraient pu être ou ne pas être de véritables souvenirs.

« Maintenant que j'y pense, je ne suis même pas certaine que ce soit une casquette de base-ball. Je ne faisais pas attention. Elle essaya de sourire. Je te cherchais. »

Il ne lui rendit pas ce sourire.

« J'ai parlé à sa mère, lui répondit-il à la place.

— Que lui as-tu dit ? »

Il reprit son ton désinvolte.

« Madame Weaver, j'ai abattu votre fille. Désolé. »

Sara se mordilla la lèvre inférieure. Dans un comté plus vaste, Jeffrey n'aurait pas été chargé de la notification de cette nouvelle à la famille. En attendant l'enquête, il aurait été déchargé de cette mission. Evidemment, Grant County n'était pas grand. Et toutes les responsabilités reposaient sur ses épaules.

« Elle n'a pas voulu entendre parler d'autopsie, poursuivit-il. J'ai dû lui expliquer qu'elle n'avait pas vraiment le choix. Elle m'a répliqué qu'elle… » Il marqua un temps de silence. « Elle m'a répliqué que c'était comme la tuer deux fois. »

Sara sentit son ventre se nouer.

« Elle m'a traité de tueur d'enfant, ajouta-t-il. Maintenant, voilà, je suis un tueur d'enfant. »

Elle fit non de la tête.

« Tu n'avais pas le choix », insista-t-elle, sachant que c'était la vérité. Elle avait fait l'amour avec cet homme, elle avait partagé sa vie. En aucun cas elle ne pouvait se tromper dans son jugement. « Tu as suivi la procédure. »

Il lâcha un rire plein de dérision.

« Jeff…

— Tu crois qu'elle aurait tiré ? lui redemanda-t-il. Moi, je ne pense pas, Sara. J'y repense, et je me dis qu'elle aurait peut-être reculé. Elle aurait peut-être…

— Regarde ça, l'interrompit Sara, en désignant la table. Elle a tué son propre enfant, Jeffrey. Crois-tu vraiment qu'elle aurait hésité à tuer aussi le père ?

— On ne le saura jamais, n'est-ce pas ? »

Un silence s'instaura, aussi lourd qu'un épais nuage. La morgue était située dans le sous-sol de l'hôpital, une salle carrelée, d'allure administrative, institutionnelle. Le seul bruit audible émanait du compresseur de la chambre froide, et il se coupa avec un puissant déclic, dont l'écho se répercuta sur les murs.

« Le bébé était-il en vie ? s'enquit Jeffrey. A la naissance, la petite était-elle vivante ?

— Sans assistance médicale, elle n'aurait pas survécu longtemps », souligna-t-elle, sans répondre à la question. Pour une raison qui lui échappait, elle souhaitait protéger Jenny.

« Le bébé était-il vivant ? répéta-t-il.

— Elle était très petite, expliqua-t-elle. Je ne pense pas qu'elle aurait… »

Jeffrey regagna la table de dissection. Il fourra les mains dans ses poches, et observa fixement le bébé.

« Je voudrais…, commença-t-il. Je veux rentrer chez moi. Je veux que tu viennes avec moi, chez moi.

— D'accord », acquiesça-t-elle. Elle avait entendu les mots qu'il venait de prononcer, mais elle n'était pas certaine d'avoir compris ce qu'il voulait.

« J'ai envie de faire l'amour avec toi. »

Les yeux de Sara durent trahir son état de choc.

« Je veux… » Il s'arrêta au milieu de sa phrase.

Elle le dévisagea, la poitrine serrée, oppressée par l'angoisse.

« Tu veux me faire un bébé. »

A l'expression qu'elle lut dans ses yeux, elle comprit que c'était bien la dernière chose à laquelle il avait songé. Elle se sentit envahie par l'humiliation. Elle avait le cœur au bord des lèvres, et était incapable de parler.

Il secoua la tête.

« Ce n'était pas ce que j'allais dire. »

Elle se détourna, les joues brûlantes. Elle ne voyait pas quels mots employer pour rattraper ses propos.

« Je sais que tu ne peux pas avoir…

— Laisse tomber.

— C'est simplement que je… »

Elle était furieuse contre elle-même, pas contre Jeffrey, mais quand elle s'adressa à lui, ce fut d'un ton sec.

« Je t'ai dit de laisser tomber. »

Il attendit quelques secondes, manifestement en train de réfléchir à la manière la plus juste de réagir. Quand il prit enfin la parole, ce fut d'une voix triste et plaintive.

« J'ai envie de revenir à peu près cinq heures en arrière, d'accord ? » Il attendit qu'elle se retourne. « J'ai envie d'être de retour dans cette putain de patinoire, avec toi, et quand mon Alphapage se déclenche, je le balance à la poubelle, bordel. »

Elle le dévisagea, mais trop peu sûre d'elle-même pour parler.

« Voilà ce que je veux, Sara, répéta-t-il. Je ne pensais pas à l'autre. Ce que tu m'as dit… »

Elle l'arrêta, la main levée. Il y eut des bruits de pas dans l'escalier, deux personnes. Elle repassa dans son bureau, en se séchant les yeux. Elle tira un Kleenex de la boîte posée sur son bureau et se moucha, puis elle compta lentement jusqu'à cinq, se ressaisit, ravalant toute l'humiliation qu'elle éprouvait.

Quand elle se retourna, les inspecteurs Lena Adams et Brad Stephens étaient entrés dans la morgue ; ils se tenaient debout à côté de Jeffrey, qui, à en juger par son allure, était parvenu à masquer ses émotions à peu près aussi bien qu'elle. Tous trois avaient les mains croisées dans le dos, à la manière des flics quand ils se trouvent sur la scène d'un crime et qu'ils ne veulent rien risquer de contaminer accidentellement. A cet instant, elle les détesta, tous autant qu'ils étaient, même Brad Stephens, qui n'aurait pas fait de mal à une mouche.

« Salut, docteur Linton », dit ce dernier, en retirant son chapeau quand elle pénétra dans la pièce. Il avait le visage plus pâle que d'ordinaire, et il avait les larmes aux yeux.

« Voulez-vous… ? » fit-elle, mais elle dut s'interrompre. Elle s'éclaircit la voix. « Voulez-vous, s'il vous plaît, remonter au rez-de-chaussée me chercher des draps ?

lui demanda-t-elle. Des draps de lit. Quatre draps. » Elle n'avait pas besoin de draps, mais Brad avait compté parmi ses patients. Elle ressentait le besoin de le protéger.

Il lui adressa un sourire, visiblement content d'avoir quelque chose à faire.

« Bien, m'dame. »

Après son départ, Lena posa une question très terre à terre.

« Vous avez déjà fini, avec le bébé ? »

Alors qu'il n'était pas présent sur le moment, ce fut Jeffrey qui répondit.

« Oui. »

Il remarqua le dossier médico-légal au bout de la table et le ramassa. Quand il sortit son stylo de sa poche poitrine et griffonna sa signature en bas du rapport d'autopsie, elle ne commenta pas. En principe, en effectuant l'autopsie sans la présence d'au moins un témoin, elle avait violé plusieurs textes de loi.

« La jeune fille est dans le frigo ? » s'enquit Lena, en se dirigeant vers la porte. Elle avait dans la démarche un allant très cavalier, comme si ce qu'elle avait devant les yeux était tout à fait courant. Sara savait que Lena était passée par pas mal de vicissitudes ces temps derniers, mais malgré tout son attitude la mettait plutôt en colère.

« C'est là ? », insista la jeune policière, la main posée sur la porte de la chambre froide.

Sara hocha la tête, sans bouger de sa place. Jeffrey s'approcha pour aider Lena et, dans un geste machinal, Sara remonta la fermeture Eclair sur le bébé. Le temps que Lena et Jeffrey fassent rouler dans la salle la civière sur laquelle gisait le corps de Jenny Weaver, elle avait le cœur qui cognait comme un tambour. Une fois arrivés à hauteur de la table de dissection, ils serrèrent les freins des roulettes, et attendirent que Sara déplace le sac. En fin de compte, Jeffrey chargea le grand sac noir dans le creux de ses bras. Quand il recueillit dans sa main ce qui devait être manifestement la tête, Sara détourna le regard. Lorsqu'il s'approcha de la chambre froide, les extrémités flasques du sac traînaient sur le sol.

Lena prit soin de consulter sa montre. Sara avait envie de la gifler, mais elle se rendit plutôt à l'armoire métallique renfermant les fournitures, à côté des éviers. Elle ouvrit une trousse stérile et enfila une blouse, en jetant un coup d'œil par-dessus son épaule, en direction du frigo, et se demandant ce qui retenait Jeffrey si longtemps. Quand il finit par émerger, elle était en train d'aider Lena à allonger le corps sur la table de dissection.

« Là », fit-il en prenant la place de Lena, tandis qu'ils disposaient le corps de Jenny Weaver sur la table en faïence blanche. Weaver était de grande taille et, quand ils l'installèrent bien en place, les tuyaux situés à la tête de la table firent un bruit de frottement métallique.

Sara releva la tête sur une sorte de billot noir, en tâchant de se percevoir comme un coroner, plutôt que comme la pédiatre de cette jeune fille. Au cours de ses dix années d'exercice en qualité de médecin légiste de Grant County, elle n'avait vécu que quatre cas où elle connaissait le défunt. Jenny Weaver était la première victime qui avait également été sa patiente à la clinique.

Elle fit rouler un plateau chargé d'instruments propres, en s'assurant qu'elle avait bien tout ce qu'il lui fallait. Les deux tuyaux installés à la tête de la table de dissection servaient à purger le corps pendant les examens. Au-dessus, il y avait une grande balance, destinée à peser les organes. Au pied de cette balance était installé un plateau de dissection. La table proprement dite était de forme concave, avec des rebords surélevés pour empêcher les matières de se répandre, et une pente descendante prononcée en direction d'un grand siphon en cuivre.

Carlos, l'assistant de Sara à la morgue, avait recouvert le corps de Jenny Weaver d'un drap blanc. Une tache rouge de taille moyenne s'étalait sur la partie du drap qui couvrait la gorge. Elle avait laissé Carlos s'occuper de Jenny pendant qu'elle travaillait sur le bébé. Il avait pris les radios et préparé Jenny pour l'autopsie, pendant que Sara essayait, mais en vain, de faire les choses correctement pour le bébé. Si Carlos avait été surpris de l'entendre lui demander de rentrer chez lui quand il en eut terminé avec Jenny, il ne l'exprima pas.

Elle rabattit le drap, en s'arrêtant juste au-dessus de la poitrine de la jeune fille. Le panneau lumineux clignota, puis les radios de Jenny Weaver prises par Carlos s'affichèrent.

Elle étudia soigneusement les films, et au début elle ne comprit pas ce qu'elle voyait. Elle vérifia de nouveau le nom sur le dossier médical, avant d'énoncer ses conclusions à voix haute. « Ici, vous pouvez voir les lignes en dégradé d'une fracture à l'humérus gauche, que je daterais de moins d'un an. Ce n'est pas une fracture ordinaire, surtout pour quelqu'un qui n'était pas une athlète, donc j'en conclus qu'elle a été causée par une forme de violence.

— L'as-tu traitée pour cela ? s'enquit Jeffrey.

— Bien sûr que non, répondit-elle. J'en aurais fait le rapport. N'importe quel médecin en aurait fait autant.

— D'accord », fit Jeffrey, en levant les mains en signe

d'apaisement. Elle n'avait pas dû mesurer sa sécheresse de ton, car Lena parut prise d'un intérêt soudain pour le carrelage du sol.

Elle se retourna vers les radios.

« Il y a aussi une preuve de traumatisme autour du cartilage intercostal, que l'on voit ici à l'intérieur de la cage thoracique. » Elle désigna la radio du torse. « Ici, là-haut, près du sternum, on aperçoit un hématome correspondant assez à une poussée brutale, ou à un mouvement d'enfoncement, orientée vers l'arrière. Cela concerne le dos. » Elle laissa cette réflexion produire son effet, en se demandant si Jenny avait consulté un autre médecin pour ce problème. Un interne de première année aurait été capable de constater que cette blessure avait quelque chose de louche.

« Je dirais que la personne qui a fait cela, reprit-elle, était plus grande qu'elle. Et que ce geste est récent. »

Elle cala une autre radio contre le panneau lumineux. Elle croisa les bras, examina le film.

« C'est la ceinture pelvienne, expliqua-t-elle. Vous noterez la ligne estompée, ici, contre l'ischium. Cela tendrait à indiquer une pression traumatique exercée sur le pubis. C'est ce que l'on désigne communément du nom de fracture de fatigue.

— Fatigue causée par quoi ? » s'étonna Jeffrey.

Elle fut surprise d'entendre Lena fournir elle-même la réponse à Jeffrey.

« Elle a été violée, annonça Lena, comme elle aurait pu annoncer que les yeux de la jeune fille étaient bleus. Violée avec brutalité. Exact ? »

Sara confirma d'un hochement de la tête, et elle était sur le point d'ajouter autre chose quand elle entendit à nouveau des bruits de pas dans l'escalier. Elle devina, à la mollesse de la démarche, que Brad était de retour.

« Et voilà ! », s'exclama ce dernier, en franchissant la porte à reculons. Il était chargé d'une brassée de draps, et il tenait à la main son chapeau, qui se balançait.

Sara l'arrêta.

« Tu as trouvé des taies d'oreiller ?

— Oh ! », fit-il, tombant des nues. Il secoua la tête. « Désolé, non.

— Je crois qu'elles sont au dernier étage, lui précisa-t-elle. Tu pourrais m'en rapporter au moins quatre ?

— Oui, m'dame », acquiesça-t-il, en posant les draps sur une table près de la porte.

Il repartit, et Lena croisa les bras.

« Il n'a pas douze ans », observa-t-elle.

Pour la première fois depuis qu'elle était arrivée à la morgue, Jeffrey s'adressa directement à son adjointe.

« La ferme », lui ordonna-t-il, ce qui était assez inhabituel de sa part.

La policière devint écarlate, mais garda le silence. Cela non plus n'était pas dans son caractère.

« L'hématome à la poitrine n'aurait pu être traité avec autre chose que du Tylenol, continua-t-elle. La fracture pelvienne aurait pu se guérir toute seule. Cela pourrait expliquer pourquoi elle avait pris du poids, récemment. Cela devait être dur de surmonter tout ça.

— Tu crois que c'est son petit ami qui la maltraitait ? demanda Jeffrey.

— En tout cas, lui ou quelqu'un d'autre, oui », observa-t-elle, en examinant de nouveau les clichés, tâchant de repérer si elle avait manqué quelque chose. Toutes les fois qu'elle avait vu Jenny Weaver, elle n'avait jamais soupçonné un cas de sévices sexuels sur une mineure. Comment et pourquoi cette gamine avait-elle pu cacher ça, elle n'en savait rien. Bien entendu, ce n'était pas comme si Sara avait rédigé une ordonnance de radios pour un mal de gorge, car Jenny ne retirait évidemment pas ses vêtements et ne les avait jamais retirés pour aucun examen médical. Pour tout ce qui touchait à leur corps, les adolescentes étaient très pudiques et, pour écouter le cœur et les poumons de sa patiente, Sara avait toujours glissé son stéthoscope sous la chemise de Jenny, pour que la jeune fille n'en conçoive aucune gêne.

Elle s'approcha de la table, pour reprendre ses examens préliminaires. Lorsqu'elle rabattit le drap, elle avait les mains qui tremblaient légèrement, et elle était si absorbée par le seul fait de les empêcher de trembler qu'elle ne remarqua même pas ce qu'elle dévoilait.

« Nom de Dieu de merde ! », lâcha Lena, en ponctuant d'un sifflement assourdi.

Cette fois, pourtant, Jeffrey ne la réprimanda pas, et Sara comprit tout de suite pourquoi. Le corps de la jeune fille présentait de petites coupures, surtout sur les bras et les jambes. Ces blessures en étaient à des stades de guérison divers, mais certaines d'entre elles ne paraissaient pas remonter à plus de quelques jours.

« Que s'est-il passé ? lui demanda Jeffrey. A-t-elle essayé de se suicider ? »

Elle observa les entailles qui marquaient la peau. Aucune d'entre elles ne s'inscrivait sur les poignets ou dans des endroits du corps où elles auraient sauté aux yeux d'un observateur qui n'aurait rien recherché de particulier. Cela aurait au moins expliqué pourquoi la jeune fille portait une chemise à manches longues au beau milieu de l'été. De minuscules coupures alignées, très profondes, jalonnaient l'avant-bras gauche de Jenny, en commençant à sept ou huit centimètres du poignet, jusqu'au niveau où la manche aurait pu être remontée. De sombres cicatrices indiquaient que ces blessures étaient chose courante. Les coupures aux jambes étaient beaucoup plus profondes, et suivaient apparemment un motif en croisillons. A en juger par ces cicatrices, Sara estima que les entailles les plus profondes devaient rayonner du genou vers la cuisse. La jeune fille s'était infligé tout cela elle-même.

« Qu'est-ce que c'est que ça ? s'enquit Jeffrey, mais il devait bien le savoir.

— Des coupures, suggéra Lena.

— De l'automutilation, rectifia Sara, comme si cela améliorait les choses. J'ai déjà vu ça, à la clinique.

— Pourquoi ? insista Jeffrey. Pourquoi s'infliger ça ?

— Par stupidité, essentiellement », lui rétorqua Sara, sentant la colère monter au creux de son ventre. Combien de fois avait-elle vu cette jeune fille ? Combien de signes avait-elle loupés ? « Quelquefois, ils ont simplement envie de savoir ce que ça fait. En général, pour eux, c'est juste une manière de s'extérioriser, et ils ne réfléchissent pas aux conséquences. En revanche, ici… » Elle s'interrompit, observant fixement les profondes coupures le long de la cuisse gauche de Jenny. « C'est autre chose. Elle les a dissimulées, elle ne voulait pas que les autres le sachent.

— Pourquoi ? répéta Jeffrey. Pourquoi aurait-elle fait une chose pareille ?

— Par volonté de se dominer », lui répondit Lena, et Sara n'aima pas du tout le regard que l'adjointe posa sur le corps de la jeune fille. C'était presque un regard respectueux.

« C'est une forme profonde de psychose, nuança-t-elle. En général, c'est un acte que l'on constate chez les boulimiques et les anorexiques. C'est une forme de haine de soi. » Elle lança à Lena un regard entendu. « En général, il y a un facteur de déclenchement. Les sévices sexuels, ou le viol, par exemple. »

Lena soutint son regard, juste une seconde, avant de regarder ailleurs.

Sara poursuivit.

« Mais il y a d'autres éléments qui peuvent y conduire. L'abus de certaines substances, la maladie mentale, les problèmes scolaires ou à la maison. »

Sara se rendit au placard des fournitures et en sortit un spéculum en plastique. Après avoir enfilé une seconde paire de gants, elle déballa le spéculum et l'encliqua en position ouverte. Ce bruit provoqua un léger mouvement de recul de la part de Lena, et Sara fut soulagée de voir que l'inspectrice était capable de montrer un peu d'émotion.

Elle passa au pied du corps, et écarta les jambes. D'un coup, elle s'arrêta ; son esprit n'acceptait pas ce que voyaient ses yeux. Elle laissa tomber le spéculum sur la table de dissection.

« Qu'est-ce qu'il y a ? » s'enquit Lena.

Sara ne répondit pas. Après cette soirée, elle avait cru que rien ne pourrait plus la choquer. Elle se trompait lourdement.

« Qu'y a-t-il ? répéta Lena.

— Elle n'a pas donné naissance à cet enfant, répondit Sara. A aucun enfant. »

Jeffrey désigna le spéculum resté intact.

« Comment peux-tu en être certaine sans l'avoir examinée complètement ? »

Sara les dévisagea tous les deux, ne sachant trop comment formuler la réponse.

« Son vagin a été cousu, leur annonça-t-elle enfin. Au vu du stade de cicatrisation, je dirais qu'il est dans cet état depuis au moins six mois. »

Dimanche

QUATRE

Lena se passa la langue sur les incisives, tout en regardant fixement par la vitre de la voiture. Elle n'arrivait pas à s'habituer au contact des fausses dents, de ses couronnes temporaires. Dans trois semaines, on allait lui fixer quatre implants définitifs, qu'on lui visserait dans les gencives comme de petites ampoules électriques. Elle n'arrivait pas à s'imaginer la sensation que cela lui procurerait. Pour l'instant, ses prothèses ne servaient qu'à une chose, constamment lui rappeler ce qui lui était arrivé quatre mois plus tôt.

Tout en regardant le paysage défiler, elle tâcha de refouler ce souvenir. Grant County était une petite commune, mais pas aussi petite que Reece, où Lena et Sibyl, sa sœur jumelle, avaient grandi. Leur père avait été tué dans l'exercice de ses fonctions, huit mois avant leur naissance, et leur mère était morte en les mettant au monde. La tâche d'élever les deux fillettes était échue à leur oncle Hank Norton, un *acid freak* et un alcoolique reconnu, qui avait lutté contre ces deux penchants durant une bonne partie de l'enfance des deux fillettes. Par un après-midi ensoleillé, Hank avait reculé dans l'allée avec sa voiture, et il avait percuté Sibyl. Lena avait toujours considéré que la cécité de sa sœur était la faute de l'oncle. Elle ne lui avait jamais pardonné son rôle dans cet accident, et Hank avait réagi à cette haine de sa nièce par un mur de haine apparemment tout aussi insurmontable. Tous deux avaient un passé qui les empêchait de se tendre la main. Même aujourd'hui, après la mort de Sibyl, et alors que Lena n'avait pas été loin de subir le même sort, elle ne pouvait s'empêcher de considérer Hank Norton comme autre chose qu'un mal nécessaire dans son existence.

« Fait chaud, dehors », grommela Hank tout en se tamponnant la nuque avec un mouchoir à l'air usé. Avec le ronronnement de la climatisation, Lena l'entendait à peine. La vieille berline Mercedes de Hank était un vrai tank, et tout, à l'intérieur de l'habitacle, paraissait excessif. Les sièges étaient trop grands. Il y avait assez d'espace pour les jambes d'un cheval. Les cadrans sur le tableau de bord étaient grands et envahissants, leur forme était plus destinée à impressionner qu'à renseigner. Et pourtant, il était réconfortant de se trouver à l'intérieur d'un engin aussi compact. Même sur la route gravillonnée qui descendait de la maison de Lena, la voiture semblait flotter au-dessus du sol.

« Sûr qu'il fait chaud », répéta Hank. Plus il vieillissait, plus il cédait à cette manie, comme si répéter ses phrases devait masquer le fait qu'il n'avait pas grand-chose à dire.

« Ouais », approuva Lena, en regardant de nouveau fixement par la vitre. Elle sentait bien que Hank la regardait, probablement dans l'espoir de bavarder un peu. Au bout d'un petit moment, il eut l'air d'y renoncer et se contenta d'allumer la radio.

Lena appuya la tête contre son siège, en fermant les yeux. Elle avait accepté d'accompagner son oncle à l'église, un dimanche, peu de temps après sa sortie de l'hôpital, quand elle avait regagné la maison, et, au cours des mois suivants, cette visite à l'église s'était muée en habitude. Elle l'avait suivi davantage par peur de rester seule dans sa propre maison que parce qu'elle désirait l'absolution de ses péchés. Dans son esprit, elle n'aurait plus jamais besoin de chercher le pardon pour rien. Quatre mois plus tôt, elle avait payé son dû au Seigneur, ou à celui qui suivait le fil des événements terrestres, en se faisant violer, droguer, en traversant un monde de douleur et de fausse transcendance proprement cauchemardesque.

Hank s'immisça de nouveau dans le cours de ses pensées.

« Ça va, mon bébé ? »

Quelle question idiote ! songea Lena. Quelle question crétine, putain !

« Lee ?

— Oui, répondit-elle, en ayant bien conscience que la sonorité de ce mot chuintait entre ses dents provisoires.

— Nan a rappelé, lui dit-il.

— Je sais », fit-elle. Nan Thomas, la maîtresse de Sibyl à l'époque de sa mort, avait appelé à intervalles plus ou moins réguliers, au cours du mois écoulé.

« Elle a conservé une partie des affaires de Sibyl, poursuivit Hank, même s'il n'ignorait pas que Lena était au courant. Elle veut juste te les donner.

— Pourquoi elle ne te les donne pas à toi ? » rétorqua Lena. Elle n'avait aucun besoin de voir cette femme, et Hank le savait. Pourtant, il n'arrêtait pas de revenir sur la question.

Il changea de sujet.

« Cette fille, hier au soir, commença-t-il, en baissant la radio. Tu étais là, hein ?

— Oui », confirma-t-elle, d'une voix sifflante. Elle serra la mâchoire, en se forçant à ne pas pleurer. Parlerait-elle jamais à nouveau normalement ? Le son même de sa voix allait-il demeurer comme un rappel permanent de ce qu'il lui avait fait subir ?

Dans l'esprit de Lena, cela restait « Il », car elle était incapable d'autoriser son cerveau à employer son nom. Elle avait les mains posées sur les genoux, et elle baissa les yeux, contemplant les cicatrices jumelles qu'elle conservait sur le dos des mains. Si Hank n'avait pas été là, elle les aurait retournées, elle aurait observé ses paumes, là où les clous enfoncés à coups de marteau dans le sol lui avaient percé les os. Elle conservait les mêmes cicatrices aux pieds, pile entre les orteils et les chevilles. Deux mois de rééducation lui avaient restitué un usage normal de ses mains, et elle arrivait désormais à marcher sans avoir l'envie de rentrer sous terre, mais les cicatrices étaient toujours là.

Elle n'avait que quelques souvenirs aigus de ce qui était arrivé à son corps, au cours de son enlèvement. Seules ces cicatrices, et son dossier médical à l'hôpital, pouvaient relater l'histoire dans son intégralité. Tout ce dont elle se souvenait, c'étaient ces moments où l'effet des drogues se dissipait et où il venait à elle, s'asseyait par terre à côté d'elle, comme s'ils se trouvaient tous deux dans un camp de louveteaux, à se raconter des histoires sur son enfance et son existence, comme s'ils étaient deux amants apprenant à se découvrir.

La tête de Lena était remplie de détails concernant la vie de cet homme : son premier baiser, la première fois qu'il lui avait fait l'amour, ses espoirs et ses rêves, ses obsessions maladives. A présent, ils lui revenaient aussi facilement que des souvenirs issus de son propre passé à elle. Lui avait-elle raconté des histoires similaires la concernant ? Elle était incapable de s'en souvenir, et cela l'effrayait encore plus profondément que les aspects plus physiques de l'agression. Par moments, elle jugeait ses cicatrices comme sans importance, comparées aux conversations très intimes qu'elle avait eues avec son violeur. Il l'avait manipulée pour qu'elle perde toute maîtrise de ses propres pensées. Il ne s'était pas contenté de violer son corps, il avait aussi violé son esprit.

Même à présent, ses souvenirs se fondaient constamment avec ceux de cet homme, au point qu'elle ne savait plus démêler ce qui lui était arrivé à elle de ce qui lui était arrivé à lui. Sibyl, la seule personne qui aurait pu remettre de l'ordre dans tout cela, la seule qui aurait pu lui restituer sa vie, son enfance, lui avait été enlevée, elle aussi.

« Lee ? » Hank l'interrompit dans ses pensées, en lui tendant un paquet de chewing-gums. D'un geste de la tête, elle refusa, et le regarda s'arranger pour tenir le volant tout en sortant une tablette de Juicy Fruit du paquet. Les manches de sa chemise habillée étaient remontées, et on voyait bien les marques effilées qui sillonnaient ses avant-bras dodus et blancs. Elles étaient hideuses, ces cicatrices, et Lena se dit qu'elles lui rappelaient Jenny Weaver. La veille au soir, Jeffrey n'avait pas arrêté de demander ce qui pouvait pousser quelqu'un à se taillader de la sorte, mais Lena comprenait parfaitement en quoi la douleur pouvait devenir un réconfort. Six semaines environ après sa sortie de l'hôpital, elle s'était accidentellement claqué la portière de sa voiture sur les doigts.

Une douleur cuisante lui était remontée dans le bras et, pendant un très court instant, elle s'était surprise à apprécier ça, et à se faire cette réflexion : *Voilà à quoi ça ressemble, de pouvoir à nouveau ressentir quelque chose.*

Elle ferma les yeux, les mains fermement croisées sur les genoux. Comme d'habitude, ses doigts repérèrent le dessin des cicatrices, et elle suivit le contour de la première, puis de la seconde. Sur le moment, quand c'était arrivé, elle n'avait pas ressenti la moindre douleur. La drogue avait suffi à la convaincre qu'elle flottait sur l'océan, qu'elle était en sécurité. Son esprit avait créé une réalité alternative par rapport à celle que le violeur lui avait créée. Quand il la touchait, le mental de Lena lui racontait qu'il s'agissait de Greg Mitchell, son ancien petit ami, qu'elle accueillait en elle. Son corps avait réagi à la présence de Greg, pas à la sienne à lui.

Pourtant, les rares fois où elle avait été en mesure de dormir suffisamment longtemps pour faire un rêve, elle avait rêvé que c'était son violeur qui la touchait, et pas Greg. C'étaient ses mains à lui, sur ses seins. C'était lui, en elle. Et, à son réveil, dans la stupeur et la frayeur, ce n'était pas Greg qu'elle cherchait dans sa chambre vide et sombre.

L'odeur écœurante et sucrée du chewing-gum de Hank atteignit les narines de Lena, qui serra les poings. Elle sentit son estomac pris d'un haut-le-cœur, sans autre forme d'avertissement.

« Arrête-toi », réussit-elle à lui dire, en se masquant la bouche d'une main, et en attrapant la poignée de la portière de l'autre. Avec une brusque embardée, Hank rangea la voiture sur le bas-côté de la route, pile au moment où Lena rendait. Elle n'avait bu qu'une tasse de café pour le petit déjeuner, mais il n'y eut pas que ça qui sortit. Elle ne tarda pas à être prise de vomissements à sec, l'estomac contracté. Sous la tension, des larmes lui vinrent aux yeux, et son corps fut parcouru de violentes secousses.

Au bout de ce qui lui parut durer plusieurs minutes, la nausée finit par passer. Elle s'essuya la bouche du dos de la main, à l'instant même où Hank lui tapotait sur l'épaule, en lui proposant son mouchoir. Le tissu était tout chaud et sentait la sueur, mais elle s'en servit quand même.

« Ton chewing-gum, grommela-t-elle, en s'agrippant à la planche de bord pour essayer de se redresser dans son siège. Je ne sais pas pourquoi…

— C'est bon », répondit-il non sans brusquerie. D'une pression sur un bouton, la vitre fut comme aspirée vers le bas, et il cracha son chewing-gum avant de s'engager de nouveau sur la chaussée. Il regardait droit devant lui, la mâchoire dessinant une ligne droite.

« Je suis désolée », fit-elle, sans trop comprendre pourquoi elle s'excusait, à l'instant même où elle prononçait ces mots. Hank avait l'air en colère, mais elle savait que son animosité était davantage dirigée contre lui-même que contre elle, simplement parce qu'il ne savait comment lui venir en aide. C'était une scène familière entre eux, qu'ils s'étaient rejouée tous les jours, depuis son retour de l'hôpital.

En se contorsionnant à moitié, Elle tendit le bras vers la banquette arrière pour récupérer son sac à main. Elle avait dedans des comprimés de Pepto Bismol et des réglisses Altoïds, justement pour ce genre de circonstance. Elle détestait ces journées où elle ne travaillait pas. Quand elle était au boulot, elle était trop occupée pour se permettre le luxe de tels épisodes. Elle avait des rapports à remplir, et des appels à passer. Au poste, elle savait qui elle était, et les patrouilles qu'elle effectuait avec Brad, une mission qui lui répugnait au début, lui donnaient une sensation de compétence et de sécurité.

Elle n'en était pas non plus à se jeter à corps perdu dans son boulot de flic, comme si c'était la seule chose qui la maintenait en vie. Elle n'était pas dupe. Elle se sentirait pareillement si elle avait été caissière à la quincaillerie ou appariteur au collège. Le crime et les criminels revêtaient pour elle la même signification que rendre la monnaie exacte, ou nettoyer une tache sur le sol de la cafétéria. Ce que son boulot lui apportait, ces temps-ci, c'était une forme de structure. Il fallait qu'elle se montre, à huit heures du matin. On attendait d'elle qu'elle accomplisse certaines tâches. Brad avait besoin d'être dirigé. A midi, ils déjeunaient, ou plutôt, Brad déjeunait. Ces derniers temps, elle n'avait pas d'appétit. Vers trois heures, ils s'arrêtaient boire un café au Donut King, à Madison. A six heures, ils étaient de retour au poste, et le monde de Lena tombait en morceaux, jusqu'à ce qu'il soit l'heure de retourner au travail, le lendemain. Il y avait aussi quelques très rares soirées — comme hier soir —, où Jeffrey l'autorisait à faire des heures supplémentaires, et là, elle en sanglotait presque de soulagement.

« Ça va, maintenant ? » lui demanda Hank, avec encore une nuance d'accusation dans la voix.

Elle le cueillit sans attendre.

« Laisse tomber, c'est tout.

— Ouais, d'accord », répondit-il, en abaissant d'un coup sec la commande du clignotant tout en s'arrêtant derrière une file de voitures, devant l'église. La voiture s'engagea au pas vers le parking, et ils gardèrent tous deux le silence.

Lena leva les yeux sur le petit édifice blanc, supportant déjà mal d'être là. Elle n'avait jamais apprécié l'église, et, à douze ans, on l'avait même mise à la porte de l'école du dimanche pour avoir arraché les pages d'une Bible. Quand Hank s'en était pris à elle, elle lui avait répondu qu'elle avait eu ce geste par ennui, mais la vérité, c'était qu'à cette époque déjà, elle ne supportait aucune règle. Elle détestait qu'on lui dicte ses actes. Elle était incapable de respecter une autorité qui n'avait pas fait ses preuves à ses yeux. La seule raison pour laquelle elle faisait un bon flic, c'était qu'elle possédait un certain degré d'autonomie, sur le terrain, et que tout le monde était bien forcé de l'écouter quand elle l'exigeait.

« Cette fille, lâcha Hank, en reprenant la conversation comme si ces dix dernières minutes n'avaient pas existé. C'est bien triste, ce qu'elle a fait.

— Ouais, admit Lena en haussant les épaules, sans avoir trop envie d'y repenser.

— Il y a des gens tellement paumés, poursuivit Hank. Ils demandent de l'aide à personne, et après il est trop tard. Et après il est trop tard », répéta-t-il, après un temps de silence.

Elle savait dans quoi il se lançait, dans une comparaison entre cette fille qui était morte et elle. Probablement un prospectus des Alcooliques Anonymes qui portait ce genre de conseil inscrit au verso, juste à côté d'un petit espace où l'on pouvait mentionner le nom de son parrain et son numéro de téléphone.

« Si j'avais l'intention de me suicider, lui rétorqua-t-elle sur un ton cassant, je l'aurais fait le jour de mon retour à la maison.

— Je ne parlais pas de toi, répliqua Hank.

— Des conneries », siffla-t-elle. Elle attendit une fraction de seconde. « Je croyais que tu allais bientôt rentrer chez toi.

— Oui, bientôt, confirma-t-il.

— Bien », fit-elle et, à cette minute, elle le pensait vraiment. Hank vivait avec elle depuis qu'elle était rentrée de l'hôpital, et elle en avait assez de le voir fouiner dans tous les recoins de son existence.

« J'ai une affaire à faire tourner, lui rappela-t-il, comme si le bar miteux qu'il possédait à la périphérie de Reece était IBM. Il faut que je m'y remette. Si tu veux, je m'en vais dès ce soir.

— Parfait », approuva-t-elle, mais son cœur se mit à cogner très fort à l'idée qu'elle puisse se retrouver seule ce soir. Elle n'avait pas envie de Hank chez elle, mais elle savait que s'il s'en allait, elle ne se sentirait jamais en sécurité. Même dans la journée, quand elle travaillait, lorsque Hank partait en visite à son bar, elle ressentait une douleur lancinante à l'idée qu'il soit victime d'un accident de voiture ou qu'il décide tout bonnement de ne plus revenir du tout, et elle devrait alors rentrer dans une maison vide et sombre. Hank n'était pas seulement un hôte indésirable. Il était son bouclier.

« Je pourrais m'occuper à des choses bien plus intéressantes », la prévint-il.

Elle resta silencieuse, mais, dans sa tête, elle se

répétait son mantra — je t'en prie ne pars pas, je t'en prie ne pars pas. Avec le besoin de le dire à haute voix, sa gorge se serrait.

Hank donna un coup d'accélérateur ; la voiture bondit en avant, et il s'adjugea une place de parking juste à côté de la chapelle. Avec un claquement sec, il positionna le levier de vitesses en position parking, et la vieille berline tangua, en avant, en arrière, à plusieurs reprises, avant de s'immobiliser.

Il lui jeta un coup d'œil, et elle vit bien qu'il la tenait, et qu'il le savait.

« Tu veux que je m'en aille ? Alors, dis-moi de partir. Tu n'as jamais eu de mal à me le dire, avant. »

Elle se mordit la lèvre très fort ; elle voulait sentir le goût du sang. Au lieu que sa chair cède, ce furent ses dents de devant qui bougèrent, et elle porta la main à sa bouche, saisie par cette sorte de rappel à l'ordre.

« Quoi ? Alors, tu sais plus parler, maintenant ? »

Elle réprima un sanglot étouffé, gorgé d'émotion.

Hank détourna le regard, et attendit qu'elle se reprenne. Elle savait qu'il était capable d'entendre une pièce remplie d'inconnus se lamenter rien que pour avoir le droit de se planter une seringue dans le bras ou s'envoyer un double whisky, mais il était incapable de supporter ses larmes. Au fond d'elle-même, elle savait aussi qu'il la détestait quand elle pleurait. Sibyl était son bébé à lui, celle dont il avait pris soin. Lena était la plus forte des deux, qui n'avait besoin de personne. Ce renversement des rôles l'avait laissée sur le cul.

« Faut que t'ailles consulter un psychothérapeute, lui beugla-t-il, toujours en colère. Ton chef te l'a dit. C'est obligatoire, et tu ne le fais pas. »

Elle secoua violemment la tête.

« Tu ne cours plus. Tu ne fais plus de musculation, poursuivit-il, comme si ces reproches faisaient partie d'un acte d'accusation lancé contre elle. Tu vas au lit à neuf heures et le matin tu te lèves aux aurores, renchérit-il. Tu ne prends plus soin de toi.

— Je prends soin de moi, marmonna-t-elle.

— Soit tu vas consulter un psychothérapeute, soit je m'en vais, aujourd'hui, Lee. » Il posa sa main sur la sienne, la forçant à tourner la tête vers lui. « Si tu penses que je ne dis pas ça sérieusement, je veux bien avoir une crise cardiaque, fillette. »

Subitement, il changea d'expression, et les traits sévères de son visage s'adoucirent. Il lui ramena les cheveux en arrière, en lui effleurant légèrement la peau de la main. Hank essayait de se montrer paternel envers elle, mais la douceur de son geste intervenait comme un rappel écœurant de la manière que *l'autre* avait eue de la toucher. La tendresse, c'était le côté le pire : les caresses tout en douceur, sa manière délicate de la calmer et de la stimuler, avec sa langue, avec ses doigts, la lenteur atroce avec laquelle il la baisait, comme s'il lui faisait l'amour au lieu de la violer.

Elle se mit à trembler. Elle ne pouvait plus s'arrêter de trembler. Hank écarta aussitôt la main, comme s'il venait de se rendre compte qu'il touchait quelque chose de mort. Elle recula vivement, et sa tête heurta la vitre.

« Ne recommence plus jamais ça, l'avertit-elle, mais dans sa voix, il n'y avait que de la peur. Ne me touche pas. Ne me touche plus jamais comme ça. Tu m'entends ? » Elle avait le souffle court, elle essaya de ravaler la bile qui lui remontait dans la gorge.

« Je sais, fit-il en gardant la main tout près de son dos, mais sans la toucher. Je sais. Je suis désolé. »

Lena agrippa la poignée de la portière après l'avoir loupée plusieurs fois, à cause de ses mains qui tremblaient trop fort. Elle descendit de voiture, s'emplit les poumons de grandes goulées d'air. La chaleur l'enveloppait tout entière, et elle ferma les yeux, serra très fort les paupières, tâchant de n'établir aucun lien entre cette chaleur et ses rêves, quand elle flottait sur l'océan.

Elle entendit une voix familière et amicale derrière elle.

« Salut, Hank ! s'exclama Dave Fine, le pasteur de l'église.

— Bonjour, monsieur », répondit Hank, d'une voix plus aimable, dont il n'usait jamais avec elle. Elle l'avait déjà entendu employer ce ton-là, par le passé, mais uniquement avec Sibyl. En ce qui la concernait, il lui réservait toujours des critiques acerbes.

Elle se concentra sur une seule chose, retrouver la maîtrise de sa respiration avant de se retourner. Elle était incapable de sourire, mais elle sentit les commissures de ses lèvres s'incurver légèrement, ce qui dut faire au pasteur l'effet d'une grimace affligée.

« Bonjour, inspecteur », dit ce dernier, et sa voix, tout empreinte de la compassion du prêcheur, vint véritablement s'insinuer sous sa peau. C'était pire que tout ce que Hank avait pu lui dire dans la voiture. Au cours des quatre derniers mois, Hank n'avait pas arrêté de lui vanter Dave Fine, pour la pousser à lui parler. Le pasteur Fine faisait également office de psychologue, du moins se présentait-il comme tel, et il recevait des patients, le soir. Lena n'avait aucune envie de parler de la pluie et du beau temps à ce monsieur, et encore moins de ce qui lui était arrivé. Fine n'avait rien d'un Antéchrist, c'était simplement que, parmi toutes les personnes à qui elle aurait pu s'adresser, un pasteur était vraiment le dernier interlocuteur qu'elle se choisirait. On eût dit que Hank avait oublié ce qu'elle avait subi dans cette chambre obscure, où toute lumière était occultée.

« Pasteur », fit-elle avec sécheresse, en passant devant lui, son sac à main serré contre sa poitrine, comme une vieille dame dans une braderie.

Elle s'éloigna, avec son regard planté dans le dos, et elle entendit Hank lui présenter des excuses. Elle se sentit envahie d'une bouffée de honte, pour s'être montrée grossière envers Fine. Ce n'était pas sa faute à lui — l'homme était assez gentil —, mais elle ne voyait vraiment pas quoi dire pour leur faire comprendre.

Elle pressa le pas, regardant droit devant elle tout en s'approchant de l'église. Une foule de gens massée autour de l'entrée s'écarta pour la laisser passer, elle monta les marches, une à la fois, s'obligeant à avancer lentement, à ne pas obéir à la pulsion de son corps, et à ne pas entrer dans l'église en courant. Pendant son ascension des marches, tout le monde trouva mieux à faire que de la regarder, sauf Brad Stephens, qui la gratifia d'un grand sourire, comme un petit chiot. Matt Hogan, qui était l'équipier de Frank Wallace maintenant qu'elle avait été nommée à la patrouille, s'employait à allumer sa cigarette, avec l'air du type qui tente de réaliser une fusion nucléaire dans la paume de sa main.

Lena resta le menton bien haut, en veillant à ne regarder personne, pour que personne ne lui parle. Et pourtant, elle sentait bien qu'on la dévisageait, et elle savait que dès qu'ils la croiraient hors de portée de voix, ils allaient tous se mettre à chuchoter.

Lors de ces visites à l'église, le pire, c'était les gens. Toute la ville était au courant de ce qui lui était arrivé. Ils savaient qu'elle avait été enlevée, et violée. Ils avaient lu dans le journal tous les détails de l'agression qu'elle avait subie. Ils avaient suivi son rétablissement et son retour chez elle, après sa sortie de l'hôpital, de la même manière qu'ils suivaient des séries ou des matches de football. Elle ne pouvait se rendre à l'épicerie sans que quelqu'un tente d'apercevoir les cicatrices qu'elle conservait aux mains. Elle ne pouvait pas traverser une pièce bondée sans que quelqu'un lance un regard attristé, pathétique, dans sa direction. Comme s'ils pouvaient comprendre ce qu'elle avait traversé. Comme s'ils savaient l'effet que cela faisait de se sentir forte et invincible un jour, et complètement vulnérable le lendemain. Et le surlendemain.

Les portes de l'église étaient fermées, afin de préserver un peu de fraîcheur, et de cantonner la chaleur à l'extérieur. Lena atteignit la poignée de la porte juste en même temps que l'un des diacres, et leurs mains s'effleurèrent. Elle recula brusquement, comme si elle venait de toucher du feu, et attendit que la porte s'ouvre, les yeux toujours baissés. Elle dépassa le foyer, en direction de la chapelle, le regard rivé sur le tapis rouge, sur les moulures blanches qui ornaient le pied des bancs d'église alignés dans la longue salle, pour que personne ne songe à lui parler.

L'intérieur de l'église était simple, eu égard aux critères des baptistes, et petite, eu égard à la taille de la ville. Pour la plupart, les habitants les plus anciens assistaient à l'office du temple baptiste primitif de Stokes Street, et c'est aussi là qu'allait le denier du culte. L'église baptiste Crescent avait environ trente ans d'existence, et on accueillait là les fêtes de célibataires, les groupes de soutien après divorce et les petites sauteries de l'association Parents sans Compagnons dans le sous-sol de la petite chapelle. Le Dieu de l'église Crescent n'était pas un Dieu vengeur. Dans les sermons, il était question de pardon et d'amour, de charité et de paix. Le pasteur Fine n'aurait jamais admonesté l'assemblée des fidèles pour leurs péchés, jamais il ne les aurait menacés de l'enfer ou de l'apocalypse. Cela ne surprenait pas du tout Lena que Hank ait choisi cette église-là. Ses réunions aux Alcooliques Anonymes se tenaient dans le sous-sol, juste à côté de la classe où l'on apprenait aux adolescents comment devenir de futurs parents.

Elle choisit un banc sur le devant, sachant que Hank préférerait être placé près du pasteur, pour recevoir sa dose habituelle de pardon dominical. L'épouse de Dave Fine et leurs deux enfants étaient juste devant elle, mais heureusement ils ne se retournèrent pas. Elle croisa les jambes, lissa son pantalon, jusqu'à ce qu'elle sente le regard de la femme assise à l'autre bout du banc, qui fixait ses mains. Elle croisa les bras et leva les yeux vers la scène. La chaire était plantée au centre, de larges fauteuils tapissés de velours disposés en éventail de part et d'autre. Derrière, il y avait la tribune de la chorale, avec l'orgue sur le côté. Les tuyaux de l'instrument grimpaient le long des murs comme une cage thoracique verticale, de chaque côté des fonts baptismaux. Au centre de tout cet agencement, il y avait Jésus, les bras en croix, un pied croisé par-dessus l'autre.

Lorsque Hank se glissa le long du banc, pour venir à côté d'elle, elle s'obligea à regarder ailleurs. Elle consulta sa montre. L'office de neuf heures trente allait bientôt débuter. Il durerait une heure, et puis ce serait l'école du dimanche, une demi-heure de plus. Ils repartiraient vers onze heures, puis ils s'arrêteraient à la Waffle House, sur le bord de la Route 2, où Hank se ferait servir son déjeuner, tandis qu'ellesiroterait une tasse de café. A midi, ils seraient rentrés à la maison. Lena ferait le ménage, puis elle travaillerait sur deux ou trois rapports. A une heure et demie, elle était attendue au poste pour s'occuper de l'affaire Jenny Weaver. Le briefing durerait environ trois heures, si elle avait de la chance, puis elle prendrait le temps de rentrer à la maison et de se préparer pour le repas du dimanche à la fortune du pot et l'office du soir. Après quoi, il y aurait une sorte de concert, qui se prolongerait jusqu'à peu près neuf heures et demie. Le temps qu'ils soient de retour à la maison, il serait largement l'heure pour Lena d'aller se coucher.

Tout en réfléchissant à tout cela, elle souffla lentement, soulagée à l'extrême de savoir qu'aujourd'hui, au moins, elle avait du pain sur la planche. Elle n'avait plus une heure à elle.

« Ça va commencer », lui chuchota Hank. La musique d'orgue débuta, et il sortit un recueil de cantiques de l'étagère située devant lui. Il farfouilla dans le livre. « Le pasteur Fine dit que tu peux venir le voir demain, après le travail. »

Lena fit semblant de n'avoir rien entendu, mais son horloge mentale nota ce rendez-vous. Au moins, cela lui donnerait de quoi s'occuper. Au moins, en acceptant de le voir, elle retiendrait Hank en ville un petit plus longtemps.

« Lee ? » insista-t-il. Il finit par renoncer, lorsque la chorale entama un cantique.

Elle se leva en même temps que tout le monde ; la voix de baryton de Hank lui vibrait aux oreilles, il chantait « Plus Près de Toi, mon Dieu ». Elle ne se donna même pas la peine d'articuler muettement les paroles. Elle se passa la langue sur les incisives, en suivant le doigt de Hank qui indiquait à quel endroit on en était du cantique.

Finalement, elle regarda de nouveau la croix. En contemplant cette crucifixion, elle éprouva une forme de légèreté, une paix étrange. Elle avait beau chercher à le nier, il y avait dans l'aspect familier de cette scène, dans son côté déjà connu d'elle, quelque chose de réconfortant.

CINQ

Sara était au volant de sa BMW Z3 ; elle restait en seconde, et se dirigeait vers le centre-ville de Heartsdale. Elle avait acheté cette voiture sur un coup de tête, dans la mesure où l'on pouvait considérer un achat de trente mille dollars comme un coup de tête. A l'époque où elle l'avait acquise, l'encre était à peine sèche sur les papiers du divorce, et elle avait eu envie de quelque chose qui soit à la fois peu pratique et tape-à-l'œil. La Z3 avait rempli cet office, et au-delà. Malheureusement, dès qu'elle était revenue au volant de cette chose, au retour de chez le concessionnaire de Macon, elle avait compris qu'une voiture n'allait pas améliorer son état d'esprit. En réalité, elle avait eu l'impression de détonner et s'était sentie idiote, surtout quand sa famille eut fini de lui passer un savon. Deux ans plus tard, elle ressentait parfois un soupçon de gêne quand elle voyait la BMW garée dans l'allée.

Billy, l'un de ses deux lévriers, était installé sur le siège du passager, la tête baissée, car l'assise, dans cette petite voiture de sport, n'était pas assez haute pour lui. De temps à autre, il se léchait les babines, mais en général il se tenait tranquille, les yeux clos, et l'air frais des déflecteurs couchait en arrière ses oreilles pointues. Ses babines étaient un peu retroussées aux commissures, comme s'il souriait, comme si la balade lui plaisait. Sara l'observait du coin de l'œil, et elle aurait souhaité que la vie, ne serait-ce qu'une fois, puisse être aussi simple.

La grande rue était quasiment déserte, car aucune boutique ne restait ouverte le dimanche. Excepté la quincaillerie et le bazar, elles fermaient presque toutes à midi. Elle était née ici, au Grant Medical Center, du temps où c'était le seul hôpital de la région. Elle connaissait le moindre recoin de cette rue, comme si c'étaient les pages de son livre préféré.

Elle tourna lentement à hauteur du portail de la fac et s'engagea sur sa place de parking, devant la Heartsdale Children's Clinic. En dépit de la climatisation qu'elle avait réglée au maximum, quand elle ouvrit la portière, la peau de ses cuisses colla au siège en cuir. Elle s'était préparée à la chaleur, qui demeurait toujours écrasante. Même Billy marqua un temps d'arrêt avant de sauter de la voiture. Il considéra le parking autour de lui, probablement en regrettant de l'avoir accompagnée, au lieu de rester au frais, dans la maison, avec Bob.

Elle s'essuya le front du dos de la main. Ce matin, elle avait enfilé une jupe, un gilet sans manches et l'une des vieilles chemises de Jeffrey, mais rien n'aurait pu tenir cette chaleur et cette humidité en lisière. La pluie, quand elle daignait tomber, était à peu près aussi inutile que de l'eau sur de l'huile en feu. Certains jours, Sara avait du mal à se rappeler à quoi cela ressemblait d'avoir froid.

« Allons », fit-elle au chien, en tirant sur sa laisse rétractable.

Comme d'habitude, Billy fit mine de l'ignorer. Elle lui retira la laisse et il partit vers l'arrière du bâtiment à longues foulées, en lui montrant son arrière-train osseux.

Il avait des cicatrices à l'arrière-train et au postérieur, à l'endroit où les portillons du champ de course étaient venus le frapper pour le faire jaillir des stalles de départ. Chaque fois que Sara voyait ces cicatrices, cela lui brisait le cœur.

Billy prit son temps pour faire ses besoins, levant paresseusement la patte contre l'arbre le plus proche du bâtiment. La faculté était propriétaire du terrain derrière la clinique, portion de terre que l'on maintenait densément boisée. Il y avait là des pistes où les étudiants faisaient leur jogging quand la chaleur n'empêchait pas de respirer. Ce matin, Sara avait regardé les infos de la ville de Savannah, ce qui lui avait permis de savoir que l'on conseillait aux gens de ne pas sortir dans cette fournaise, à moins d'y être absolument obligé.

Elle manipula son anneau de clés et trouva celle de la porte de derrière. Le temps qu'elle ouvre, la sueur lui dégoulinait dans la nuque et dans le dos. Près de la porte, il y avait un bol, et elle se servit du tuyau d'arrosage extérieur pour le remplir, pendant que Billy se grattait le dos dans l'herbe.

A l'intérieur de la clinique, il faisait aussi chaud que dehors, surtout parce que le Dr Barney, qui avait été meilleur pédiatre qu'architecte, avait insisté pour tapisser le mur de la façade du bâtiment, orienté au sud, avec de la brique calorifère en verre. Sara n'osait imaginer ce que devait être la température dans la salle d'attente. L'arrière du bâtiment avait l'air suffisamment brûlant pour qu'on y fasse bouillir de l'eau.

Sara n'avait plus assez de salive pour siffler. Elle maintint la porte ouverte, attendit que Billy la franchisse à son allure tranquille. Après avoir longuement bu, il finit par arriver. Elle le regarda s'arrêter au milieu du couloir, jeter un coup d'œil circulaire, puis s'affaler sur le sol avec un grognement. A observer cet animal si paresseux, il était difficile d'imaginer les années qu'il avait passées à courir sur la piste, à Ebro. Elle se baissa pour le câliner avant de gagner son bureau.

Le plan de la clinique était à l'image de bien des cabinets de pédiatrie. Un long couloir coudé en forme de L longeait le bâtiment sur toute sa longueur, avec trois salles d'examen de chaque côté. Deux autres de ces pièces étaient situées sur l'arrière du L, mais l'une d'elles servait de réserve. Au centre du couloir, il y avait la permanence des infirmières, qui tenait lieu de centre névralgique de la clinique. Il y avait là un ordinateur qui contenait les informations courantes sur les patients et une rangée de classeurs à tiroirs, hauts du sol au plafond, où les dossiers en cours étaient rangés. Il y avait une autre salle d'archives derrière la salle d'attente, et qui était remplie de dossiers de patients remontant jusqu'à 1969. Un jour, il faudrait faire le tri, mais c'était un temps qu'elle n'avait pas, et elle était incapable de prier le personnel de faire ce dont elle ne parvenait pas à s'occuper elle-même.

Les semelles de ses tennis couinèrent sur le dallage propre. Elle ne prit pas la peine d'allumer la lumière. Elle savait se repérer dans cet endroit même dans le noir, mais ce n'était pas la seule raison pour laquelle elle laissa tout éteint. Le clignotement des néons, le déclic de l'éclairage quand les tubes se mettaient en activité, tout cela lui aurait fait l'effet d'une intrusion, sachant la tâche qui l'attendait.

Le temps qu'elle atteigne son bureau, situé en face

de la permanence des infirmières, elle avait déjà déboutonné son gilet et se l'était noué autour de la taille. Elle ne portait pas de soutien-gorge, mais elle ne s'attendait pas à tomber sur quelqu'un que cela puisse gêner.

Les photos des patients tapissaient les murs de son bureau. Au tout début, une mère reconnaissante lui avait donné le portrait d'un enfant pris par l'école. Sara l'avait collé au mur, et puis, le lendemain, elle avait reçu une autre photo, qu'elle avait scotchée à côté de la première. Douze années avaient passé, et maintenant elle avait des photos qui débordaient jusque dans le corridor et la salle d'eau du personnel. Elle se les rappelait tous : leurs nez qui coulaient, leurs otites, leurs amourettes d'écolier et leurs problèmes familiaux. La photo de lycée de Brad Stephens était là, quelque part, à côté de la douche, dans la salle d'eau. La photo d'un garçon nommé Jimmy Powell, un patient chez qui on avait diagnostiqué une leucémie à peine quelques mois plus tôt, avait été déplacée près du téléphone de Sara, pour qu'elle se souvienne de lui tous les jours. A présent, il était à l'hôpital, et elle savait, au fond de ses tripes que, d'ici à quelques mois, on allait encore mettre un autre de ses petits patients en terre.

Le portrait de Jenny Weaver ne figurait pas sur ce mur. Sa mère ne lui en avait jamais apporté aucun. Pour s'aider à reconstituer leur histoire commune, Sara ne possédait que le dossier médical de la jeune fille.

Le classeur à tiroirs gémit quand elle l'ouvrit d'un coup sec. Le meuble était aussi vieux que le Dr Barney, et d'un maniement tout aussi difficile. Aucune dose de dégrippant ne suffirait à y remédier.

« Quel merdier ! », marmonna-t-elle quand le meuble

bascula en avant. Le tiroir du haut était plein à ras bord, et elle dut se servir de sa main libre pour empêcher le tout de tomber.

Elle parcourut en vitesse l'enfilade d'onglets, et ne repéra le nom de Weaver qu'à son deuxième passage. Elle repoussa le meuble en arrière, claqua le tiroir pour l'enfoncer dans son logement. Dans ce petit bureau, le bruit fut assourdissant. Elle fut tentée de le rouvrir pour le claquer de nouveau, rien que pour faire du bruit.

Tout en s'asseyant, elle tapa sur l'interrupteur de sa lampe de bureau, et ses jambes moites glissèrent sur l'assise du fauteuil en Skaï. Il eût été probablement plus sage d'emporter ce dossier chez elle. Au moins, elle aurait été installée plus confortablement. Mais elle se moquait du confort. Elle considérait comme une pénitence bien légère d'être assise ici, par cette chaleur, et d'essayer de dénicher ce qui avait pu lui échapper au cours de ces trois dernières années.

Ses lunettes de lecture cerclées étaient dans la poche poitrine de son gilet, et elle connut un bref moment de panique, croyant les avoir brisées en s'asseyant. Elles étaient tordues, mais sinon tout allait bien. Elle les chaussa, respira un bon coup, et ouvrit le dossier.

Jenny Weaver était venue à la clinique pour la première fois voici trois ans. A dix ans, le poids de l'enfant s'inscrivait dans la norme, en rapport avec sa taille. Sa première maladie s'était manifestée sous la forme d'une angine persistante qu'un traitement antibiotique avait manifestement soignée. Une note de suivi de traitement figurait dans le dossier médical, et d'après ce que Sara put déchiffrer de sa propre écriture manuscrite, Dottie Weaver avait été contactée une semaine plus tard par téléphone pour vérifier que Jenny réagissait correctement aux médicaments. Et c'était bien le cas.

Deux ans plus tard environ, Jenny s'était mise à prendre du poids. Malheureusement, ce n'était pas rare, de nos jours, surtout chez des jeunes filles comme Jenny, qui avait connu ses premières règles peu de temps après son onzième anniversaire. La vie de ces jeunes gens était plus sédentaire, et la tentation du fast-food était trop forte. Les hormones contenues dans la viande et les produits laitiers contribuaient au processus. D'ores et déjà, des études de cas, dans certaines revues qu'elle lisait, abordaient les moyens de traiter les jeunes filles qui entraient dans la puberté dès l'âge de huit ans.

Elle reprit la lecture du dossier de Jenny. Peu de temps après les débuts de ce gain de poids, on avait diagnostiqué une infection vaginale. Trois mois plus tard, la jeune fille avait été admise avec une candidose. D'après les notes de Sara, à l'époque, ces symptômes ne présentaient pas matière à suspicion. Rétrospectivement, elle remettait son jugement en question. Ces infections vaginales auraient pu marquer le commencement d'un mode de comportement. Elle passa à la page suivante, en notant la date. Un an plus tard, Jenny s'était de nouveau présentée avec une infection urinaire. Un an, c'était long, mais elle attrapa une feuille de papier et nota les dates, ainsi que deux autres consultations de Jenny, toutes deux pour des maux de gorge. Les parents de Jenny avaient peut-être établi un système de garde partagée. On pourrait retrouver les dates pour voir si ces soins correspondaient à des visites de Jenny à son père.

Elle posa son stylo, en tâchant de se remémorer ce qu'elle savait du père de Jenny Weaver. C'était plutôt les mères qui amenaient leurs enfants à la clinique et, autant qu'elle s'en souvienne, elle n'avait jamais rencontré le père de Jenny. Certaines femmes, surtout celles dont le divorce était récent, fournissaient volontiers des informations sur leur mari, sans tenir compte du fait que l'enfant était présent dans la pièce. Lorsque c'était le cas, Sara se sentait toujours mal à l'aise, et en général elle réussissait à couper court avant que les confidences ne débutent véritablement. Mais certaines mères parlaient plus fort qu'elle, en lui livrant le genre d'informations personnelles qu'un enfant ne devrait jamais connaître, s'agissant de ses parents. Dottie Weaver n'avait jamais cédé à ce penchant. Elle était assez causante, et même bavarde, mais elle n'avait jamais dénigré son mari, pas à la clinique, même si, au vu des versements irréguliers qu'elle effectuait pour s'acquitter de son assurance santé, elle en avait conclu que cette mère célibataire devait vivre avec un budget assez serré.

Elle jeta un œil à la pendule murale. Le déjeuner dominical chez ses parents était prévu à onze heures, et ensuite Jeffrey l'attendait au poste de police pour une heure et demie.

Elle secoua la tête, esquivant d'autres pensées qui lui venaient au sujet de Jeffrey. La migraine s'était installée au bas de sa nuque, un élancement sourd qui rendait la concentration difficile. Elle retira ses lunettes, les essuya avec son pan de chemise, espérant que cela pourrait l'aider à y voir plus clair.

***

« Hello ? », s'écria Sara, en ouvrant d'un coup la porte d'entrée de la maison parentale. Une bouffée d'air frais s'échappa du seuil, et elle en eut la chair de poule, ce qui n'était pas malvenu, tant elle avait la peau moite.

« Par ici », fit sa mère depuis la cuisine.

Sara laissa tomber sa serviette à côté de la porte et expédia ses tennis dans un coin avant de gagner l'arrière de la maison. Billy trottait devant elle, en lui lançant un regard mauvais, comme pour lui demander pourquoi ils étaient restés tout ce temps dans cette clinique surchauffée alors qu'ils auraient pu se trouver ici, avec l'air conditionné. Pour bien marquer son déplaisir, il s'effondra sur le flanc, au milieu du couloir, obligeant Sara à l'enjamber pour rejoindre l'arrière de la maison.

A son entrée dans la cuisine, elle vit Cathy debout près de la cuisinière, en train de faire frire des morceaux de poulet dans une poêle. Sa mère était encore dans la même tenue qu'à l'église, mais elle avait retiré ses souliers et ses collants. Elle portait un tablier vaguement noué autour de la taille, où l'on pouvait lire cette inscription : « On ne plaisante pas avec le chef. »

« Salut, maman », fit-elle en embrassant sa mère sur la joue. Sara était la plus grande de la famille, et elle pouvait poser le menton sur la tête de Cathy sans tirer sur sa nuque. Tessa avait hérité de la petite taille et des cheveux blonds de Cathy Linton, Sara de son pragmatisme.

Cathy adressa à sa fille un regard désapprobateur.

« Tu as oublié de mettre un soutien-gorge, ce matin ? »

Sara se sentit rougir, et elle dénoua le gilet qu'elle portait à la taille. Elle l'enfila au-dessus de la chemise.

« J'étais à la clinique, se défendit-elle. Je ne pensais

pas y rester si longtemps, et je ne pensais pas allumer l'air conditionné.

— Il fait franchement trop chaud pour allumer ce feu, répliqua Cathy. Mais ton père voulait quand même du poulet, alors… »

Sara saisit la leçon : pour sa famille, on consent à des sacrifices.

« A la place, tu aurais dû lui dire d'aller chez Chick's, répondit-elle.

— Ce n'est pas la peine qu'il mange des saletés. »

Sara ne releva pas, lâchant un soupir, un peu à la manière de Billy. Elle boutonna son gilet jusqu'en haut. « C'est mieux ? » demanda-t-elle à sa mère, avec un sourire pincé.

Cathy hocha la tête, attrapa un carré de papier absorbant sur le plan de travail et s'essuya le front.

« Il n'est pas encore midi et dehors il fait déjà trente.

— Je sais », répondit Sara, et elle s'assit sur le tabouret de cuisine, un pied sous la cuisse. Elle regarda sa mère s'affairer dans la cuisine, heureuse de cette vision de normalité. Cathy portait une robe en lin à fines rayures vertes. Ses cheveux blonds, discrètement parsemés de gris, étaient relevés, vaguement attachés en queue-de-cheval, à peu près comme Sara coiffait les siens.

Cathy se moucha dans le carré de papier, qu'elle jeta dans la poubelle.

« Parle-moi d'hier soir », fit-elle en revenant à sa cuisinière.

Sara haussa les épaules.

« Jeffrey n'avait pas le choix.

— Je n'en ai pas douté une seconde. Je veux savoir comment tu tiens le choc. »

Elle réfléchit à la question. La vérité, c'était qu'elle ne tenait pas bien le choc du tout.

Cathy parut le sentir. Elle posa un nouveau morceau de poulet en beignet dans l'huile bouillante et se tourna vers sa fille.

« Hier soir, je t'ai appelée pour prendre de tes nouvelles. »

Elle dévisagea sa mère, en se forçant à ne pas fuir son regard.

« J'étais chez Jeffrey.

— Je m'en suis doutée, mais ton père est passé en voiture devant chez lui pour s'en assurer.

— Papa, ah oui ? s'étonna-t-elle. Pourquoi ?

— On pensait que tu viendrais nous voir, expliqua Cathy. Comme tu n'étais pas chez toi, le plus évident, c'était d'aller jeter un œil chez Jeffrey. »

Sara croisa les bras.

« Tu ne trouves pas ça un peu indiscret ?

— Pas plus indiscret qu'un accouchement, fit Cathy d'un ton cassant, en pointant sa fourchette sur elle. La prochaine fois, appelle. »

Cathy réussissait encore à la faire se sentir comme une enfant, à presque quarante ans. Sara regarda par la fenêtre, avec le sentiment de s'être fait prendre en faute.

« Sara ?

— Oui, m'dame, marmonna Sara, en gardant son calme.

— Je m'inquiète pour toi.

— Je sais, maman.

— Tout va bien ? »

Elle se sentit de nouveau rougir, mais pour une autre raison.

« Où est Tessa ?

— Elle n'est pas encore descendue. »

Tessa vivait derrière le garage de la maison de ses parents. La maison de Sara se trouvait à un kilomètre et demi, sur le même chemin, mais c'était assez loin pour lui donner un certain sentiment d'indépendance. Apparemment, cette promiscuité n'avait pas l'air de déranger Tessa. Elle travaillait avec Eddie, leur père, dans la société de plomberie familiale, et, pour elle, il était donc commode de descendre l'escalier et de se présenter au travail tous les matins. En plus, au fond d'elle-même, Tessa était encore un peu une adolescente. Il ne lui était pas encore venu à l'esprit qu'un jour elle aurait envie d'une maison à elle. D'ailleurs, cela ne lui viendrait peut-être jamais à l'esprit.

Cathy retourna le poulet, tapota de sa fourchette le rebord de la poêle. Puis elle se retourna vers Sara, les bras croisés.

« Qu'est-ce qui se passe ?

— Rien, mentit Sara. Je veux dire, à part hier soir, avec cette fille. Et ce bébé. J'imagine que tu as entendu parler du bébé.

— La nouvelle a fait le tour de l'église avant même qu'on franchisse les portes.

— Eh bien… » Elle haussa les épaules… « c'était très dur.

— Je n'arrive même pas à comprendre comment tu peux faire ce boulot, ma chérie.

— Et moi non plus, parfois. »

Cathy la regardait, attendant la suite.

« Et ? » insista-t-elle.

Sara se massa la nuque.

« Chez Jeffrey…, commença-t-elle. Ça n'a pas marché, c'est tout.

— Pas marché ? répéta sa mère.

— Je veux dire, ça n'a pas marché comme dans… » Elle termina par un geste, encourageant sa mère à compléter le reste de la phrase.

« Oh ! Cathy avait finalement réagi. Physiquement ? »

Elle rougit encore une fois, une réponse suffisamment éloquente en soi.

« Eh bien, ce n'est pas totalement surprenant, non ? Après ce qui s'est produit.

— Il était tellement… » Sara cherchait les mots justes. « Il était… si brusque. Je veux dire, j'ai essayé… » Là encore, elle laissa les détails en suspens.

« C'est la première fois que cela arrive ? »

Sara haussa les épaules. C'était la première que cela arrivait avec elle, mais qui sait ce qu'il en était concernant les autres conquêtes de Jeffrey.

« Le moment qui a été épouvantable…, commença-t-elle, puis elle s'interrompit. Depuis le temps que je le connais, je ne l'ai jamais vu dans une telle colère. Il était furibond. J'ai cru qu'il allait taper dans quelque chose.

— Je me souviens d'une fois où ton père n'a pas pu…

— Maman. » Elle l'arrêta. Il était déjà suffisamment difficile de parler à sa mère de tout cela sans amener Eddie sur le tapis. Sans ajouter que si Jeffrey savait qu'elle avait parlé à quelqu'un de sa performance fort peu brillante, il la tuerait. Les prouesses sexuelles de Jeffrey revêtaient pour lui beaucoup d'importance, autant que sa réputation de bon flic.

« C'est toi qui as soulevé le sujet », lui rappela Cathy, en se tournant vers son poulet. Elle arracha un carré d'essuie-tout du rouleau et en tapissa un plat pour y disposer les morceaux de poulet.

« D'accord, admit Sara. Qu'est-ce que je dois faire ?

— Fais ce que tu veux, lança Cathy. Ou ne fais rien du tout. Tu es sûre d'avoir à ce point envie de t'en soucier ?

— Ce qui veut dire ?

— Ce qui veut dire, tu as envie d'être avec lui ou pas ? Peut-être que ça se résume à ça. Tu as tourné autour de cette histoire avec Jeffrey depuis votre divorce. » Elle tapota de sa fourchette sur la poêle. « Comme dirait ton père, il est temps pour toi de chier ou de quitter la selle. »

La porte d'entrée s'ouvrit, puis se referma en claquant, et Sara entendit deux cognements sourds, quand Tessa envoya promener ses baskets.

« Maman ? hurla-t-elle.

— Dans la cuisine », répondit Cathy. Elle adressa à sa fille un regard aigu. « Tu vois ce que je veux dire ?

— Oui, m'dame. »

Tessa arriva dans le couloir d'un pas lourd, en grommelant : « Chien stupide ». A l'évidence, c'est qu'elle devait être en train d'enjamber Billy. La porte de la cuisine s'ouvrit sur une secousse, et Tessa entra, l'air irrité. Elle portait une vieille robe de chambre rose, avec un T-shirt vert et un boxer short dessous. Elle était pâle, et avait l'air un peu mal en point.

« Tessie ? » s'enquit Cathy.

Tessa secoua la tête en s'approchant du réfrigérateur et ouvrit la porte du congélateur.

« Il me faut juste un café », dit-elle.

Cathy ignora cette réflexion, et l'embrassa sur le front pour vérifier sa température.

« Tu es chaude.

— Dehors, il fait trente, c'est dément, gémit Tessa, en restant si près du frigo qu'elle aurait pu quasiment entrer dedans. Bien sûr que j'ai chaud. » Comme pour renforcer son propos, elle ouvrit et referma plusieurs fois les pans de sa robe de chambre pour produire un peu d'air frais. « Seigneur, je vais partir m'installer dans une région où il y a de vraies saisons. Je le jure. Je me fiche qu'ils parlent dans une langue bizarre ou qu'ils ne sachent pas préparer le gruau de maïs. Il doit bien y avoir mieux ailleurs.

— Et c'est tout ce qui ne va pas ? » lui demanda Sara, en posant la main sur le front de sa sœur. En tant que médecin, elle savait que cette manière de mesurer la température était à peu près aussi fiable que le baiser de Cathy, mais Tessa était sa petite sœurette. Il fallait qu'elle fasse quelque chose.

Tessa recula.

« Je vais avoir mes règles, j'ai chaud, et il me faut du chocolat. » Elle pointa le menton. « Tu vois ça ? fit-elle, en désignant un gros bouton.

— Je ne vois pas comment on pourrait le manquer », intervint Cathy, tout en refermant la porte du réfrigérateur.

Cela fit bien rire Sara, et Tessa lui tapa le bras.

« Tu te demandes comment papa va appeler ça ? » la taquina-t-elle en lui rendant sa tape. Quand ses filles étaient deux adolescentes, Eddie prenait grand plaisir à attirer l'attention sur leurs petites afflictions faciales. Sara se rappelait la fois où son père l'avait présentée à l'un de ses amis en ces termes : « Voici Sara, ma fille aînée, et Bobo, son nouveau bouton », elle en rougissait encore.

Tessa allait formuler une réponse quand le téléphone sonna. Elle décrocha dès la première sonnerie.

Deux secondes s'écoulèrent avant que Tessa ne profère un juron entre ses dents.

« J'ai pris, papa ! », lança-t-elle, car à l'évidence Eddie avait décroché l'appareil à l'étage.

Sara sourit, en songeant que ce dimanche aurait pu être n'importe quel dimanche de ces vingt dernières années. Tout ce qui manquait, c'était leur père faisant son entrée dans la pièce, formulant une remarque idiote pour signifier combien il était heureux de voir ses trois femmes pieds nus dans la cuisine.

« Ne quitte pas », fit Tessa, puis elle posa la main sur le combiné et se tourna vers Sara. « Tu es là ?

— Qui est-ce ? demanda-t-elle, mais elle devinait déjà la réponse sans peine.

— A ton avis ? » répliqua Tessa, cassante. Elle n'attendit pas la réponse. Au contraire. « Ne quitte pas, Jeffrey, fit-elle. Je te la passe. »

SIX

Ben Walker, l'ancien chef de la police de Grant County, le prédécesseur de Jeffrey, avait eu son bureau juste en face de la salle de réunion, dans le fond du poste. Tous les jours, Ben s'installait à sa table de travail qui remplissait l'espace presque entièrement, et quiconque voulait lui parler devait s'asseoir en face de cette pièce en bois éléphantesque, les genoux rasant la paroi, le dos calé contre le mur. Dans la matinée, les hommes — et à l'époque, il n'y avait que des hommes — de la brigade des anciens étaient convoqués pour s'entendre assigner leurs missions de la journée, puis ils sortaient et le chef fermait sa porte. Personne ne le revoyait plus jusqu'à l'heure de la fin de son service, quand Ben grimpait dans sa voiture et remontait la rue sur deux pâtés de maisons, jusqu'au restaurant où il prenait son dîner.

La première initiative de Jeffrey, quand il avait pris la direction du poste, avait été de jeter le bureau de Ben. Cette monstruosité en chêne avait dû être démontée pour passer par la porte. Jeffrey avait transformé l'endroit en pièce de rangement pour les fournitures, et il avait choisi le petit bureau situé en face de la salle de la brigade. Par un week-end bien tranquille, il avait installé une baie vitrée panoramique, ce qui lui permettait de voir son équipe et, plus important, ce qui permettait aussi à son équipe de le voir. Cette baie était équipée de stores, mais il les descendait rarement. Jeffrey mettait un point d'honneur à laisser sa porte ouverte autant que possible.

Il fixait du regard la salle de brigade, déserte, en se demandant comment son équipe allait réagir à la mort de Jenny Weaver, abattue par balle. Après cet acte, il se sentait submergé par la culpabilité, même si, d'un point de vue rationnel, il n'arrêtait pas de se répéter qu'on ne lui avait pas laissé le choix. Chaque fois qu'il y repensait, il avait l'impression de ne plus pouvoir respirer, comme s'il ne lui entrait pas suffisamment d'air dans les poumons. Il n'arrivait pas à écarter les questions obsédantes qu'il avait en tête : avait-il pris la bonne décision ? Jenny aurait-elle vraiment tué ce gamin de sang-froid ? Sara avait l'air de le penser. Hier soir, elle avait émis une réflexion en ce sens : s'il n'avait pas arrêté le geste de cette fille, aujourd'hui, il aurait deux adolescents morts sur la conscience. Naturellement, Sara lui avait confié quantité d'autres choses, hier soir, qui ne l'avaient pas précisément réconforté.

Il joignit les mains à hauteur de son visage, la tête en équilibre sur les deux pouces, et il songea à Sara. Parfois, elle pouvait se montrer trop analytique à son goût. Ce que Sara avait de particulièrement sexy, c'était sa bouche. Quel dommage qu'elle ne sache pas quand la fermer et, le concernant, s'en servir de manière plus utile qu'en parlant !

Frank Wallace frappa à la porte. « Chef ?

— Entre, proposa Jeffrey.

— Chaud, dehors », fit Frank, comme pour expliquer pourquoi il ne portait pas de cravate. Il était en costume noir, qui avait un côté lustré un peu miteux. Le dernier bouton de sa chemise habillée était défait, et Jeffrey pouvait entrevoir son maillot de corps blanc qui avait jauni dessous. Comme d'habitude, Frank puait le tabac. Il était probablement sorti fumer près de la porte de derrière, s'accordant un peu de temps avec son chef avant de rentrer pour leur réunion. Qu'est-ce qui pouvait pousser quelqu'un à tenir entre ses doigts une cigarette brûlante par cette chaleur, voilà qui le dépassait.

Frank aurait pu succéder à Ben Walker, s'il en avait fait la demande. Bien entendu, le vieux flic était trop malin pour ça. Frank avait effectué toute sa carrière à Grant County, et il avait vu de quelle manière ces villes avaient changé. Une fois, Frank lui avait confié qu'être chef de la police, c'était le boulot d'un homme jeune, mais sur le moment Jeffrey avait cru, comme il le pensait à présent, que Frank entendait par là que c'était le boulot d'un imbécile. Au cours de la première année de Jeffrey à Grant, il s'était figuré que personne, sain d'esprit, ne signerait pour subir ce type de pression. Mais alors, il était trop tard. Il avait déjà rencontré Sara.

« Week-end chargé », remarqua Frank, en tendant à son supérieur un rapport sur les affaires du week-end. Le dossier était plus épais que d'habitude.

« Ouais. » Jeffrey désigna un siège, pour que l'autre prenne place.

« Une effraction à la blanchisserie, semble-t-il. Maria t'en a parlé, de celle-là ? Ensuite, il y a deux conduites en état d'ivresse, le merdier habituel à la fac, ivresse et tapage. Deux histoires conjugales, pas de plaintes déposées. »

Jeffrey écoutait sans conviction l'énoncé que Frank lui faisait de la liste. Cette liste était aussi longue que décourageante. Inutile de songer à ce que devait affronter une grande ville, si déjà Grant County était frappé aussi durement. D'ordinaire, les choses étaient beaucoup plus calmes. Naturellement, la chaleur faisait ressortir la violence chez les gens. Jeffrey savait ça depuis qu'il était flic.

« Voilà..., ajouta Frank pour conclure. C'est à peu près tout.

— Bien », lui répondit Jeffrey en prenant le rapport. Il tapota les documents du doigt, puis il fit glisser le dossier de Jenny Weaver vers Frank, sans tambour ni trompette. Il trônait là, comme un éléphant blanc.

Frank posa sur ce dossier le même regard sceptique que s'il s'agissait d'une carte du ciel astrologique, puis il le prit, bien à contrecœur, et en entama la lecture. Frank était dans le métier depuis assez longtemps pour estimer qu'il avait tout vu. L'expression choquée de son visage, lorsqu'il examina les photos prises par Sara, contredit cette idée.

« Sainte mère de Dieu ! », marmonna-t-il en fourrant la main dans la poche de sa veste. Il en sortit ses cigarettes, puis, se rappelant probablement où il était, les y remit. Il ferma le dossier sans le terminer.

« Elle n'a pas mis cet enfant au monde, observa Jeffrey.

— Ouais. » Frank s'éclaircit la voix, croisa les jambes, l'air mal à l'aise. Il avait cinquante-huit ans, et il avait déjà travaillé suffisamment longtemps pour prendre sa retraite avec une jolie pension. Pourquoi continuait-il dans le métier, c'était un mystère. Et des affaires comme celle-ci devaient bien aussi le laisser perplexe sur la raison qui le poussait à se présenter encore ici tous les jours.

« Qu'est-ce que c'est que ça ? s'enquit-il. Dieu du ciel !

— Mutilation des parties génitales, lui expliqua Jeffrey. C'est une tradition africaine ou moyen-orientale. » Il leva la main, empêchant Frank de poser sa question suivante. « Je sais ce que tu penses. Ils sont baptistes du Sud, pas de confession islamique.

— Alors, où est-ce qu'elle est allée chercher cette idée ?

— C'est ce que nous devons découvrir. »

Frank secoua la tête, comme s'il essayait d'effacer l'image de sa tête.

« Le Dr Linton est en route, elle vient faire son rapport », reprit Jeffrey, en se sentant idiot, au moment même où il le formulait, d'employer de la sorte le titre de Sara. Frank jouait au poker avec Eddie Linton. Il avait vu Sara grandir.

« La gamine sera là aussi ? demanda Frank, faisant allusion à Lena.

— Bien entendu », lui répondit Jeffrey en soutenant son regard sans ciller. Frank se rembrunit, manifestant sa désapprobation de manière on ne peut plus évidente.

En dépit de tout ce que pouvait être Frank — un sexiste, probablement raciste, certainement bourré de préjugés liés à l'âge des gens —, il aimait bien Lena. Il avait une fille à peu près de son âge et, depuis que Jeffrey l'avait placée en équipe avec Frank, le vieux flic avait protesté. Toutes les semaines, Frank était entré dans ce bureau, exigeant un changement d'ordre de mission, et, toutes les semaines, Jeffrey lui avait répété de faire en sorte de s'y habituer. La raison pour laquelle la municipalité avait fait appel à lui, un outsider, tenait en partie à une volonté de faire sortir la police du comté de l'âge de pierre. Il avait recruté Lena Adams à l'Académie de police et l'avait formée pour la bombarder premier inspecteur de sexe féminin de la brigade.

Et maintenant, il ne savait que faire d'elle. Il avait associé Lena à Brad Stephens de manière provisoire, jusqu'à ce que ses mains soient guéries, espérant que cette période d'indisponibilité relative l'aiderait à reprendre le fil de son boulot. Ce n'est que le mois dernier qu'elle avait obtenu de son médecin une autorisation de retourner dans le service actif, mais il lui restait encore à déposer sa demande de réintégration dans ses missions antérieures. En ce qui concernait Frank, il n'arrivait même pas à la regarder dans les yeux quand elle lui disait bonjour. Jeffrey l'avait entendu un million de fois répéter que les femmes n'avaient rien à faire au sein de la police, et il semblait considérer l'agression dont Lena avait été la victime comme une confirmation de cette opinion.

En toute logique, Jeffrey était en désaccord avec cette appréciation de Frank. Les femmes flics étaient une bonne chose pour la police. Dans l'idéal, la composition des forces de police devrait même refléter la sociologie de la population locale. Lena avait apporté beaucoup de sérieux dans son métier. Avec certains types de criminels, elle s'y prenait mieux que les hommes, et elle savait comment aborder les femmes victimes de certains crimes, un aspect qui manquait à la brigade des anciens, avant sa promotion. Qui plus est, la présence d'un inspecteur de sexe féminin avait encouragé d'autres femmes à rejoindre les rangs des forces de l'ordre. A présent, il y avait une quinzaine de femmes en patrouille. Quand Ben Walker avait quitté le service, les seules femmes qui y étaient employées étaient des secrétaires. En dépit de tous ces progrès, quand Jeffrey pensait à ce que Lena avait subi, à ce qu'on lui avait infligé, il avait envie de l'enfermer chez elle et de se poster dehors avec un fusil, au cas où quelqu'un tenterait de la faire de nouveau souffrir.

Frank l'interrompit dans ses réflexions.

« Il va y avoir une sorte d'enquête interne, sur cette histoire ? » Il marqua un temps de silence, en soulevant un coin du dossier. « Pour la mort de Weaver, j'entends. »

Jeffrey approuva de la tête, en se calant contre le dossier de son fauteuil.

« J'ai parlé au maire ce matin. Je veux que tu prennes les dépositions de Brad et Lena. C'est l'avocat de la ville, Buddy Conford, qui est sur ce coup-là.

— C'est un avocat commis d'office, releva Frank.

— Ouais, enfin, pas cette fois-ci, lui expliqua Jeffrey. Il y a un souci du côté de la mère de la fille. La ville a une police d'assurance pour ce genre de situation. Ils vont peut-être aboutir à un arrangement en dehors du tribunal. J'en sais rien. » Il haussa les épaules. « Elle menaçait quelqu'un avec un pistolet, et tout. Seulement, c'est un peu épineux, tu saisis ?

— Ouais, acquiesça Frank. Je sais. » Il attendit quelques secondes avant de poser la question suivante. « Ça va pour vous, chef ? »

Jeffrey sentit un peu sa résolution vaciller. L'impression angoissante d'être perdu, qu'il avait vécue la nuit précédente avec Sara, était de retour, et il se sentait un poids sur la poitrine. Il n'avait jamais abattu personne, sans parler d'une jeune fille. Il n'arrêtait pas de se rejouer mentalement la scène avec Jenny, de démonter le mécanisme, pour tenter de comprendre à quel moment ses pourparlers avaient viré à l'aigre. Il aurait sûrement dû dire autre chose, faire autre chose qui l'aurait amenée à baisser cette arme. Il devait y avoir une alternative.

« Chef ? répéta Frank. Pour ce qui les regarde, Brad et Lena vont vous soutenir à cent pour cent. Ça, vous le savez, non ?

— Ouais », acquiesça Jeffrey, sans tirer le moindre réconfort des paroles de Frank, car il savait que Brad et Lena le soutiendraient même s'ils estimaient qu'il n'avait pas agi correctement. Dans le maintien de l'ordre public, il y avait des zones grises, mais quand on en arrivait aux situations extrêmes, les flics se soutenaient toujours entre eux. Brad le ferait parce qu'à un certain niveau il vénérait Jeffrey. Et Lena parce qu'elle se sentait redevable à son chef de l'autoriser à reprendre son poste.

Pour Jeffrey, ce n'était guère une consolation.

Les deux hommes gardèrent le silence. Tolliver tourna la tête, il regarda les rayonnages qui tapissaient le mur du fond du bureau. Il y avait là des trophées que lui avait valus son adresse au tir. Un vieux ballon de football, souvenir du temps où il jouait pour l'équipe d'Auburn, posé sur le rayonnage du bas. Des photos de types avec lesquels il avait travaillé, à Grant, mais aussi du temps de Birmingham, côtoyaient deux instantanés de Sara qu'il avait pris lors de leur lune de miel. Il les avait mis là récemment, quand ils étaient de nouveau sortis ensemble. Maintenant, il n'était plus si sûr de vouloir ces photos dans son bureau, sans parler d'avoir envie de Sara dans sa vie. Il n'arrivait toujours pas à surmonter le fait qu'elle se soit montrée si distante la nuit dernière, se raidissant dès qu'il la touchait, lui disant quoi faire et quoi ne pas faire. Comme s'il ne le savait pas. Comme s'il ne l'avait pas fait des centaines de fois auparavant, avec d'autres femmes qui s'étaient montrées largement plus réceptives que Sara.

Frank se retourna sur sa chaise quand les deux battants de porte séparant la salle de la brigade de l'accueil s'ouvrirent avec un claquement. Sara franchit le seuil, sa serviette à la main. Elle était vêtue d'une robe bleu ciel qui ressemblait à un long T-shirt. Jeffrey vit bien qu'elle s'était décidée pour des baskets sans socquettes, histoire de compléter l'ensemble. Elle ne s'était probablement même pas épilé les jambes.

Les deux hommes la regardèrent entrer dans le bureau. Elle avait les cheveux en bataille, et Jeffrey se demanda si elle s'était même donné la peine de se coiffer. Elle n'était pas le genre de femme à s'intéresser à la haute couture, et elle se maquillait rarement. Parfois, c'était sexy, d'autres fois, cela lui donnait une allure peu soignée, comme si être médecin l'intéressait plus qu'être une femme. Elle s'approcha d'eux, et il s'aperçut que ses lunettes étaient de guingois. Pour une raison obscure, cela l'irrita davantage encore que tout le reste.

A l'entrée de Sara dans la pièce, Frank se leva, et du coup Jeffrey en fit autant.

« Salut », fit-elle, avec un sourire nerveux. Jeffrey n'était pas mécontent qu'elle se sente mal à l'aise.

« Hello », fit Frank, en boutonnant sa veste.

Sara lui sourit.

« J'ai appelé Nick Shelton », annonça-t-elle, faisant allusion au correspondant sur le terrain, à Grant County, du Bureau des Investigations de Géorgie. « Je lui ai demandé de remonter la piste de tous les cas comportant ce type de mutilation. Il m'a promis quelque chose pour mercredi, au plus tard. »

Comme Jeffrey ne réagissait pas, c'est Frank qui se prononça.

« Bon réflexe.

— Et j'ai appelé les hôpitaux, reprit-elle. Personne ne s'est présenté hier soir pour réclamer un traitement après accouchement. J'ai laissé le numéro d'ici, pour le cas où ils admettraient quelqu'un. »

Frank écarta le col de sa chemise.

« Donc, tu penses qu'en aucun cas cette fille aurait pu s'infliger ça toute seule ? Ce truc de circoncision ?

— Seigneur, non ! » Cette idée paraissait la hérisser. « Et il ne s'agit pas de circoncision, rectifia-t-elle. Cela équivaudrait plutôt à de la castration. Son clitoris et ses petites lèvres ont été complètement abrasés, ensuite le reste a été cousu avec du fil.

— Oh ! », fit Frank, manifestement mal à l'aise devant cette information.

Sara fit la moue.

« Cela revient au même que de couper le pénis d'un homme. »

Peu à son affaire, Frank consulta alternativement du regard Jeffrey, puis Sara, puis revint à Jeffrey.

« Enfin, bref. » Sara désigna sa serviette. « Je suis prête à vous faire mon rapport.

— Ce sera remis à plus tard », rectifia Jeffrey, bien conscient de la dureté du ton de sa voix, mais incapable d'y rien changer. Quand il avait appelé Sara pour qu'elle vienne tôt, il n'avait pas mentionné pourquoi. « Dottie Weaver sera là dans à peu près un quart d'heure, lui apprit-il. J'ai plutôt envie de la voir ressortir d'ici dès que possible.

— Oh ! fit-elle, surprise. D'accord, je dois avoir un peu de papiers à remplir à la clinique. Tu penses que deux heures, ça ira ? »

Il fit non de la tête.

« Je veux que tu assistes à l'entretien. »

Elle lui lança un regard prudent.

« Je ne suis pas flic.

— Lena, si, insista-t-il. C'est elle qui va mener l'entretien. Je veux ta présence ici parce que tu la connais. »

Elle se cala une main sur la hanche.

« Lena ou Dottie ? »

Frank s'éclaircit la voix.

« J'ai des coups de fil à passer », fit-il en adressant à Sara un hochement de tête poli avant de quitter la pièce.

Après son départ, elle se tourna vers Jeffrey, avec un regard interrogateur.

« C'est une chemise de nuit ? ironisa-t-il.

— Quoi ?

— Ce que tu portes, précisa-t-il, en lui désignant sa robe. Ça ressemble à une chemise de nuit. »

Elle éclata de rire.

« Non, se défendit-elle, l'air gêné, comme si la plaisanterie lui échappait en partie.

— Tu aurais pu enfiler une tenue plus professionnelle », lui reprocha-t-il, en repensant à ce qu'elle portait la nuit dernière. Son pantalon de survêtement et un vieux T-shirt miteux n'arrangeaient pas précisément la situation. Et ses jambes avaient l'air encore plus poilues que les siennes. « Ça t'ennuierait de t'habiller de manière un peu plus convenable ? » lui lança-t-il.

Elle lui répliqua à voix basse, comme quand elle était en colère :

« Tu vois un motif qui t'autorise à me parler comme si tu étais ma mère ? »

Il sentit monter en lui un accès de colère si intense qu'il fit en sorte de ne pas ouvrir la bouche et de ne pas formuler ce qui lui démangeait le bout de la langue.

« Jeff, reprit Sara, que se passe-t-il ? »

Il passa devant elle et ferma la porte en la claquant.

« Ça te fatiguerait de me rendre un service ?

— Un service ? » Elle secoua la tête, comme s'il venait de lui parler en charabia.

« Assiste à l'entretien, lui répéta-t-il. Avec Weaver. »

Sara souffla.

« Qu'est-ce que ce je pourrais bien trouver à lui dire ?

— Peu importe », répliqua-t-il. Pour avoir de quoi s'occuper, il baissa les stores. « Oublie, c'est tout.

— Explique-moi juste ce que tu veux que je fasse, insista-t-elle d'une voix posée, à la limite de l'irritant. Tu veux que je repasse chez moi me changer ? Tu veux que je te laisse tranquille ? »

Il se retourna.

« Je veux que tu cesses de me casser les couilles, voilà ce que je veux que tu fasses. »

Elle se renfrogna. Apparemment, c'était son tour de garder pour elle ce qu'elle avait envie de dire.

Il haussa les sourcils, l'incitant à s'exprimer.

« Quoi ? » demanda-t-il, sachant fort bien qu'il la poussait à bout, désireux qu'il était de déclencher la bagarre, histoire de se défouler un peu de la colère qu'il éprouvait.

Sara respira à fond, et souffla lentement.

« Je ne comprends pas pourquoi tu es à ce point en colère contre moi. »

Il ne répondit rien.

Elle lui lissa sa cravate, puis elle lui posa la main sur la poitrine.

« Jeff, je t'en prie. Dis-moi simplement ce que tu veux que je fasse. »

Il ne trouvait pas ses mots. Il se détourna, et puis, comme il n'avait rien d'autre à faire, il fit pivoter la baguette qui commandait les stores, pour les remonter. Il sentait la main de Sara sur son épaule.

« Ça ira.

— Je sais », rétorqua-t-il brusquement. Mais non, ça n'allait pas. Il avait l'impression d'avoir le cerveau en feu, et chaque fois qu'il clignait des yeux, tout ce qu'il voyait, c'était la tête de Jenny Weaver, projetée en arrière, sous l'impact de la balle qui lui avait perforé le cou.

Sara le prit dans ses bras, l'embrassa, ses lèvres contre sa nuque.

« Ça ira », lui chuchota-t-elle, et il se sentit apaisé par la fraîcheur de sa respiration. Elle l'embrassa de nouveau dans le cou, laissant là ses lèvres un moment, un moment qui parut durer longtemps. Il sentit son corps se relâcher, et se demanda pourquoi elle n'en avait pas fait autant la nuit dernière. Et, là-dessus, il se souvint qu'elle l'avait fait la nuit dernière.

« Ça ira », lui répéta-t-elle encore.

Pour la première fois de la matinée, il se sentit plus calme, comme s'il parvenait de nouveau à respirer. C'était si bon que, l'espace d'une seconde, il crut qu'il allait avoir une réaction stupide, comme pleurer ou, pire, avouer à Sara qu'il l'aimait.

« Tu vas assister à l'entretien ou non ? » lui demanda-t-il.

Elle laissa retomber ses mains, et il vit bien que sa réaction ne serait pas celle qu'il attendait. Il la regarda, tâchant de trouver quoi dire. Rien ne lui vint à l'esprit.

Finalement, elle eut un hochement de tête.

« Je ferai ce que tu me diras. »

Jeffrey se tenait dans la pièce d'observation, surveillant à travers la glace sans tain Sara qui était en train de réconforter Dottie Weaver. Il n'avait jamais été capable de rester très longtemps en colère contre elle, surtout parce qu'elle ne lui aurait pas laissé cette latitude.

Quant à Dottie Weaver, c'était une forte femme, avec des cheveux châtain foncé et la peau olivâtre. Apparemment, ses cheveux étaient longs, mais ils étaient ramenés en un chignon très serré sur le sommet de la tête. Elle avait un style un peu daté, mais qui semblait lui convenir. Aux yeux de Jeffrey, elle avait en quelque sorte un visage sans âge, ces visages que l'on rencontre chez une personne qui a la même allure à dix ans et à quarante. Ses joues étaient davantage des bajoues, et elle accusait bien vingt kilos de trop. Le front était creusé de rides profondes, au-dessus du nez, ce qui lui donnait un air sévère, même quand elle pleurait.

Jeffrey jeta un œil vers Lena, qui se tenait debout à côté de lui, bras croisés. Elle observait Sara et Dottie, avec sa force de concentration habituelle. Ils étaient donc réunis là, les deux membres les plus émotifs, les plus à vif de la brigade, chargés de découvrir ce qui s'était produit hier soir. Il comprit alors qu'il avait prié

Lena de mener cet entretien par pur égoïsme. Elle lui tiendrait lieu de garde-fou.

Il se tourna vers Lena.

« Je me sers de toi », lui confia-t-il.

Elle ne réagit pas, mais chez elle ce n'était pas rare. Six mois plus tôt, Lena Adams aurait été emballée de mener cet entretien. Elle se serait pavanée dans tout le poste, en se vantant d'avoir été choisie par le chef. Aujourd'hui, elle se contentait de hocher la tête.

« Parce que tu es une femme, précisa-t-il. Et à cause de ce qui t'est arrivé. »

Elle le regarda, et le vide qui se lisait dans ses yeux le frappa au cœur. Dix ans plus tôt, à l'Académie de la police de Macon, Jeffrey avait regardé Lena avaler la course d'obstacles comme une possédée. Avec son mètre soixante-deux et ses quelque soixante kilos, elle était la plus petite recrue du groupe par la taille, mais elle comblait ce déficit par pure force de volonté. Dès ce jour-là, sa ténacité et son dynamisme avaient attiré son attention. En l'observant à cet instant, il se demanda si Lena serait un jour de nouveau elle-même.

Elle détourna son regard et fixa Sara.

« Ouais, à mon avis, elle va compatir à mon sort », admit-elle, d'un ton neutre. Cette manière qu'elle avait de ne rien éprouver, en tout cas en apparence, le rendait nerveux. A tout prendre, il préférait encore ses crises de colère farouche à l'automate qu'elle lui paraissait être devenue ces derniers temps.

« Vas-y doucement, lui conseilla-t-il, en lui tendant le dossier de l'affaire. Nous avons le plus grand besoin de toutes les informations que l'on pourra obtenir d'elle.

— Rien d'autre ? » s'enquit-elle. Ils auraient tout aussi bien pu discuter de la météo.

Jeffrey lui répondit que non et elle sortit sans un mot de plus. Il se retourna vers la glace sans tain, attendant qu'elle entre dans la salle d'interrogatoire. Quand la jeune inspectrice avait repris ses fonctions, il l'avait avertie qu'elle aurait à suivre une forme de psychothérapie pour affronter ce qui lui était arrivé. A sa connaissance, Lena n'en avait rien fait. Il aurait dû lui poser la question, il en était conscient. Seulement, il ne savait comment s'y prendre.

Lorsque Lena ouvrit la porte, les gonds grincèrent. Elle pénétra dans la pièce, le dossier à la main. Elle portait un pantalon kaki avec une chemise habillée bleu foncé à col boutonné. A trente-trois ans, son visage avait finalement acquis une certaine maturité. Lena avait toujours été attirante, mais, au cours de ces deux dernières années, elle avait développé une féminité qui n'avait pas échappé à la brigade senior.

Jeffrey détourna le regard ; ces pensées le mettaient mal à l'aise. Après ce qu'elle avait vécu, il lui semblait déplacé de la considérer de la sorte.

« Madame Weaver ? », fit Lena. Elle lui tendit la main, et Jeffrey eut un mouvement de recul, en même temps que Dottie Weaver, tous deux regardant la même chose, la paume ouverte de Lena. La cicatrice au centre était horrible à voir. Sara était la seule à rester sans réaction perceptible.

« Oui », réussit à répondre Dottie, et son accent nasillard du Middle West offrait un net contraste par rapport à la voix traînante de Lena.

La policière s'assit à la table, en face de Sara et Dottie.

Elle croisa les mains devant elle sur le dossier, attirant à nouveau l'attention sur ses cicatrices. Jeffrey s'attendait plus ou moins à ce qu'elle retire ses chaussures et pose les pieds sur la table.

« Je suis désolée…, commença Dottie, puis elle s'interrompit. Je veux dire, pour ce qui vous est arrivé. »

Lena eut un simple hochement de tête, le regard fixe, baissé, comme si elle avait besoin de se ressaisir. L'un des premiers trucs que Jeffrey avait appris à la jeune inspectrice, en matière d'interrogatoire, c'était que le silence était le meilleur ami du flic. Les gens normaux n'aimaient pas le silence, et invariablement ils tâchaient de le remplir. La plupart du temps, ils le faisaient sans que leur cerveau participe de l'équation.

« Et votre sœur, poursuivit Dottie. C'était une personne charmante. Je la connaissais du parc d'attractions scientifiques. Jenny adorait la science. Elle était… »

La poitrine de Lena suivit le mouvement de son souffle, elle respira à fond, mais n'eut pas d'autre réaction.

« Sibyl était enseignante, rappela-t-elle. Elle adorait enseigner aux enfants. »

La pièce retomba dans le silence, et Jeffrey se surprit à dévisager Sara. Des mèches de ses cheveux roux foncé s'étaient échappées de sa queue-de-cheval et s'étaient collées dans sa nuque. Ses lunettes n'étaient plus de guingois sur son nez, elles étaient de guingois au sommet de son crâne. Elle regardait fixement Lena, comme elle aurait regardé un serpent, en s'efforçant de déterminer si le reptile était venimeux ou non.

« Faut-il que nous contactions votre mari, madame Weaver ? s'enquit Lena.

— Dottie, répondit la mère. Je lui ai déjà appris la nouvelle.

— Va-t-il descendre pour l'enterrement ? »

Dottie garda le silence ; elle jouait avec un fin bracelet en argent à son poignet. Quand elle reprit la parole, elle adressa sa réponse à Sara.

« Vous l'avez ouverte, n'est-ce pas ? »

Sara ouvrit la bouche, comme pour répondre, mais ce fut Lena qui le fit à sa place.

« Oui, m'dame, fit-elle. Le Dr Linton a effectué l'autopsie. J'ai assisté à la procédure. Nous voulions nous assurer que tout soit fait pour prendre le plus grand soin de Jenny. »

Dottie dévisagea Lena, puis Sara, puis Lena de nouveau. Subitement, elle se pencha sur la table, ses épaules se voûtèrent comme si on lui avait flanqué un coup de poing à l'abdomen.

« C'était mon unique enfant, sanglota-t-elle. C'était mon bébé. »

Sara tendit la main pour la poser dans le dos de cette femme affligée mais, d'un regard, Lena l'arrêta. A son tour, elle se pencha en avant, prit la main de Dottie dans la sienne et lui parla.

« Je sais ce que c'est que de perdre quelqu'un. Vraiment. »

Dottie étreignit les mains de Lena dans les siennes.

« Je sais. Je sais. »

Jeffrey s'aperçut qu'il avait retenu son souffle, dans l'attente de cet instant. Lena avait franchi l'obstacle.

« Qu'est-il arrivé à son père ?

— Oh ! » Dottie sortit un mouchoir en papier de son sac à main. « Vous savez. Nous ne nous entendions pas.

Il avait envie d'autre chose dans sa vie. Il a fini par filer avec sa secrétaire. » Elle se tourna vers Sara. « Vous savez comme sont les hommes. »

Jeffrey en conçut une vague irritation, car elle venait manifestement de faire allusion à ses propres infidélités. C'était le propre d'une petite ville.

« Enfin, cela étant, il ne l'a jamais épousée, acheva Dottie. La secrétaire. » Ses lèvres s'incurvèrent en un sourire légèrement triomphant.

« Ma meilleure amie de lycée a connu la même situation, commença Lena, afin d'établir solidement une passerelle entre Dottie Weaver et elle. Son père leur a infligé le même traitement. Un jour, il s'est choisi une petite et il n'a plus jamais regardé en arrière. Elles ne l'ont jamais revu.

— Oh ! non ! Samuel n'était pas comme ça, lui assura Dottie. En tout cas, pas au début. Il voyait Jenny une fois par mois, jusqu'à son transfert à Spokane. C'est dans l'Etat de Washington. » Lena opina du chef et Dottie poursuivit. « Je pense que la dernière fois qu'il l'avait vue, c'était il y a un an.

— Comment a-t-il réagi, quand vous lui avez appris la nouvelle, hier soir ?

— Il a pleuré », fit-elle, et des larmes coulèrent sur ses joues. Elle se tourna vers Sara, peut-être parce que cette dernière avait connu Jenny. « Elle était si douce. Elle avait si bon cœur. »

Sara approuva de la tête, mais Jeffrey vit bien que la manière dont Lena menait l'entretien la mettait mal à l'aise. Il se demanda à quoi Sara s'était attendue, après les découvertes physiologiques qu'elle avait faites sur la jeune fille la nuit dernière.

Dottie se moucha et, quand elle reprit la parole, ses propos étaient plus marqués.

« Elle s'est simplement retrouvée mêlée à ce groupe. Et à ce garçon, ce Patterson.

— Mark Patterson ? intervint Lena, se référant au garçon que Jenny avait menacé de tuer.

— Oui, Mark.

— Elle le fréquentait ? Elle sortait avec lui ? »

Dottie haussa les épaules.

« Je ne peux pas vous le dire. Ils faisaient tout en groupe, et Jenny était amie avec sa sœur, Lacey.

— Lacey ? » répéta Lena. Elle parut se rendre compte qu'elle avait interrompu le cours de ses confessions et la pria de continuer, d'un signe de la tête.

« Jenny et moi étions si proches, après le départ de son père, nous étions plus comme deux amies que comme une mère et une fille. Au milieu de tout ce qui s'est passé, elle a été mon ancrage. Peut-être étais-je trop proche d'elle. Peut-être aurais-je dû lui accorder davantage d'indépendance. » Dottie marqua à nouveau un temps. « Seulement, Mark paraissait tellement inoffensif. L'été, c'était toujours lui qui tondait notre pelouse. Il se chargeait de toutes sortes de petits boulots autour de la maison, pour gagner un peu plus d'argent. » Elle rit, et dans son rire il n'y avait pas trace d'humour. « Je le prenais pour un bon garçon. J'ai cru que je pouvais me fier à lui. »

Lena ne la laissa pas partir trop loin dans sa digression.

« Quand Jenny a-t-elle commencé à traîner avec Lacey ?

— Il y a environ un an, je crois. Ils allaient tous à l'église ensemble. Je pensais que c'était une bonne chose, mais ces gamins… Je ne sais pas. On a plutôt tendance à se dire que l'église, c'est un endroit sûr, pour un enfant, mais… » Elle secoua la tête. « Je ne savais pas, reprit-elle. Je ne savais même pas qu'elle était déjà sortie avec un garçon, alors à plus forte raison… »

Lena adressa à Sara un hochement de tête quasi imperceptible. Jeffrey la vit qui s'apprêtait à apprendre certaines choses à la mère.

« Dottie, j'ai bien examiné Jenny, hier soir. »

Dottie attendit, les lèvres serrées.

« Jenny n'était pas enceinte, dit Lena. Ce n'était pas son bébé, à la piste de patinage. »

La mère dévisagea Sara, puis Lena, et revint à Sara. Elle avait l'air trop choquée pour manifester autre chose que de l'incrédulité.

« Lena a raison, précisa-t-elle. Elle n'était pas enceinte, mais je peux vous affirmer qu'elle avait connu une activité sexuelle plus de six mois auparavant. »

Dottie remua les lèvres, mais pas un mot n'en sortit. Finalement, elle eut un sourire, signe qu'elle interprétait cela comme une bonne nouvelle.

« Donc, ce n'est pas elle ? Elle n'a causé aucun mal à ce bébé ?

— Nous ne savons pas encore exactement ce qui s'est produit à ce sujet », reconnut Lena. Elle s'interrompit, regarda ses mains, cette fois sans viser aucun effet. Après quelques secondes, elle releva les yeux sur Dottie. Quand elle reprit la parole, ce fut à voix basse, les yeux rivés sur la mère, comme si Sara n'était plus dans la pièce. « C'est juste mon avis, m'dame, mais d'après tout ce que j'ai pu apprendre sur votre fille, je ne la vois pas commettre ce dont on l'a accusée. »

Les épaules de la mère s'affaissèrent, son soulagement était évident. Elle se remit à pleurer, porta le mouchoir à son nez.

« Elle était si gentille, fit-elle. Jamais, en aucun cas, elle n'aurait commis une chose pareille. » Elle se tourna vers Sara, en quête d'une confirmation. « C'était une si bonne fille. »

Sara hocha la tête, avec un faible sourire.

« Un jour, elle m'a parlé de devenir docteur, révéla Dottie à celle qui l'écoutait. Elle disait qu'elle voulait aider les enfants, comme vous le faites. »

Le sourire de Sara vacilla, et Jeffrey discerna l'éclair de culpabilité dans ses yeux.

Lena trancha dans le vif.

« Jenny et cette bande avec laquelle elle traînait, les enfants Patterson ?

— Oui, Mark et Lacey.

— Elle allait toujours à l'église avec eux ? Elle était encore pratiquante ?

— Jusqu'à il y a environ huit mois, répondit Dottie. Elle a cessé d'y aller. Je ne peux pas vous dire pourquoi. Elle m'a simplement dit qu'elle ne voulait plus y aller.

— Ce devait donc être en janvier ?

— Je suppose.

— Juste après Noël ? »

Elle opina de la tête.

« A peu près.

— Est-ce qu'il est arrivé quelque chose, vers cette période ? Peut-être une brouille ? Est-ce qu'elle s'est mise en colère contre quelqu'un ? Elle aurait pu se disputer avec Mark Patterson ?

— Non, répliqua-t-elle d'un ton ferme. En fait,

elle est partie en retraite avec un groupe de jeunes de l'église, la semaine après Noël. Ils sont tous partis skier à Gatlinburg. Je n'aimais pas trop qu'elle parte de la maison pendant les périodes de vacances, mais cela lui tenait très à cœur, et elle avait remonté ses notes à l'école, alors… » Elle laissa mourir sa voix.

« Donc, elle est partie une semaine ?

— Oui, une semaine, mais ensuite il a fallu que je me rende chez ma sœur dans l'Ohio, parce qu'elle ne se sentait pas bien. » Dottie pinça les lèvres. « Eunice, ma sœur, on lui a diagnostiqué un emphysème deux mois avant tout ça. Maintenant elle va mieux, mais la période a été vraiment difficile.

— Et là, Jenny est restée seule chez vous ?

— Oh non ! se récria-t-elle. Bien sûr que non. Elle a habité chez les Patterson trois ou quatre jours, et puis je suis rentrée.

— C'était normal, pour elle, de rester chez les Patterson ?

— Oui, à l'époque, oui, affirma-t-elle. Tous les week-ends, Lacey venait chez nous, ou Jenny allait chez les Patterson.

— Vous connaissiez bien les Patterson ?

— Teddy et Grâce ? » Elle eut un signe de la tête. « Oh ! oui, ils vont tous deux à l'église. Je ne raffole pas de Teddy, admit-elle, en baissant un peu la voix. On voit bien de qui tient Mark, ça, je peux vous le dire.

— Comment cela ?

— Il est juste un peu…, commença-t-elle, puis elle haussa les épaules. Je ne sais pas. Si jamais vous le rencontrez, vous verrez ce que je veux dire.

— Donc, fit Lena, résumant le tout., à Noël, Jenny

était partie en retraite avec l'église, ensuite elle est restée chez les Patterson, et après ça elle a cessé de fréquenter l'église et de parler aux Patterson ?

— Eh bien..., la femme paraissait retourner tout cela dans sa tête. Oui, je crois. Je veux dire, ça m'apparaît comme ça, maintenant. Avant, quand c'est arrivé, je n'ai pas établi de lien.

— Avez-vous jamais soupçonné votre fille de se droguer ?

— Oh non ! elle était catégoriquement contre. Elle ne buvait même que du décaféiné et, dernièrement, elle avait supprimé le sucre.

— Pour son poids ?

— Pour sa santé, rectifia-t-elle. Elle voulait se purifier le corps.

— "Se purifier le corps", répéta Lena. Cela avait-il un rapport avec l'église, selon vous ?

— A ce moment-là, elle avait cessé d'y aller, lui rappela-t-elle. Je ne sais pas pourquoi elle a fait ça. Nous revenions de l'école en voiture, un jour, et elle m'a simplement dit : "Je ne veux plus rien manger de sucré, plus jamais. Je veux que mon corps soit pur."

— Cela ne vous a pas paru bizarre ?

— Sur le moment, non, avoua Dottie. Je veux dire, c'était peut-être curieux, mais elle avait un comportement si étrange, tous ces derniers temps. Pas des attitudes étranges qui se remarquent, mais étrange comme d'arrêter de boire du Coca quand elle rentrait à la maison après les cours, et puis elle s'est mise à se concentrer davantage sur ses devoirs. On avait l'impression qu'elle voulait mieux faire. Elle redevenait elle-même, comme avant.

— Elle-même, comme avant de traîner avec les enfants Patterson ?

— Oui, je pense que l'on pourrait dire ça. » Dottie plissa les lèvres. « C'était très curieux, car Lacey était majorette, et très appréciée, et dès le jour où Jenny avait franchi les portes de l'école, elle s'était mise à la persécuter.

— La persécuter ? En quoi faisant ? s'étonna Sara.

— A être méchante, c'est tout, répondit Dottie. Elle la taquinait sur son poids. Et c'était à l'époque où elle était un peu rondouillarde. Pas comme ces derniers temps.

— Vous ne croyez pas que Lacey ou Mark l'auraient frappée ? »

La mère parut surprise.

« Dieu du ciel, non. J'aurais appelé la police. » Elle se tamponna les yeux avec son mouchoir en papier. « Ils la taquinaient, c'est tout. Rien de physique. Comme je l'ai dit, ils sont devenus amis.

— Qu'est-ce que cela a changé ? voulut savoir Lena.

— Je n'en sais rien, au juste. Peut-être quand ils sont passés du collège au lycée. C'est un gros changement. Je crois que Lacey n'a pas réussi à entrer dans l'équipe des majorettes, et elle a quelque peu baissé dans l'ordre hiérarchique. Vous savez comme sont les enfants. Ils veulent faire partie de quelque chose. Maintenant que j'y repense, cette histoire de sucre, c'était probablement une idée de Lacey.

— De Lacey ? s'exclama Lena.

— Oh ! Oui. C'est elle qui entraînait toujours leur tandem dans de nouvelles initiatives. Le genre de vêtements qu'il fallait porter à l'école, où elles allaient partir en week-end. Elles passaient des heures à en discuter au téléphone. »

Lena eut un sourire.

« Ma sœur et moi, nous faisions tout le temps pareil, se rappela-t-elle. A votre avis, c'était un truc un peu religieux ?

— Comment cela ? réagit Dottie, prise au dépourvu.

— Le sucre. La caféine. Ça ressemble à un truc religieux.

— Vous ne croyez pas… ? La mère s'interrompit. Non, je ne crois pas que ce soit religieux. Elle était très heureuse à l'église. Je pense que ce devait être une idée de ces enfants Patterson. Mark avait une sorte de casier judiciaire, pour vol. » Elle secoua la tête, lentement. « Je ne savais pas quoi faire. Aurais-je dû lui interdire de le revoir ? Cela lui aurait donné envie de le fréquenter encore plus.

— C'est généralement le cas avec les jeunes filles, acquiesça Lena. Vous allez toujours à l'église, n'est-ce pas ?

— Oh ! bien sûr ! confirma-t-elle, en hochant la tête. C'est pour moi une grande consolation.

— Avez-vous déjà pris des dispositions ? J'imagine que c'est là que se déroulera le service funéraire ? »

Dottie soupira.

« Je ne sais pas. Je sais juste… » Elle s'interrompit, se moucha dans son mouchoir en papier. « Je crois qu'elle appréciait le père Fine. Il était venu à la maison lui parler. Et Brad Stephens, aussi. C'est lui qui officie pour les jeunes, à l'église.

— Ah oui ? fit Lena.

— Oh oui ! Brad est très actif au sein de la communauté des fidèles.

— Le pasteur Fine est-il passé chez vous après que Jenny avait cessé de se rendre à l'église ?

— Oui, fit-elle en hochant la tête, et elle avait l'air contente d'être en mesure de se rappeler un détail qui soit éventuellement susceptible d'être d'une telle importance. Il est venu la voir après deux dimanches de suite où elle avait été absente.

— Avez-vous entendu ce qu'il lui a dit ?

— Non, admit-elle. Ils étaient dans son petit coin à elle, et je voulais qu'ils soient un peu entre eux. » Dottie eut l'air de se souvenir de quelque chose. « Une semaine plus tard, en effet, il a téléphoné, mais elle m'a dit de lui répondre qu'elle n'était pas là. Et je me souviens qu'elle a reçu deux autres appels ce jour-là, et qu'elle ne les a pas pris non plus.

— C'était bizarre ?

— Pas à ce moment-là, fit-elle. Ce devait être aux alentours de février. Je me souviens que j'étais un peu soulagée qu'elle ne veuille plus adresser la parole à Mark.

— Avait-elle eu une dispute avec lui ? »

Dottie haussa les épaules.

« Tout ce que je sais, c'est qu'elle le détestait. Elle est passée d'une période où elle passait beaucoup de temps avec lui à une haine absolue.

— Elle le détestait comme une fille déteste un garçon qui refuse de sortir avec elle ? »

Dottie se redressa contre le dossier de sa chaise, jaugeant Lena d'un regard dur. Apparemment, elle finissait par se rendre compte que cet entretien n'avait d'autre raison que d'établir la culpabilité de Jenny, et non de la blanchir.

Lena répéta sa question.

« Elle détestait Mark parce qu'il ne voulait plus sortir avec elle ?

— Non, lâcha Dottie, cassante, avec de nouveau sa voix nasillarde. Bien sûr que non.

— Vous êtes sûre ?

— Il a été arrêté vers cette époque », lui rappela-t-elle, à l'évidence plus à l'aise dès qu'il s'agissait de placer Mark dans le rôle du criminel. « Pour agression. Il s'en est pris à sa sœur. »

Jeffrey s'invectiva de ne pas avoir vérifié ce point plus tôt. Il décrocha le téléphone de la pièce d'observation et tapa le numéro du poste de Maria.

« Oui ? s'enquit cette dernière.

— Sors-moi un dossier, demanda-t-il à voix basse. Mark Patterson.

— Le gamin d'hier soir ?

— Oui.

— Pour sûr », lui assura-t-elle en raccrochant.

Quand Jeffrey tourna de nouveau son attention vers la salle, l'atmosphère avait radicalement changé. Dottie Weaver était assise sur sa chaise, la mâchoire contractée de colère.

« Voulez-vous boire quelque chose ? lui proposa Lena.

— Non, merci.

— Saviez-vous que votre fille avait eu le bras fracturé, l'an dernier ? »

Dottie parut surprise.

« Est-elle venue vous consulter sans moi ?

— Non », répondit Sara, sans développer. Elle avait l'air furieuse, mais pas contre Dottie Weaver.

Lena insista.

« Votre fille s'intéressait-elle à la culture africaine ou du Moyen-Orient ? »

Dottie secoua la tête, sans comprendre.

« Bien sûr que non. Pourquoi ? Quel rapport avec tout ça ?

— Dottie, vous voulez faire une pause ? » suggéra Sara.

Lena changea de position sur son siège, en maintenant le rythme de ses questions.

« Votre fille a aussi subi une fracture de fatigue au bassin, madame Weaver ? Le saviez-vous ? »

La mère de Jenny remua la bouche, sans rien répondre.

« Elle a probablement été violée », précisa Lena. Elle s'arrêta, puis elle ajouta deux mots, sans émotion aucune. « Avec violences.

— Je ne… » Dottie se tourna vers Sara, puis revint à Lena. « Je ne comprends pas.

— Et ses cicatrices sur ses jambes et ses bras ? insista Lena. Que s'est-il passé, à ce niveau-là ? Pourquoi votre fille s'entaillait-elle la peau ?

— S'entaillait-elle ? répéta-t-elle. De quoi parlez-vous ?

— Elle avait des coupures sur tout le corps. Qu'elle s'était infligées à elle-même, à en juger par leur aspect. Voulez-vous m'expliquer comment elle aurait pu se faire ça sans que vous le sachiez ?

— Elle était très secrète, riposta Dottie. Elle se couvrait complètement, tout le corps, avec ses vêtements. Je n'ai jamais… »

Lena l'interrompit.

« Saviez-vous qu'elle avait subi une intervention chirurgicale, au cours de ces six derniers mois ?

— Chirurgicale ? répéta Dottie. De quoi parlez-vous ?

— Pas chirurgicale, rectifia Sara, en posant la main sur le bras de Dottie. Quand j'ai examiné Jenny… »

Lena ouvrit le dossier de l'affaire. Elle exhiba une photo, la lança de l'autre côté de la table, puis une autre. De sa place, Jeffrey ne pouvait voir desquelles il s'agissait, mais il comprit, à en juger d'après l'expression de son visage, ce que cette mère avait sous les yeux.

« Oh ! Mon Dieu ! Mon bébé ! » Elle porta la main à sa bouche.

« Lena », l'avertit Sara en posant la main sur les photos. Elle essaya de les écarter, mais Dottie l'arrêta. Elles se disputèrent l'un des clichés quelques secondes, avant que Sara ne le lâche, à contrecœur.

« Qu… quoi ? » bredouilla la femme. Elle tenait l'image près de son visage, et sa main tremblait.

Lena se cala contre le dossier de son siège, l'air suffisant, et croisa les bras. Elle se tourna carrément vers la glace sans tain, vers Jeffrey, et leva les sourcils, avec une sorte d'expression de triomphe.

Sara posa la main dans le dos de Dottie.

« Donnez-moi ça, fit-elle, en essayant de lui reprendre le cliché.

— Mon Dieu, mon Dieu…, marmonna la femme, en sanglotant sans retenue. Mon bébé. Qui a fait ça à mon bébé ? »

Sara lança un coup d'œil à Lena, et Jeffrey perçut toute la chaleur de son regard. Lena haussa les épaules, comme pour dire « A quoi t'attendais-tu ? ».

« Oh ! Dieu ! Oh ! Mon Dieu ! », chuchotait Dottie,

puis, subitement, elle s'arrêta. Son corps s'affaissa, elle s'évanouit en s'écroulant à terre, et Sara amortit sa chute.

Jeffrey se tenait dans le couloir, devant la salle de réunion, il était en train de parler à Lena.

« Il faut qu'on convoque le garçon Patterson, illico, lui ordonna-t-il. Sara peut gérer la réunion d'autopsie toute seule. »

Lena regarda par-dessus son épaule, vers la porte de derrière. Sara avait raccompagné Dottie à sa voiture, pour s'assurer qu'elle aille à peu près bien, mais non sans avoir prévenu Lena, sur un ton tendu, qu'elle allait revenir.

« Maria me sort tout de suite son adresse, reprit Jeffrey. Il est peut-être plus impliqué là-dedans qu'il n'y paraît. Heureusement, chez eux, on dénichera aussi sa sœur. »

Lena hocha la tête en croisant les bras.

« Tu veux que je prenne la sœur et que tu t'occupes de Mark ?

— Voyons comment ça fonctionne, répondit-il. Je veux aussi voir du côté de ce prêtre. »

Une lueur brilla dans les yeux de Lena.

« Il officie à mon église. Enfin, pas la mienne, mais c'est là que va Hank, et je l'accompagne quelquefois. » Elle haussa les épaules. « Tu sais, pour m'occuper. Je ne suis pas croyante comme ça, rien du tout.

— Ouais », lâcha Jeffrey, un peu stupéfait qu'elle lui ait fourni cette information. C'était la première fois depuis son agression que Lena se laissait aller à une forme de bavardage. Il se dit que cela avait peut-être sur elle un effet un peu bénéfique de s'occuper de cette affaire, et il en était content. « Je vais décharger Brad de sa patrouille, décida-t-il. Je veux lui parler dès que possible et voir ce qu'il me raconte à propos de Fine.

— Tu crois que c'est Fine qui a infligé ça à Jenny ? »

Jeffrey se fourra les mains dans les poches. Il était incapable d'imaginer quelqu'un faisant du mal à un enfant. « Il faut qu'on sache si Fine est parti pour cette retraite de Noël.

— Peut-être que je pourrais… » Lena s'interrompit, car la porte de derrière venait de s'ouvrir en battant violemment.

Jeffrey se retourna, dans l'instant même où Sara la refermait. Il comprit, à la manière dont elle remonta le couloir, qu'elle était hors d'elle.

A environ trois mètres d'eux, elle s'exclama :

« Qu'est-ce que vous fabriquiez, là-dedans ? Comment avez-vous pu lui faire ça ? »

Lena décroisa les bras. Jeffrey vit ses poings se serrer, tandis que Sara se rapprochait.

Lena s'éloigna, se retrouva dos contre le mur. Elle garda les mains serrées et s'exprima d'une voix forte :

« Je faisais mon boulot.

— Ton boulot ? » rétorqua Sara, arrivant face à Lena. Sara mesurait bien quinze centimètres de plus qu'elle, et elle les utilisait à son avantage. « C'est ton boulot de torturer une femme qui vient à peine de perdre son gosse ? C'est ton boulot de lui montrer ces photos ? » Sur ce dernier mot, sa voix se brisa. « Comment as-tu pu lui infliger ça, Lena ? Comment as-tu pu faire de ces photos le dernier souvenir qu'elle conservera de sa fille, pour toujours.

— Sara… » intervint Jeffrey, juste au moment où

elle se penchait à l'oreille de Lena pour lui chuchoter quelque chose. Il n'était pas en mesure d'entendre ce qu'elle venait de lui dire, mais la réaction de Lena fut immédiate. Ses épaules s'affaissèrent, et elle lui évoqua un chaton qu'on a attrapé par la peau du cou.

Sara saisit ce qui se passait, et aussitôt il vit la culpabilité se peindre sur son visage. Elle posa la main sur sa bouche, comme si elle avait pu empêcher les mots d'en sortir mais trop tard.

« Je suis désolée, fit-elle à Lena. Je suis vraiment désolée. »

Lena s'éclaircit la voix, en regardant par terre.

« Ça va », fit-elle, mais visiblement ça n'allait pas.

Sara dut s'apercevoir qu'elle gênait Lena, car elle recula.

« Lena, je suis désolée, répéta-t-elle. Je n'avais pas le droit de te dire ça. »

Lena leva la main pour l'arrêter. Elle respira, mais sans relâcher le moindre souffle d'air. Au lieu de quoi, elle ajouta juste une précision.

« Quand tu voudras y aller, je serai dans la voiture. »

Ce commentaire était destiné à Jeffrey, qui se le tint pour dit.

« D'accord. Bien », acquiesça-t-il. Il fouilla sa poche pour en tirer ses clés et les lui tendit, mais elle ne les prit pas. Au lieu de quoi, elle tendit la main, paume en l'air, attendant qu'il les lâche.

« D'accord », fit-elle, en tenant les clés dans son poing. Elle n'adressa plus un regard ni à l'un ni à l'autre. Elle regardait fixement le sol, même en descendant le couloir. Elle avait encore une allure avachie, et l'air complètement défaite. Ce que Sara avait pu dire à cette femme l'avait complètement abattue.

Jeffrey se tourna vers Sara, sans comprendre ce qui venait de se produire, ni pourquoi.

« Qu'est-ce que tu lui as dit, bon sang ? »

Sara secoua la tête, en se masquant les yeux de la main.

« Oh ! Jeff ! se lamenta-t-elle, en remuant toujours la tête. Ce qu'il ne fallait pas. Pile ce qu'il ne fallait pas. »

SEPT

Lena avait pris place dans la Lincoln de Jeffrey, tétanisée, tendue comme une peau de tambour. Elle respirait par à-coups, et elle se sentait prise d'un vague étourdissement, comme si elle était sur le point de s'évanouir. Elle était en nage, et pas seulement parce qu'elle était enfermée dans cette voiture bouillante. Elle avait tout le corps en feu, comme si elle avait touché un câble électrique.

« Salope ! », souffla-t-elle, en pensant à Sara Linton. « Connasse et salope », répéta-t-elle, comme si la traiter de ces mots-là allait effacer ce qu'elle lui avait dit.

Les mots de Sara faisaient encore écho dans sa tête. « Maintenant tu sais ce que c'est que de blesser quelqu'un. »

Blesser, c'était le terme qu'elle avait employé, mais Lena savait ce que cela signifiait. Maintenant tu sais ce que c'est que de violer quelqu'un.

« Nom de Dieu ! », hurla-t-elle aussi fort qu'elle put, s'efforçant de masquer le son de ces mots-là. Elle frappa de la main sur la planche de bord, en injuriant Sara Linton, en maudissant ce boulot stupide.

Dans la salle d'interrogatoire, à travailler Dottie Weaver de la sorte, elle s'était de nouveau sentie comme un être humain, pour la première fois depuis une éternité et, d'une simple phrase, Sara l'avait privée de ça.

« Nom de Dieu ! » cria-t-elle de nouveau, la voix rauque à force de tension. Elle avait envie de pleurer, mais il ne lui restait plus de larmes, rien qu'une colère fulminante. Tous les muscles de son corps étaient tétanisés, et elle avait l'impression qu'elle aurait eu la force de soulever la voiture et de la renverser, si elle avait voulu.

« Arrête, arrête, arrête », se répéta-t-elle, tâchant de se calmer. Il fallait qu'elle ait retrouvé son calme quand Jeffrey arriverait, car sinon il allait en parler à Sara — il baisait avec elle, bon sang — et elle n'avait pas envie que Sara Linton sache que ses paroles l'avaient atteinte si profondément.

Rien qu'à l'idée des excuses lamentables de Sara, elle eut un rire chevalin. Comme si cela changeait quoi que ce soit ! Sara avait dit exactement ce qu'elle pensait. La seule raison pour laquelle elle s'était excusée, c'est qu'elle regrettait de l'avoir dit à voix haute. En plus d'être une salope, elle était lâche.

Elle respira encore un bon coup, s'efforçant de se ressaisir.

« C'est bon, se chuchota-t-elle. Ça n'a pas d'importance. Rien n'a d'importance. »

Au bout de deux ou trois minutes, elle se sentit mieux. Son cœur ne battait plus aussi fort, et son ventre lui sembla se dénouer. Elle n'arrêtait pas de se rappeler qu'elle était forte, qu'elle avait connu pire et qu'elle avait survécu. Au vu de la situation d'ensemble, ce que pensait Sara Linton ne comptait pas. Ce qui comptait, c'était qu'elle puisse accomplir son travail. Et c'était le cas. Au cours de cet entretien, ils avaient ouvert quelques pistes solides qu'ils allaient pouvoir suivre, chose qui ne se serait pas produite si Sara Linton avait été responsable de la séance.

Lena consulta sa montre, et dut s'y reprendre à deux fois. Elle n'avait pas saisi quelle heure il était. Hank allait se demander ce qui la retenait aussi longtemps. Maintenant, il n'était plus question qu'elle se rende à l'église avec lui.

La voiture de Jeffrey était équipée d'un téléphone portable monté sur console ; elle se pencha, fit démarrer le moteur pour pouvoir utiliser le téléphone. Elle brancha la climatisation et entrouvrit la fenêtre pour laisser un peu la chaleur s'échapper de la voiture. L'appareil prit son temps pour s'allumer, et elle lança un coup d'œil vers le poste, cette fois pour s'assurer que Jeffrey n'en sortait pas.

Hank décrocha à la première sonnerie.

« Allô ?

— C'est moi », dit-elle. Il y eut un temps de silence à l'autre bout du fil, et c'est alors qu'elle comprit à quoi devait ressembler sa voix. Elle avait un côté âpre et tendu, qui, après sa confrontation avec Sara, était encore perceptible. Heureusement, Hank ne la questionna pas sur ce qui n'allait pas.

« Je ne vais pas pouvoir venir à l'église, lui annonça-t-elle.

— Oh ? fit-il, mais il n'alla pas plus loin.

— Il faut que je m'occupe d'un interrogatoire avec mon chef, lui raconta-t-elle, même si elle ne devait aucune explication à Hank Norton. Ça va nous retenir un bon moment, probablement. Tu devrais y aller sans moi. » En terminant sa phrase, elle baissa la voix quand elle songea à ce que ce serait de rentrer chez elle, pour s'y retrouver seule.

« Lee ? s'enquit Hank, car il ressentait manifestement sa peur. Je peux rester ici si tu veux, pour toi. Tu sais, juste le temps que tu arrives.

— Ne sois pas bête, dit-elle, bien consciente que le ton de sa voix n'était guère convaincant. Je ne suis pas une enfant de trois ans.

— Tu sais, tu pourrais me rejoindre après, ajouta-t-il d'une voix hésitante. Je veux dire, pour entendre chanter le chœur. »

Lena se rappela ce concert, et elle se sentit prise d'angoisse. D'ici à ce que Hank soit rentré à la maison, il ferait nuit. A l'intérieur de la maison, il ferait encore plus noir, malgré toutes les lampes qu'elle pourrait allumer.

« De toute manière, il faut que je me lève tôt pour aller vérifier ce qui se passe au bar, lui assura-t-il. Je pourrais revenir à la maison après le service.

— Hank, fit-elle, tâchant de ne pas laisser son cœur exploser dans sa poitrine. Ecoute, vas-y, à ce putain de concert, d'accord ? Je n'ai pas besoin que tu joues tout le temps les baby-sitters avec moi. Je veux dire, merde, nom de nom. »

Jeffrey sortit du bâtiment, et la lumière du soleil se refléta sur la porte de derrière. Maria Simms se trouvait juste dans son dos, et elle tendait un dossier au chef.

« Tu es certaine ? lui demanda Hank.

— Ouais, répondit-elle avant d'avoir réfléchi. Ecoute, il faut que j'y aille. Je te verrai à ton retour à la maison. »

Elle raccrocha avant qu'il ait pu lui répondre.

« Seigneur, s'éxclama Jeffrey dès qu'il ouvrit la portière.

Il y a l'air conditionné ? demanda-t-il en lui lançant le dossier que Maria venait de lui remettre.

— Ouais », grommela-t-elle, en changeant de position sur son siège, tandis qu'il montait. Sans y réfléchir, elle s'était écartée de lui, pour se mettre aussi près de la portière que possible. Si Jeffrey le remarqua, il n'émit aucun commentaire.

Il jeta la veste de son costume sur la banquette arrière. « J'ai eu un appel, fit-il, visiblement préoccupé. Ma mère a eu un accident. Il faut que je sois dans l'Alabama, ce soir.

— Tu pars tout de suite ? s'étonna Lena, en posant la main sur la poignée de la portière, songeant qu'elle pourrait appeler Hank de sa voiture et lui demander de l'attendre.

— Non, corrigea Jeffrey, en regardant ostensiblement cette main sur la portière. Ce soir.

— D'accord, fit-elle, en laissant les doigts sur la poignée, comme si elle s'y appuyait.

— Ça va être une vraie chierie de partir au milieu de tout cela. Peut-être que Mark Patterson va nous éclaircir un peu les choses.

— Que veux-tu dire ? Comme s'il s'agissait d'une querelle d'amoureux, un truc dans ce genre ? demanda-t-elle.

— Peut-être qu'il va pouvoir nous expliquer qui étaient les autres filles, et qui est la mère. »

Elle approuva de la tête, mais elle ne jugeait pas cela vraisemblable.

« J'ai eu Brad. Le père Fine n'a pas participé à cette retraite de ski. » Il se rembrunit. « Je vais rappeler Brad après qu'on aura causé à Mark, voir si je peux le pousser à se rappeler autre chose. Je suis certain, reprit-il après un temps d'arrêt, que si un sale truc était arrivé, il me l'aurait dit.

— Ouais », acquiesça-t-elle. Brad était le genre de flic à dénoncer sa propre mère si elle traversait en dehors d'un passage piéton.

« Première chose, demain matin, je veux que Brad et toi alliez questionner les professeurs de Jenny Weaver, voir quel genre de gamine c'était, et pourquoi pas découvrir sur place s'il n'y aurait pas quelqu'un autour de qui elle aurait tourné. Et aussi, discuter avec les filles qui sont parties pour cette retraite avec Jenny et Lacey. Elles fréquentent probablement toutes le même lycée.

— D'accord.

— Je ne peux pas ne pas partir pour l'Alabama, sinon je m'en occuperais moi-même.

— Bien sûr », approuva-t-elle, en se demandant pourquoi il continuait de s'excuser. D'un point de vue technique, c'était lui qui était responsable. En outre, pour le moment, il ne pouvait pas beaucoup intervenir dans cette affaire. A moins que Mark ne montre quelqu'un du doigt, ils n'avaient pas grand-chose pour avancer.

« Je veux aussi que tu interroges Fine dès que possible. » Il consulta sa montre. « Demain matin. Pour ce coup-là, emmène Frank avec toi, pas Brad.

— D'accord, répéta-t-elle.

— Tu disais que tu le connaissais, le prêtre, commença Jeffrey, en passant la marche arrière. Tu crois qu'il aurait ça en lui ?

— Ça ? fit-elle, puis elle se souvint de la raison pour laquelle ils étaient là, tous deux. Non, répondit-elle. Ce n'est pas un mauvais type. Seulement, je ne m'entends pas avec lui, c'est tout. »

Jeffrey la gratifia d'un regard qui semblait signifier que, de toute façon, elle ne s'entendait avec personne.

« En fait, j'ai une sorte de rendez-vous avec lui demain soir, ajouta-t-elle.

— Un rendez-vous ? »

Lena regarda la planche de bord.

« Comme tu disais tout à l'heure. Ce que tu voulais que je fasse, souffla-t-elle, mais il ne saisit pas. Parler avec quelqu'un, acheva-t-elle.

— Eh bien, ce n'est peut-être pas toi qui devrais…

— Non, insista-t-elle. Je veux m'en occuper. » Elle tenta de se montrer souriante, mais son sourire lui parut faiblard, même à elle. « Ça va le surprendre, d'accord ? Il va croire que je suis venue pour une séance ou je ne sais trop quoi, et subitement je vais retourner le truc et lui poser des questions sur Jenny et les Patterson. »

Tout en tournant pour sortir la voiture du parking, Jeffrey se renfrogna.

« Je ne suis pas certain d'aimer ça.

— Tu m'as toujours dit que le meilleur moyen d'interroger quelqu'un, c'est quand on le cueille à froid, lui rappela-t-elle, en tâchant de masquer le désespoir qui pointait dans sa voix. En plus, c'est Hank qui a tout organisé. Ce n'est pas comme si j'allais lui parler de… » Lena chercha le mot, mais fut incapable de le trouver. « Je n'irai pas lui parler, d'accord ? C'est un original. Je ne lui fais pas confiance.

— Pourquoi ?

— Je ne lui fais pas confiance, c'est tout. J'ai juste une impression le concernant.

— Mais tu ne crois pas qu'il ait commis un acte pareil ? »

Elle haussa les épaules, tenta de trouver le moyen de se rétracter. Comment pourrait-elle expliquer à Jeffrey que la raison principale pour laquelle elle n'appréciait pas Dave Fine, pour laquelle elle ne se fiait pas à lui, c'était qu'il s'agissait d'un pasteur ? Là-dessus, Jeffrey se montrait à peu près aussi stupide que Hank. Comment pouvait-il ne pas établir le lien entre le fait qu'elle ait été agressée par un fanatique religieux et son refus de parler à un prêtre ? Cela la dépassait.

« Je n'en sais rien, peut-être qu'il a ça en lui. »

Ce mensonge eut l'air de provoquer le revirement de son chef.

« D'accord, mais emmène Frank avec toi.

— Bien sûr.

— Ce n'est pas un interrogatoire. Nous sommes simplement en train d'essayer de découvrir s'il sait quelque chose. Ne va pas là-bas le mettre en rogne sans aucune bonne raison.

— Je sais.

— Et organise quelque chose d'autre, continua-t-il. Quelque chose avec quelqu'un d'autre. » Il s'interrompit. « C'était la condition, Lena. La seule raison pour laquelle je t'ai permis de revenir aussi vite, c'était que tu m'avais promis de parler avec quelqu'un de ce qui est arrivé.

— Ouais, fit-elle en approuvant de la tête. Je vais m'organiser avec quelqu'un d'autre, tout de suite. »

Il la considéra fixement, comme s'il avait pu lire dans ses pensées rien qu'en la regardant.

Elle changea de sujet, en tâchant de prendre un ton détaché.

« Elle va bien ? Ta mère, je veux dire.

— Ouais. Et toi, tout va bien ? »

Elle essaya de ne pas paraître trop désinvolte.

« Ça va.

— Cette histoire avec Sara…

— Ça va », lui assura-t-elle, en usant d'un ton qui aurait cloué le bec à Hank en deux secondes chrono.

Evidemment, le chef Tolliver n'était pas Hank Norton. Il persista.

« Tu es sûre ?

— Ouais. » Puis, pour le lui prouver, elle lui posa une question. « C'était quoi, cette réaction, pendant l'entretien ? Quand la mère a évoqué Lacey Patterson, le Dr Linton a eu l'air surpris.

— C'était une patiente de Sara, à la clinique », lui expliqua-t-il. Ensuite, il ajouta un mot, presque pour lui-même. « Tu sais ce que ressent Sara avec les enfants. »

Lena n'en savait rien, et elle baissa les yeux sur le dossier, sans lui répondre. Le nom de Mark Patterson figurait sur l'onglet, et elle l'ouvrit d'un coup sec pour voir un peu ce qu'il avait déjà fabriqué. La première feuille portait la mention des informations essentielles, y compris son adresse.

« Ils habitent à Morningside ? s'étonna-t-elle, en se référant à un quartier louche de Madison.

— Je crois que c'est sur ce parc de caravanes. Tu sais, celui avec cet auvent vert au-dessus de l'enseigne ?

— Le Kudzu Arms », lui indiqua-t-elle. Brad et elle s'étaient rendus au Kudzu à plusieurs reprises au cours des derniers mois. Plus il faisait chaud, plus les esprits s'échauffaient.

« Peu importe, trancha Jeffrey, histoire de faire avancer les choses. Qu'est-ce qu'il a, dans son dossier ? »

Elle feuilleta les pages.

« Deux cambriolages avec effraction quand il avait dix ans, dans les deux cas à l'intérieur de l'enceinte du Kudzu Arms. Plus récemment, il a battu sa sœur assez salement. Son père nous a appelés, on est arrivés là-bas, ils ont refusé de porter plainte. » Elle suspendit sa lecture. « "On", c'est-à-dire Deacon et Percy, précisa-t-elle, en faisant allusion à deux flics de ronde. C'est eux qui s'en sont chargés, pas Brad et moi. »

Tolliver se gratta le menton, il avait l'air de réfléchir à tout cela.

« Je ne me souviens même pas quand c'est arrivé.

— Juste après Thanksgiving, lui rappela-t-elle. Ensuite, vers Noël, Deacon et Percy ont été rappelés. C'était encore le père, et il a demandé que ce soient eux qui se déplacent, tout particulièrement. » Elle parcourut le rapport rédigé par Deacon. « Cette fois, une plainte a été déposée. Ils l'ont emmené deux jours en taule, Mark était supposé suivre des cours pour apprendre à gérer ses crises de colère, durant son temps de détention. » Elle partit de son rire chevalin. « Son avocat, c'était Buddy Conford.

— Buddy n'est pas si mauvais », nuança Jeffrey.

Lena referma le dossier, en lui adressant un regard incrédule.

« C'est une pute. Il remet les défoncés et les meurtriers dans la rue, en liberté.

— Il fait son boulot, tout comme nous.

— Son boulot fout le nôtre en l'air », insista-t-elle.

Jeffrey secoua la tête.

« Il va t'entretenir de l'histoire Weaver, lui expliqua-t-il. Les coups de feu. »

Lena hennit de rire.

« Il travaille pour le compte de Dottie Weaver ?

— Pour celui de la ville, lui précisa-t-il. J'imagine qu'il fait ça pour rendre service au maire. » Il haussa les épaules. « De toute façon, tu vas traiter ça avec lui. Dis-lui ce qui s'est passé.

— Ce n'était pas une bavure », souligna-t-elle, car s'il y avait bien une vérité, dans sa vie actuelle, c'était que Jeffrey avait fait le seul choix qui s'offrait à lui. « Brad dira la même chose », ajouta-t-elle.

Il garda le silence, et il parut laisser tomber le sujet, mais au bout de quelques minutes, il gara la voiture sur le bas-côté de la route. Lena eut une impression de déjà-vu, et son estomac se retourna quand elle repensa à ce matin-là, dans la voiture avec Hank, et à quel point elle se sentait gênée. Dans son esprit, il ne faisait aucun doute à présent qu'elle ne rencontrerait pas le même problème avec Jeffrey. A côté de lui, elle pouvait se sentir plus forte, car il ne la considérait pas comme le faisait Hank. Il la prenait toujours pour une adolescente, car en réalité il ne l'avait jamais connue autrement.

Elle attendit qu'il ait placé la voiture en position parking et qu'il se soit tourné vers elle. Elle sentit les petits cheveux de sa nuque se hérisser, et se vit en situation délicate.

« Entre toi et moi… » commença-t-il, avant de s'interrompre. Il attendit qu'elle le regarde dans les yeux, et il se répéta. « Entre toi et moi, fit-il.

— Ouais », et elle opina de la tête, n'aimant pas le ton sérieux de sa voix. Quand elle comprit qu'il allait évoquer Sara, elle sentit son estomac peser très lourd sur son ventre.

Au lieu de quoi, il la surprit.

« Le coup de feu », lui dit-il.

Elle hocha la tête, pour qu'il poursuive.

« Avec Weaver », précisa-t-il, comme s'il avait besoin de resserrer le champ de la conversation. Elle voyait bien à quel point il était bouleversé. Pour la première fois, elle comprit ce que cela signifiait que de lire dans quelqu'un à livre ouvert. Elle perçut dans ses yeux une espèce de douleur qu'elle n'aurait jamais imaginé voir se manifester chez Jeffrey Tolliver. « Dis-moi la vérité, reprit-il, et sa voix avait une tonalité suppliante. Tu étais là. Tu as vu ce qui s'est passé.

— J'ai vu, confirma-t-elle, et elle sentit ce besoin frappant qui émanait de lui.

— Dis-moi », insista-t-il, en la suppliant plus ouvertement, cette fois. Son désespoir lui insuffla une sorte d'euphorie. Jeffrey avait besoin d'elle. Jeffrey Tolliver, qui l'avait vue nue, clouée au plancher, couverte d'hématomes, de sang, avait besoin de Lena.

Elle laissa cet instant se prolonger, savourant ce pouvoir plus que tout.

« Ouais », fit-elle enfin, mais sans trop de conviction.

Il continua de la dévisager, et elle pouvait lire le doute dans ses yeux. L'espace d'un instant, elle crut qu'il allait se déchirer.

« C'était sans bavure », répéta-t-elle. Il ne la quitta pas des yeux, comme s'il pouvait lire en elle. Elle savait que son ton de voix n'inspirait pas la confiance, et que cela ne lui avait pas échappé. Elle savait aussi qu'elle ne lui avait pas clairement signifié qu'elle se fiait à son jugement. Sa réaction avait été ambiguë, à dessein. Elle n'avait aucune idée de ce qui l'avait amenée à réagir de la sorte, mais elle en éprouva un frisson, un long moment, alors que Jeffrey remettait la voiture en marche et s'engageait sur la route.

Grant County était composé de trois villes : Heartsdale, Madison et Avondale. Comme Avondale, Madison était plus pauvre que Heartsdale, et il y avait quantité de parcs de caravanes alentour, car c'était un mode de logement meilleur marché. Cela ne signifiait pas nécessairement que les occupants de ces caravanes étaient sans le sou. Certains de ces parcs étaient mieux aménagés que d'autres, avec des sortes de maisons de quartier, des piscines et une surveillance auto-organisée, tandis que d'autres, justement, suppuraient la violence domestique et les querelles d'ivrognes. Le Kudzu Arms entrait dans cette seconde catégorie. L'endroit avait tellement peu à voir avec un quartier de vie que c'était à peine s'il y avait lieu de le faire figurer sur la carte de la région. Des caravanes à divers stades de décrépitude étaient disposées en éventail à partir d'une seule voie non goudronnée. Certains des résidents avaient essayé d'y planter des jardins, sans succès. Même sans la sécheresse, qui avait contraint toute la Géorgie à limiter sa consommation d'eau, la chaleur aurait tué les fleurs. La chaleur aurait suffi à tuer des gens. Les plantes, elles, n'avaient pas une chance.

« Déprimant », remarqua Jeffrey, en tapotant du bout des doigts sur le volant. C'était un tic nerveux qu'elle ne lui avait jamais vu, et Lena sentit revenir la culpabilité, comme un fort courant sous-marin, l'entraînant là où il ne fallait pas. Concernant la fusillade, elle aurait dû se montrer plus catégorique. Elle aurait dû le regarder droit dans les yeux et lui dire la vérité, que tuer cette adolescente était la seule décision à prendre, qu'il n'avait pas eu d'alternative. Lena ne voyait pas comment arranger ça. Un millier de oui catégoriques n'auraient jamais effacé sa réticence initiale, et l'impact qu'elle avait eu. Mais enfin, qu'est-ce qui lui avait pris ?

« Quelle est l'adresse ? » voulut savoir Jeffrey.

Elle ouvrit le dossier, le parcourut de l'index, jusqu'à la mention de l'adresse.

« Trois-dix, fit-elle, en levant les yeux vers les caravanes. Ici, ce ne sont que des numéros deux.

— Ouais », acquiesça-t-il. Il regarda par-dessus son épaule, de l'autre côté de la route, par rapport au parc. « C'est là-bas. »

Pendant qu'il reculait pour sortir du parc, elle se retourna à son tour. Un grand mobile home, sans doute un modèle double gabarit, était garé de l'autre côté de la route. A l'inverse de ceux qui étaient dans le parc, en face, celui-ci ressemblait davantage à une maison. Il y avait une espèce de jardin paysager aménagé sur le devant, et des fondations en parpaings masquaient la partie basse. Quelqu'un avait peint les blocs de béton en noir pour faire ressortir le blanc de la caravane, et une grande terrasse couverte servait de véranda. Sur le flanc, il y avait un auvent pour voiture, avec un grand semi-remorque diesel garé à côté.

« Il est camionneur ? » s'enquit Tolliver.

Du pouce, elle chercha la mention sur le formulaire.

« Chauffeur de poids lourd, transports à longue distance, lui répondit-elle. Probablement propriétaire de son camion.

— Apparemment, il en tire de l'argent.

— Quand on possède son propre camion, je crois qu'on peut en gagner, en effet, lui confirma-t-elle, tout en continuant de parcourir le dossier de Mark Patterson. Oh ! attends ! s'exclama-t-elle. Patterson est également propriétaire du Kudzu. Il l'a placé en nantissement quand il a versé la caution pour faire sortir Mark. »

Jeffrey se gara devant le mobile home.

« Manifestement, il n'en prend pas grand soin. Du parc, je veux dire.

— Non », approuva-t-elle, en se retournant vers la route. La maison Patterson offrait un contraste criant avec le Kudzu Arms, à l'air misérable, de l'autre côté de la chaussée. Elle se demanda ce que cela trahissait à propos du père, qui tirait tant de fierté de son propre domicile, et qui laissait pourtant des gens vivre, à moins de dix mètres de lui, dans une telle misère. Certes, il n'était pas du ressort de Patterson d'aider les gens à s'en sortir, mais il était curieux que cet homme n'ait pas essayé de se choisir des voisins plus agréables, surtout avec deux gamins sous son toit.

« Teddy, indiqua-t-elle à Tolliver. C'est le prénom du père.

— Maria m'a sorti son dossier, au poste, acquiesça-t-il. Il a deux agressions à son actif, mais cela remonte à une dizaine d'années. Pour l'une des deux, il a purgé une petite peine.

— La pomme ne tombe jamais loin de l'arbre. »

Un homme costaud sortit du mobile home en même

temps qu'ils descendaient de leur voiture. Lena supposa qu'il s'agissait de Teddy Patterson, et elle en éprouva un instant de panique, à cause de l'allure physiquement si massive du personnage. Plus grand que Jeffrey de cinq bons centimètres, avec au moins quinze kilos de plus, Patterson paraissait capable de les soulever tous les deux d'une seule main et les balancer de l'autre côté de la route.

Le simple fait d'avoir remarqué sa taille la mit en colère. Auparavant, elle se serait senti la force d'affronter n'importe qui. Elle était elle-même solide, musclée par ses séances à la salle de sport, et elle avait toujours réussi à se surpasser, pour obtenir ce qu'elle voulait. A présent, elle avait perdu cette sensation, et la vision de Patterson lui provoqua un léger frisson, alors qu'il n'y avait rien de menaçant dans son attitude, puisqu'il se contentait de s'essuyer les mains avec un torchon à vaisselle sale.

« Vous êtes perdus ? », leur demanda-t-il. Il avait l'allure que tous les flics ont appris à identifier : Teddy Patterson était un ex-taulard, jusqu'aux tatouages qui lui marquaient les bras comme autant de coups de griffes de poulet. Lena et Jeffrey échangèrent un regard, ce qui apparemment n'échappa pas à Patterson.

« Monsieur Patterson ? fit Tolliver, en sortant son insigne. Jeffrey Tolliver, police de Grant County.

— Je sais qui vous êtes », rétorqua le camionneur, en fourrant le torchon dans sa poche. Lena vit qu'il était sale de graisse. Elle remarqua aussi le fait que Patterson n'avait pas pris la peine d'enregistrer sa présence.

Elle ouvrit la bouche pour prendre la parole, lui signifier qu'elle était bel et bien là, mais rien ne vint. L'idée qu'il puisse exercer son animosité sur elle lui donnait des sueurs froides.

« Voici l'inspectrice Lena Adams », expliqua Jeffrey. S'il avait perçu sa peur, il ne parut pas l'exprimer. « Nous sommes venus parler à Mark de ce qui s'est produit hier soir.

— Ah, d'accord », fit Patterson, en ramassant les deux mots ensemble, à la manière de beaucoup de gens de Madison, de sorte que cela donna plutôt une espèce de *a'd'coh.*

Patterson leur tourna le dos et se dirigea vers sa maison. Il resta sur le seuil, laissa passer Jeffrey, en le serrant à dessein, et Lena vit bien que l'homme était encore beaucoup plus grand qu'elle l'avait cru depuis la voiture. Ce n'était pas une certitude, mais elle eut l'impression que Patterson, à son passage, resserrait encore l'étroit intervalle entre le montant de la porte et son ventre. Elle se tourna légèrement de profil, pour ne pas être forcée d'entrer en contact avec lui, mais même ainsi, elle vit bien, à son sourire, qu'il avait compris qu'elle se sentait intimidée. Elle détestait se montrer si transparente.

« Asseyez-vous », leur proposa Patterson, en désignant le canapé. Ni Jeffrey ni elle n'obéirent à son invitation. Il se tenait les bras croisés sur son torse large comme une barrique, et Lena remarqua que sa tête atteignait quasiment le plafond, à même pas dix centimètres près. La pièce était vaste, mais le camionneur emplissait l'espace de sa présence.

Lena considéra l'intérieur du mobile home, tâchant de se comporter davantage en flic qu'en fillette effarouchée. L'endroit était rangé, propre, ce qu'elle n'aurait certes pas supposé en croisant son propriétaire quelque part dans un bar. La pièce était tout en longueur, avec une cuisine à une extrémité, et une sorte de sas qui devait mener, supposa-t-elle, au reste de la caravane. La pièce où ils se trouvaient était équipée d'une cheminée et d'une télévision grand écran. Une odeur de fleurs flottait dans l'air, émanant probablement d'une de ces prises de parfum d'ambiance. Le salon avait aussi un aspect féminin, les murs étaient peints en rose pâle, le canapé et les deux fauteuils étaient tapissés de bleu ciel, avec une rayure rose en rappel. Un jeté recouvrait le canapé, avec un motif bien assorti au décor. Sur la table basse, un grand bol de fleurs coupées était entouré de magazines féminins. Il y avait de jolies gravures encadrées aux murs, le mobilier avait l'air neuf. Et l'on venait de passer l'aspirateur sur le tapis. Lena vit distinctement les empreintes de pas de Patterson qui avaient creusé le poil là où il avait marché.

« Nous avons juste besoin de parler à Mark de ce qui s'est produit hier soir », répéta Tolliver à Patterson, tandis que Lena poursuivait son inspection de la pièce du regard. Elle s'arrêta à mi-chemin, en repérant une image de Jésus accrochée au-dessus de la cheminée. Ses mains percées, ensanglantées, étaient ouvertes dans la posture classique de Jésus, « soyons copains ». Jeffrey eut l'air de remarquer cette image lui aussi, au même instant, car lorsque Lena détourna le regard, il la dévisagea. Il haussa les sourcils, comme pour lui demander si elle allait bien. Lena sentit plus qu'elle ne vit Patterson suivre cet échange entre eux. Naturellement, il avait appris ce qui était arrivé à la policière. Elle ne pouvait qu'imaginer le genre de plaisir que Patterson devait avoir à se repasser mentalement le film détaillé de son agression. L'emprise que cela lui conférait sur elle avait quelque chose de suffocant, et elle s'obligea à regarder l'homme droit dans les yeux. Il soutint son regard, juste une seconde, puis baissa les yeux, sur ses mains.

Elle savait exactement ce qu'il cherchait, et elle luttait pour réprimer son envie pressante de glisser ses mains dans ses poches, quand une femme de petite taille, à l'air ravagé, apparut dans le sas.

« Teddy ? Tu as trouvé mes pilules ? » fit-elle.

Quand elle découvrit les deux policiers, elle s'immobilisa, porta la main à son cou.

« De quoi s'agit-il ?

— Police », fit Patterson, en se dépêchant de regarder ailleurs. Il y eut dans son regard comme une espèce d'éclair de culpabilité, comme si son épouse avait pu deviner ce qu'il venait de penser de Lena, quelques secondes plus tôt.

« Eh bien, fit-elle, avec une expression narquoise. Apprenez-moi quelque chose que je ne sache déjà. »

Elle était donc petite, sûrement pas plus grande que Lena, avec son mètre soixante et quelque. Elle avait de fins cheveux blond foncé, le cuir chevelu apparent par endroits. Elle avait presque un visage émacié, comme ceux des survivants de l'Holocauste, que Lena avait pu voir en photo dans des livres d'histoire. Pourtant, il émanait d'elle une force, et elle en déduisit que c'était grâce à elle que ce mobile home était si net et rangé. Sous son apparence maladive, elle avait l'allure d'une femme qui sait prendre les choses en main.

« Je me doutais que vous viendriez, reprit-elle, donc ça ne devrait pas me surprendre. » Elle gardait la main à son cou ; elle jouait nerveusement avec une amulette suspendue à son collier. D'après le Jésus sur le mur, Lena supposa qu'il s'agissait d'une croix.

« Madame Patterson ? fit Jeffrey.

— Grâce », lui répondit-elle, en lui tendant la main. Jeffrey la lui serra, et Lena saisit cette occasion pour étudier un peu Teddy Patterson. Il regardait sa femme et Jeffrey avec un air de vaincu. Maintenant que son épouse était dans la pièce, ses épaules s'étaient un peu voûtées et, en sa présence, il ne paraissait plus si menaçant.

« Nous aimerions parler à Mark, l'informa Tolliver. Il est là ? »

Grace Patterson adressa un regard soucieux à son mari.

« Pourquoi tu ne t'assieds pas, chérie ? suggéra le camionneur à sa femme. Elle a été malade, ces derniers temps, ajouta-t-il aussitôt, comme s'il fallait s'expliquer auprès de Jeffrey.

— Je suis désolé de l'apprendre », fit Tolliver. Il s'assit à côté de Grace, sur le canapé et, par un signe de tête à Lena, lui signifia qu'elle devait s'asseoir elle aussi. Elle hésita, mais obéit, en prenant place dans l'un des fauteuils.

La lumière de la fenêtre donnait en plein sur Grace Patterson, ce qui permit à Lena de voir combien elle était pâle. Elle avait des cernes sombres sous les yeux, et ses lèvres étaient d'un rose bleuâtre peu naturel. Elle s'aperçut que la femme allait parfaitement avec ce salon.

Grace prit la parole.

« Je vous suis reconnaissante de ne pas avoir interrogé Mark dès hier soir, chef Tolliver. Il était complètement bouleversé.

— C'est compréhensible, il aura besoin d'un peu de temps pour surmonter ce qui est arrivé », admit Jeffrey.

A ces mots, Teddy Patterson renifla. Cela ne surprit pas Lena. Les hommes comme Patterson considéraient que les gens n'avaient aucun besoin de surmonter les choses. A cet égard, il était davantage comme elle. On affrontait la situation et on la dépassait. Ou, tout au moins, on essayait et on ne pleurnichait pas.

« Sa sœur est-elle par là ? s'enquit Jeffrey. Nous aimerions bien lui parler, à elle aussi.

— Lacey ? fit Grace, en portant de nouveau la main à son collier. Pour le moment, elle est chez sa grand-mère. Nous avons estimé que cela valait mieux.

— Où était-elle, hier soir ? voulut savoir Tolliver.

— Ici, lui affirma Grace. Elle s'occupait de moi. » Elle avala sa salive, baissa les yeux sur ses mains, posées sur ses genoux. « En général, je n'exige pas d'elle qu'elle reste avec moi, mais j'ai passé une très mauvaise nuit, et Teddy devait travailler. » Elle lui adressa un sourire éteint. « Parfois, la douleur finit par être trop forte. J'aime bien avoir mes enfants pas loin.

— Mais Mark, lui, n'était pas ici ? » remarqua Jeffrey, alors même que c'était l'évidence.

Son visage s'assombrit.

« Non, en effet. Dernièrement, il a été un peu difficile.

— Il a cogné sa sœur, il y a de ça un petit bout de temps, intervint Patterson. J'imagine que vous avez ça dans son dossier. C'est un vrai merdeux, ce môme. Rien de bon à en tirer. »

Grace n'émit pas un son, mais sa désapprobation était si perceptible qu'elle imprégnait toute la pièce.

« Désolé », s'excusa Patterson. Il avait l'air vraiment

contrit. Lena s'étonna de l'ascendant de Grace sur son mari. En l'espace de ces quelques brèves minutes, elle avait maté le personnage. « Je vais aller chercher Mark », annonça-t-il. Et il sortit de la pièce.

Lena se surprit à se passer à nouveau la langue contre la face interne des dents. Pour une raison qui lui échappait, elle n'arrivait pas à parler. Elle avait des questions à poser, et elle savait que Jeffrey voulait qu'elles émanent d'elle, mais elle était trop préoccupée pour parvenir à se concentrer. Son but, c'était de sortir de cette caravane, et de s'éloigner de Teddy Patterson, aussi vite que possible. La vérité, c'était que même avec sa femme assise là, à un mètre d'elle, et avec Jeffrey juste à côté d'elle, Lena avait peur. Plus encore, elle se sentait menacée.

Elle tâcha de se sortir de la tête cette sensation de claustrophobie. Elle regarda fixement en direction de la cuisine, qui était relativement spacieuse. Du papier couleur fraise tapissait les cloisons, et il y avait même une pendule avec une fraise dessus, posée sur la table.

Grace s'éclaircit la voix.

« Mark a passé une sale période, ces derniers temps, expliqua-t-elle, en reprenant là où elle s'était interrompue. Au lycée, il n'a pas arrêté d'avoir des ennuis.

— Je suis navré, madame Patterson », fit Jeffrey. Il se redressa sur le canapé, probablement pour mieux établir un certain rapport entre eux deux. « Et Lacey ?

— Lacey n'a jamais eu d'ennuis de sa vie, pas une seule fois, prétendit Grace. Et c'est la vérité, devant Dieu. Cette enfant, c'est un ange. »

Cela fit sourire Jeffrey, et Lena devina aisément à quoi il songeait. D'ordinaire, les anges étaient ceux qui commettaient les crimes les plus abominables.

« Sort-elle avec des garçons ?

— Elle a treize ans, objecta Grace, comme si cela constituait une réponse suffisante. Nous ne laissons même pas les garçons nous rendre visite.

— Elle n'aurait pas pu fréquenter quelqu'un en douce ?

— Je ne vois pas comment, répliqua la mère. Tous les jours, elle rentre de l'école à l'heure où elle est censée revenir. Chaque fois qu'elle sort, c'est toujours avec un groupe de ses amies, et elle revient toujours à l'heure permise. »

Lena sentit que Jeffrey essayait d'attirer son regard, mais elle l'ignora.

« Et c'est quoi, l'heure permise ?

— Les soirs d'école, on ne la laisse pas sortir, naturellement. Les vendredis et samedis, c'est neuf heures.

— Est-ce qu'il lui arrive de dormir dehors, avec quelqu'un ? »

A cet instant même, Grace eut l'air de comprendre que l'intérêt de Jeffrey pour Lacey était plus calculé qu'elle ne l'avait cru au début. Son air était similaire à celui de Dottie Weaver devant Lena, quelques heures plus tôt, mais la menace était nettement plus perceptible chez Grace Patterson que chez Dottie Weaver.

« Pourquoi posez-vous tant de questions au sujet de ma fille ? C'était Mark que cette jeune fille visait avec son pistolet.

— Dottie nous a dit que Lacey et Jenny étaient amies, souligna Tolliver.

— Eh bien..., commença-t-elle, avec toujours une certaine hésitation, alors qu'elle tâchait visiblement de précéder les questions de Jeffrey. Oui, elles étaient amies, reconnut-elle enfin. Et puis il s'est passé quelque chose et elles ont cessé de se tourner autour. » Elle haussa les épaules. « Je crois que cela remonte à plusieurs mois. Pendant un moment, nous n'avons plus vu Jenny, et je sais que Lacey n'est plus allée chez elle.

— Vous a-t-elle dit pourquoi ?

— Je suppose que c'était à cause d'un petit désaccord idiot.

— Mais vous ne lui avez pas posé la question ? »

Grace haussa de nouveau les épaules.

« C'est ma fille, chef Tolliver, pas ma meilleure amie. Les adolescentes ont leurs secrets. Là-dessus, vous n'avez qu'à interroger votre ex-femme. »

Il approuva de la tête.

« Sara m'a expliqué que Lacey était une gosse formidable. Très intelligente.

— En effet, confirma Grace, et ce compliment parut lui faire plaisir. Mais ce n'est pas mon rôle de mettre mon nez là-dedans si elle n'est pas disposée à en parler.

— Peut-être qu'elle ne verrait pas d'inconvénient à en parler avec quelqu'un d'autre ?

— Ce qui veut dire ?

— Cela vous ennuierait que j'en parle avec elle ? »

Grace lui adressa encore un de ses regards tranchants.

« Elle est mineure. Si vous n'avez rien qui le motive, vous ne pouvez pas lui parler sans ma permission. Je me trompe ?

— Nous ne voulons pas lui parler en qualité de suspecte, madame Patterson. Nous voulons juste nous faire une idée de l'état d'esprit dans lequel était Jenny Weaver. Pour cela, nous n'avons pas réellement besoin de votre permission.

— Mais je viens de vous expliquer que Lacey ne

fréquentait plus Jenny depuis un moment... probablement depuis Noël. Elle n'aura aucune idée sur tout ça. » Grace ponctua d'un sourire froid. « Je ne veux pas que l'on interroge ma fille, chef Tolliver. » Elle marqua un temps. « Ni vous, ni le Dr Linton.

— Elle n'est soupçonnée d'aucun méfait.

— Je ne changerai pas d'avis, insista-t-elle. Faut-il que j'appelle le lycée et que je leur dise qu'elle ne doit parler avec personne sans que son père ou moi soyons présents dans la pièce ? »

Jeffrey se tut, songeant qu'elle en savait bien plus sur les textes de loi qu'ils ne l'avaient cru auparavant. Les établissements scolaires étaient généralement très bien disposés à l'égard des forces de l'ordre, et comme les membres de leurs conseils d'administration tenaient lieu de substituts à l'autorité parentale tant que les enfants étaient présents sur le campus, ils pouvaient permettre ce genre d'entretien.

« Ce n'est pas nécessaire.

— J'ai votre parole là-dessus ? »

Jeffrey confirma d'un bref signe de tête.

« Très bien, fit-elle, et Lena perçut de la déception dans sa voix.

— Nous aimerions tout de même lui parler, réitéra Jeffrey. Vous êtes tout à fait la bienvenue lors de cet entretien.

— A ce propos, il faudra que je consulte Teddy, lui répliqua-t-elle. Mais nous pouvons fort bien imaginer tous deux ce qu'il en dira. » Elle eut un léger demi-sourire, qui s'acheva en mimique d'hostilité. « Les papas et leurs petites filles, vous savez ce que c'est. »

Jeffrey soupira, et opina de la tête, une fois encore.

Lena savait que Teddy Patterson préférerait se travestir en enfilant la robe du dimanche de sa femme plutôt que de laisser sa fille causer avec un flic. Les ex-taulards apprenaient très tôt à se méfier de la police et, en dépit du fait qu'il était sorti de prison depuis un bon moment, Teddy mettait apparemment toujours cette attitude en pratique.

Tolliver ne désarma pas totalement, ce qui était tout à son honneur.

« Dernièrement, elle n'a pas été souffrante, non ? s'enquit-il.

— Lacey ? réagit Grace, visiblement surprise. Non, bien sûr que non. Questionnez le Dr Linton, si vous voulez. » Délibérément, elle posa la main sur sa poitrine. « Dans la famille, je suis la seule à être jamais tombée malade.

— Elle fréquentait l'église, Lacey ?

— Oui », leur confirma Grace. Elle sourit encore, et Lena s'aperçut qu'elle avait les dents légèrement grises. « Mark aussi. Enfin, en tout cas, pendant un temps. » Elle s'interrompit, regarda vers l'âtre. Lena crut qu'elle regardait la peinture du Christ, mais ensuite elle remarqua qu'il y avait des photos de famille sur le manteau de la cheminée. C'était le genre d'instantanés que l'on trouve chez toutes les familles, des gamins avec leurs parents, à la plage, au parc d'attractions, en camping dans les bois. La Grace Patterson de ces photos était un peu plus ronde et n'avait pas les joues aussi creusées. Les enfants avaient l'air plus jeunes, eux aussi. Le garçon, qui devait être Mark, devait avoir dix ou onze ans, et sa sœur à peu près huit. Ils donnaient l'impression d'une famille heureuse. Même Teddy Patterson souriait à l'objectif, sur les quelques clichés où il apparaissait.

« Donc, insista Jeffrey, ils fréquentaient l'église baptiste ?

— Baptiste Crescent, précisa Grace, et pour la première fois, sa voix s'anima. Pendant un certain temps, Mark avait l'air très content d'y aller. Comme si une partie de son énergie, de sa nervosité trouvait enfin un exutoire. Il a même commencé à mieux travailler au lycée.

— Et ensuite ?

— Et ensuite… » Elle secoua lentement la tête, ses épaules s'affaissèrent. « Je ne sais pas. Vers Noël, il s'est remis à mal se conduire.

— Noël, l'an dernier ? releva Tolliver.

— Oui, fit-elle. Je ne sais vraiment pas ce qui s'est passé, mais il s'est remis en colère. Il avait l'air tellement… » Et, là encore, elle laissa mourir sa voix. « Nous avons essayé de le faire suivre par une aide psychosociale, mais il ne s'y présentait même pas. Nous ne pouvions quand même pas le forcer à y aller… » Elle regarda en direction du couloir, comme pour vérifier qu'ils étaient bien seuls. « Son père a essayé. Teddy estime toujours que les gens devraient être comme lui. C'est-à-dire, les garçons. Ou les hommes, devrais-je dire. Il a des idées très arrêtées sur ce qui est acceptable ou non.

— Il y a eu une retraite organisée par l'église, à Noël. Mark y est allé ?

— Non. » Elle secoua la tête. « C'est à peu près à cette époque qu'il s'est mis à faire n'importe quoi. Il a été privé de sortie, et son père a refusé de le laisser y aller.

— Et Lacey ?

— Oui, fit-elle en souriant. Elle n'avait jamais skié. Elle a passé un merveilleux moment. »

Ils restèrent silencieux, et Grace Patterson fit mine de retirer une tache inexistante sur sa robe. A l'évidence, elle en avait davantage à dire.

« Je suis très malade, reprit-elle, d'une voix feutrée. Mes médecins ne gardent pas beaucoup d'espoir.

— J'en suis vraiment désolé, fit Jeffrey, et il semblait sincère, en effet.

— Cancer du sein », ajouta Grace, en portant la main à sa poitrine. Pour la première fois, Lena remarqua que la poitrine de cette femme était presque complètement plate, sous son chemisier. « Lacey s'en sortira très bien. Elle retombe toujours sur ses pieds. En revanche, je n'aime pas trop penser à ce qui arrivera à Mark quand je ne serai plus là. Malgré toutes ses frasques, c'est un gentil garçon.

— Je suis certain que ça ira », lui assura Tolliver, mais Lena ne le trouva pas très sûr de lui. Sauf miracle, les garçons comme Mark ne se transforment pas du tout au tout.

Grace flaira cette légère duplicité. Elle eut un petit rire entendu.

« Oh ! je ne suis pas une idiote, chef Tolliver, mais je vous remercie quand même ! »

Les pas de Teddy Patterson résonnèrent lourdement dans le couloir et, à son entrée dans la pièce, le mobile home s'inclina imperceptiblement, sous l'effet de son poids. Son fils était derrière lui, en contraste total avec son père. Patterson attrapa le garçon par le bras et le tira dans le salon.

La première impression qu'eut Lena de Mark Patterson

fut qu'il était incroyablement beau. Hier soir, elle ne l'avait pas trop remarqué, en raison de tout ce qui s'était produit. Ici, dans la caravane, elle prit le temps de le jauger. Ses cheveux blonds étaient identiques à ceux de sa mère, mais ils étaient plus épais, et légèrement plus courts. Les cils étaient les plus longs qu'elle ait jamais vus chez un homme, et ses yeux d'un bleu perçant. Comme la plupart des garçons de seize ans, il s'était laissé pousser un début de bouc et un semblant de moustache au-dessus de ses lèvres pleines.

Tandis que Lena l'observait, il replaça ses mèches de cheveux derrière ses oreilles. Elle ne put s'empêcher de trouver dans ce geste quelque chose d'érotique. Et puis il se dégageait aussi une certaine sensualité dans sa façon de marcher et dans le port de ses épaules. Son jean délavé reposait un peu bas sur ses hanches minces, et son T-shirt blanc moulant, qu'il portait un peu remonté, laissait transparaître les contours de ses muscles abdominaux.

En dépit de tout cela, il y avait en lui quelque chose d'asexué. Mark Patterson était un enfant de seize ans sur le point de se transformer en homme. Il avait un air enfantin, avec cette androgynie si répandue désormais chez les adolescents. Quand Lena était au lycée, les garçons faisaient tout leur possible pour paraître plus masculins. Aujourd'hui, ils étaient plus à leur aise dans le brouillage des rôles.

« Le voici », aboya Patterson en poussant Mark dans la pièce. L'homme avait l'air en colère, encore plus que précédemment, et il avait les poings serrés, comme s'il n'avait qu'une seule envie, rouer son fils de coups. Pour une raison obscure, Lena s'aperçut que Teddy Patterson lui évoquait Hank. La manière bourrue qu'il avait eue de pousser Mark et le ton mauvais de sa voix auraient pu émaner de Hank, vingt ans plus tôt.

« On va aller faire un tour, annonça Patterson à sa femme. On va chercher tes pilules à la pharmacie.

— Teddy », fit Grace, et ce simple mot s'étrangla dans sa gorge. Lena se demanda aussi ce qui devait amener un homme animé comme Teddy Patterson de cette méfiance innée envers la police à laisser son fils seul avec des policiers. Légalement, Teddy avait le droit d'assister à l'entretien. En fait, il tenait son fils par la bride.

A l'évidence, Jeffrey avait envie de miser là-dessus.

« Madame Patterson…, commença-t-il. Cela vous ennuierait que nous fixions un rendez-vous à Mark demain, pour lui faire une prise de sang ? »

Patterson haussa les sourcils, mais elle accepta, d'un signe de tête.

« Dites-lui quand, et il y sera, c'est tout.

— Teddy, fit Grace.

— Allons-y, ordonna Patterson à sa femme. La pharmacie ferme bientôt. »

Si Grace Patterson avait du pouvoir sur son mari, elle avait aussi appris quand ne pas en user. Elle se leva, tendit d'abord la main à Jeffrey, puis à Lena. Grace n'avait pas adressé la parole à la policière une seule fois, mais elle garda la main de Lena dans la sienne plus longuement que pour un simple au revoir poli.

« Prenez soin de vous », lui dit-elle.

Elle s'arrêta devant son fils, et lui déposa un baiser sur la joue, avant de suivre son mari dehors. Elle mesurait cinq centimètres de moins que lui et, pour ce baiser, elle devait se dresser un peu sur la pointe des pieds.

« Au revoir », lui dit-elle, en lui tapotant l'épaule.

Mark la regarda partir, ses doigts vinrent effleurer sa joue, là où sa mère l'avait embrassé. Et il regarda ses doigts, comme s'il avait pu y voir ce baiser.

« Mark ? lança Jeffrey, pour attirer l'attention du garçon.

— Monsieur ? » répondit ce dernier, en laissant traîner le mot. Il vacillait un peu.

« Vous êtes défoncé ? s'enquit Jeffrey.

— Oui, monsieur », avoua-t-il en se rattrapant de la main sur le dossier du fauteuil pour ne pas perdre l'équilibre. Lena vit à son doigt une grosse bague en or, une de ces chevalières chargées, aux armes de son lycée. La pierre rouge refléta la lumière, et elle crut discerner une initiale dessous. « Vous voulez m'emmener en prison ? leur demanda-t-il.

— Non, le rassura Jeffrey. Je veux te parler de ce qui s'est passé hier soir.

— Ce qui s'est passé hier soir, répéta-t-il en écho, en mangeant ses mots. Je voulais vous remercier d'avoir abattu la personne qu'il fallait. »

Jeffrey sortit son carnet de notes, l'ouvrit à une page vierge. Lena le regarda faire ; il prit son stylo et nota le nom de Mark en haut de la page.

« Tu penses que j'ai fait ce qu'il fallait ? » s'enquit-il.

Mark sourit mollement. Il contourna le fauteuil et s'assit en soufflant. Même dans ce mouvement, il y avait quelque chose de sexuel et, plutôt que d'en éprouver de la répulsion, comme elle l'aurait cru, Lena était intriguée. Elle n'avait jamais croisé d'homme qui se sente aussi bien dans sa peau, et encore moins un adolescent.

Jeffrey débuta par une question ferme et directe.

« C'était toi, le père de ce bébé, mort la nuit dernière ? »

Mark haussa le sourcil de la même manière que son père.

« Nan », fit-il, et ses lèvres butèrent sur ce mot.

Jeffrey tenta une autre approche.

« Ta sœur était-elle avec toi, hier soir ?

— Nan, mec, répondit Mark. Ma maman, vous savez. Elle ne va pas trop bien. Lacey est restée avec elle à la maison. » Il haussa les épaules. « Elle ne lui demande pas souvent, vous voyez ? Ma maman préfère ne pas nous encombrer avec le fait qu'elle est en train de mourir, putain. »

Il avala sa salive, de manière visible, en tournant la tête de côté, en regardant dehors, par la fenêtre. Il eut l'air de se reprendre, car lorsqu'il revint à Jeffrey, le sourire était là, qui lui démangeait les lèvres. Il y avait chez ce garçon quelque chose qui dépassait sa seule allure. Une ombre paraissait planer au-dessus de lui, et pas seulement à cause des événements de la veille. Il avait l'air d'avoir subi un traumatisme, quelque chose qui n'était pas étranger à Lena. Il n'avait rien de menaçant, pas comme son père. En tout état de cause, Mark Patterson semblait ne constituer un danger que pour lui-même.

Pour la première fois depuis leur arrivée dans cette caravane, Lena retrouva la voix.

« Vous aimez bien votre sœur ? lui demanda-t-elle.

— C'est une sainte, ironisa Mark, en faisant tourner la bague à son doigt. La petite fille à son papa.

— Est-ce qu'elle se sentait bien, ces derniers temps ? poursuivit-elle. Elle n'a pas été malade, rien du tout, non ? »

Mark dévisagea ouvertement Lena. Il n'y avait rien

d'hostile dans ce regard. Il avait l'air curieux d'elle, voilà tout.

« Ce matin, ça avait l'air d'aller. Il faudrait lui poser la question.

— Pourquoi Jenny Weaver était-elle furieuse contre vous ? » lança-t-elle.

Il souleva les épaules, les maintint dans cette position un instant, puis les laissa retomber. Lena le regarda relever son T-shirt et gratter son ventre plat, d'un air absent.

« Vous savez, il y a pas mal de filles qui se mettent en colère contre moi.

— Tu avais une liaison avec elle ? intervint Jeffrey.

— Quoi, une relation ? » Il secoua lentement la tête, d'un côté, de l'autre. « Nan. Je veux dire, je l'ai baisée deux ou trois fois, mais ce n'était rien de sérieux. » Il leva la main, pour couper court à la question suivante. « J'avais quinze ans, officier.

— Pour qu'il y ait détournement de mineure, il faut qu'il y ait une différence d'âge d'au moins cinq ans », lui expliqua Lena.

Sur le canapé, Jeffrey changea de position, manifestement agacé qu'elle ait fourni cette information à Mark. Il aurait pu s'en servir comme d'une menace, pour exercer une pression. Maintenant, il allait falloir trouver autre chose.

« La dernière fois que tu as fait l'amour avec elle, quand était-ce ?

— J'en sais rien », fit Mark, toujours en se caressant le ventre. Il avait un petit tatouage dans l'intervalle palmé de l'index et du pouce. Lena parvint à discerner un cœur noir avec un autre cœur blanc, renversé, au centre. A l'évidence, Mark se l'était tatoué lui-même, car le dessin du symbole avait l'air aussi rudimentaire que les tatouages de prison de son père, réalisés à l'encre de stylo à bille.

« Vous faisiez beaucoup l'amour avec elle ? » insista Lena.

Mark eut encore un haussement d'épaules.

« Assez souvent », reconnut-il, en continuant de se caresser l'estomac. Il se mit à tirer sur le sillage de poils qu'il avait entre le nombril et le pubis, en lâchant à Lena un regard entendu. Elle jeta un coup d'œil à Jeffrey, en se demandant ce qu'il concluait de ce manège. En fait, Tolliver ne regardait pas. A la place, il recopiait le tatouage de Mark dans son carnet de notes.

« Bien, reprit-il, en noircissant le motif du cœur. Situe-nous ça, à peu près.

— Peut-être un an, genre ? suggéra le garçon. Elle en avait envie, mec. Elle m'a supplié. »

Jeffrey acheva le dessin, et releva les yeux.

« Il n'est pas question de te boucler pour viol, Mark. Je me moque de savoir si vous avez joué à la bête à deux dos dans le jardin derrière sa maison. Tu sais très bien de quoi il est question.

— Il est question d'elle, qui a voulu me tuer, souligna-t-il. Et du pourquoi.

— Exact, fit Lena. Nous voulons simplement aller au fond de cette histoire, Mark. Il est question de Jenny, et de la raison qui l'aurait poussée à commettre cet acte. »

Mark gratifia Lena d'un sourire indolent.

« Bon sang, inspectrice, vous êtes vraiment jolie. »

Elle se sentit gênée, et se demanda quels signaux elle avait pu émettre en direction de ce garçon. Assurément, le sexe était bien la dernière de ses préoccupations, et si elle trouvait Mark Patterson parfait, elle n'était pas certaine de le trouver attirant. Il y avait dans son allure quelque chose qui évoquait une idole de cinéma. Il paraissait trop beau pour être réel. Elle lui témoignait le même intérêt qu'elle aurait éprouvé devant un tableau réussi ou une sculpture exquise.

« Vous êtes assez beau vous-même, Mark », rétorqua-t-elle, en détachant nettement ses mots. Teddy Patterson serait peut-être en position de la baiser, mais du diable si son précoce de fils en ferait autant. « Et c'est pour ça que je suis un peu perplexe, au sujet de Jenny. Elle n'était pas exactement du genre reine de beauté. Vous ne pouviez pas vous dégotter mieux que ça ? »

Ses propos l'atteignirent exactement là où elle l'avait visé, en plein dans son ego.

« Croyez-moi, inspectrice, j'ai eu beaucoup mieux que ça.

— Ah ouais ? releva-t-elle. Alors quoi, vous la baisiez par pure bonté de cœur ?

— Je la laissais me sucer de temps en temps », admit-il, le mouvement de ses doigts au bas de son ventre ralentit et, les yeux sur Lena, il essayait manifestement d'évaluer sa réaction au fait qu'il se touchait. Son intérêt pour elle permit à cette dernière de se faire une idée plus précise de ce garçon. Elle supposait qu'un individu aussi séduisant devait avoir l'habitude d'exploiter son allure. Pas étonnant que son père, un homme qui avait la présence physique d'un train de marchandises, soit dégoûté par son fils.

Subitement, elle se sentit désolée pour lui. Elle changea de position, un peu perturbée. Elle avait consacré tellement de temps à se lamenter sur son sort que, l'espace d'un instant, elle ne sut pas quoi faire de cette nouvelle émotion.

« Elle avait ce truc, avec sa langue, comme avec une sucette. Sans les dents. C'était super. »

Elle sentit les battements de son cœur s'accélérer, et s'imposa de ne pas réagir à ces propos. Le garçon n'avait probablement aucune idée de ce qu'elle était ou de ce qui lui était arrivé.

Elle sentit Jeffrey sur le point d'intervenir, donc elle dit la première chose qui lui vint à l'esprit, pour l'empêcher de s'en mêler.

« Donc, vous la laissiez vous tailler des pipes ? » releva-t-elle, en tâchant de prendre un ton désinvolte. Pourtant, elle s'en mordit la langue, dans l'attente de sa réponse.

Un sourire se dessina sur ses lèvres, et il la dévisagea, ses yeux d'un bleu perçant pétillant d'une envie de rire.

« Ouais.

— Ici ? Dans cette maison ? »

Mark lâcha un léger gloussement.

« Direct dans l'entrée.

— Avec votre maman présente ? »

Il s'arrêta, l'air plus effrayé qu'en colère.

« Ne ramenez pas maman là-dedans. »

Elle sourit.

« Il le faut bien, Mark, car là vous venez de commettre un faux pas. Vous n'auriez jamais fait ce genre de chose dans la maison de votre mère. »

Il serra les lèvres ; manifestement, il réfléchissait à tout ça.

« C'était peut-être dans sa maison à elle. Peut-être dans la voiture.

— Donc, vous êtes sorti avec Jenny ? Vous sortiez avec elle dans des soirées ?

— Merde, non, se défendit-il. Je l'emmenais dans certains endroits, avec ma sœur. » Il haussa les épaules, et heureusement sa main s'arrêta de caresser son ventre. « Au centre commercial, au cinéma. Différents endroits.

— Et c'est là que vous la laissiez vous sucer ? Au cours de ces trajets-là ? »

Il haussa les épaules, ce qui voulait dire oui.

« Et votre sœur était où ? A l'avant ? »

Il pâlit légèrement. Mark avait l'air de se muer alternativement d'enfant en adolescent, d'adolescent en homme, et inversement. Si quelqu'un lui avait demandé quel âge avait Mark Patterson, entre dix et vingt ans, elle n'aurait pas su deviner.

Elle s'éclaircit la voix.

« Où se trouvait Lacey quand vous laissiez Jenny vous sucer, Mark ? »

Mark observa fixement la composition florale sur la table basse. Il resta complètement silencieux, pendant un laps de temps qui parut très long. Finalement, il leur répondit.

« On se retrouvait à l'église, d'accord ? » Il prononçait ce mot, d'accord, de la même façon que son père, en malaxant les syllabes.

« Vous faisiez l'amour dans l'église, fit Lena, et ce n'était pas une question.

— Au sous-sol, précisa-t-il. Ils ne vérifient pas les fenêtres. On se faufilait en douce, vu ?

— Ça me paraît assez compliqué, remarqua-t-elle.

— Qu'est-ce que ça veut dire ? »

Elle réfléchit à la meilleure manière de formuler sa réponse.

« Ce n'est plus de l'ordre de la simple opportunité, Mark. Vous savez ce que ça signifie ?

— Je ne suis pas idiot.

— L'emmener au centre commercial, peut-être la conduire, vous et votre sœur, jusqu'au drugstore. » Lena laissa sa phrase en suspens, pour être certaine de capter toute son attention. « Ces situations-là m'apparaissent comme autant d'occasions. Elle était là, vous étiez là, ce genre de chose peut arriver.

— Exact, ponctua-t-il. C'est comme ça que ça s'est passé.

— Mais l'église, objecta-t-elle. L'église, cela me paraît plus intentionnel. Là, ce n'étaient pas des purs hasards qui se présentaient subitement. C'étaient des rendez-vous planifiés. »

Mark hocha la tête, puis il cessa.

« Et donc ? fit-il.

— Donc, reprit-elle, si votre relation était épisodique, pourquoi organisiez-vous ces rendez-vous tard le soir ? »

Mark tourna légèrement la tête, et regarda par la fenêtre. Manifestement, il essayait de trouver une réponse à cette question, sans y parvenir.

« Elle est morte, Mark, lui rappela-t-elle.

— Je le sais, chuchota-t-il, et ses yeux filèrent vers Jeffrey, puis de nouveau vers le sol. J'ai vu.

— C'est comme ça que vous avez envie de parler d'elle, comme si c'était une pute ? lui demanda-t-elle. Vous voulez vraiment la démolir à ce point ? »

Mark avala sa salive, sa pomme d'Adam tressauta.

Au bout de deux ou trois minutes, il grommela quelque chose qu'elle ne réussit pas à saisir.

« Comment ?

— Elle n'était pas mauvaise », admit-il, en la regardant plus ou moins à la dérobée. Une larme lui roula sur la joue, et il détourna le regard vers la fenêtre. « Vu ? »

Lena hocha la tête.

« Vu.

— Elle m'écoutait, commença-t-il, d'une voix si basse qu'elle devait faire un gros effort pour l'entendre. Elle était intelligente, vous savez ? Elle lisait et tout, et elle m'aidait, au lycée, genre. »

Elle se renfonça contre le dossier du fauteuil, en attendant qu'il continue.

« Les gens croient des choses à mon sujet, poursuivit-il, sur un ton plus enfantin. Ils croient que je suis fait d'une certaine façon, mais ce n'est peut-être pas vrai. Je ne suis peut-être pas si limité que ça. Peut-être que je suis un être humain.

— Bien sûr que vous êtes un être humain », lui assura Lena, songeant qu'elle comprenait Mark sans doute davantage qu'il ne le croyait. Chaque fois qu'elle sortait en public, elle avait l'impression que l'on avait effacé la personne qu'elle était. Désormais, elle n'était plus qu'une fille qui s'était fait violer. Parfois, elle se demandait s'il n'aurait pas mieux valu qu'elle meure. Au moins, dans ce cas, les gens l'auraient perçue comme un personnage tragique, et non comme une victime.

Mark joua avec son bouc, ce qui eut pour effet de ramener Lena à l'entretien.

« Il y a des choses que j'ai faites, d'accord ? Que peut-être je n'avais pas envie de faire et que peut-être elle n'avait pas envie de faire non plus... » Il secoua la tête, en fermant les yeux très fort. « Des choses qu'elle a faites... » Sa voix s'estompa. « Je sais qu'elle était grosse, vu ? Mais chez elle, il n'y avait pas que ça.

— Qu'est-ce qu'il y avait d'autre, Mark ? »

Il tapota des doigts sur le bras du fauteuil. Quand il parlait, il paraissait plus sûr de lui, plus maîtrisé.

« Elle m'écoutait. Vous savez, au sujet de ma mère. » Il eut un rire sec. « Comme quand ma mère nous a dit que cette fois elle ne voulait plus recommencer cette putain de chimio, qu'elle allait se laisser mourir, et voilà. Jenny comprenait ça. » Il dénicha un fil qui dépassait du bras du fauteuil et tira dessus jusqu'à ce qu'il sorte. Mark était tellement concentré sur ce brin de tissu que Lena se demanda s'il n'avait pas oublié leur présence, à Jeffrey et elle.

Elle se laissa aller à consulter Jeffrey du regard. Il était assis dans le fond du canapé, lui aussi. Tous deux dévisageaient Mark, en attendant qu'il achève.

« Au lycée, elle me donnait des cours particuliers, genre, expliqua-t-il, en faisant tourner sa bague. Elle était plus jeune que moi, mais elle savait comment s'y prendre. Elle aimait bien lire. » Il sourit, comme si un souvenir lointain lui était revenu. Il s'essuya le nez du dos de la main. « Elle a commencé à traîner avec Lacey. J'imagine qu'elles avaient beaucoup de choses en commun. Elle était si gentille avec moi. » Il secoua la tête, comme pour s'éclaircir l'esprit. « Je l'aimais bien parce qu'elle était tellement gentille avec moi, c'est tout. » Ses lèvres tremblaient. « Quand maman est tombée malade... » commença-t-il. Puis il redevint silencieux. « Nous, on a cru qu'elle serait plus forte que la maladie, vous voyez ?

Et puis ça reprenait, et elle passait pas mal de temps à l'hôpital, et elle était sans arrêt malade. Tellement malade que parfois elle n'arrivait plus à marcher. Tellement malade que papa devait l'aider à se tenir debout pour prendre une douche, même. » Il marqua un temps de silence, avant de continuer. « Et puis elle a nous a dit qu'elle n'allait plus accepter, qu'elle ne supportait pas la chimio, qu'elle ne supportait pas d'être malade. Elle disait que c'était pas la peine qu'on la voie comme ça, mais comment elle veut qu'on la voie, à la fin ? Morte ? »

Mark se couvrit les yeux de la main.

« Jenny, elle était là, c'est tout, vous voyez ? Elle était là pour moi, et personne d'autre… » Il s'interrompit. « Elle était si douce, et elle s'intéressait à moi, et elle me parlait, et elle comprenait ce que je traversais, d'accord ? Elle se moquait d'être majorette ou de porter ma connerie de chevalière aux armes de l'école. Tout ce qui l'intéressait, c'était d'être là, pour moi. » Il laissa retomber ses mains, et fixa Lena du regard. « Lacey n'était pas concernée, et papa non plus. Elle pensait que j'étais quelqu'un de bon. Elle estimait que j'en valais la peine. » Il laissa retomber sa tête entre ses mains ; visiblement, il était en larmes.

Lena prit conscience de la présence de la pendule murale. Son tic-tac puissant résonnait dans ses oreilles. A côté d'elle, Jeffrey était complètement silencieux. Il avait une façon bien à lui de se fondre dans le décor, en la laissant prendre les choses en main. C'était le vieux tandem de Lena et Jeffrey. C'était la Lena qui connaissait son travail, qui avait la responsabilité de la situation. Elle respira à fond, contractant les épaules, laissant l'air lui emplir les poumons. A cet instant, dans cette pièce, tout de suite, elle était redevenue elle-même. Pour la première fois depuis des mois, elle était de nouveau Lena.

Elle laissa s'écouler une minute entière avant de questionner Mark.

« Dites-moi ce qui s'est passé. »

Il remua la tête.

« C'est si mal, fit-il. Tout a si mal tourné. » Il se pencha en avant, la poitrine presque à hauteur des genoux, le visage tordu de douleur, comme si quelqu'un venait de le frapper. Il se couvrit le visage des mains et se remit à sangloter.

Avant même qu'elle comprenne ce qu'elle était en train de faire, elle se retrouva à genoux, à côté du garçon, et elle lui tenait la main. Et elle lui posa la sienne dans son dos, tâchant de le réconforter.

« C'est bon, lui dit-elle, en le calmant.

— Je l'aime, chuchota-t-il. Même après ce qu'elle a fait, je l'aime encore.

— Je sais que vous l'aimez, lui assura-t-elle, en lui passant la main dans le dos.

— Elle était tellement en colère contre moi », confessa Mark, toujours en sanglots. Elle sortit un paquet de Kleenex de sa poche et le lui tendit. Il se moucha. « Je lui ai dit qu'il fallait tout arrêter, chuchota-t-il ensuite.

— Pourquoi fallait-il tout arrêter ? lui demanda-t-elle.

— Je n'ai jamais cru qu'elle avait besoin de moi, vous voyez ? Je croyais qu'elle était plus forte que moi. Plus forte que tout le monde. » Sa voix s'étrangla. « Et ce n'était pas vrai. »

Elle lui caressa la nuque, s'efforçant de l'apaiser.

« Mark, que s'est-il passé ? Pourquoi a-t-elle fini par vous haïr ?

— Vous pensez qu'elle me hait ? demanda-t-il, et ses yeux sondèrent les siens. Vous croyez vraiment qu'elle me déteste ?

— Non, Mark », le rassura-t-elle, en lui dégageant les cheveux du visage. Il s'était mis à s'exprimer au présent, ce qui était fréquent chez ceux qui ne pouvaient se résoudre à la mort d'un être aimé. Lena s'était surprise à agir pareillement vis-à-vis de sa sœur. « Bien sûr que non, elle ne vous déteste pas.

— Je lui ai dit que j'allais arrêter.

— Arrêter quoi ? »

Il secoua la tête, en signe de dénégation.

« Tout ça est tellement inutile, fit-il, toujours en secouant la tête.

— Qu'est-ce qui est inutile ? » s'enquit-elle, en tâchant de l'amener à lever les yeux vers elle. Ce qu'il fit et, l'espace d'un instant, elle eut l'impression choquante qu'il aurait pu essayer de l'embrasser. Vivement, elle recula, se cala sur ses talons en se rattrapant au bras du fauteuil pour ne pas tomber. Mark avait dû sentir qu'elle était choquée, car il se détourna d'elle pour prendre un autre Kleenex. Tout en se mouchant, il lança un regard vers Jeffrey. Lena, elle, ne les regardait ni l'un ni l'autre. Elle ne pensait qu'à une chose, qu'elle venait de franchir une limite. Mais quelle était cette limite et par où passait-elle, elle n'en savait rien.

Mark s'adressa à Jeffrey, et il avait davantage d'autorité dans la voix. Le gamin qui venait de craquer quelques instants auparavant s'était évanoui. L'adolescent revêche était de retour.

« A part ça ?

— Jenny aimait bien les études ? » voulut savoir Jeffrey.

Mark haussa les épaules.

« S'intéressait-elle à d'autres cultures, à d'autres religions ? ajouta Lena.

— Pourquoi ça, bordel ? rétorqua Mark avec colère. De toute façon, il est pas question qu'on se tire de cette ville à la con.

— Donc, c'est non ? » insista Lena.

Il fit la moue, presque comme s'il allait lui souffler un baiser.

« Nan », confirma-t-il.

Jeffrey croisa les bras, reprenant le fil.

« Vers Noël, vous avez cessé d'être amis, Jenny et toi. Pourquoi ?

— Elle me fatiguait, lâcha-t-il avec un mouvement d'épaule.

— Avec qui d'autre Jenny traînait-elle ?

— Avec moi, répondit-il. Avec Lacey. C'est tout.

— Elle n'avait pas d'autres amis ?

— Non, soutint-il. Et nous n'étions même pas réellement ses amis. » Il eut un rire léger. « Elle était très seule, j'imagine. Ce n'est pas triste, ça, chef Tolliver ? »

Jeffrey le dévisagea, sans relever.

« Si vous n'avez plus de questions, commença le garçon, j'aimerais bien que vous y alliez, maintenant.

— Tu connais le Dr Linton ? » lui demanda encore Jeffrey.

Il eut un haussement d'épaules.

« Bien sûr.

— Je veux que tu sois à la clinique pédiatrique demain matin à dix heures pour cette prise de sang. » Jeffrey pointa le doigt sur le jeune homme. « Ne me force pas à venir te chercher. »

Mark se leva, en s'essuyant les paumes sur son pantalon.

« Ouais, comme vous voudrez. » Il baissa les yeux sur Lena, qui était encore assise sur ses talons. Elle était à hauteur de son entrejambe, et quand il remarqua la chose, il lui sourit, d'un air plutôt méprisant.

Il haussa les sourcils, les lèvres à peine entrouvertes, avec ce même sourire narquois qu'il lui avait adressé tout à l'heure, puis il sortit de la pièce.

Lundi

HUIT

Vers six heures du matin, Jeffrey roula de son lit et chuta sur le sol. Il se redressa en position assise, gémissant sous le coup de la douleur à la tête, tout en essayant de se rappeler où il était. La veille au soir, son trajet jusqu'à Sylacauga lui avait pris six longues heures, et il s'était écroulé dans ce lit pour deux personnes sans même prendre la peine de se déshabiller. Sa chemise de ville était toute froissée, les manches remontées bien au-dessus des coudes. Son pantalon avait quatre faux plis différents.

Il bâilla en contemplant autour de lui la chambre de son enfance. Depuis qu'il était parti pour Auburn, plus de vingt années auparavant, sa mère n'avait rien changé. Un poster d'une Ford Mustang décapotable rouge cerise, modèle 1967, avec une capote blanche, était affiché derrière la porte. Six paires de baskets usées étaient restées par terre dans le placard. Son maillot de football de Sylacauga High était punaisé au mur, au-dessus du lit. Une boîte de cassettes formait une haute pile sous la seule fenêtre de la pièce.

Il souleva le matelas et vit dessous une pile de *Playboy* qu'il avait commencé de stocker à quatorze ans. Un exemplaire particulièrement apprécié de *Penthouse*, dérobé à la boutique du coin, au bout de la rue, trônait encore sur le dessus. Jeffrey s'assit sur ses talons, feuilleta le magazine. A une certaine époque de sa vie, il connaissait toutes les pages de *Penthouse* par cœur, depuis les bandes dessinées jusqu'aux articles et aux jolies dames dans des poses provocantes, qui restaient l'épicentre de ses fantasmes sexuels, des mois d'affilée.

« Seigneur ! », soupira-t-il en songeant que certaines de ces femmes avaient désormais sûrement l'âge d'être grand-mères. Et, bon Dieu, certaines devaient même avoir droit à l'aide sociale.

Avec un gémissement, il fit glisser le matelas en place, en tâchant de ne pas repousser les magazines de l'autre côté. Il se demandait si sa mère avait jamais découvert cette pile. Et aussi ce qu'elle en aurait pensé. Connaissant May Tolliver, elle avait dû les ignorer, ou inventer une excuse lui permettant de refouler le fait que son fils cachait suffisamment de pornographie sous son matelas pour en tapisser toute la maison. Sa mère était très forte pour ne pas voir les choses qu'elle n'avait pas envie de voir, mais, en cela, elle ressemblait à beaucoup d'autres mères.

Jeffrey songea à Dottie Weaver, qui n'avait su lire aucun des signaux qu'avait émis sa fille. Il posa la main sur son ventre, en repensant à Jenny Weaver, sur le parking de Skatie's. Cette image était comme un Polaroïd gravé sous ses paupières, et il revoyait la jeune fille, campée sur ses jambes, le pistolet qu'elle tenait en main braqué sur Mark Patterson. Mark qui, à présent, était plus défini dans la mémoire de Jeffrey, et certains détails concernant le garçon lui revenaient : sa façon de se tenir les bras le long du corps, sa manière de légèrement fléchir les genoux quand il dévisageait Jenny. Durant tout ce temps, il n'avait jamais réellement adressé le moindre regard à Jeffrey. Même après qu'il eut abattu Jenny, Mark était demeuré là, planté, fixant le sol à l'endroit où elle gisait.

Il se frotta les yeux, s'efforça de repousser cette image. Il laissa son regard flotter de nouveau vers le poster de la Mustang, le contempla, ainsi qu'il l'avait fait tous les matins de son adolescence. Cette voiture avait représenté tant de choses pour lui, à mesure qu'il grandissait, et la première de ces choses, c'était la liberté. Adolescent, il lui arrivait de rester au lit, les yeux clos, de s'imaginer montant dans cette voiture et partant à travers la campagne. Il avait tellement voulu s'enfuir, quitter Sylacauga et la maison de sa mère, pour devenir quelqu'un d'autre que le fils de son père.

Jimmy Tolliver avait été un voleur à la petite semaine, dans tous les sens du terme. Il ne volait jamais gros, ce qui constituait un point en sa faveur, car il se faisait toujours prendre. La mère de Jeffrey aimait répéter que Jimmy n'aurait pu lâcher un pet dans un immeuble bondé de monde sans se faire prendre. Cela tenait tout simplement à cet air coupable qu'il avait en permanence, et puis il aimait trop parler. La bouche de Jimmy, c'était elle, principalement, qui avait causé sa perte. Il ne supportait pas de ne pas s'attribuer les coups qu'il montait. Jimmy Tolliver avait été la dernière personne à être surprise de se retrouver en train de mourir à petit feu en prison, purgeant une peine de détention à perpétuité pour vol à main armée.

A dix ans, Jeffrey connaissait pratiquement tous les hommes de la police de Sylacauga par leur prénom car, à un moment ou à un autre, l'un d'eux, ou la brigade au complet, étaient venus chez lui, à la recherche de Jimmy.

Il faut aussi préciser, ce qui est tout à leur honneur, que les flics de la patrouille connaissaient aussi Jeffrey, et veillaient toujours à le préserver, chaque fois qu'ils le croisaient. A l'époque, être l'objet des attentions de la police contrariait Jeffrey. Il considérait cela comme une forme de harcèlement. A présent, devenu policier à son tour, il comprenait que les flics lui avaient consacré du temps pour prendre une sorte d'assurance sur l'avenir. Ils n'avaient pas envie d'en perdre davantage à poursuivre un autre Tolliver pour des vols de tondeuses à gazon et de sécateurs dans les jardins des voisins.

Il leur devait beaucoup, à ces flics, et notamment toute sa carrière, ce qui était bien le moins. Guettant la peur dans les yeux de son père, lors de cette toute dernière descente des flics à la maison, quand ils lui avaient mis les menottes, Jeffrey avait compris, à cet instant, à cet endroit, qu'il avait envie de devenir flic. Jimmy Tolliver était un ivrogne, et qui avait l'alcool méchant. Pour le reste de la ville, c'était un escroc maladroit, un débraillé. Pour Jeffrey et sa mère, c'était un trou-du-cul, un homme violent qui terrorisait sa famille.

Jeffrey étira les bras jusqu'au plafond, les paumes à plat contre le bois chaud. En passant dans la salle de bains, il remarqua que ses chaussettes tire-bouchonnaient. A un moment ou à un autre de la nuit, le talon avait tourné. Il se plaça en équilibre sur un pied, tenta de la faire pivoter pour la remettre en place, quand il entendit son téléphone portable sonner dans la chambre.

« Nom de Dieu ! », jura-t-il, et il franchit la porte en se cognant l'épaule contre le montant. Cette maison lui paraissait beaucoup plus petite, maintenant, par rapport au temps de son adolescence.

Il décrocha le téléphone à la quatrième sonnerie, juste avant que la messagerie vocale ne se déclenche.

« Allô ?

— Jeff ? » fit Sara, sur un ton un peu soucieux.

Il laissa le son de sa voix flotter dans son oreille avant de répondre.

« Salut, bébé. »

Le mot la fit rire.

« Voilà moins de dix heures que tu es dans l'Alabama, et tu m'appelles déjà "bébé" ? » Elle attendit une fraction de seconde. « Tu es seul ? »

Cela l'irrita, parce qu'il savait que, pour une part, elle ne plaisantait pas.

« Bien sûr que je suis seul, riposta-t-il. Dieu de Dieu, Sara !

— Je pensais à ta mère », le rassura-t-elle, mais il sentit bien, à son manque de conviction, qu'elle se couvrait.

Il laissa filer.

« Non, ils l'ont gardée pour la nuit, à l'hôpital. » Il s'assit sur le lit, tout en essayant de faire tourner sa chaussette pour la remettre en place. « Elle est tombée, on ne sait trop comment. Elle s'est fracturé le pied.

— Elle est tombée, chez elle ? » s'enquit Sara, avec davantage que de la curiosité dans la voix. Il savait où elle voulait en venir, et c'était pour cette même raison qu'il s'était rendu en Alabama en plein milieu d'une affaire, au lieu de se contenter d'un simple coup de fil. Il avait eu envie de vérifier si l'alcoolisme de sa mère ne finissait pas par devenir incontrôlable. May Tolliver avait toujours été ce que l'on appelle une alcoolique fonctionnelle. Or, si elle avait franchi la frontière du désespoir éthylique, il fallait qu'il intervienne. Il ne voyait pas comment s'y prendre, mais d'instinct il savait que ce ne serait pas facile.

Il tâcha de canaliser l'attention de Sara vers un autre sujet.

« J'ai parlé au docteur. Je ne l'ai pas vraiment vue, je n'ai donc pas pu découvrir ce qui s'était passé. » Il attendit qu'elle saisisse le message. « Je vais la voir demain, essayer de comprendre de quoi il retourne.

— Elle marchera probablement avec des béquilles », le prévint Sara. Il entendit un bruit de frappe, et supposa qu'elle devait être à son bureau. Il consulta sa montre, en se demandant pourquoi elle y était encore à cette heure, et puis il se remémora le décalage horaire. Pour Sara, il était une heure plus tôt.

« Mme Harris, qui habite de l'autre côté de la rue, va veiller sur elle », laissa-t-il entendre, sachant que Jean Harris ferait tout son possible pour aider une voisine. Elle travaillait comme diététicienne à l'hôpital du coin, et souvent, d'un signe de la main, elle avait invité Jeffrey à faire un crochet par chez elle, après l'école, pour s'assurer qu'il ait au moins un repas chaud. Se retrouver à table avec ses trois filles ravissantes, voilà qui, en soi, était bien plus alléchant que la tourte au poulet de Mme Harris, mais à l'époque il avait su apprécier l'une et les autres.

« Il faut lui dire de faire très attention à ne pas mélanger les antalgiques et l'alcool. Ou le dire à son médecin. D'accord ? »

Il considéra sa chaussette, constata qu'elle était toujours trop tirée vers l'arrière. Il la ramena dans l'autre sens.

« C'est pour ça que tu as appelé ?

— J'ai eu ton message au sujet de Mark Patterson. C'est pour quoi, cette prise de sang que je dois lui faire ?

— Vérification de paternité », lui répondit-il, et l'image que ce mot suscitait dans son esprit ne lui plut guère.

Sara observa un silence.

« Tu en es sûr ? lui demanda-t-elle.

— Non, avoua-t-il. Pas du tout. J'ai simplement estimé que je devais vérifier tout ce qui était en mon pouvoir.

— Comment as-tu pu obtenir un mandat judiciaire aussi vite ?

— Pas de mandat judiciaire. Son père l'envoie faire ça de son plein gré. »

Elle restait incrédule.

« Sans la présence d'un avocat ? »

Il lâcha un soupir.

« Sara, je t'ai laissé toutes ces informations sur ton répondeur hier soir. Il y a un problème ?

— Non, admit-elle d'une voix plus feutrée. Enfin, en fait, si », rectifia-t-elle aussitôt.

Il attendit.

« Ah ouais ?

— Je voulais être sûre que tu vas bien. »

Le sarcasme fut la seule réaction qui lui vint devant cette réflexion.

« Mis à part le fait de me réveiller en sachant que j'ai abattu une gamine de treize ans, je crois que j'ai plutôt la pêche. »

Elle garda le silence, et il laissa ce silence se prolonger, car il ignorait quoi lui dire. Cela faisait longtemps que Sara ne l'avait pas appelé, ne fût-ce que pour des questions relatives au comté. Dans le passé, il lui était arrivé de lui faxer des documents sur des affaires, ou de lui envoyer Carlos, son assistant, avec des informations sensibles. Depuis leur divorce, les appels personnels étaient exclus et, même depuis qu'ils s'étaient remis à plus ou moins sortir ensemble, des deux, c'était toujours lui qui prenait la peine de décrocher le téléphone.

« Jeff ? fit-elle.

— Je réfléchissais, lui signala-t-il. Dis-m'en un peu plus sur Lacey, lui suggéra-t-il ensuite, pour changer de sujet.

— Je t'en ai parlé, hier. C'est une gentille gosse », lui assura-t-elle mais, dans le ton de sa voix, il sentit quelque chose qui ne collait pas. Il savait qu'elle se sentait responsable pour Jenny Weaver, mais il ne pouvait rien y faire. « Elle est intelligente, drôle, poursuivit-elle. Exactement comme Jenny, à bien des égards.

— Tu étais proche d'elle ?

— Aussi proche qu'on peut l'être d'une gamine que l'on ne voit que quelquefois dans l'année. » Elle s'interrompit. « Ouais. Avec certains, on établit une relation. Avec Lacey, j'ai eu ce lien. Je pense qu'elle s'est un peu entichée de moi.

— C'est curieux, remarqua-t-il.

— Pas vraiment, objecta-t-elle. Un tas de gamins s'entichent d'adultes. Ce n'est pas une histoire sexuelle, ils veulent juste les impressionner, les faire rire.

— Je ne te suis toujours pas.

— Ils finissent par atteindre un certain âge, et leurs parents ne peuvent plus être aussi sympas avec eux. Certains gamins, pas tous, sont capables de transférer leurs sentiments vers un autre adulte. C'est parfaitement naturel. Ils ont simplement envie de quelqu'un à admirer et, à ce stade de leur existence, ce ne peut plus être leurs parents.

— Donc, elle t'admirait ?

— Cela donnait cette impression, admit-elle, et il perçut une pointe de tristesse dans sa voix.

— Si quelque chose était allé de travers, tu crois qu'elle te l'aurait confié ?

— Qui sait ? répondit-elle. Quand ils entrent au collège, en eux, il se produit quelque chose. Ils deviennent beaucoup plus silencieux.

— C'est ce que nous a dit Grace Patterson. Qu'ils gardent certains secrets.

— C'est vrai, acquiesça-t-elle. Ce que je souligne, c'est le passage à la puberté. Toutes ces hormones, toutes ces sensations nouvelles. Ils ont beaucoup de choses en tête, et leur seule certitude, c'est que les adultes n'ont aucun moyen de comprendre ce qu'ils traversent.

— Quand même, nuança Jeffrey, tu ne crois pas qu'elle t'aurait parlé, si quelque chose n'allait pas ?

— J'aimerais le croire, mais la vérité, c'est qu'il aurait fallu que sa mère la conduise en voiture jusqu'ici. Et je ne peux pas jeter la mère hors de la pièce sans susciter une certaine suspicion.

— Tu crois que Grace aurait été réticente à l'idée de vous laisser seules ?

— Je pense qu'elle se serait inquiétée. C'est une bonne mère. Elle s'intéresse à ses enfants et à ce qu'ils font.

— C'est aussi ce que m'a rapporté Brad.

— Qu'est-ce que Brad vient faire là-dedans ? s'étonna-t-elle.

— C'est lui qui s'occupe des jeunes, à l'église baptiste Crescent.

— Oh ! c'est vrai ! fit-elle, établissant le lien. Il a dû prendre part à cette retraite.

— Ouais, lui confirma-t-il. Ils étaient huit gosses de l'église : trois garçons, cinq filles.

— Ce n'est pas beaucoup.

— C'est une petite église, lui rappela-t-il. En plus, le ski, c'est cher. Et beaucoup ne peuvent en faire, surtout vers la période des fêtes.

— C'est vrai, admit-elle. Mais leur seul chaperon, c'était Brad ?

— La secrétaire de l'église était censée donner un coup de main pour les filles, mais à la dernière minute elle est tombée malade.

— Tu lui as parlé ?

— Elle a eu une espèce d'attaque. Elle n'avait que cinquante-huit ans, précisa-t-il, songeant que lorsqu'il était enfant, cinquante-huit ans lui paraissait un âge canonique. Elle est partie s'installer en Floride, pour que ses enfants puissent s'occuper d'elle.

— Donc, que t'a dit Brad au sujet de Jenny et Lacey ?

— Rien de précis. Il m'a dit qu'elles restaient plutôt de leur côté, pendant que les autres partaient skier et s'amuser.

— Ce n'est pas rare chez les filles de cet âge. Elles ont tendance à former des petits clans.

— Ouais, soupira-t-il, sentant les contrariétés de la veille le prendre aux tripes. Quand elle a cessé de fréquenter l'église, Brad s'est rendu chez Jenny. A la minute où elle l'a vu, elle a pour ainsi dire fondu en larmes, et elle a refusé de lui parler.

— Qu'est-ce qu'il a fait ?

— Il est parti, avec son chapeau entre les mains. Il a prié Dave Fine d'aller lui rendre visite, mais il a reçu le même traitement.

— Tu en as parlé avec Dave ?

— Brièvement. Il était sur le point d'entrer en séance avec un patient. » Jeffrey se sentit traversé d'un éclair de culpabilité, en repensant à Lena. Il n'aurait pas dû l'autoriser à se servir de son rendez-vous de psychothérapie avec Fine pour l'interroger. Il avait cédé trop facilement, parce que c'était commode.

« Jeffrey ? lança-t-elle, sur un ton signifiant qu'elle lui avait posé une question et qu'elle attendait une réponse.

— Ouais, désolé, s'excusa-t-il.

— Qu'a dit Fine ?

— La même chose que Brad. Il a proposé de passer demain m'en raconter plus, mais apparemment ni l'un ni l'autre ne vont être d'un grand secours. » Jeffrey se frotta les yeux, tâchant de voir à quoi il pouvait se raccrocher. « Et Mark Patterson ? lui demanda-t-il enfin. Est-ce qu'il te paraît bizarre ?

— Bizarre en quoi ?

— Bizarre comme… » Il essaya de trouver le mot. Il n'avait pas réellement envie de lui relater l'entretien chez les Patterson, surtout à cause de ce qui était arrivé à Lena. Il s'était produit quelque chose entre elle et ce garçon, quelque chose qui lui tapait sur les nerfs. En un sens, ils évacuaient mutuellement leur stress. « Bizarre comme j'en sais rien. »

Elle éclata de rire.

« Je ne crois pas pouvoir répondre à cette question-là.

— Sexuel, lâcha-t-il enfin, car c'était le bon terme pour décrire Mark Patterson. Il a vraiment quelque chose de sexuel.

— Eh bien, fit-elle, hésitante, et il sentit le trouble

dans sa voix. C'est un beau garçon. J'imagine qu'il a entamé sa vie sexuelle depuis pas mal de temps déjà.

— Il vient d'avoir seize ans.

— Jeffrey, insista-t-elle, comme si elle s'adressait à un idiot. J'ai des filles de dix ans qui n'ont même pas encore commencé d'avoir leurs règles, et qui me posent des questions sur la contraception.

— Seigneur, soupira-t-il. C'est le matin, alors je trouve qu'il est vraiment trop tôt pour entendre parler de ce genre de chose.

— Bienvenue dans le monde qui est le mien, ironisa-t-elle.

— Ouais. » Il fixa du regard le maillot de foot punaisé au mur, tâchant de se remémorer ce que cela lui inspirait, à l'époque, d'avoir l'âge de Mark Patterson et de tenir le monde dans la paume de la main. Et pourtant, il n'avait pas l'impression que Mark Patterson ressentît la même chose.

Jeffrey n'aimait pas trop ce sentiment d'impuissance. Il aurait dû être de retour à Grant pour essayer de démêler tout ça. A tout le moins, il fallait qu'il tienne Lena à l'œil. Pendant un temps, il l'avait sentie à la limite, mais ce n'est que la veille qu'il avait compris qu'elle était plus proche de la chute que du point d'équilibre.

« Jeff ? s'enquit Sara. Qu'est-ce qui ne va pas ?

— Je me fais du souci pour Lena », lui confia-t-il, et ces mots-là lui étaient familiers. Du souci pour Lena, il s'en faisait depuis qu'il l'avait enrôlée, dix ans plus tôt. D'abord, il s'inquiétait de la voir trop agressive en patrouille, alpaguant le moindre malfrat comme si sa vie en dépendait. Ensuite, il s'était inquiété de la voir trop souvent se mettre en danger, en tant qu'inspecteur de police, poussant les suspects à la limite de la rupture, et se poussant elle-même à la limite de la rupture aussi. Et maintenant, il se souciait de la voir même perdre cette limite de vue. Dans son esprit, il ne faisait aucun doute qu'elle allait bientôt exploser. La seule question, c'était de savoir quand. Avec un tressaillement, il réalisa que c'était sa crainte depuis le début : quand Lena allait-elle finir par se briser ?

« A mon avis, tu as de quoi être préoccupé par elle, reconnut Sara. Pourquoi ne la retires-tu pas du service actif ?

— Parce que cela la tuerait », lui répliqua-t-il, et il savait que c'était vrai. Lena avait besoin de son boulot comme d'autres avaient besoin d'air.

« Y a-t-il autre chose ? »

Jeffrey songea à la conversation qu'il avait eue avec son adjointe dans la voiture. Quand elle lui avait soutenu que ce coup de feu n'était pas une bavure, elle n'avait pas l'air précisément très sûre d'elle. « Je... euh..., commença-t-il, sans trop savoir comment formuler la chose. Quand j'ai parlé à Lena, hier..., hasarda-t-il.

— Ouais ?

— Je n'ai pas eu l'impression qu'elle était très sûre du déroulement des événements.

— Au sujet des coups de feu ? s'enquit Sara, manifestement irritée. Qu'a-t-elle dit, au juste ?

— Ce n'est pas tant ce qu'elle a dit que la manière dont elle l'a dit. »

Sara marmonna ce qui ressemblait à un juron.

« Elle joue avec toi pour se venger de moi, c'est tout.

— Lena n'est pas comme ça.

— Bien sûr que si, rétorqua-t-elle. Elle a toujours été comme ça. »

Il remua la tête, il n'acceptait pas ça.

« Je pense qu'elle n'est pas trop sûre d'elle, et c'est tout. »

Sara pesta encore entre ses dents.

« C'est parfait, vraiment.

— Sara, fit-il, tâchant de la calmer. Ne lui dis rien, d'accord ? Ce serait pire.

— Pourquoi devrais-je lui dire quoi que ce soit ?

— Sara… » Il se frotta les yeux, pour en chasser le sommeil, songeant qu'il n'avait pas envie d'aborder tout cela maintenant. « Ecoute, je me préparais justement à partir pour l'hôpital…

— Ça m'embête vraiment.

— Je sais, reconnut-il. Tu as été claire.

— Je voulais juste…

— Sara, l'interrompit-il. Il faut vraiment que j'y aille.

— En fait, reprit-elle sur un ton plus modéré, je t'appelais pour une raison, si tu as une minute ?

— Bien sûr, réussit-il à répondre, non sans une certaine appréhension. De quoi s'agit-il ? »

Il l'entendit respirer profondément, comme si elle était au bord de sauter d'une falaise.

« Je me demandais si tu allais revenir, ce soir.

— Tard, probablement.

— Eh bien, alors, pourquoi pas demain soir ?

— Si je rentre cette nuit, je n'aurai pas à rentrer demain soir.

— Tu fais l'abruti exprès ? »

Il refit défiler leur conversation dans sa tête, et il sourit quand il comprit que Sara cherchait un moyen de l'inviter chez elle. Il se demanda si elle avait jamais rien fait de tel dans sa vie.

« Je n'ai jamais été très futé.

— Non, confirma-t-elle, mais elle riait.

— Donc ?

— Donc... » répéta-t-elle, puis elle soupira. Il l'entendit marmonner. « Oh ! c'est tellement stupide !

— Comment ça ?

— Je disais, reprit-elle encore, puis elle se tut. Demain soir, je n'ai rien de prévu. »

Il se lissa les favoris ; il se sentit sourire, un grand sourire. Il se demanda s'il s'était jamais senti plus heureux, dans cette pièce, qu'en cet instant. Peut-être, si, le jour où il avait reçu cet appel d'Auburn, lui annonçant qu'il pourrait aller à la fac gratuitement, pourvu qu'en échange il accepte de prendre une raclée tous les samedis sur le terrain de football.

« Hé ! moi non plus, lança-t-il.

— Donc... » A l'évidence, Sara espérait qu'il allait remplir les blancs à sa place. Jeffrey se rassit sur le lit, et il se dit qu'il gèlerait en enfer avant qu'il ne l'aide à se dépatouiller.

« Viens chez moi, lâcha-t-elle enfin. Vers sept heures, quelque chose comme ça, d'accord ?

— Pourquoi ? »

Il entendit sa chaise grincer quand elle se cala contre le dossier. Il se l'imagina, probablement se couvrant les yeux d'une main.

« Bon Dieu, tu ne veux franchement pas faciliter les choses, non ?

— Pourquoi ? Je devrais ?

— J'ai envie de te voir, lui avoua-t-elle. Viens à sept heures. Je préparerai le dîner.

— Attends une minute… »

Manifestement, elle avait anticipé sa réticence sur ce plan. Sara n'était pas précisément une grande cuisinière.

« Je vais commander quelque chose chez Alfredo », suggéra-t-elle.

Il sourit de nouveau.

« Je te retrouve à sept heures. »

Jeune garçon, Jeffrey avait commis sa part de bêtises. Ses deux meilleurs amis, de l'école élémentaire jusqu'au lycée, habitaient au bout de sa rue et, entre Jerry Long, un garçon très curieux des feux d'artifice, et Bobby Blankenship, un autre garçon qui aimait bien entendre toutes sortes d'objets exploser, ils étaient parvenus à risquer leur vie un certain nombre de fois avant que la puberté ne prenne le dessus et que les filles comptent plus à leurs yeux que tous leurs autres frasques.

A onze ans, le trio avait découvert le plaisir de faire exploser des bouteilles de Coca transformées en fusées dans un tonneau en acier, devant la maison de Jeffrey. Quand ils eurent environ douze ans, le tonneau était aussi cabossé et criblé d'impacts que le visage de Bobby Blankenship, dit le Bouton. Vers leurs treize ans, Jerry Long s'était vu surnommer l'Opossum, parce que, lorsque le tonneau avait fini par exploser, un éclat de métal lui avait presque découpé le sommet du crâne, et il était resté étendu dans le jardin, derrière la maison de Jeffrey, comme un opossum, jusqu'à ce que Jean Harris appelle une ambulance pour l'emmener à l'hôpital, et que la police flanque une sainte trouille à Jeff et le Bouton.

Jeffrey n'avait mérité son surnom que bien plus tard, quand il s'était mis à remarquer les filles et, plus important, quand elles s'étaient mises à le remarquer. Comme l'Opossum et le Bouton, il faisait partie de l'équipe de football, et ils étaient très populaires au lycée car, cette année-là, l'équipe gagnait. Jeffrey avait été le premier du trio à embrasser une fille, le premier à atteindre la deuxième base au base-ball, et le premier à finalement perdre sa virginité. Ce furent tous ces exploits qui lui valurent son surnom : le Roublard.

La première fois qu'il avait emmené Sara à Sylacauga, il était tellement nerveux qu'il avait tout le temps les mains moites. Ils commençaient tout juste à sortir ensemble, et il avait l'impression que Sara se situait un peu trop haut dans l'échelle sociale pour l'Opossum et le Bouton, et encore plus pour le Roublard. Sylacauga était l'archétype de la petite bourgade du Sud. A l'inverse de Heartsdale, il n'y avait pas de fac en haut de la rue, et pas de professeurs en ville pour introduire un peu de diversité dans le mélange social. La plupart des gens qui habitaient là travaillaient dans l'industrie, que ce soit la filature ou la carrière de marbre. Jeffrey n'allait pas jusqu'à tous les trouver arriérés, des ploucs minés par les relations de consanguinité, mais, selon lui, ils n'étaient pas non plus le genre de gens avec lesquels Sara sortirait volontiers.

Elle n'était pas seulement ce que les gens du cru appelaient une « érudite, qui ne jurait que par les livres », car en plus elle était docteur en médecine, et elle avait beau être issue d'une famille d'ouvriers, Eddie Linton savait ce que c'était qu'un dollar, et comment le faire fructifier. La famille possédait du terrain des deux côtés du lac, et même quelques bungalows de location, en Floride. Et, pour couronner le tout, Sara avait l'esprit vif, et pas seulement en matière livresque. Elle avait un esprit coupant, et n'était pas le genre de femme à l'attendre à la maison en lui tenant prêts ses pantoufles et un repas chaud à son retour du travail. A la vérité, c'était plutôt Sara qui aurait attendu de Jeffrey qu'il joue ce rôle.

A une dizaine de kilomètres environ de la maison des Tolliver, il y avait un bazar qui faisait aussi épicerie ; l'endroit s'appelait Cat's, et Jeffrey et les autres le fréquentèrent durant toute leur adolescence. C'était le genre de commerce où l'on pouvait acheter du lait, du tabac, de l'essence et des appâts. Le sol était constitué d'un plancher taillé et raboté à la main, avec suffisamment d'entailles et d'éraflures pour vous faire trébucher si vous ne regardiez pas où vous mettiez les pieds. Le plafond était bas, jauni par la nicotine et les taches d'eau. Des frigos remplis de glace et de Coca-Cola étaient alignés dans le hall d'entrée, et un grand présentoir de Moon Pie se dressait à côté de la caisse enregistreuse. Dehors, les pompes à essence tintaient à chaque litre de carburant fourni.

Pendant que Jeffrey était à Auburn, Cat était décédé, et l'Opossum, qui travaillait dans le magasin, avait pris la suite auprès de la veuve. Six ans plus tard, il lui avait racheté sa part, transformant le nom en « Opossum Cat ». La première fois que Sara avait aperçu l'enseigne au-dessus du bâtiment délabré, elle avait été ravie, et lui avait fait une allusion au poème de T.S. Eliot. Jeffrey avait réprimé l'envie pressante de ramper sous la voiture et de se cacher, mais quand elle avait appris la vérité, cela avait bien fait rire Sara. En fait, ce week-end-là, elle s'était amusée et, le deuxième jour, elle était allongée au bord de la piscine avec l'Opossum et son épouse, à rire des histoires de la jeunesse vagabonde de Jeffrey.

A présent, ce souvenir lui arrachait un sourire, mais à l'époque, ça l'avait un peu agacé d'être l'objet de leurs plaisanteries. Sara était la première femme à se moquer de lui de la sorte et, à dire vrai, c'était probablement grâce à quoi elle lui avait mis le grappin dessus. Sa mère aimait bien répéter qu'il appréciait les défis.

Jeffrey se rappelait sa jeunesse, songeant que Sara Linton, en fin de compte, représentait bel et bien un défi, tout en s'engageant dans le parking de l'Opossum Cat. L'endroit avait beaucoup changé depuis le temps où Cat en était le propriétaire, et encore plus depuis la dernière fois que Jeffrey était passé en ville. La seule chose demeurée à l'identique, c'était le grand emblème de l'université d'Auburn au-dessus de la porte. L'Alabama était un Etat divisé par ses deux universités, Auburn et Alabama, et quand un habitant en rencontrait un autre, il n'y avait qu'une seule question qui comptait : « Tu es pour qui ? » Jeffrey avait vu des bagarres éclater parce que quelqu'un avait apporté la mauvaise réponse à cette question dans la mauvaise partie de la ville.

Une halte-garderie se trouvait sur la droite du magasin, un nouvel ajout depuis sa dernière visite. Sur la gauche, c'était l'enseigne de Madam Bell, que tenait Darnell, l'épouse de l'Opossum. Comme Cat, la propriétaire de Madam Bell était décédée depuis longtemps. Jeffrey croyait que Nell gérait cette boutique pour avoir de quoi s'occuper, pendant que les enfants étaient à l'école. Au lycée, il était plus ou moins sorti avec elle, jusqu'à ce que l'Opossum s'amourache sérieusement d'elle. Jeffrey n'arrivait pas à s'imaginer qu'une fille aussi agitée puisse être heureuse à mener ce genre d'existence, mais on avait vu plus étrange. En outre, la semaine où ils avaient passé tous leurs examens de fin d'études, Nell était déjà enceinte de trois mois. En somme, elle n'avait pas eu trop le choix.

Pour ne pas occuper l'une des places situées juste devant le magasin, Jeffrey stationna devant chez Bell, en laissant tourner le moteur, avec *Sweet Home Alabama*, de Lynyrd Skynyrd, qui sortait en sourdine par les haut-parleurs de l'autoradio. Il avait retrouvé la cassette dans le coffre, sous la fenêtre de sa chambre et, dès que les premiers accords de ce qui avait été l'une de ses chansons favorites lui étaient parvenus aux oreilles, il en avait éprouvé un pincement de nostalgie. C'était curieux à quel point on pouvait aimer une chose, tout en l'oubliant quand on ne l'avait pas sous le nez. C'était exactement ce qu'il ressentait à l'égard de sa ville et des amis qu'il avait ici. Se retrouver de nouveau en présence de l'Opossum et de Nell, ce serait comme si rien n'avait changé depuis ces vingt dernières années. Et Jeffrey ne savait pas trop comment le prendre.

Ce qu'il savait, en revanche, c'était que de voir sa mère à l'hôpital, une dizaine de minutes auparavant, lui avait donné envie de rentrer à Grant County, aussi vite que possible. La manière qu'elle avait eue de s'accrocher à lui quand elle l'avait serré dans ses bras avait quelque chose d'étouffant, tout comme sa façon de laisser les mots en suspens, de dire les choses en ne les formulant pas complètement. May Tolliver n'avait jamais été une femme heureuse et, quelque part, Jeffrey se disait que son père était un filou tellement cafouilleux qu'il s'était débrouillé pour se faire épingler et jeter en prison, là où sa pauvre épouse n'irait plus l'enquiquiner quotidiennement pour lui rappeler toutes les déceptions dont il était la cause. Comme Jimmy, May avait l'alcool méchant et, si elle n'avait jamais levé la main sur Jeffrey, elle savait le clouer sur place rien qu'avec ses mots, et à une vitesse inouïe. Heureusement, elle avait encore l'air de fonctionner, même avec suffisamment d'alcool dans le corps pour faire tourner un tracteur sur une centaine de kilomètres. S'il fallait en croire May, un chat sauvage sorti de sous la maison du voisin l'avait fait sursauter, et elle avait dégringolé l'escalier. Comme Jeffrey avait bien entendu des chats dans le coin ce matin, il était obligé d'accorder à sa mère le bénéfice du doute. Il n'avait pas envie d'admettre devant quiconque, et à plus forte raison vis-à-vis de lui-même, qu'il était soulagé que sa mère n'ait pas à subir d'autre intervention.

Il sortit de la voiture, son pied dérapa un peu sur le gravier de l'allée. Chez sa mère, il s'était changé, il avait enfilé un jean et un polo, et il se sentait bizarre, vêtu ainsi d'une tenue sport en plein milieu de la semaine. Il avait même songé à mettre ses chaussures de ville, mais en se voyant dans le miroir, il avait changé d'avis. Il chaussa ses lunettes de soleil, et s'approcha de Madam Bell, avec un regard autour de lui.

Le local de la chiromancienne était plutôt une espèce de remise, avec une porte moustiquaire qui grinça lorsque Jeffrey l'ouvrit. Il frappa à la porte d'entrée, pénétra dans le petit salon donnant sur la rue. L'endroit avait exactement la même allure que lorsqu'il était petit garçon. Un jour, le Bouton avait défié Jeffrey d'y entrer pour se faire lire les lignes de la main par Madam Bell. Il n'avait guère apprécié ce qu'elle avait à lui dire, et il n'y avait plus jamais remis les pieds.

Il passa la tête par la porte, pour jeter un œil dans la seule autre pièce de la cabane. Nell était assise à table avec un jeu de tarots disposé devant elle. Le son de la télévision était en sourdine, ou alors c'était le climatiseur encastré dans la fenêtre qui noyait le son. Elle était en train de tricoter quelque chose tout en suivant son émission, le corps penché en avant, comme pour être certaine de saisir chaque mot.

« Bouh, fit Jeffrey.

— Oh !Mon Dieu ! », fit Nell en sursautant, et elle en lâcha son ouvrage. Elle se leva en se tapotant la poitrine de la main. « Le Roublard, à cause de toi, je suis à moitié morte de peur.

— Faudrait pas que ça se reproduise une deuxième fois, parce que ce serait la fin », s'exclama-t-il en riant, et il l'attira à lui pour l'embrasser. Elle était de petite taille, mais au physique agréable, avec un joli galbe de hanches. Il recula pour mieux la voir. Nell n'avait pas beaucoup changé depuis le lycée. Les mêmes cheveux noirs, avec quelques filaments gris et raides, longs jusqu'à la taille quand ils n'étaient pas, comme aujourd'hui, attachés en queue-de-cheval, probablement une manière de lutter contre la chaleur.

« Tu es passé chez l'Opossum ? lui demanda-t-elle, en se rasseyant à la table. Qu'est-ce que tu fabriques ici ? C'est à cause de ta maman ? »

Jeffrey sourit, et s'assit en face d'elle. Nell avait toujours parlé à cent à l'heure.

« Oui et non.

— Elle était soûle », fit Nell avec sa brusquerie habituelle. Son franc-parler était l'une des raisons qui l'avaient poussé à cesser de sortir avec elle. Elle appelait un chat un chat et, à dix-huit ans, Jeffrey n'était guère porté à l'introspection. « L'hiver dernier, rien qu'avec ses factures d'alcool, elle nous a maintenu l'épicerie à flot.

— Je sais », reconnut-il en croisant les bras. Depuis un certain temps déjà, il réglait les factures de services de première nécessité pour qu'elle maintienne son approvisionnement en alcool. Il était inutile de discuter avec cette vieille femme à ce sujet, et au moins, de la sorte, il savait qu'elle resterait à la maison, à boire, au lieu de sortir faire ça dehors. « J'arrive tout juste de l'hôpital, l'informa-t-il. Pendant que j'étais là-bas, ils lui ont donné un godet de vodka. »

Nell attrapa les cartes et les battit.

« S'ils n'y avaient pas pensé, la vieille serait partie dans une crise de delirium tremens. »

Jeffrey haussa les épaules. A l'hôpital, le médecin lui avait servi la même réponse.

« Qu'est-ce que tu regardes ? » lui demanda Nell, et Jeffrey sourit en s'apercevant qu'il la dévisageait. Il se disait qu'il était plus facile de parler de l'alcoolisme de sa mère avec Nell qu'avec Sara. Il ne voyait pas du tout pourquoi. Peut-être était-ce parce que Nell avait grandi avec lui. Avec Sara, il avait tendance à se sentir gêné, puis honteux, avant finalement de se mettre en colère.

« Comment te débrouilles-tu pour être de plus en plus jolie, chaque fois que je viens te rendre visite ? la taquina-t-il.

— Roublard, Roublard, Roublard… », répéta-t-elle

en claquant la langue. Elle disposa deux cartes sur la table, retournées, figure bien visible. « Alors, pourquoi Sara a-t-elle divorcé ? »

Jeffrey tressaillit.

« Tu lis ça dans tes cartes ? »

Elle eut un sourire malicieux.

« Dans les cartes de Noël, oui. Sur l'adresse au dos, Sara avait inscrit “Linton”. » Nell posa une autre carte sur la table. « Qu'est-ce que tu lui as fait, tu l'as trompée ? »

Il désigna le jeu.

« Pourquoi ne me le dis-tu pas, toi ? »

Elle hocha la tête, en posa deux de plus sur le jeu.

« Je dirais que tu l'as trompée, et que tu t'es fait pincer.

— Quoi ? »

Nell pouffa de rire.

« C'est pas parce qu'elle te parle pas qu'elle me parle pas, à moi. »

Il secoua la tête, l'air incrédule. Il ne comprenait pas.

« Et on a aussi le téléphone, mon p'tit, ajouta-t-elle. De temps en temps, je lui cause, à Sara, juste histoire de me tenir au courant.

— Eh bien, alors, tu dois savoir que je la revois », fit-il, conscient de s'exprimer comme le vieux Roublard un peu coq qu'il avait longtemps été, mais incapable de s'en empêcher. « Et tes cartes, qu'est-ce qu'elles disent, là-dessus ? »

Elle en retourna deux de plus et les étudia quelques secondes, avec une grimace, les lèvres tombantes. Enfin, elle ramassa toutes les cartes.

« De toute façon, c'est idiot, ça ne raconte jamais rien, marmonna-t-elle. Allons voir l'Opossum. Je suis sûre qu'il sera content de te voir. »

Elle lui tendit la main, et il hésita, se demandant s'il ne devait pas insister pour qu'elle lui lise les lignes. Ce n'est pas qu'il la croyait dotée de ce don, mais cela lui tapait sur le système qu'elle ne veuille pas au moins lui inventer quelque chose, histoire qu'il se sente un peu mieux.

« Allez », fit-elle en le tirant par la manche.

Il obtempéra, la laissant le précéder, pour sortir de la cabane et se retrouver de nouveau dans la chaleur implacable de l'Alabama. Sur le parking gravillonné, il n'y avait pas d'arbres et, le temps qu'ils traversent en direction de la station-essence, il sentit le soleil lui rôtir le sommet du crâne.

Nell lui prit le bras.

« Je l'aime bien, Sara.

— Moi aussi, fit-il.

— Je veux dire, je l'aime vraiment bien, Jeff. »

Il s'arrêta, car elle l'appelait rarement « Jeff ».

« Si elle t'accorde une seconde chance, ne la foire pas.

— Ce n'est pas mon intention.

— Je le pense vraiment, Roublard, insista-t-elle, en l'entraînant en direction du bazar. Elle est trop bien pour toi, et trop intelligente aussi, Dieu seul le sait. » Elle attendit à la porte, pour qu'il la lui ouvre. « Alors ne va rien foirer.

— Ta foi en moi m'inspire.

— Je ne veux pas que le Petit Jeffrey vienne encore tout gâcher dans votre histoire.

— Le Petit Jeffrey ? répéta-t-il en ouvrant la porte. Tu as la mémoire qui flanche ? »

Il la vit qui s'apprêtait à lui répondre, mais la voix tonitruante de l'Opossum s'imposa.

« C'est le Roublard ? » L'Opossum beuglait comme si Jeffrey venait de sortir faire une balade à pied, au lieu d'avoir disparu des années. Jeff le regarda effacer le comptoir, non sans difficulté. Sa panse s'interposa, mais il réussit à atterrir sur ses pieds, défiant toutes les lois de la pesanteur.

« Nom de Dieu ! s'exclama-t-il, en massant le ventre massif du bonhomme. Nell, pourquoi ne m'as-tu pas annoncé que tu avais un autre moutard en route ? »

L'Opossum éclata de rire de bon cœur, en se frottant la bedaine.

« Si c'est un garçon, on l'appellera Bud, comme la bière, ou Dewars, comme le whisky écossais, si c'est une fille. » Il prit Jeff par l'épaule, en le conduisant à l'intérieur du magasin. « Comment ça va, mon garçon ? »

Sans réfléchir, Jeffrey lui fit sa réponse standard.

« Depuis que je fais la même taille que toi, je suis plus un garçon. »

L'Opossum rigola en rejetant la tête en arrière.

« Ça me plairait que le Bouton soit là. Tu restes en ville combien de temps ?

— Pas longtemps, le prévint Jeffrey. En fait, je suis déjà sur le départ. » Il se retourna, pour voir si Nell les avait laissés seuls.

« Une femme si bonne, observa l'Opossum.

— Je n'arrive pas à croire qu'elle soit restée avec toi.

— La nuit, avant de me mettre au lit, je lui prends ses clés, confia-t-il avec un clin d'œil. Tu veux une bière ? »

Jeffrey consulta la pendule murale.

« En général, je ne bois jamais avant midi, au moins.

— Oh ! d'accord, d'accord, d'accord ! s'écria l'autre.

Alors, un Coca ? » Sans attendre sa réponse, il alla en pêcher deux bouteilles dans une grande glacière.

« Fait chaud, dehors, dit Jeff.

— Ouaip », acquiesça l'Opossum, en faisant sauter les capsules des deux bouteilles d'un geste sec sur le rebord de la glacière. « J'imagine que tu es passé me demander de veiller sur ta maman.

— J'ai une affaire en cours, chez moi, expliqua Jeffrey, et, à cet instant, cela ne lui déplaisait pas que ce “chez moi” désigne Grant County. Si ça ne t'ennuie pas trop.

— Merde, fit-il, en écartant cette dernière réflexion d'un revers de la main, et en lui tendant son Coca. Ne te bile pas pour ça. Elle est au bout de la rue, et c'est tout.

— Merci », dit Jeffrey. Il regarda l'Opossum sortir un sachet de cacahuètes du présentoir et l'ouvrir en le déchirant avec les dents. Il en proposa à Jeffrey, qui refusa d'un signe de la tête.

« Quel sale coup qu'elle soit tombée ! bougonna l'Opossum, tout en enfournant quelques cacahuètes. Il a fait vraiment chaud ces derniers temps. J'imagine qu'elle a eu un étourdissement, par cette canicule. »

Jeff but une gorgée de Coca. L'Opossum agissait comme il avait toujours agi, à savoir qu'il couvrait May Tolliver. Jerry Long n'avait pas seulement reçu ce surnom pour avoir fait le mort un certain jour dans le jardin derrière la maison des Tolliver. S'il y avait une chose pour laquelle l'Opossum était habile, c'était pour ignorer ce qu'il avait sous les yeux.

La ligne de basse pesante d'un morceau de rap faisait trembler les vitres, et Jeffrey se retourna juste à temps pour voir un grand pick-up couleur bordeaux se garer sur une place en face du bazar. Le rap hurlait à tue-tête, une cacophonie de syncopes, avant que l'on ne coupe le contact et qu'un adolescent à l'air revêche sorte de la cabine et entre dans le magasin.

Il était vêtu d'un T-shirt assorti à la couleur du camion, avec les mots Raz-de-Marée qui s'étalaient en blanc sur un éléphant déchaîné. Mais ce qui attira immédiatement l'attention de Jeffrey, c'était ses cheveux. Ils étaient couleur de blé, avec des rangées de petites barrettes couleur violette aux extrémités, qui claquaient les unes contre les autres à chacun de ses pas. Le garçon portait un pantalon camouflage gris et noir coupé à hauteur du genou, mais ses chaussettes et ses baskets étaient aux couleurs du championnat de la ligue Crimson Tide d'Alabama. Avec stupeur, Jeffrey s'aperçut que le garçon était vêtu de la tête aux pieds aux couleurs de l'université d'Alabama.

« Salut, papa », lança le garçon, en s'adressant à l'Opossum.

Jeffrey échangea un regard avec son ami, avant de se tourner vers le garçon.

« Jared ? » s'enquit-il, certain qu'il ne pouvait s'agir du charmant petit rejeton de l'Opossum et de Nell. Il ressemblait à un motard un peu voyou.

« Salut, l'oncle Roublard », maugréa Jared, en remuant les pieds. Il passa devant son père et lui pour entrer dans la pièce derrière le comptoir.

« Mec, fit Jeffrey. Là, il faut dire que c'est carrément gênant. »

L'Opossum approuva de la tête.

« On espère qu'il va changer d'état d'esprit. » Il haussa les épaules. « Il aime bien les animaux. Tout le monde sait que l'école vétérinaire d'Auburn est meilleure que celle de l'Alabama. »

Tolliver serra les dents, pour se retenir de rire.

« J'arrive tout de suite, ajouta l'Opossum, en suivant le garçon. Sers-toi, prends ce que tu veux. »

Jeffrey acheva son Coca d'une seule gorgée, puis il alla voir à l'arrière du magasin quel genre d'appâts l'Opossum avait en stock. Il y avait là des cages en treillis métallique, avec des criquets déchaînés qui stridulaient et un grand tonneau en plastique rempli de terreau humide, et qui renfermait probablement un millier de vers. Un petit réservoir à menu fretin était installé par-dessus les tréteaux où reposaient les criquets, avec à l'intérieur un filet et à côté quelques seaux pour transporter les appâts. Sara aimait bien pêcher, et il songeait à se fournir en vers avant de réaliser quelle barbe ce serait de rapporter de l'appât vivant dans sa voiture. Il allait probablement devoir s'arrêter à la sortie d'Atlanta pour manger un morceau, et il n'était pas question qu'il laisse ces vers griller dans la chaleur de la voiture. Qui plus est, les échoppes d'appâts, à Grant, ça ne manquait pas.

Il laissa tomber la boîte de Coca dans la poubelle apparemment destinée au recyclage et jeta un coup d'œil par la fenêtre, vers la halte-garderie, à côté du bazar. Manifestement, c'était l'heure de la récréation, et les gosses couraient en tous sens, en criant à tue-tête. Il se demanda si Jenny Weaver s'était jamais sentie aussi libre. Sans trop savoir pourquoi, il n'arrivait pas à s'imaginer cette fille un peu trop enrobée courant dans tous les sens. Elle lui avait semblé plutôt du genre à s'asseoir à l'ombre pour lire un livre, en attendant que la cloche sonne, qu'elle puisse retourner en classe, là où elle se sentait le plus à l'aise.

« Vous travaillez ici ? » lui demanda quelqu'un.

Jeffrey se retourna en sursaut. Un homme, la trentaine, se tenait debout derrière lui, à hauteur du stand aux appâts. Le gaillard correspondait exactement à ce qu'il avait toujours considéré comme l'archétype du culterreux : maigrichon, l'air ramolli, avec des brûlures de rasoir apparentes là où il s'était rasé de trop près. Ses bras avaient l'air bien musclés, probablement parce qu'il travaillait dans le bâtiment. Une cigarette lui pendait aux lèvres.

« Non, rectifia-t-il, se sentant un peu gêné de s'être laissé surprendre en train de regarder par la fenêtre, les yeux dans le vide. J'observais les gosses.

— Ouais, fit l'homme en s'avançant d'un pas vers lui. En général, à cette heure de la journée, ils sortent dehors.

— Il y en a un à vous, là-dedans ? » s'enquit-il.

L'homme lui adressa un drôle de regard, comme pour le jauger. Il porta la main à sa bouche, et se massa le menton, l'air songeur. Jeff eut la stupeur de découvrir un tatouage, entre le pouce et l'index de l'homme. C'était le même que celui de Mark Patterson.

Il se retourna, tâchant de tirer cela au clair. Il s'arrêta à la fenêtre et, dans la vitre, il discerna une partie du reflet de l'autre.

« Joli tatouage », dit-il.

L'homme lui répondit d'une voix chuchotée, un ton de conspirateur.

« Vous avez le vôtre ? »

Jeffrey pinça les lèvres, et fit non de la tête.

« Et pourquoi non ? insista l'autre.

— A cause du boulot », prétendit-il en s'efforçant de conserver un ton égal. Il avait un mauvais pressentiment, comme si une partie de son esprit cherchait à percer quelque chose à jour, mais à son insu.

« Ils sont pas nombreux, les gens qui savent ce que ça veut dire », releva l'individu en serrant le poing. Il observa le tatouage, sur le pli entre les deux doigts, un léger sourire aux lèvres.

« J'ai vu le même sur un gamin, lui annonça Jeffrey. Pas un gamin comme ceux-là, précisa-t-il en désignant la halte-garderie d'un hochement de la tête. Plus âgé. »

Cette fois, l'homme eut un grand sourire.

« Vous les préférez plus âgés ? »

Jeffrey regarda par-dessus l'épaule de l'homme, pour repérer où se trouvait l'Opossum.

« Il sera pas revenu avant un petit moment, lui assura l'homme. Son garçon, il se fout dans des salades quasiment tous les jours.

— Ah ouais ?

— Ouais », répéta l'autre.

Jeffrey se retourna vers la fenêtre, et il suivit la cavalcade des gosses autour de la cour, qu'il vit subitement sous un jour différent. Ils ne lui paraissaient plus si jeunes, plus si insouciants. Ils lui semblaient vulnérables, en péril.

L'homme s'avança encore d'un pas vers lui et, de sa main tatouée, désigna la fenêtre.

« Vous la voyez, celle-ci, là-bas ? s'enquit-il. La petite avec le bouquin ? »

Il suivit la direction que lui indiquait l'homme et aperçut une fillette assise sous l'arbre, au milieu de la cour. Elle était en train de lire un bouquin, à peu près comme il se l'était figuré pour Jenny Weaver.

« Celle-là, c'est la mienne », lui apprit l'homme.

Il sentit ses cheveux se hérisser dans sa nuque. A la manière dont cet homme avait prononcé ces mots, il était clair qu'il ne faisait pas allusion à la fillette comme s'il s'agissait de sa fille. Pour en parler, il avait eu un ton de propriétaire et, en filigrane, une tonalité inimitable, d'ordre sexuel.

« D'aussi loin, on peut pas le voir, mais vue de près, elle a vraiment une sacrée jolie bouche. »

Jeffrey se retourna lentement, tâchant de dissimuler son dégoût.

« Et pourquoi on n'irait pas en parler ailleurs ? »

L'homme plissa les paupières, fermant les yeux à demi.

« Pourquoi, ici, ça va pas ?

— Ici, ça me rend nerveux », avoua-t-il en se forçant à sourire.

L'homme le dévisagea un long moment, puis il eut un hochement de tête imperceptible.

« Ouais, d'accord », acquiesça-t-il, et il se dirigea vers la porte, non sans lancer un coup d'œil par-dessus son épaule tous les deux ou trois pas, pour s'assurer que Jeffrey le suivait bien.

Derrière le bâtiment, l'homme fit mine de le regarder, mais Jeffrey lui flanqua un coup de pied derrière les genoux, et il s'affala au sol.

« Oh ! Seigneur ! s'exclama le type en se roulant en boule.

— La ferme ! », ordonna le policier en relevant le pied. Il le frappa à la cuisse, suffisamment fort pour lui faire comprendre qu'il était inutile de tenter de se relever.

L'homme resta dans cette position, recroquevillé, attendant qu'il le cogne. Il y avait à la fois, dans ce comportement, quelque chose de pathétique et de dégoûtant, comme si l'autre comprenait pourquoi on pouvait avoir envie de lui infliger ce traitement, et comme s'il acceptait son châtiment.

Jeffrey regarda autour de lui, s'assurant que personne ne le voie. Il avait sérieusement envie de faire du mal à ce type, de lui faire payer la menace qu'il faisait planer sur ces enfants, mais quelque part au fond de lui-même, il perdit toute détermination, devant cette loque pathétique et geignarde gisant sur le sol devant lui. C'était une chose de flanquer des coups de pied à quelqu'un qui se défendait, c'en était franchement une autre de faire du mal à un homme qui ne bronchait pas.

« Debout », lui commanda-t-il.

L'homme risqua un œil à travers ses bras croisés, tâchant de se rendre compte si ce n'était pas un piège. Quand Jeffrey recula d'un pas, l'homme se déplia lentement et se leva. De la poussière vola autour d'eux, et Jeffrey toussa pour s'éclaircir la voix.

« Qu'est-ce que vous voulez ? » demanda l'individu, en sortant un paquet de cigarettes de la poche de sa chemise. Elles étaient écrasées, et celle qu'il mit à sa bouche était pliée. Il essaya de l'allumer, et ses mains tremblaient.

Jeffrey réprima son envie pressante de lui faire sauter cette cigarette de la bouche.

« Le tatouage, ça correspond à quoi ? »

L'homme haussa les épaules, son côté pas commode se traduisant dans sa posture.

« C'est une espèce de club dont vous êtes membre ?

— Ouais, le club des originaux, confirma l'autre.

Le club où on aime bien les fillettes. C'est ça que vous cherchez ?

— Donc, il y en a d'autres qui portent le même ?

— J'sais pas, répliqua-t-il. J'ai pas les noms, si c'est ça que vous voulez. Ça se passe sur Internet. On est tous anonymes. »

Jeffrey lâcha un soupir entre ses dents. Entre autres fonctions, Internet servait à alimenter les réseaux d'agresseurs d'enfants et de pédophiles, en leur permettant de créer des liens entre eux, de partager leurs histoires, leurs fantasmes, et parfois des enfants. Jeffrey avait justement suivi, dans le cadre de la police, un stage de formation sur le sujet. Au cours de l'histoire récente, on avait assisté à quelques rafles spectaculaires, mais le FBI lui-même ne parvenait pas à intervenir suffisamment vite pour remonter la piste de ces gens.

« Ça représente quoi ? » voulut savoir Jeffrey.

L'homme lui lança un regard dur.

« Vous voulez que ça représente quoi, bordel ?

— Dites-le-moi, insista-t-il, toujours les dents serrées, à moins que vous ne préfériez vous retrouver encore une fois par terre, à essayer de piger pourquoi vous avez les intestins qui vous ressortent par le trou du cul. »

L'autre hocha la tête, en tirant une bouffée sur sa cigarette. Il recracha la fumée par la bouche et le nez, un lent filet de fumée.

« Le cœur, commença-t-il, en lui montrant sa main. Le gros cœur est noir. »

Jeffrey opina du chef.

« Mais, à l'intérieur, il y a ce petit cœur, d'accord ? » L'homme considérait son tatouage avec une sorte d'expression d'amour dans les yeux. « Et ce petit cœur, il est blanc. Il est pur.

— Pur ? répéta Jeffrey, se souvenant de ce mot, prononcé dans d'autres circonstances. Qu'est-ce que vous entendez par là, pur ?

— Comme un enfant, qui est pur, mec. » Il s'autorisa un sourire. « Le cœur blanc rend juste une toute petite part du cœur noir plus pure, vous voyez ? C'est ça, l'amour, mec. C'est rien que de l'amour. »

Jeffrey s'efforça de s'occuper les mains à autre chose qu'à frapper le type jusqu'à le faire rentrer sous terre. Il lui tendit la paume de la main.

« Donnez-moi votre portefeuille. »

L'homme s'exécuta sans hésiter, et il ne protesta pas non plus quand Jeffrey sortit de sa poche un petit carnet à spirale pour y noter les quelques informations qu'il contenait.

« Voilà, fit-il en lançant le portefeuille à l'homme, si violemment qu'il lui rebondit sur la poitrine avant qu'il puisse le rattraper. Maintenant, j'ai votre nom et votre adresse. Si jamais vous revenez dans ce magasin, ou ne serait-ce que si vous songez à rôder autour de cette halte-garderie, mon ami, là, à l'intérieur, il vous démonte la tête. » Il attendit une fraction de seconde. « Vous m'avez compris ?

— Oui, monsieur, fit l'homme, sans quitter le sol des yeux.

— C'est quoi, ce site web ? » s'enquit-il encore.

L'autre continuait de fixer le sol. Jeffrey amorça un pas vers lui, mais il recula, en levant les mains.

« C'est un forum pour les amateurs de petites filles,

lui indiqua-t-il. De temps en temps, il bouge. Faut le chercher. »

Jeffrey nota sa réponse, même si son stage de formation l'avait familiarisé avec ce type de formulation.

L'homme tira encore une bouffée de sa cigarette, retenant la fumée l'espace d'une seconde. Finalement, il la recracha.

« C'est tout ? lança-t-il.

— Cette gamine, commença Jeffrey, en tâchant de garder une contenance. Si jamais vous avez fait du mal à cette gamine…

— J'ai encore jamais été avec une seule, jamais, compris ? Tout ce que j'aime, c'est mater. » Il tapa dans un caillou, du bout de son soulier. « Elles sont tellement mignonnes, vous savez ? Je veux dire, comment on pourrait faire du mal à quelqu'un de si mignon ? »

Sans réfléchir, Jeffrey lui flanqua son poing dans la gueule. Une dent vola, suivie d'un flot de sang. L'homme s'effondra de nouveau à terre, il était déjà prêt à prendre une rossée.

Jeffrey regagna le bazar. Il se sentit envahi par l'écœurement, par la nausée.

NEUF

Le lycée Robert E. Lee était ce que les locaux appelaient un « superlycée ». Autrement dit, cela signifiait que le bâtiment était conçu pour accueillir environ mille cinq cents élèves des trois villes du comté de Grant. En l'état, le lycée n'était pas encore assez vaste, et des salles de classe temporaires — ce que certains appelaient des caravanes — avaient été érigées sur l'arrière, empiétant sur le terrain de base-ball. Ces salles étaient destinées aux classes de la troisième à la terminale, tandis que deux collèges alimentaient le lycée Lee en élèves. L'établissement comptait quatre conseillers principaux d'éducation et un directeur, George Clay, un homme qui, de l'avis général, passait le plus clair de son temps derrière son bureau à monter des dossiers pour le tout récent programme éducatif innovant lancé par le gouverneur de l'Etat — un plan qui conduisait les enseignants à consacrer davantage de temps à remplir des formulaires et à assister à des sessions de certification qu'à véritablement enseigner aux élèves.

Brad remontait le couloir tout en tripotant son chapeau, et les semelles de ses baskets réglementaires frappaient le sol en cadence. Ils s'enfoncèrent dans le long boyau, avec son alignement de casiers et, sans réfléchir, Lena s'était mise à compter chacun de ses pas. L'endroit avait un aspect institutionnel, dans toute son ambiguïté, avec son sol carrelé d'un blanc éclatant et ses murs en blocs de ciment de couleur terne. Pour aller de pair avec les couleurs du lycée, on avait peint les casiers en rouge foncé, et les murs en gris encore plus foncé. Sur tous les emplacements disponibles, il y avait des affiches encourageant les Rebels à la victoire, mais elles encombraient plus qu'elles ne servaient d'encouragement. Des panneaux conseillaient vivement aux élèves de refuser la drogue, les cigarettes et le sexe.

« Qu'est-ce que ça m'a l'air petit », chuchota Brad.

Lena ne leva pas les yeux au ciel, mais elle eut du mal. Depuis qu'ils s'étaient entretenus avec George Clay, Brad s'était plus conduit en petit nouveau du deuxième cycle qu'en flic. Il avait même la tête de l'emploi, avec son visage rond et ses cheveux fins et blonds qui toutes les trois secondes lui retombaient devant les yeux.

« C'est la salle de miss Mac », ajouta-t-il, en désignant une porte close. Il jeta un coup d'œil à travers la vitre, en passant. « C'était ma prof d'anglais, lui précisa-t-il en se dégageant les cheveux du visage.

— Hmm », fit Lena, sans regarder.

Entre les cours, les portes du couloir étaient fermées, et toutes à clé. Comme la plupart des lycées en milieu rural, le lycée Lee avait pris des précautions contre les intrus éventuels. Les enseignants arpentaient les entrées, et deux fonctionnaires, que Jeffrey appelait les « chiens de garde en second », étaient postés à la réception, pour le cas où quelque chose tournerait mal. En tant qu'officier de police judiciaire en patrouille, Lena avait été appelée au lycée plus souvent qu'à son tour, pour arrêter des trafiquants de drogue et des bagarreurs. D'après l'expérience qu'elle en avait, les auteurs de délits qu'on ramassait au lycée étaient bien plus compliqués à gérer que leurs homologues adultes. Lors de leur arrestation, les délinquants mineurs invétérés, les récidivistes, étaient mieux informés des textes de loi les concernant que bien des flics, et puis ils n'avaient déjà plus peur de rien.

« Les choses ont tellement changé, fit Brad, en écho aux réflexions de sa coéquipière. Je ne sais pas comment les enseignants s'en tirent.

— Ils s'en tirent comme nous », lâcha Lena d'un ton hargneux, désireuse de couper court à cette conversation. Elle n'avait jamais apprécié l'école et ne se sentait pas à son aise entre ces murs. En fait, depuis l'interrogatoire de Mark Patterson, elle se sentait déphasée. Elle éprouvait à la fois un étrange mélange de confiance en elle, après être parvenue à établir une relation avec ce gamin, et la sensation dérangeante d'avoir noué un lien trop étroit. Et le pire, c'était qu'apparemment cela n'avait pas non plus échappé à Jeffrey.

« Nous y sommes », annonça Brad, en s'arrêtant devant le casier de Jenny Weaver. Il sortit une feuille de papier de sa poche, la déplia. « La combinaison, c'est… » Mais Lena replia le pouce, qu'elle glissa sous le loquet et, d'un seul coup, ouvrit la porte du casier.

« Comment tu as fait ça ? s'étonna Brad.

— Il n'y a que les abrutis qui se servent des combinaisons. »

Brad rougit, ce qu'il dissimula en sortant les affaires du casier de Jenny Weaver.

« Trois manuels, fit-il en les lui tendant pour qu'elle puisse les feuilleter. Un cahier de textes, continua-t-il. Deux stylos et un paquet de chewing-gums. »

Elle jeta un œil dans l'étroit placard, en songeant que Jenny Weaver était bien plus ordonnée qu'elle ne l'avait été. Il n'y avait même pas de photos scotchées à l'intérieur.

« C'est tout ? s'enquit-elle, alors qu'elle s'en rendait déjà bien compte par elle-même.

— C'est tout », répondit Brad en passant en revue les livres qu'elle venait à peine de vérifier.

Elle ouvrit le cahier de textes, orné d'un chiot sur la couverture. Il y avait six onglets de couleur, un pour chaque jour de la semaine, le subdivisant en sections. Les pages étaient presque toutes remplies, mais à première vue il ne s'agissait que de notes de cours. Jenny Weaver n'avait même pas gribouillé dans les marges.

« Elle devait être bonne élève, remarqua Lena.

— Elle avait treize ans, et elle était en troisième.

— C'est inhabituel ?

— Ça veut juste dire qu'elle a sauté une classe », lui précisa Brad, en empilant les livres dans le casier, tels qu'il les avait trouvés. Il vérifia le paquet de chewing-gums, pour s'assurer qu'il contenait bien uniquement des tablettes. « Elle était vraiment ordonnée.

— Ouais », acquiesça Lena, en lui tendant le cahier de textes. Elle attendit qu'il ait fini de le feuilleter, à la recherche de ce qu'elle aurait pu manquer.

« Elle écrivait vraiment proprement, souligna Brad d'une voix attristée.

— Quel effet elle t'a fait, pendant cette retraite ? »

Brad se dégagea une mèche des yeux.

« Elle était tranquille. Je suis navré d'avoir à admettre que je l'ai à peine remarquée, mais les filles restent pas mal dans leur coin. Mme Gray était censée être sur place pour nous aider à nous en occuper, mais à la dernière minute elle est tombée malade. Je ne voulais décevoir personne, et puis les acomptes versés n'étaient pas remboursables... » Il secoua la tête. « Les garçons n'étaient qu'une poignée. J'ai dû passer l'essentiel de mon temps à les surveiller.

— Et Jenny ? Et Lacey ?

— Eh bien... » Brad réfléchit, son front se plissa. « Le fait est qu'elles ne faisaient pas grand-chose. Les autres gosses allaient skier, ils s'amusaient. Jenny et Lacey restaient toujours entre elles. Elles avaient leur chambre et, en réalité, je ne les revoyais qu'à l'heure du dîner.

— Comment se comportaient-elles ?

— Un peu comme si elles avaient leur langage à elles. Elles me regardaient et elles ricanaient, tu sais, comme font les filles. » Il changea de position, pas très à l'aise, et Lena saisit très exactement pourquoi ces filles ricanaient. Brad en savait à peu près autant sur les ados que la chèvre du troupeau.

« Elles n'avaient pas une conduite étrange ?

— Plus étrange que de glousser sans raison ?

— Brad... », s'agaça Lena. Elle s'arrêta avant de lui expliquer pourquoi les filles riaient de lui. Si elle lui révélait qu'elles le tenaient probablement pour un abruti, il allait se contenter de faire la moue, et Lena n'avait pas envie de supporter ça tout le reste de la journée.

Il la dévisagea ouvertement, en attendant qu'elle ait terminé.

« Juste..., reprit-elle, puis elle s'interrompit de nouveau. Est-ce que Jenny t'a fait l'impression d'être malade ?

— C'est ce que le chef m'a demandé », observa-t-il et, apparemment, il avait l'air de considérer cela comme un compliment à son égard. « Il m'a posé un tas de questions sur Jenny, sur son allure, et pour savoir avec qui elle traînait. »

Lena referma le casier et, d'un geste, l'invita à avancer.

« Et alors ?

— Moi, elle ne m'avait pas l'air malade, répéta-t-il. Je veux dire, comme je t'ai raconté, elles restaient dans leur coin. Elles n'avaient pas l'air d'apprécier les autres gamins. Franchement, je ne comprends pas pourquoi elles sont venues. Elles ne font pas vraiment partie de ce groupe.

— C'est-à-dire ? »

Il haussa les épaules.

« Le succès, je crois. Je veux dire, Lacey aurait pu avoir du succès. Elle est vraiment mignonne, comme une majorette. » Il secoua la tête, comme s'il essayait encore de comprendre. « Jenny, elle, n'avait pas de succès. Je n'ai jamais pris personne se conduisant mal avec elle… je serais intervenu… mais personne ne se mettait non plus en quatre pour se montrer gentil avec elle.

— Tu n'étais pas supposé leur servir de chaperon ? »

Il prit cette réflexion comme telle, et se mit sur la défensive.

« Je les ai surveillées du mieux que j'ai pu, mais j'étais tout seul, là-bas, et les garçons créaient beaucoup plus de problèmes que les filles. »

Lena se mordit la langue, en se demandant comment un être aussi obtus que Brad avait pu entrer dans la police.

« Nous y voici », fit-il, en s'arrêtant devant la bibliothèque. Il lui tint la porte ouverte, une manière que la maman de Brad lui avait apprise dès son plus jeune âge. En travaillant avec Frank, puis avec Jeffrey, elle s'était tellement habituée à ce que les hommes lui ouvrent les portes que désormais elle le remarquait à peine.

Dans la bibliothèque, il faisait frais, mais l'atmosphère était accueillante. Les créations des élèves étaient punaisées aux murs, et des rangées et des rangées de rayonnages étaient chargés à ras bord, presque au point de déborder. Il y avait à peu près une vingtaine de postes informatiques — une autre initiative pédagogique, financée par le Loto de Géorgie —, tous désertés, avec leurs écrans noirs, parce que l'installation électrique du lycée n'était pas équipée pour supporter ce surcroît de charge. Une galerie courait à hauteur du deuxième étage, le long du mur du fond, avec une balustrade et, l'espace d'un instant, Lena s'imagina qu'un jour, un gamin avait probablement dû se poster là-haut, au deuxième niveau, et songer combien il serait facile d'ouvrir le feu sur ses camarades de classe.

Brad la fixait du regard, l'air d'attendre quelque chose.

« C'est eux », dit-il en désignant les trois filles et les trois garçons assis près du bureau du bibliothécaire. Elle comprit instantanément de qui il parlait. C'étaient eux, les gamins qui avaient du succès. Ils avaient quelque chose, dans leur façon d'être assis là, de parler et de rire entre eux. Ils formaient une bande attirante, habillée à la dernière mode et avec cette allure décontractée, cet air d'avoir tous les droits, que possédaient les gamins adorés par leurs camarades du même âge.

« Finissons-en », lui glissa-t-elle en se dirigeant résolument vers cette table. Elle resta plantée là quelques secondes, mais aucun des gamins ne s'aperçut de sa présence. Elle lança un regard circonspect à Brad, s'éclaircit la voix. Dans l'expectative, elle se mit à tapoter la table. Le groupe fit progressivement silence, mais avant de lever le nez, deux des filles achevèrent leur conversation.

« Je suis l'inspecteur Adams, et voici l'officier de police judiciaire Stephens. »

Deux des filles gloussèrent, comme si elles partageaient le secret le mieux gardé du monde. Ce manège rappela à Lena pourquoi elle n'aimait guère les gamins, surtout les filles de cet âge. Il n'y avait rien de plus malfaisant qu'une adolescente. C'était peut-être parce que les garçons étaient davantage capables de régler une dispute à coups de poing, alors que les filles de cet âge se montraient d'une fourberie et d'un tortueux incroyables.

L'une des ricaneuses fit claquer son chewing-gum tandis que l'autre lui répondait : « Brad, on le connaît ».

Ce dernier se chargea des présentations, et Lena essaya de ne pas se montrer trop hostile.

« Heather, Brittany et Shanna », dit-il en les désignant l'une après l'autre. Puis, en s'adressant aux garçons, qui s'étaient affalés si profond dans leur fauteuil que leur derrière touchait presque le sol, il poursuivit : « Carson, Rory et Cooper. » Lena se demanda quand les parents avaient cessé de donner des noms normaux à leurs enfants. Probablement à partir du moment où ils avaient cessé de leur apprendre les bonnes manières.

« OK, fit-elle, en s'asseyant en face d'eux. On va mener ça rondement, pour que vous puissiez tous retourner en classe.

— Pourquoi on est ici ? s'enquit Brittany, sur un ton aussi agressif que sa posture.

— Vous êtes partis en retraite, skier, avec l'officier de

police Stephens, leur rappela-t-elle. Jenny Weaver était là. Vous savez ce qui lui est arrivé, samedi ?

— Ouais, ironisa Shanna, en faisant claquer son chewing-gum. Vous l'avez dégommée, vous autres. »

Lena respira à fond, avant de poursuivre. Aussi chieuse qu'elle ait pu être à cet âge-là, jamais elle n'aurait adressé la parole à un flic sur ce ton.

« Nous avons juste à vous poser quelques questions de routine à son sujet, pour essayer de comprendre pourquoi elle a fait ça. »

L'un des garçons prit la parole. Lena était incapable de se rappeler son prénom, mais peu importait, puisqu'ils se ressemblaient tous.

« Mon père est au courant que vous êtes venue ici me parler ?

— Comment t'appelles-tu ? s'enquit-elle.

— Carson.

— Carson », répéta-t-elle, en lui retournant le même regard fixe, agressif, que celui qu'il venait de lui lancer. Il avait les yeux injectés de sang, les pupilles dilatées.

« Quoi ? » fit-il, en la quittant enfin du regard. Il croisa les bras, regarda autour de lui, dans la pièce, comme s'il s'ennuyait.

« L'une de vos camarades de classe est morte, lui rappela-t-elle. Cela ne vous intéresse pas de nous aider à découvrir pourquoi ?

— Le "pourquoi", c'est parce que vous l'avez abattue, lui rétorqua Carson, en ramassant son sac à dos. Je peux y aller, maintenant ?

— Bien sûr, fit-elle. Pourquoi on ne demanderait pas au Dr Clay de jeter un œil au contenu de ton sac ? »

Carson eut un petit sourire en coin.

« Vous n'avez aucun motif légal.

— Non, admit-elle. Mais le Dr Clay n'en a pas besoin. »

Carson savait fort bien que c'était la vérité. Il laissa tomber son sac sur le sol.

« Qu'est-ce que vous voulez savoir ? »

Lena respira lentement.

« Parlez-moi de Jenny Weaver. »

Il eut un geste de la main.

« Je ne la connaissais pas, d'accord ? Elle était dans cette retraite et tout, mais Lacey et elle n'étaient pas vraiment du genre sociable. »

Les autres garçons approuvèrent.

« Elles n'aimaient pas faire la fête », ajouta l'un d'eux.

Par « faire la fête », Lena supposa qu'il voulait dire « se défoncer ». Au vu du peu qu'il savait de Jenny Weaver, cela n'avait rien de surprenant.

« Elle était plus jeune que nous, ajouta Carson. Nous, on traîne pas avec des bébés. »

Lena se tourna vers les filles.

« Et vous, alors ? »

Brittany prit la parole la première. Elle avait une façon de se tenir aussi lamentable que celle des autres ; on l'aurait crue dotée d'une colonne vertébrale pliable, qui lui permettait de se couler dans le dossier du fauteuil comme un bloc de pâte à moulage. Sa manière de s'exprimer correspondait exactement aux attentes de Lena : pleurnicheuse et toute prête à vous marcher sur les pieds. Il y avait vraiment quelque chose de pourri dans une société qui laissait les enfants parler aux adultes de la sorte.

« Jenny, elle était bizarre », fit Brittany.

Lena tenta de les bousculer un peu.

« J'croyais que vous étiez amis.

— Alors là, sûrement pas, répliqua Shanna. Moi, d'abord, je pouvais pas la supporter. »

Elle disait ça comme s'il y avait de quoi être fière.

« Ah oui ? » s'étonna Lena.

Dès qu'elle comprit que la policière la prenait au sérieux, Shanna baissa d'un ton.

« Nous n'étions pas amies, dit-elle enfin, beaucoup moins sûre d'elle.

— En réalité, aucune d'entre nous n'était amie avec elle », souligna Heather. Elle avait décroisé les bras, et Lena se dit que, des six, elle était la seule qui paraissait manifester quelques regrets. En fait, à force d'observer Heather, Lena trouvait qu'elle lui ressemblait un peu au même âge, toujours en décalé, s'intéressant plus au sport qu'aux ragots de l'école.

« En général, Jenny était plutôt calme. Elle était déjà comme ça au collège.

— Vous êtes tous allés au même collège ? »

Tous hochèrent la tête.

Heather désigna les autres filles.

« On habite toutes par ici. On a toutes pris le bus ensemble, à une période.

— Mais vous n'étiez pas amies ?

— En réalité, elle n'avait pas beaucoup d'amies. » Heather resta silencieuse quelques secondes. « Au début, quand elle est arrivée dans le quartier, j'ai essayé de lui parler et tout, mais elle préférait rester chez elle et bouquiner tout le temps. Je l'ai invitée à des sorties, deux ou trois fois, mais elle n'avait pas envie, alors ensuite je n'ai plus essayé.

— Personne ne l'aimait, renchérit Brittany. Elle était vraiment… comment on appelle ça ?… introvertie. »

Shanna éclata de rire, en se couvrant la bouche de la main.

« Ouais, c'est ça, fit-elle.

— Elle était amie avec Lacey Patterson », releva Lena.

Les filles échangèrent un regard.

« Quoi ? », s'enquit-elle.

Elles haussèrent toutes les épaules, à l'unisson. Quant aux garçons, soit ils étaient dans un état comateux, soit ils se désintéressaient totalement de la question.

Lena poussa un soupir, et se redressa contre le dossier de son siège.

« On va rester ici toute la soirée, tant que vous ne m'aurez pas dit ce que j'ai besoin de savoir. »

Elles eurent l'air de la croire, et pourtant, Lena n'avait qu'une envie, sortir de ce lycée au plus vite.

C'est Brittany qui s'exprima la première.

« Lacey était amie avec elle uniquement à cause de Mark.

— Mark Patterson, son frère ?

— Exact », confirma Shanna d'une voix excitée, en tendant la main, paume vers le ciel, comme si Lena venait de la faire craquer au cours d'un interrogatoire, comme si elle n'avait plus qu'une envie, leur raconter tout ce qu'ils avaient besoin de savoir, sans réfléchir. « C'était une pute.

— Shanna ! s'écria Heather, en la regardant bêtement.

— Tu sais bien que c'est la vérité, riposta Shanna. Elle couchait avec tout le monde, et pas seulement avec Mark. »

Brad gigota sur son siège. Jamais Lena ne l'avait vu aussi mal, ce qui n'était pas peu dire.

« Avec qui elle couchait ? » voulut-elle savoir, en consultant les garçons du regard. Aucun d'eux ne daigna croiser le sien.

« En dehors de Mark, je ne sais pas trop, reconnut Shanna, comme si elle discutait du sujet avec une de ses copines, à table, pendant le déjeuner. Mais il y avait tout un tas de rumeurs qui circulaient, comme quoi elle suçait des types…

— Seigneur ! fit Heather, en l'interrompant. Elle est morte, d'accord ? Quel besoin tu as de sortir tout ça ?

— Parce que c'est la vérité ! » se défendit Shanna, d'une voix surexcitée, haut perchée.

Heather avait l'air en colère.

« Ce n'était que des rumeurs. Personne ne sait si c'était vrai ou pas.

— C'était quoi, ces rumeurs ? » voulut savoir Lena.

Shanna était visiblement plus que ravie de lui fournir cette information.

« Elle baisait avec des types derrière le gymnase, après le cinquième cours de la journée.

— Pénétrations ou pipes ? » demanda Lena, tout en observant les garçons.

Shanna haussa les épaules, en lançant à Heather un regard de travers.

« Je n'étais pas là.

— Et Heather ?

— Heather n'aime pas les garçons, laissa entendre Shanna.

— Boucle-la ! » lui ordonna l'intéressée, effarouchée.

Lena se demanda si elle avait l'air aussi choquée que

Brad. C'était comme d'avoir son reality show rien qu'à soi, ici, dans cette bibliothèque de lycée.

« OK, reprit-elle en levant les mains, tâchant de maîtriser tout cela. Quelle preuve avez-vous que Jenny couchait à droite et à gauche ? »

Les filles gardèrent le silence, en échangeant des regards.

« Aucune, c'est ça ? Vous n'êtes pas en mesure de me fournir le nom d'un seul garçon avec qui elle aurait été ? »

Carson remua sur son siège, mais sans se prononcer.

« Mark, fit Shanna, avec un haussement d'épaules. Mais Mark, il sortait avec tout le monde, genre.

— Sans déconner », marmonna Brittany, mais avec une sorte de regret dans la voix.

Lena soupira, se massa l'arête du nez. Elle sentait venir une migraine qui allait probablement durer tout le reste de la journée.

« D'accord, alors qui a lancé cette rumeur ? »

Tous haussèrent les épaules. Apparemment, c'était la réponse universelle des ados à toutes les questions. Lena se demanda s'ils n'auraient pas tous des problèmes de luxation de la clavicule, plus tard.

« C'est Pansy Davis qui me l'a raconté, prétendit Shanna.

— Elle m'a dit qu'elle avait couché avec Ron Wilson, jeudi soir, riposta Brittany. Et tu sais bien que Ron était chez Frank, ce soir-là.

— Frank m'a dit qu'il était ressorti en douce ! glapit Shanna.

— Assez, assez ! », s'écria Lena, en levant les mains en l'air. C'était comme de se faire mordiller à mort par des canards au bec impitoyable. « Aucun de vous ne se souvient d'où il tient cette rumeur ?

— C'était une chose connue, lui expliqua Heather. Je veux dire, je ne me souviens pas de qui me l'a dit, mais Jenny, en tout cas, elle avait cette attitude bizarre, d'accord ? Elle sortait avec des garçons qu'elle ne connaissait pas. Des garçons qui étaient en terminale, genre.

— Et vous ne connaissez pas leurs noms ? »

Heather secoua la tête.

« C'est des élèves des grandes classes.

— Pas des élèves vedettes ? s'enquit Lena.

— Il y en avait qui étaient des raclures, lança Brittany. En tout cas, pas des élèves de grandes classes que je connaissais. Pas vraiment vedettes, ça non. Un peu comme Jenny.

— Elle effectuait le trajet du retour en bus avec eux ?

— Ils avaient des voitures, rectifia Heather. Dans les grandes classes, ils ont le droit de conduire.

— Vous vous souvenez d'une de ces voitures ? »

Heather secoua la tête, pour répondre par la négative, mais Brittany claqua des doigts.

« Il y en a une, je m'en souviens. » Elle se tourna vers Shanna. « Tu te souviens, cette super Thunderbird noire ?

— Un modèle récent ou ancien ? voulut se faire préciser Lena.

— L'ancienne, qui est très large à l'arrière, lui indiqua Shanna. Elle faisait vraiment du bruit, comme s'il y avait un problème avec le moteur ou quelque chose dans ce genre.

— Est-ce que le conducteur fréquente ce lycée ? »

Elles échangèrent de nouveau des regards.

« Peut-être, admit Brittany.

— Je ne crois pas », corrigea Shanna.

Heather haussa les épaules.

« Je ne fais pas attention aux voitures. Ça ne me dit rien. »

Lena consulta les garçons du regard.

« Est-ce que l'un de vous reconnaît cette voiture ? »

Tous, ils répondirent d'un haussement d'épaules ou en secouant la tête.

Elle tenta une autre approche.

« Est-ce que vous avez la moindre idée de la raison pour laquelle Jenny avait envie de tuer Mark ? »

Les filles se turent, et finalement Brittany prit la parole.

« On a toutes voulu la même chose, au moins une fois. »

Elle se redressa, croisa les bras. Elle dévisagea les garçons, devinant le motif de leur silence.

« D'accord, dit-elle, et ils firent tous mine de se lever, mais elle les arrêta. Carson, Cory, Cooper…

— Rory et Cooper, rectifia Brad.

— D'accord, dit-elle. En tout cas, vous, les gars, vous restez. Les filles peuvent partir. » Elle se tourna vers Brad. « Pourquoi tu ne noterais pas leurs numéros de téléphone et leurs adresses ? »

Brad opina du chef. Il savait qu'elle était en train de se débarrasser de lui, mais cela lui semblait égal.

Elle s'assit à la table, face aux garçons, qui gardèrent le silence jusqu'à ce qu'ils se mettent à se tortiller sur leurs chaises.

« Alors ? » fit-elle.

Carson parla le premier.

« Ouais, bien sûr qu'elle a fait tout ça. »

Les autres approuvèrent de la tête.

« Vous avez tous couché avec elle ? »

Ils ne répondirent pas.

« Des pipes ? Des branlettes ? insista-t-elle.

— Du sexe », fit Carson, mettant les choses au point.

Elle se sentit monter le rouge aux joues, mais pas de gêne.

« C'était quand, ça ?

— Une fois, Mark me l'a amenée chez moi. On faisait tous la fête.

— Je croyais vous avoir entendus dire que Jenny n'aimait pas la fête.

— Non, elle n'aimait pas, confirma Carson. En général, non, mais Mark lui a conseillé de prendre quelque chose, histoire qu'elle soit moins coincée. » Il hennit de rire. « Elle faisait tout ce que Mark lui demandait.

— Donc, fit Lena, tâchant de bien clarifier les choses, il y avait Mark, Jenny, et vous trois ? »

Ils confirmèrent tous d'un signe de tête.

« Elle s'est un peu soûlée, et puis elle a commencé à venir vers nous », expliqua Carson.

Elle serra les lèvres, pour s'interdire tout commentaire.

« Mark nous a dit qu'elle ferait tout ce qu'on voudrait. »

Cela provoqua le sourire de l'un des garçons.

« Ah, ça, c'est sûr.

— Vous avez tous eu un rapport sexuel avec elle ? »

Carson haussa les épaules, avec un petit sourire satisfait.

« Elle était assez pétée. »

Lena baissa les yeux vers la table, s'efforçant de garder une contenance.

« Donc, elle s'est soûlée, et vous avez tous eu un rapport sexuel avec elle, y compris Mark ?

— Mark, il regardait, c'est tout, rectifia l'un des garçons. Elle nous laissait faire tout ce qu'on voulait. »

Subitement, sa colère partit comme un feu de brousse. « C'était une pute, d'accord ? Qu'est-ce que tout ça peut vous foutre ? »

Elle fut frappée par la haine qu'il avait dans la voix, comme si c'était entièrement la faute de Jenny, tout ce qu'ils avaient fait.

« Comment vous appelez-vous, déjà ? » lui demanda-t-elle.

Il regarda par terre, en marmonnant.

« Rory.

— Très bien, Rory, poursuivit-elle. Est-ce qu'elle a eu un rapport sexuel avec l'un d'entre vous, au cours de cette retraite ?

— Eh non, bordel. » Carson croisa les bras, l'air en colère. « Pourtant, c'était ça, le truc. Sinon, pourquoi on y serait allés, dans cette retraite à la con ?

— A ce moment-là, vous avez donc eu un rapport sexuel avec elle ?

— Eh non, répéta-t-il, toujours en colère. Elle refusait de nous approcher. A la fête, elle disait pas non, elle était super. Elle en avait jamais assez. » Il s'empoigna, comme si Lena avait besoin d'un support visuel. « Mais à Noël, elle était complètement cul serré. Elle voulait même pas nous parler. » Il fit la moue. « La salope. »

Elle se mordit la langue.

« C'était une allumeuse, souligna Carson. Si Mark le lui avait demandé, elle aurait baisé avec un chien, mais pendant la retraite, on aurait dit qu'on était pas assez bien pour elle.

— A votre avis, ce changement venait d'où ? » s'étonna Lena.

Il haussa les épaules.

« Qu'est-ce qu'on en a à foutre ?

— Pendant la retraite, vous l'avez approchée, ou bien vous a-t-elle simplement ignorés ? »

Encore cette moue.

« Ça s'est passé comme ça, d'accord ? On lui a offert un petit quelque chose pour l'aider à se détendre, on lui a dit qu'on voulait faire la fête, et elle, ça l'a refroidie.

— Exactement, confirma Rory. Comme si tout d'un coup on était pas assez bien pour elle.

— La vache, ouais, acquiesça Carson. Elle faisait comme si rien ne s'était passé, et moi je lui ai dit : "Hé ! tu sais bien ce que t'as fait, hé ! la pute !"

— On aurait dû lui proposer de l'argent, suggéra Rory. Mark aurait dû lui proposer de l'argent pour ça.

— D'accord », grommela Lena, tâchant de se remémorer le prénom du troisième garçon. Durant tout ce temps, il était demeuré très silencieux, pas du tout hostile comme les autres. « Cooper ? » essaya-t-elle. Il leva les yeux. « Avant toute chose, ça ne vous a jamais étonné qu'une jeune fille de treize ans fasse ce genre de choses ?

— Elle aimait ça, laissa entendre Cooper, avec un haussement d'épaules comme les autres. Je veux dire, sinon, pourquoi elle aurait accepté ? » Il leva les yeux vers ses copains, et toute son attitude se transforma. Il devint plus cassant, et il insista, en se montrant tout aussi agressif que les autres. « C'était une pute et elle aimait ça.

— Ouais, renchérit Rory, d'un ton plein de dépit. Je veux dire, on voyait bien qu'elle aimait ça.

— Même alors qu'elle était ivre ? » nuança Lena.

Ils ne lui répondirent rien.

« Comment pouvez-vous dire qu'elle aimait ça ?

— Hé ! la vache ! s'exclama Rory, qui peut le savoir ?

Elle avait quasiment tout le temps la figure enfouie sur le canapé.

— Hé ! cool, mec ! », s'exclama Carson en riant, et il leva la main pour un tope-là.

Rapide comme l'éclair, celle de Lena jaillit, et elle la lui empoigna. Elle lui tenait le poignet en serrant suffisamment fort pour sentir ses os, et il grimaça de douleur.

« Tu penses qu'elle a aimé ça, hein ?

— Hé ! fit Carson, en regardant dans la pièce, autour de lui, en quête d'un soutien. Allez, on s'amusait, c'est tout.

— Vous vous amusiez ? s'écria Lena, en lui tordant le bras quasiment au point de le lui arracher de l'articulation. Là d'où je viens, on appelle ça du viol, espèce de petite merde. » Elle le relâcha, parce qu'elle n'avait pas d'alternative, si ce n'est dégainer son arme et le gifler à coups de crosse, ce qui était tentant, au vu du petit sourire méprisant qui fit sa réapparition quand il se rassit sur son siège.

La cloche sonna l'intercours, et Lena dut se maîtriser pour ne pas sursauter. Les garçons eurent un réflexe pavlovien, rassemblant leurs sacs à dos, sans attendre que Lena les libère.

« Vous allez donner à l'officier de police Stephens vos numéros de téléphone et vos adresses, pour le cas où nous aurions des questions à vous poser. » Elle s'assura de capter toute leur attention. « Je vais faire en sorte que tous les flics du poste connaissent vos prénoms.

— Ouais, fit Rory. Comme vous voudrez. »

Ils se mirent en mouvement, mais Carson resta en arrière.

« Vous allez dire à M. Clay de me fouiller, ou quoi ?

— Je vais faire tout mon possible pour que tu te retrouves en prison avant que tu ne sois en âge de voter.

— Merde », grogna-t-il, et il partit en traînant les pieds.

Lena se leva, elle n'avait qu'une envie, s'éloigner de cette table où elle avait entendu leurs ignobles propos. Elle se rendit dans l'espace informatique et posa les mains sur le dessus d'un écran ; elle sentit une sueur froide lui parcourir tout le corps. Cela l'écœurait de savoir que des garçons aussi jeunes étaient déjà en train d'apprendre à considérer les femmes de la sorte. Lena pouvait fort bien l'imaginer, lui, l'autre, éprouvant les mêmes choses au même âge, comme si les filles étaient bonnes à consommer. Elles aimaient toutes ça. C'étaient toutes des putes.

« Lena ? » fit Brad, la tirant de ses pensées. Elle se retourna vers la table et vit deux femmes plus âgées et un homme, qui prenaient un siège. « Les professeurs de Jenny », lui signala-t-il.

Elle posa la main sur sa poitrine, elle se sentait prise de claustrophobie. Brad se tenait trop près d'elle, et la pièce lui donnait l'impression de rapetisser.

« Pourquoi ne commences-tu pas ? » suggéra-t-elle, songeant qu'elle avait besoin de sortir d'ici pour reprendre son souffle. Elle alla en direction des portes, mais il l'arrêta.

« Tout seul ? » insista-t-il, de nouveau trop près d'elle. Elle pouvait sentir le parfum de sa lotion après-rasage, et une autre odeur, comme de la menthe forte. Elle ne pouvait pas flancher ici. Elle savait que si elle vomissait devant Brad, elle ne serait plus capable de retourner travailler.

Elle recula encore d'un pas, en lui montrant son téléphone portable.

« Je vais repasser au poste et vérifier deux ou trois éléments sur place, peut-être histoire de voir si on ne peut pas retrouver le propriétaire de cette Thunderbird noire, dans le coin.

— Je parie que le directeur sera au courant, hasarda-t-il, en s'avançant d'un pas. Ils conservent ça en archives, non ? Ici, on ne peut pas se garer sans laissez-passer.

— Bonne déduction », le félicita Lena, en reculant d'un pas supplémentaire, consciente que si elle ne parvenait pas à maîtriser sa respiration, elle allait être prise de vertige. « Je vais vérifier tout ça pendant que tu les interroges. Pense bien à les questionner sur ce qu'ont raconté les filles. »

Il lui adressa un drôle de regard.

« Est-ce que ça va ?

— Ouais », lui assura-t-elle. Subitement, la pièce lui parut étouffante de chaleur, insupportable, et elle sentit sa chemise qui se collait peu à peu dans son dos. « Contente-toi de réunir des informations préliminaires, quelques impressions sur sa façon d'être. Je reviens dès que j'ai fini de passer quelques coups de fil. »

Il lui adressa un bref signe de tête, la mâchoire contractée.

« Très bien », acquiesça-t-il, et elle vit bien qu'il avait envie de lui redemander si ça allait.

Elle sortit en vitesse dans le couloir, en respirant profondément, pour retrouver son calme. Elle était encore en nage, et elle retira sa veste. Un gamin passa au petit trot. Quand il vit le pistolet de Lena dans son baudrier, il ralentit.

Elle renfila sa veste et appuya la tête contre le mur. Elle ferma les yeux, jusqu'à ce que sa nausée s'estompe. Après quelques profondes respirations, elle se sentit mieux, mais certes pas à cent pour cent.

Elle ouvrit le clapet de son portable pour se donner quelque chose à faire. Elle composa le numéro du poste et s'entretint avec Maria au sujet de cette voiture, pas mécontente que Frank ne soit pas là. Elle avait encore du mal à lui adresser la parole et, quelque part, elle sentait qu'il la tenait pour responsable de ce qui était arrivé. Et cette même part d'elle-même partageait son avis. Elle s'était montrée si stupide !

Alors qu'elle se trouvait à moins de cent mètres du bureau de l'administration, elle appela le directeur et le questionna au sujet de cette voiture noire. Il consulta ses fichiers, elle attendit au bout du fil, et il lui apporta la réponse à laquelle elle s'attendait depuis le début : personne, au lycée, n'avait remarqué de véhicule correspondant à cette description. Lena remercia le directeur et raccrocha. Elle se dit que cela faisait du bien d'arriver de temps en temps à un résultat, et d'arrêter de patauger. Dans cette affaire, plus le temps passait, plus ils semblaient s'éloigner de la solution. Il faudrait qu'elle reparle à Mark et qu'elle voie comment il allait réagir à cette toute dernière information. Après ce qui s'était produit la dernière fois, Jeffrey ne la laisserait probablement plus l'approcher.

Elle rouvrit le clapet de son téléphone et consulta son répondeur à son domicile. Le premier message émanait de la boutique vidéo, en ville, qui lui annonçait que ses cassettes avaient du retard. Le deuxième provenait de Nan Thomas, la maîtresse de sa sœur, Sibyl.

« Lena, insistait Nan, d'une voix feutrée, une sorte de grommellement teinté d'agacement. J'ai encore ses affaires, les affaires de Sibyl. Si tu les veux, préviens-moi. Je ne… » La voix s'interrompait, avant de reprendre. « Je veux juste… »

Elle consulta sa montre, en essayant de calculer ce qu'allaient lui coûter les bredouillements de Nan.

« Je serai chez Suddy's, ce soir, vers huit heures, poursuivait Nan. J'apporterai les cartons avec moi, en voiture, si tu les veux. Retrouve-moi là-bas si tu… Sinon, eh bien… » Une fois encore, elle s'arrêtait de parler.

Lena déclencha l'avance rapide, sautant le reste du message. Suddy's était un bar gay, dans la périphérie de Heartsdale. Il n'était absolument pas question qu'elle aille retrouver la maîtresse de sa sœur dans un bar gay.

Quand elle entendit le message suivant, elle se sentit le cœur au bord des lèvres.

« Lee, Barry est malade, lui annonçait Hank. Faut que j'assure ici ce soir, et peut-être aussi demain. »

Elle ferma les yeux, s'adossa au mur, pendant que Hank lui expliquait qu'il serait plus commode pour lui de rester à Reece, parce qu'il avait une livraison de bière à recevoir dans la matinée. Elle se sentit à nouveau prise de panique, puis très en colère, parce qu'il avait renoué avec ses manières de poltron, en lui laissant un message au lieu de l'appeler sur son portable pour s'expliquer.

Elle passa de l'autre côté du couloir, regarda par la fenêtre. Il y avait un préau au milieu de l'enceinte du lycée et, en face, elle pouvait entrevoir l'équipe de la cafétéria en train de dresser le couvert. Elle se laissa tellement absorber par leurs va-et-vient qu'elle manqua une partie du dernier message. Elle rembobina pour le réécouter.

« Lena, c'est le pasteur Fine. Je m'excuse, mais je vais devoir annuler notre rendez-vous de ce soir. L'un de nos paroissiens est tombé malade. Il faut tout de suite que je me rende auprès de la famille. »

Elle referma le portable au moment où, dans son message, le pasteur lui proposait de le rappeler pour fixer un nouveau rendez-vous. Elle laisserait Jeffrey s'en occuper. Elle n'avait pas l'habitude de trop réfléchir aux choses à l'avance, mais elle s'était faite à l'idée de ce rendez-vous avec Fine, c'était son occupation de la soirée. En un éclair, elle se revit dans la maison vide, seule. La panique s'empara d'elle.

Elle posa la main sur sa poitrine, et sentit son cœur battre contre sa cage thoracique. Elle s'aperçut qu'elle était en nage, elle avait le creux des genoux tout chaud, tout collant. Elle avait envie de réécouter le message de Hank, pour voir si une nuance, dans le ton de sa voix, ne lui aurait pas échappé. Peut-être avait-il laissé une ouverture. Peut-être jouait-il à une sorte de jeu, pour la forcer à avouer qu'elle le voulait ici.

La tonalité finale retentit, une note puissante, perçante qui vibra à ses oreilles. Elle regarda autour d'elle, le vestibule vide, oubliant un instant où elle était et pourquoi. Comme dans un rêve, elle vit l'image d'une femme marchant vers elle. Elle eut un instant l'impression que son regard se brouillait, avant de s'apercevoir, avec stupeur, qu'elle se trouvait dans le lycée de Jenny Weaver, et que Dottie Weaver empruntait le couloir dans sa direction.

« Merde », marmonna-t-elle, en baissant les yeux sur son téléphone portable, car elle aurait vraiment aimé qu'il sonne. Elle ouvrit le clapet, comme si elle allait recevoir un appel, mais il était trop tard. Dottie Weaver était à moins de trois mètres d'elle, un lourd manuel dans les mains.

Elle s'arrêta dans le vestibule, la bouche pincée de colère. Elle avait les yeux injectés de sang, comme si elle n'avait pas cessé de pleurer depuis un an. Son visage était couvert de plaques rouges.

« Madame Weaver », fit-elle, en refermant son portable.

Dottie secoua la tête, comme si elle était trop en colère pour répondre.

« Nous nous entretenons simplement avec quelques camarades de classe et quelques professeurs pour voir s'ils ne pourraient pas nous éclairer un peu sur…

— Pourquoi est-ce que vous ne pouvez pas la laisser tranquille ? supplia Dottie. Pourquoi ne pouvez-vous pas la laisser en paix ?

— Je suis désolée, répondit-elle à la mère de Jenny, et elle le pensait.

— C'était mon bébé.

— Je le sais, insista-t-elle, les yeux baissés sur son portable.

— Vous êtes là, à soumettre son nom aux pires souillures, à essayer de la faire passer pour quelqu'un de mauvais.

— Ce n'est pas mon but.

— Menteuse ! » cria Dottie, en jetant le livre sur Lena, qui lâcha son téléphone pour le rattraper au vol, mais le loupa. Le dos du livre lui heurta le ventre, elle tressaillit, il tomba par terre.

« Madame Weaver, se défendit Lena, en se baissant pour ramasser le volume.

— Le lycée voulait récupérer son manuel, lui expliqua

Dottie, la lèvre inférieure tremblante. Prenez-le. Prenez-le et dites-leur qu'ils peuvent aller au diable. »

Lena essaya de fermer l'ouvrage sans en abîmer les pages. Elle ramassa son téléphone, qui apparemment n'était pas cassé.

Dottie se tamponna les yeux avec un mouchoir en papier, puis se moucha. Mais elle ne s'en allait pas, ce que Lena ne comprit que lorsqu'elle reprit la parole.

« Jenny adorait ce lycée, lui raconta la mère, se serrant le ventre des deux bras, comme si parler la faisait souffrir. Elle adorait être ici. »

Lena se dit que le moment était aussi bien venu de se débarrasser du sujet.

« Est-ce qu'elle voyait quelqu'un, madame Weaver ? »

Dottie secoua la tête.

« Un psychiatre ? s'enquit-elle.

— Un garçon, précisa Lena. Est-ce qu'elle fréquentait des garçons ?

— Non, rétorqua Dottie d'un ton cassant. Bien sûr que non. Ce n'était qu'une enfant. »

La policière hocha la tête, et se sentit gagnée par une terreur envahissante.

« Certaines des filles disent que si.

— Quelles filles ? s'écria Dottie, en regardant autour d'elle, comme si elles avaient pu être présentes.

— Des filles, c'est tout, reprit Lena. Des amies du lycée.

— Elle n'avait pas d'amies, souligna Dottie, fermant les paupières à demi, flairant une forme de coup fourré. Qu'est-ce qu'elles racontent, à propos de ma fille ? »

Lena essaya de trouver la meilleure manière de le lui communiquer.

« Qu'elle…

— Qu'elle quoi ? insista Dottie.

— Qu'elle voyait beaucoup de garçons. Qu'elle sortait avec tout un tas de garçons. »

La gifle jaillit soudainement, et la douleur était si cuisante qu'au bout de quelques secondes le côté droit du visage de Lena s'engourdit. Avant même qu'elle puisse songer à une réponse, et à plus forte raison à une réaction, elle n'avait plus dans son champ de vision que Dottie Weaver, de dos, qui sortait du lycée.

La porte de la bibliothèque s'ouvrit en butant, et Brad fit son apparition, tenant le battant pour le groupe d'enseignants qu'il avait interrogés. Ils avaient l'air fatigués, un peu irrités, mais c'était assez normal, d'après le souvenir qu'elle conservait des profs quand approchait l'heure du déjeuner. L'un d'eux, une femme, l'observa, et elle sentit bien, à la manière dont elle la regardait, qu'elle avait saisi que quelque chose n'allait pas. L'enseignante haussa les sourcils, c'était comme une invite à la conversation, mais Lena était trop choquée pour parler.

« Lena ? » souffla Brad. Elle hocha la tête pour lui signaler que tout allait bien, en se demandant si son visage était encore rouge à l'endroit de la gifle de Dottie.

Brad lui présenta tous les professeurs, dont Lena s'empressa d'oublier les noms.

« Ils sont au courant de cette rumeur. »

Lena cligna des yeux, sans comprendre.

« La rumeur au sujet de Jenny, expliqua-t-il. Ils m'ont dit qu'ils avaient entendu circuler cette rumeur.

— Aucun de nous n'y a cru, affirma l'une des enseignantes, d'une voix signifiant qu'elle s'était résignée depuis longtemps au fait qu'il se produise dans l'enceinte d'un établissement scolaire des choses dont aucun professeur n'aurait jamais connaissance.

— C'était une bonne élève, ajouta un autre. Très tranquille, qui remettait son travail en temps et en heure. Sa mère s'impliquait beaucoup. »

Les autres professeurs approuvèrent d'un signe de tête, et Lena les imita, car elle était encore trop sous le choc pour prendre aucune autre initiative.

« Nous vous remercions du temps que vous nous avez consacré », leur dit Brad, histoire de faire avancer les choses. Il leur serra la main à tous, et tous, jusqu'au dernier, lui adressèrent un regard d'encouragement.

« Je suis désolé que nous n'ayons pas pu faire plus, lui dit l'un d'eux.

— Si nous pensons à quoi que ce soit, nous vous appellerons », lui assura un autre.

La femme qui avait observé Lena était la dernière à rester.

« Vous avez effectué un excellent travail, Bradley. Je suis très impressionnée. »

Brad était radieux.

« Merci, m'dame », s'exclama-t-il, en rentrant la tête comme un chiot heureux. Il attendit que les professeurs soient partis avant de poser une question à Lena.

« C'est le livre de qui ?

— Jenny Weaver », l'informa-t-elle en feuilletant les pages pour voir si des feuillets de notes n'étaient pas glissés dedans. Il était vide, comme les autres.

« Comment tu l'as eu ? »

Lena était incapable de lui répondre.

« Ici, lâcha-t-elle, en lui tendant le manuel. Emporte-le à la réception, et rejoins-moi à la voiture. »

*
* *

Le parking de Suddy's était quasiment désert, même à huit heures du soir. Si elle se référait à l'existence qu'avaient menée Sibyl et Nan, la plupart des lesbiennes de la ville devaient être chez elles à regarder des sitcoms. Sibyl ne pouvait certes voir les images, étant aveugle, mais parfois elle aimait bien écouter, et Nan lui racontait ce qui se passait à l'écran.

Elle croisa les bras, songeant à Sibyl, et à son allure la dernière fois qu'elle l'avait vue : pas à la morgue, mais la veille de sa mort. Comme d'habitude, Sibyl était pleine d'énergie, et elle riait en repensant à un épisode qui s'était produit durant l'un de ses cours. Sibyl aimait enseigner, par-dessus tout, et elle prenait un immense plaisir à se retrouver devant une classe. C'était peut-être pour cela que Lena avait si mal réagi, dans ce lycée, aujourd'hui.

Incapable de se contenir, elle sortit de la voiture. Comparé à bien des bars, le Suddy's était un endroit plaisant. Par rapport au Hut, l'établissement de Hank, à Reece, c'était un palais. Dehors, le décorum était succinct, sans doute parce qu'un endroit comme celui-là ne devait pas avoir envie de trop attirer l'attention. Mis à part une enseigne Budweiser avec un drapeau arc-en-ciel au néon incorporé dans le logo, le bâtiment était plutôt quelconque.

A l'intérieur, c'était plus gai, mais l'éclairage tamisé rendait les choses un peu trop intimes au goût de Lena. Un morceau tranquille passait sur le juke-box, et une boule de miroirs tournait lentement au-dessus de ce qui ressemblait à une piste de danse. Cette facette de Sibyl l'avait toujours mise mal à l'aise, et elle n'avait jamais compris comment quelqu'un d'aussi joli, de si ouvert, de si sociable, de si énergique, pouvait choisir ce genre de vie de son plein gré. Sibyl avait toujours désiré des enfants, avait toujours eu envie que l'on prenne soin d'elle et qu'on l'aime d'amour. Lena n'aurait jamais été capable de prédire que sa sœur mènerait une vie pareille, au grand jamais.

Quand Sibyl avait pour la première fois révélé ses préférences à Lena, quinze ans auparavant, elle avait eu une réponse catégorique. « Non, tu n'es pas gay. » Même après que Sibyl se fut installée avec Nan, elle s'était encore laissé aller à croire que Sibyl n'était pas lesbienne. Cela pouvait paraître banal à dire, mais elle ne pouvait s'empêcher de penser, quelque part au fond de sa tête, que ce n'était qu'une phase, et qu'un jour Sibyl rirait de sa méprise, se rangerait et aurait des enfants. Etre la jumelle de Sibyl compliquait les choses, car Lena avait toujours senti qu'une part d'elle-même était en Sibyl, et qu'une part de sa sœur était en elle. Il était troublant de penser que Lena pouvait, quelque part dans sa psyché, partager les penchants sexuels de sa sœur.

Elle traversa la pièce en écartant ces pensées. Deux femmes à une table d'angle l'ignorèrent complètement car, apparemment, elles avaient plus l'intention de se fourrer la langue dans la gorge l'une de l'autre que de repérer qui venait de franchir la porte. La barmaid était en train de lire le journal quand Lena s'approcha d'elle. Elle leva les yeux, en deux temps, comme surprise.

« Vous devez être sa sœur », en conclut la barmaid.

Lena s'assit à deux tabourets de distance.

« Je suis venue retrouver quelqu'un ici. »

La femme referma son journal. Elle s'avança et tendit la main à Lena.

« Je m'appelle Judy », fit-elle.

Elle fixa ces doigts du regard, puis accepta la poignée de main, mais à contrecœur. Cette femme était grande, avec de longs cheveux noirs et un visage en cœur. Les yeux étaient couleur noisette, intenses, ce qu'elle remarqua sans peine, car l'autre ne la quittait plus du regard.

« Une bière, je vous prie, demanda Lena. Non, à la place, ce sera un Jim Beam. »

Judy s'arrêta, puis se rendit à la vitrine des alcools forts, derrière le bar.

« Sibyl ne buvait jamais, observa-t-elle, comme si cela devait signifier que, par extension, sa jumelle ne devait pas boire.

— Elle ne baisait pas les hommes non plus », riposta-t-elle.

Judy lui concéda ce point.

« Jim Beam ?

— Ouais », confirma la jeune policière, en essayant de prendre un air blasé tout en sortant un peu d'argent de sa poche de devant. Elle s'était changée, elle avait enfilé un jean et un T-shirt, chez elle, avant de venir ici, une décision qu'à présent elle regrettait. Pour ces gens, elle avait certainement l'air encore plus gay que les deux femmes dans le coin.

« Elle aimait bien aussi le jus de canneberge.

— Vous pourriez m'en servir un double ? » demanda Lena, en jetant un billet de vingt dollars sur le comptoir.

Avant d'exécuter la commande, Judy lui lança un regard.

« Elle nous manque vraiment, à toutes.

— J'en suis certaine », acquiesça-t-elle, en se rendant

parfaitement compte de son ton désinvolte. Elle observa fixement le liquide sombre dans son verre, se souvenant que la dernière fois qu'elle avait bu quelque chose de fort, c'était la nuit de la mort de sa sœur. Elle n'appréciait pas trop l'alcool, car elle détestait la sensation de perdre toute maîtrise. Cela étant, de toute manière, ces derniers temps, elle n'avait pas maîtrisé grand-chose.

Elle consulta la pendule au-dessus du bar. Il était huit heures moins cinq.

« Qui retrouvez-vous ici ? »

Lena vida le verre d'un trait.

« Jim Beam », répondit-elle en tapotant sur le verre.

Judy lui glissa un autre regard, mais attrapa la bouteille sur son étagère.

Pour décourager toute velléité de conversation, Lena se tourna sur son tabouret, en direction de la piste de danse. Une femme solitaire se tenait là, les yeux clos, et oscillait en rythme avec la musique. Elle lui rappelait quelqu'un, mais l'éclairage était mauvais, et sa mémoire refusait de fonctionner. Tout de même, elle continua de la regarder, étonnée de la manière égocentrique dont cette femme dansait, comme si personne d'autre n'avait été présent dans la pièce. Comme si rien d'autre ne comptait.

La musique changea, et Lena reconnut les accords d'intro de *Debra*, le morceau de Beck, avant l'entrée du chanteur, qui jaillirent des haut-parleurs. Mark Patterson revint lui hanter l'esprit. Il y avait quelque chose de sensuel et de dérangeant dans la façon de bouger de cette danseuse, qui lui rappelait le jeune homme. Elle l'observait, en cherchant encore ce qui avait bien pu arriver à Jenny Weaver. Quelle sorte d'emprise Mark avait-il sur elle ? Qu'avait-il en lui qui aurait poussé une jeune fille de treize ans à se prostituer ? Cela n'avait pas de sens.

Elle se demanda si Mark Patterson dansait de la sorte, même si elle n'imaginait pas ce gamin faisant preuve d'assez d'audace pour danser seul au milieu d'une piste de danse déserte. Cette réflexion la surprit, car elle ne s'était pas rendu compte qu'elle s'était mise à émettre des suppositions sur la personnalité de Mark. Elle en savait si peu sur lui, et pourtant, sans qu'elle sache trop comment, son subconscient avait prêté certains traits de personnalité à ce garçon.

Pour rompre le charme, elle se retourna de nouveau. Judy était en train de lire son journal et elle avait laissé sur le bar le verre et la monnaie de Lena. Elle était en train de réfléchir à ce qu'elle allait laisser comme pourboire, quand elle remarqua son reflet dans le miroir. L'espace d'un instant, elle fut sidérée, et elle s'imagina qu'elle ressemblait beaucoup à ce que Judy avait vu d'elle, à son entrée dans cette salle. En une fraction de seconde, Sibyl était là et, devant cette vision, Lena sentit son cœur s'emballer.

Subitement, il y eut un hurlement, dehors, et une foule de gens entra dans le bar. Elles riaient, elles étaient bruyantes, toutes vêtues de leurs uniformes assortis de l'équipe de softball. Les pantalons étaient noirs à bandes blanches sur le côté, les chemises étaient blanches, avec ces mots LES BROUTEUSES en travers de la poitrine.

« Seigneur ! », gémit-elle, saisissant l'allusion. Elle se leva, car elle venait de reconnaître Nan Thomas au centre du groupe. La bibliothécaire, d'ordinaire terne et effacée, portait un bandeau rose néon autour de ses lunettes, et le devant de sa chemise était zébré de terre, comme après une grande glissade jusqu'à l'en-but. Au contraire de certains autres membres du groupe, Nan ne s'y trompa pas et ne confondit pas Lena avec sa sœur. En fait, elle se rembrunit.

Quelqu'un tapota dans le dos de Lena ; elle se retourna, et fut surprise de voir Hare Earnshaw debout à côté d'elle. Il était vêtu d'un jean et d'un T-shirt LES BROUTEUSES, et coiffé d'un chapeau avec un grand B dessiné dessus.

« Comment ça va, Lena ? » lui demanda-t-il.

C'était peut-être l'alcool mais, sous le coup de la surprise, ce fut plus fort qu'elle, elle laissa échapper sa question.

« Tu es devenu gay ? » Hare était médecin, en ville. D'ailleurs, elle l'avait consulté deux ans plus tôt, pour un rhume qui ne voulait pas passer.

Ce fut au tour de Hare de rire de surprise.

« Je joue dans l'équipe », rectifia-t-il en désignant sa chemise. Puis il se pencha plus près, avec un clin d'œil faussement modeste. « Je suis l'attrapeur. »

Elle recula, et rentra pile dans Nan. Il y avait des gens partout, mais ils avaient surtout l'air d'être plongés dans leurs conversations sur la partie qu'ils venaient de disputer. Elle tira sur le col de sa chemise, elle se sentait un peu claustrophobe. Elle s'éloigna du groupe, vers la porte d'entrée.

« Lee ? fit Nan, puis elle se reprit avant que Lena ne s'en charge. Lena.

— Je t'ai déjà dit de ne pas m'appeler comme ça, lui lança Lena en croisant les bras.

— Je sais. » Elle leva les mains, paumes vers le ciel. « Je suis désolée. C'est seulement que Sibyl t'appelait toujours comme ça. »

Lena l'arrêta.

« Alors, on peut les avoir ces affaires, s'il te plaît ? Il faut que je rentre chez moi. » Sur le mot « moi », sa voix retomba, car elle songeait déjà à la maison vide. Hank n'avait pas répondu au téléphone quand elle avait appelé le Hut, à sa recherche. Ce salopard l'ignorait, naturellement. C'était tellement du Hank tout craché de l'abandonner au moment où elle avait le plus besoin de lui.

« Elles sont dehors, sur le parking », lui répondit Nan, en lui tenant la porte ouverte. Lena s'arrêta, elle attendit que Nan sorte la première. Permettre à Brad Stephens de lui tenir la porte, c'était une chose. Mais elle préférerait être damnée plutôt que de laisser une femme en faire autant.

Elles sortirent sur le parking.

« J'ai essayé de tout conserver, comme c'était avec elle, lui expliqua Nan, avec une légèreté forcée dans la voix. Tu sais combien Sibyl aimait que les choses soient en ordre.

— Elle était obligée », riposta Lena, songeant qu'il était évident qu'une aveugle instaure un système pour que les choses ne soient pas perdues.

Si Nan remarqua le ton acide de Lena, elle n'en laissa rien paraître.

« C'est ici », fit Nan, en s'arrêtant devant une Toyota Camry blanche. La vitre côté conducteur était baissée, et elle passa la main pour tirer sur le levier d'ouverture du coffre.

« Tu devrais fermer à clé, lui conseilla Lena.

— Pourquoi ? demanda l'autre, et elle paraissait réellement déconcertée.

— Tu as ta voiture garée devant un bar gay. J'aurais cru que tu serais un peu plus prudente. »

Nan mit les mains sur ses hanches.

« Sibyl a été tuée dans un restaurant, et en plein jour. Tu crois vraiment que fermer mes portières de voiture à clé va me protéger ? »

Elle n'avait pas tort, mais Lena n'allait pas lui donner raison pour autant.

« Je ne prétends pas que tu risquais de te faire tuer. Quelqu'un pourrait vandaliser ta voiture, ou je ne sais quoi.

— Eh bien… » Nan haussa les épaules et, l'espace d'un instant, elle eut exactement l'allure de Sibyl. Non pas qu'elle lui ressemblât le moins du monde, mais cela tenait plutôt à son attitude fataliste. « Il y a des cassettes à elle, reprit-elle en lui tendant une boîte qui devait mesurer quarante centimètres de côté. Elle les a étiquetées en braille, mais elles ont presque toutes leur titre d'origine. »

Lena prit cette boîte, étonnée de son poids.

« Il y a quelques photos, poursuivit Nan, en empilant une deuxième boîte sur la première. Je ne sais pas pourquoi c'était elle qui les avait.

— Je lui avais demandé de me les garder », lui apprit Lena, se souvenant du jour où elle avait apporté cette boîte de clichés à Sibyl. Greg Mitchell, son dernier petit ami en date, venait de la quitter, et elle n'avait aucune envie de conserver chez elle les photos qu'elle avait de lui.

« Celle-là, je m'en charge », proposa Nan, en attrapant la dernière boîte. Elle était plus grosse que les deux autres, et elle la plaça en équilibre sur son genou, le temps de refermer le coffre. « C'est juste un paquet d'affaires qu'elle avait dans le placard. Deux ou trois récompenses du lycée, un ruban d'athlétisme qui doit être à toi, je crois. »

Lena hocha la tête, en se dirigeant vers sa Celica.

« Et j'ai trouvé une photo de vous deux à la plage, continua Nan en riant. Sibyl avait pris un coup de soleil. Elle a l'air piteux. »

Comme elle se trouvait devant elle, Lena s'autorisa un sourire. Elle se souvenait de cette journée, Sibyl avait insisté pour rester dehors, alors que Hank l'avait prévenue qu'il faisait trop chaud. Elle avait les yeux masqués par des lunettes de soleil et, quand elle les avait retirées, la seule partie de son visage qui n'était pas rouge betterave, c'étaient les deux cercles des lunettes. Le lendemain, elle avait l'air d'un raton laveur.

« … arrêter samedi pour les récupérer, lui disait Nan.

— Quoi ? fit Lena.

— Je disais que tu pouvais passer samedi pour jeter un œil au reste de ses affaires. Je fais don de son ordinateur et de tout son équipement informatique au lycée pour aveugles d'Augusta.

— Quelles autres affaires ? s'étonna-t-elle, pensant que Nan avait l'intention de jeter les biens de sa sœur.

— Juste quelques papiers, lui expliqua-t-elle, en posant la boîte à ses pieds. Des trucs de l'école, surtout. Sa thèse, deux ou trois mémoires. Ce genre de choses.

— Et tu vas les balancer, comme ça ? s'écria Lena.

— Les donner. Cela n'a pas vraiment de valeur, souligna-t-elle, comme si elle s'adressait à une enfant.

— Pour Sibyl, elles en avaient, riposta-t-elle, en se rendant compte qu'elle n'était pas loin de hurler. Comment peux-tu même songer à t'en débarrasser ? »

Nan baissa les yeux par terre, puis les releva vers Lena. Son ton de condescendance était toujours perceptible.

« Je t'ai dit que tu étais tout à fait la bienvenue si tu voulais les récupérer. C'est en braille. Tu ne peux même pas les lire. »

Lena eut un rire sonore, en posant les boîtes au sol.

« Vous étiez de drôles d'amantes…

— Qu'est-ce que tu veux dire par là, nom de Dieu ?

— Manifestement, ces objets signifiaient quelque chose pour elle, sinon elle ne les aurait pas conservés. Mais vas-y, débarrasse-t'en.

— Excuse-moi, insista Nan, en désignant les boîtes. Combien de fois ai-je dû t'appeler pour te prier de venir reprendre ces affaires ?

— C'est différent, se défendit Lena, en fouillant dans sa poche pour y pêcher ses clés.

— Pourquoi ? rétorqua Nan. Parce que tu étais à l'hôpital ? »

Lena jeta de nouveau un œil au bar.

« Baisse un peu la voix.

— Ne me dicte pas ce que j'ai à faire, s'emporta Nan, en haussant encore un peu plus le ton. Tu n'as pas à me demander si j'aimais ta sœur ou non. Tu as pigé ?

— Je ne remettais pas ça en cause », se défendit-elle, non sans se demander comment leur conversation avait pu s'envenimer aussi vite. Elle n'arrivait même pas à se rappeler ce qui l'avait déclenchée mais, à l'évidence, Nan était hors d'elle.

« Ben tiens, tu parles ! aboya Nan. Tu crois que tu es la seule, dans le coin, qui aimais Sibyl ? J'ai partagé ma vie avec elle. » Nan baissa d'un ton. « J'ai partagé mon lit avec elle. »

Lena tressaillit.

« Ça, je le sais.

— Ah oui ? lança Nan. Parce que je vais te dire, Lena, j'en ai ras le bol de la manière dont tu me traites, comme si j'étais une sorte de paria.

— Hé ! l'interrompit-elle. Ce n'est pas moi qui joue au football pour Suddy's.

— Je n'arrive pas à comprendre comment elle supportait ça, grommela Nan, presque en se parlant toute seule.

— Supporter quoi ?

— Tes conneries de flic misogyne, pour commencer.

— Misogyne ? répéta Lena au vol. Tu me traites de misogyne ?

— Et homophobe, renchérit-elle.

— Homophobe ?

— Tu es devenue un perroquet, maintenant ? »

Elle sentit ses narines se dilater.

« Te fous pas de moi, Nan. Tu sais pas t'y prendre. »

Nan ne parut pas saisir l'avertissement.

« Pourquoi tu ne retournes pas dans ce bar faire la connaissance de quelques amies de ta sœur, Lee ? Pourquoi tu ne parles pas à ces gens qui la connaissaient vraiment, et pour qui elle comptait ?

— Tu parles comme Hank, siffla-t-elle. Oh ! je vois ! fit-elle, reconstituant le puzzle. Tu as parlé de moi avec Hank. »

Nan serra les lèvres.

« On se faisait du souci pour toi.

— Ah, vraiment ? » Elle rit. « Super, mon oncle shooté au speed et la gouine de ma sœur qui a clamsé se font du souci pour ma gueule !

— Oui, insista Nan, en tenant bon. C'est la vérité.

— C'est franchement trop crétin », s'écria Lena, s'efforçant d'en rire. Elle inséra la clé dans la serrure, ouvrit le coffre.

« Tu veux savoir ce qui est crétin ? fit Nan. Ce qui est stupide, c'est que je me fasse chier à m'inquiéter de ce que tu fabriques. Ce qui est stupide, c'est que je prenne à cœur le fait que tu foutes ta vie en l'air.

— Personne ne t'a demandé de veiller sur moi, Nan.

— Non, admit-elle. Mais c'est ce que Sibyl aurait voulu. » De nouveau, sa voix s'enflamma. « Si Sibyl était ici, à cet instant, elle dirait la même chose. »

Lena eut du mal à avaler sa salive, elle tâcha de ne pas se laisser atteindre par les paroles de Nan, surtout parce qu'elles sonnaient juste. Sibyl était la seule personne qui ait jamais été capable de l'atteindre.

« Elle te dirait que tu as besoin d'affronter ça. Elle se ferait du souci pour toi. »

Elle regarda le cric, dans le coffre de la Celica, car c'était le seul objet sur lequel elle parvenait à se concentrer.

« Tu es tellement en colère. »

Lena rit de nouveau, mais ce rire sonnait creux, même à ses oreilles.

« Et j'estime que j'ai de sacrées bonnes raisons pour ça.

— Pourquoi ? Parce que ta sœur s'est fait assassiner ? Parce qu'on t'a violée ? »

Lena tendit la main, se rattrapa aux montants du coffre. Si seulement c'était aussi facile ! se dit-elle. Elle ne portait pas uniquement le deuil de Sibyl, elle portait aussi le deuil d'elle-même. Elle ne savait plus qui elle était, ni pourquoi elle se levait le matin. Tout ce qu'elle avait été avant le viol lui avait été retiré. Elle ne se connaissait plus.

Nan reprit la parole, et quand elle parla, elle prononça son nom, le nom de l'homme. Elle regarda les lèvres de Nan former le mot, elle vit son nom franchir l'espace entre elles deux, comme un poison aérien.

« Lee, fit Nan. Ne le laisse pas te gâcher ta vie. »

Lena resta agrippée à sa voiture, certaine que si elle lâchait prise, ses genoux allaient se dérober sous elle.

Nan se servit de nouveau de son nom, du nom de cet homme.

« Il faut que tu affrontes ça, Lena. Il faut que tu affrontes ça tout de suite, sinon tu ne pourras plus jamais avancer.

— Va te faire foutre, Nan », siffla-t-elle.

Nan s'avança, comme si elle allait lui poser la main sur l'épaule.

« Ecarte-toi de moi, putain », l'avertit-elle.

Nan lâcha un long soupir ; elle renonçait. Elle se retourna et repartit au bar sans lui accorder un regard de plus.

Lena était assise, dans le parking vide du Grant Piggly Wiggly, en train de siroter un whisky à deux balles, directement à la bouteille. Elle ne percevait même plus ce goût âcre, et sa gorge était tellement engourdie d'alcool qu'elle ne le sentait plus descendre. Elle avait une autre bouteille, sur le siège, à côté d'elle, qu'elle allait probablement siffler, celle-là aussi, avant que la nuit soit finie. Tout ce qu'elle voulait, c'était rester dans sa voiture, sur ce parking désert, et tâcher de saisir ce qui lui arrivait dans sa vie. A un certain niveau, Nan avait raison. Il fallait qu'elle surmonte tout ça, mais cela ne signifiait pas forcément devoir aller causer avec un idiot du genre de David Fine. Ce dont elle avait besoin, c'était de mettre de l'ordre dans son merdier et d'arrêter de se polariser sur des choses stupides. Elle avait tout simplement besoin d'avancer dans son existence. Elle avait besoin, supposait-elle, d'une nuit d'apitoiement sur soi, pour faire semblant d'avoir du chagrin avant de laisser filer les choses.

Elle écouta des passages des cassettes de Sibyl ; elle les inséra les unes après les autres dans le lecteur, pour voir ce qu'il y avait dessus. Elle aurait dû les étiqueter, mais elle ne trouvait pas de stylo. En plus, cela lui paraissait incorrect d'écrire sur les affaires de Sibyl, même si cela aurait été bien égal à sa sœur. Il y en avait qui étaient déjà étiquetées, presque toutes des chanteurs d'Atlanta : Melanie Hammet, Indigo Girls, et deux ou trois autres noms que Lena ne reconnut pas. Elle éjecta la dernière bande, une sorte de compilation de musique classique sur une face, et de vieux morceaux des Pretenders sur l'autre, et elle les jeta avec le reste.

Elle tendit le bras vers la banquette arrière et en sortit la dernière boîte. Elle était plus lourde que les autres et, quand elle réussit enfin à la ramener à l'avant, les photos se répandirent sur le siège à côté d'elle. C'était pour la plupart des photos de Greg Mitchell et elle, aux diverses étapes de leur liaison. Il y avait des photos de plage, bien entendu, ainsi que des instantanés de l'époque où ils étaient allés à Chattanooga voir l'aquarium. Lena cligna des yeux pour refouler ses larmes, tâchant de se remémorer à quoi avait ressemblé cette journée, la file d'attente pour voir l'exposition, la brise montant de la rivière Tennessee, si forte que Greg s'était posté derrière elle, pour lui tenir chaud. Elle avait aimé ces sensations dans son corps, quand il l'avait prise par la taille, quand il avait posé le menton sur son épaule. Autant qu'elle se souvienne, c'était la seule fois de sa vie où elle s'était sentie vraiment comblée. Ensuite, la file avait avancé, Greg avait reculé d'un pas, et il avait fait un commentaire au sujet du temps, ou d'une info au journal, et elle avait volontairement provoqué une dispute avec lui, sans aucune raison valable.

Elle fit défiler une autre pile de clichés, tout en prenant bien soin de siroter sa gnôle. Elle était plus que soûle, mais pas au point de ne plus se soucier de rien. A regarder ces photos, elle se demanda comment elle avait pu connaître ce temps où elle avait eu envie de la compagnie d'un homme, où elle était d'humeur à se retrouver seule avec lui, sans parler d'intimité. En dépit de tout ce qu'elle avait proféré à Greg quand il l'avait quittée, elle désirait encore son retour.

Elle trouva la photo dont Nan lui avait parlé. Sibyl avait l'air misérable, en effet, mais elle souriait encore à l'objectif. Sur ce cliché, elles avaient sept ans. A cet âge, elles avaient presque l'air identiques, mais il manquait à Sibyl ses dents de devant, car elle avait trébuché et s'était cognée, dehors, sous la véranda, devant la maison. La dent qui avait poussé en remplacement était ébréchée, mais cela donnait un certain caractère à la bouche de Sibyl. Tout au moins, c'était ce que Hank lui avait dit.

Lena sourit en remarquant une liasse de photos attachées par un élastique. Pour ses quinze ans, Hank lui avait offert un appareil à développement instantané, et elle avait utilisé deux pellicules en une journée, en prenant des photos de tout ce qui lui passait par la tête. Par la suite, elle en avait tiré son propre montage, en collant certaines images bout à bout. Il y avait en particulier une photo de cette série dont elle gardait le souvenir, et elle fit défiler la liasse jusqu'à ce qu'elle la trouve. En se servant d'une lame de rasoir, elle avait découpé l'image par effleurement, en entaillant juste la surface de la photo, sans découper le papier dans toute son épaisseur, et elle avait excisé Hank de la scène. A sa place, elle avait collé Bonnie, leur labrador à poil gold.

« Bonnie », souffla-t-elle, bien consciente de pleurer maintenant sans retenue. C'était l'une des raisons pour lesquelles elle ne buvait pas d'alcool. Cela faisait dix ans que ce chien était mort, et elle était là à verser des larmes sur lui comme si c'était hier.

Elle sortit de la voiture, en emportant les bouteilles d'alcool avec elle. Elle préférait les sortir de là parce qu'elle savait que si jamais elle les laissait dedans, elle finirait ivre morte. Tout en marchant, elle se rendit compte qu'elle n'en était déjà pas loin, ce qui, tant qu'elle était restée assise à l'intérieur, lui avait un peu échappé. Elle avait l'impression que ses pieds ne lui appartenaient plus, et elle trébucha plusieurs fois, mais sur rien en particulier. Le magasin était fermé depuis des heures, mais elle vérifia quand même par les fenêtres pour être sûre que personne ne l'avait vue traverser le parking en titubant. Elle s'appuya de la paume contre le flanc du bâtiment, tout en le contournant, et en tenant les deux bouteilles de sa main libre. Quand elle fut passée sur l'arrière du bâtiment, elle lâcha le mur ; ses genoux se dérobèrent sous elle, et elle s'effondra. Elle réussit plus ou moins à se rattraper d'une main, à s'empêcher de tomber la tête la première contre l'asphalte.

« Merde ! », jura-t-elle, quand elle vit, plus qu'elle ne la sentit, la coupure dans la paume de sa main. Elle se releva, plus déterminée que jamais à jeter cet alcool. Elle allait cuver ça en dormant dans la voiture, et elle prendrait le volant pour rentrer chez elle quand elle y verrait correctement.

Elle recula en titubant, balança la bouteille vide dans la benne. Elle éclata contre la paroi métallique à l'intérieur, avec un fracas de verre brisé tout à fait réjouissant. Elle ramassa la seconde bouteille et la balança à son tour. Deux claquements sourds plus tard, le verre n'avait toujours pas éclaté. Elle envisagea, juste l'espace d'un instant, de grimper dans la benne et de la récupérer, mais s'en abstint.

Il y avait une rangée d'arbres derrière le bâtiment, et Lena s'en approcha, avec l'impression d'avoir les pieds toujours engourdis. Elle se pencha et se força à vomir. Dans la remontée, l'alcool avait un goût aigre, qui la rendit encore plus malade qu'elle ne l'aurait cru possible. A la fin, elle se retrouva à genoux, secouée de spasmes, sans plus rien à vomir, exactement comme dans la voiture avec Hank.

Hank, songea-t-elle, en s'obligeant à se redresser. Elle était tellement en colère contre lui qu'elle pensa, juste l'espace d'un instant, se rendre en voiture jusqu'à Reece, jusqu'au Hut, pour se confronter à lui. Quatre mois plus tôt, il lui avait dit qu'il resterait avec elle tant qu'elle en aurait besoin. Alors où était-il, maintenant, bon sang ? Probablement à l'une de ses foutues réunions des Alcooliques Anonymes, en train de raconter combien il se faisait de souci pour sa nièce, à expliquer qu'il avait vraiment très envie de l'aider, au lieu justement d'être avec elle et de la soutenir.

La Celica décrivit un demi-tour, avec un ronronnement rassurant, et Lena mit les gaz, en songeant juste l'espace d'un instant à relâcher la pédale de frein et à aller s'écraser dans la vitrine de Piggly Wiggly. Cette pulsion était surprenante, mais pas complètement inattendue. Une impression de nullité, d'absence de sens, était en train de la submerger, contre laquelle elle ne luttait plus. Même après avoir vomi cet alcool, elle avait la tête encore bourdonnante comme si, tous ses garde-fous ayant été abattus, son cerveau la laissait se frotter à des questions qu'elle n'avait pas vraiment envie d'aborder.

Elle pensait à *lui*.

Le trajet jusque chez elle fut assez périlleux, car elle franchit beaucoup trop souvent la ligne jaune. Elle faillit rentrer dans le hangar derrière la maison et, dans l'allée, les freins crissèrent quand elle enfonça la pédale à la dernière minute. Elle resta assise dans la voiture. Hank n'avait même pas pris la peine d'allumer la lumière de la véranda.

Elle tendit la main et ouvrit la boîte à gants. Elle en sortit son arme de service et engagea une balle dans le canon. Le solide déclic de la culasse lui vint aux oreilles, et elle se retrouva, sans trop comprendre pourquoi, à considérer ce pistolet sous une lumière différente. Elle observa fixement la coque de métal noir, elle renifla même la crosse. Sans réfléchir, elle se logea le canon dans la bouche, le doigt sur la détente.

Elle avait déjà vu une fille faire ce geste. Cette jeune fille qui s'était fourré le pistolet dans la bouche et qui, presque sans hésitation, avait pressé sur la détente, parce que cela lui paraissait le seul moyen de se vider la cervelle de tout souvenir. Le choc en retour de cet unique coup de feu en pleine tête résonnait encore en Lena, et ce qu'elle gardait surtout en mémoire de cette journée-là, c'étaient les morceaux de matière cervicale et de crâne de la jeune fille qui s'étaient carrément incrustés dans le placoplâtre du mur derrière elle.

Elle demeura assise dans sa voiture, respirant lentement, avec le contact froid du métal contre ses lèvres. Elle appuya la langue contre le canon, et pesa la situation. Qui la retrouverait ? Hank rentrerait-il tôt ? Brad, se dit-elle, car Brad était censé venir la chercher pour partir travailler, le matin. Que penserait-il, en la découvrant dans cet état ? Quel effet cela ferait-il à Brad de la voir dans sa voiture, la tête explosée ? Serait-il assez fort pour le supporter ? Brad Stephens pourrait-il continuer de mener la vie qu'il menait, son boulot, après l'avoir découverte ainsi ?

« Non », trancha-t-elle. Elle éjecta le chargeur et expulsa la balle logée dans le canon, puis elle enferma le tout dans la boîte à gants.

Elle sortit promptement de la voiture, monta les marches du perron de derrière au pas de course. Quand elle ouvrit la porte et qu'elle alluma la lumière de la cuisine, ses mains ne tremblaient pas. Elle traversa la maison, alluma toutes les lampes sur son passage. Elle avala quatre à quatre les marches de l'escalier menant au premier, allumant encore d'autres lampes. Le temps qu'elle ait fini, la maison était complètement illuminée.

Bien sûr, avec la lumière, n'importe qui pouvait regarder par les fenêtres et la voir. Elle revint sur ses pas, éteignit les lampes en descendant l'escalier en courant.

Elle aurait pu tirer les rideaux et fermer les volets, mais le fait de bouger, et de forcer ainsi son cœur à battre très fort, avait quelque chose de rassurant. Elle n'avait plus mis les pieds à la salle de gym depuis des mois, mais ses muscles n'avaient pas oublié les mouvements.

Quand elle était sortie de l'hôpital, les médecins lui avaient administré suffisamment d'antalgiques pour tuer un cheval. On eût dit qu'ils voulaient lui faire absorber le plus de médicaments qu'il lui serait humainement possible d'avaler, pour l'insensibiliser. Ils avaient probablement estimé qu'il lui serait plus facile d'être sous traitement que de se confronter à ce qui lui était arrivé. Le psy de l'hôpital qu'ils l'avaient poussée à consulter lui avait proposé de lui prescrire du Xanax.

Lena remonta au premier en courant et ouvrit l'armoire à pharmacie, dans la salle de bains. A côté des produits habituels, il y avait un flacon à moitié plein de Darvocet et un autre, bien plein, celui-là, de Flexeril. Le Darvocet était contre la douleur, mais le Flexeril était un puissant relaxant musculaire qui l'avait mise KO la première fois qu'elle l'avait pris. Elle avait cessé d'en prendre parce que, à l'époque, il était plus important pour elle de rester vive et éveillée que de ne pas sentir la douleur.

Elle lut les étiquettes sur les flacons, passant outre les avertissements conseillant de ne prendre ces médicaments qu'accompagnés d'aliments, et de ne pas manier d'engins lourds. Elle tourna le robinet, laissa l'eau froide couler un moment. Quand elle sortit le petit godet de son support et qu'elle le remplit à ras bord, ses mains ne tremblaient pas.

« Donc… », maugréa-t-elle en regardant l'eau claire, songeant qu'il lui fallait trouver quelque chose d'important ou de poignant à dire sur son existence. Hélas ! il n'y avait personne pour entendre ses propos et, au point où elle en était, il semblait idiot de parler toute seule. Elle n'avait jamais réellement cru en Dieu, donc ce n'était pas comme si elle s'était figuré retrouver Sibyl dans l'au-delà. Pour elle, il n'y aurait pas de rues tapissées d'or où marcher. Elle n'était certes pas versée dans la doctrine religieuse, mais elle était à peu près certaine que celui qui commettait un suicide, quelle que soit sa religion, côté paradis, se retrouverait plutôt baisé.

Elle s'assit sur la lunette des toilettes, songeant à tout cela. L'espace d'un bref instant, elle se demanda si elle était encore soûle ou non. Si elle avait été à jeun, elle n'aurait certainement pas envisagé de commettre un acte pareil. N'est-ce pas ?

Elle regarda autour d'elle dans la salle de bains, qui n'avait jamais été sa pièce préférée de la maison. Le carrelage était orange, scellé par du mastic blanc, un mariage de couleurs en vogue à l'époque de la construction de la maison, dans les années soixante-dix, et devenu assez ringard depuis. Elle avait essayé de compenser ce choix de coloris en ajoutant d'autres couleurs ailleurs : un tapis de bain bleu foncé le long de la baignoire, un couvercle vert foncé pour la boîte de Kleenex derrière les toilettes. Les serviettes faisaient le lien entre toutes ces tonalités, mais pas de manière agréable. Rien n'était venu sauver cette pièce. Il lui avait semblé normal, à l'époque, de s'imaginer qu'elle mourrait dans cette maison.

Elle ouvrit les flacons et étala les comprimés sur le vanity-case. Les comprimés de Darvocet étaient grands, mais le Flexeril ressemblait plus à des dragées de chewing-gum mentholé. En les déplaçant du bout de l'index, elle fit alterner les gros comprimés et les petits, puis elle les replaça tous dans leurs tas respectifs. Elle but une gorgée d'eau, et se rendit compte qu'elle jouait la comédie, dans une certaine mesure.

« D'accord », fit-elle. Celui-ci est pour Sibby. Elle ouvrit la bouche et enfourna un comprimé de Darvocet. A Hank, continua-t-elle, en faisant passer le premier avec un Flexeril. Ensuite, parce qu'ils étaient petits, elle enfourna deux autres Flexeril, suivis de deux Darvocet. Mais elle ne les avala pas. Elle avait envie de les prendre tous d'un coup, et il y avait encore une personne qu'elle éprouvait le besoin d'identifier.

Elle avait la bouche si pleine que, lorsqu'elle prononça son nom, sa voix était étouffée.

« Ceux-là, ils sont pour toi, marmonna-t-elle en recueillant le Flexeril restant dans la paume de sa main. Ceux-là sont pour toi, espèce de salopard ! »

Elle s'en remplit la bouche, en renversant la tête en arrière. Elle s'arrêta à mi-course, les yeux fixés sur Hank, dans l'encadrement de la porte. Tous deux restèrent silencieux, sans se quitter du regard. Il était là, les bras croisés, les lèvres serrées.

« Vas-y », lâcha-t-il enfin.

Lena était assise sur la lunette, les comprimés dans la bouche. Certains avaient commencé à s'effriter, et elle sentait une pâte âcre et poudreuse se former dans le fond de sa bouche.

« Je n'appellerai pas d'ambulance, si c'est là-dessus que tu comptes. » Il haussa sèchement les épaules. « Vas-y, fais-le, si c'est ce que tu veux. »

Elle sentit sa langue s'engourdir.

« Tu as peur ? lui demanda Hank. Trop peur pour appuyer sur la détente, trop peur pour avaler les pilules ? »

Ce goût dans sa bouche lui fit monter les larmes aux yeux, mais elle n'avait toujours pas avalé. Elle se sentait pétrifiée. Depuis combien de temps la regardait-il faire ? Avait-elle échoué dans le passage d'une espèce de test ?

« Allez ! » hurla-t-il d'une voix si forte que le carrelage en répercuta l'écho.

Sa bouche s'ouvrit, et elle se mit à cracher les comprimés dans sa main, mais Hank l'arrêta. En deux enjambées, il traversa la petite salle de bains et lui enserra la tête à deux mains, l'une sur la bouche, l'autre derrière la nuque, pour qu'elle ne puisse pas se dégager. Elle lui planta ses ongles dans la chair, tenta de lui retirer la main de sa bouche, mais il était trop fort pour elle. Elle tomba en avant, à côté de la cuvette, à genoux, mais il l'accompagna dans sa chute, en gardant sa tête calée entre ses mains.

« Avale-les ! ordonna-t-il, d'une voix râpeuse et sourde. C'est ça que tu veux, alors avale-les ! »

Elle se mit à secouer la tête d'avant en arrière, pour essayer de lui dire que non, qu'elle n'avait pas envie de faire ça, qu'elle ne pouvait pas faire ça. Des pilules commençaient à lui dégouliner dans la gorge, et elle contracta les muscles du cou pour les en empêcher. Son cœur battait si fort qu'elle crut qu'il allait exploser.

« Non ? éructa Hank. Non ? »

Elle continua de secouer la tête, les ongles plantés dans sa main, pour qu'il la libère. Enfin, il lâcha prise ; elle retomba contre la baignoire, et sa tête rebondit contre le bord.

Hank souleva le couvercle des toilettes et l'en approcha,

soit en l'empoignant, soit en la traînant. Il lui enfonça la tête dans la cuvette et, finalement, elle ouvrit la bouche, prise d'un haut-le-cœur, et cracha les pilules. Le bruit de ces soubresauts se répercuta en elle jusqu'à ce que sa bouche soit tout à fait vide. Elle se servit de ses doigts pour se nettoyer le contour des gencives, puis de ses ongles, en se grattant la langue pour effacer ce goût.

Hank se redressa, et quand elle leva les yeux vers lui, elle vit bien qu'il était furibard.

« Espèce de salaud ! », siffla-t-elle en s'essuyant la bouche du dos de la main.

Son pied se déplaça, et elle crut qu'il allait la cogner. Elle se recroquevilla, dans l'attente du coup qui ne vint pas.

« Va te laver », lui ordonna-t-il. Du plat de la paume, il balaya le reste des pilules du lavabo sur le sol. « Nettoie-moi ce merdier. »

Elle s'avança pour faire ce qu'il lui disait, à quatre pattes, et ramassa le Darvocet.

Hank s'appuya au mur, les bras croisés. Sa voix était plus douce à présent, et elle leva le nez vers lui, surprise de voir des larmes dans ses yeux.

« Si jamais tu recommences ça… » commença-t-il, puis il détourna le regard. Il posa la main sur sa bouche, comme pour refouler les mots. « Tu n'as que moi, bébé. »

Lena pleurait elle aussi, maintenant.

« Je sais, Hank.

— Ne me…, fit-il.

— Ne me quoi ? » demanda-t-elle.

Il glissa le long du mur, se retrouva assis par terre, les mains aux côtés. Il la fixait du regard, sans retenue aucune, ses yeux scrutant les siens, en quête de quelque chose.

« Ne me quitte pas », chuchota-t-il, et ses mots restèrent en suspens dans l'air, au-dessus d'eux, comme un nuage noir.

La distance entre eux n'était que de quelques dizaines de centimètres, mais pour Lena cela semblait un gouffre sans fin. Elle pouvait lui tendre la main. Elle pouvait le remercier. Elle pouvait lui promettre qu'elle n'essaierait plus jamais de recommencer.

Elle aurait pu essayer tout cela, mais ce qu'elle finit par faire, ce fut de ramasser les comprimés par terre, un par un, et de les jeter dans les toilettes.

Mardi

DIX

« Du calme, Sam, fit Sara, en tâchant gentiment de maintenir un petit bonhomme de deux ans sur ses genoux, afin de lui ausculter la poitrine.

— Sois gentil pour le Dr Linton, Sammy, lui dit sa mère d'une voix chantante.

— Sara ? » Elliott Felteau, qui travaillait à la clinique pour Sara, passa la tête dans la pièce. Elle avait engagé Elliott tout de suite après son internat, pour qu'il la seconde ici, mais jusqu'à présent, c'était plutôt elle qui avait consacré le plus clair de son temps à lui tenir la main. C'était un compromis, car un médecin plus âgé aurait insisté pour obtenir une forme de statut d'associé, et Sara n'était pas d'humeur à renoncer à son pouvoir. Elle avait travaillé trop dur avant d'arriver là où elle était, trop dur pour finir par écouter les avis d'un autre.

« Désolé, s'excusa Elliott auprès de la maman. Tu as dit à Tara Collins que Pat pouvait jouer au football ce week-end ? demanda-t-il alors à Sara. Pour que l'école le laisse réintégrer l'équipe, il va lui falloir un certificat médical. »

Elle se leva, en emmenant le petit Sam avec elle. Il enroula ses gambettes autour de sa taille, et elle le rehaussa sur sa hanche tout en baissant la voix.

« Comment se fait-il que cette question me vienne de toi ?

— Elle m'a appelé et me l'a posée à moi, lui expliqua-t-il. Elle a prétendu qu'elle voulait pas t'embêter. »

Sara essaya de desserrer le poing de Sam, qui lui tirait les cheveux.

« Non, il ne peut pas jouer ce week-end, chuchota-t-elle. Je le lui ai dit vendredi.

— C'est juste un match de démonstration.

— Il souffre de commotion cérébrale, riposta-t-elle, sur un ton qui, aux oreilles d'Elliott, frôlait l'avertissement.

— Hum, fit-il, en ressortant de la pièce à reculons. Elle a dû s'imaginer que je constituerais une cible plus commode. »

Elle respira à fond, calmement, puis se retourna.

« Désolée », fit-elle à la maman, en se rasseyant sur sa chaise. Heureusement, Sam avait arrêté de gigoter, et elle put l'ausculter.

« Pat Collins est leur trois-quarts arrière vedette, commenta la mère. Vous n'allez pas l'autoriser à jouer ? »

Sara esquiva la question.

« Les poumons m'ont l'air bien dégagés, répondit-elle. Mais bon, qu'il termine bien son traitement antibiotique. »

Elle allait rendre l'enfant à sa mère, mais elle s'arrêta. Elle releva la chemise de Sam et vérifia sa poitrine, puis son dos.

« Quelque chose ne va pas ? »

Sara secoua la tête.

« Non, il va très bien », lui assura-t-elle, et c'était vrai. Elle n'avait aucune raison de soupçonner une maltraitance. Mais évidemment, elle avait pensé la même chose à propos de Jenny Weaver.

Elle se rendit à la porte coulissante, et l'ouvrit. Molly Stoddard, son infirmière, était à la permanence des infirmières en train de rédiger une demande d'examen pour le labo. Elle attendit qu'elle ait terminé, puis elle lui dicta ses instructions concernant Sam.

« Veille bien à m'organiser le suivi », ajouta-t-elle.

Molly hocha la tête, tout en écrivant.

« Tout se passe comme tu veux, aujourd'hui ? »

Elle réfléchit, et conclut que non, tout n'allait pas comme elle voulait. En réalité, elle était assez à cran, et elle l'était depuis sa confrontation avec Lena, hier après-midi. Elle se sentait coupable, elle avait honte d'avoir laissé son mauvais caractère prendre le dessus. Lena avait accompli son boulot, et ce que Sara pouvait en penser n'importait guère. C'était peu professionnel de mettre ainsi en cause cette jeune inspectrice, surtout devant Jeffrey. Et par-dessus le marché, les propos qu'elle lui avait tenus étaient non seulement inexcusables, mais tout bêtement méchants. Elle n'était pas le genre de personne à aimer être méchante. Il n'était pas dans sa nature d'agresser, et plus elle y repensait, plus elle estimait avoir bel et bien agressé Lena. Elle aurait dû se montrer plus fine — surtout elle.

« Ohé ? fit Molly, la ramenant à la réalité. Sara ?

— Oui ? dit-elle. Oh ! je suis désolée ! Je suis juste… » D'un signe de la tête, elle désigna son bureau, pour l'inviter à sortir du vestibule.

Molly laissa Sara passer la première, puis elle referma la porte derrière elle, en la faisant coulisser à fond. Molly Stoddard était une femme trapue, avec ce que l'on appellerait un beau visage. Tout à fait l'opposé de Sara, cette infirmière était toujours impeccablement habillée, son uniforme blanc amidonné comme si sa vie en dépendait. Le seul bijou que portait Molly était un fin collier en argent qu'elle rentrait toujours dans le col de son uniforme. Engager Molly Stoddard comme infirmière restait la décision la plus intelligente qu'elle ait jamais prise, mais certains jours elle était tentée de lui arracher son couvre-chef et de lui ébouriffer les cheveux ou, comme par accident, de lui renverser de l'encre sur son uniforme parfait.

« Tu disposes d'environ cinq minutes avant ton prochain rendez-vous, la prévint Molly. Qu'est-ce qui ne va pas ? »

Sara s'adossa contre le mur, fourra les mains dans les poches de sa blouse blanche.

« On a loupé quelque chose ? s'enquit-elle. Est-ce que j'ai loupé quelque chose ? rectifia-t-elle.

— Weaver ? hasarda Molly, mais Sara vit bien, à sa réaction, que l'autre savait. Je me suis posé la question moi-même, et la réponse, c'est que je n'en sais rien.

— Qui ferait une chose pareille ? » demanda Sara, et puis elle se rendit compte que l'infirmière ne comprenait pas du tout à quoi elle faisait allusion. Les conclusions physiologiques de l'autopsie n'avaient guère été rendues publiques, et même si Sara avait confiance en Molly, elle ne se sentait pas en position de lui faire part des détails. D'ailleurs, Molly n'aurait probablement aucune envie de les entendre.

« Les gamins ont des comportements difficiles à expliquer, suggéra Molly.

— Je me sens responsable, lui avoua Sara. J'estime que j'aurais dû être présente, pour elle. Ou plus attentive.

— Nous voyons trente à quarante gosses par jour, six jours par semaine.

— Tu présentes ça comme une chaîne de montage. »

Molly haussa les épaules.

« C'est peut-être ça, lâcha-t-elle. On fait ce qu'on peut. Nous prenons soin d'eux, nous leur donnons leurs médicaments, nous écoutons leurs problèmes. Quoi d'autre ?

— On les traite, on les remet à la rue, maugréa Sara, en se remémorant la formule du temps où elle travaillait au service des urgences.

— C'est notre boulot, commenta Molly.

— Je ne suis pas revenue ici pour travailler de cette manière, s'insurgea-t-elle. Je voulais marquer ma différence.

— Et c'est ce que tu fais, Sara », lui assura l'infirmière. Elle s'approcha, lui posa la main sur le bras. « Ecoute, ma puce, je sais ce que tu endures, et je peux te dire que je te vois tous les jours mettre ton cœur et ton âme dans ce travail. » Elle attendit une fraction de seconde. « Tu oublies à quoi ressemblait le Dr Barney. Ça, c'était du travail à la chaîne.

— Il a toujours été bon pour moi, riposta Sara.

— Parce qu'il t'aimait bien, souligna Molly. Et pour un gosse qu'il appréciait, il y en avait dix qu'il ne supportait pas et en plus, vers la fin, il te refilait ceux qu'il détestait. »

Sara secoua la tête, refusant cette description.

« Il n'a jamais fait ça.

— Sara, insista l'autre, demande à Nelly. Elle a été ici plus longtemps que moi.

— Alors, c'est le critère ? Que je sois meilleure que le Dr Barney ?

— Le critère, pour toi, c'est que tu traites tous les enfants de la même manière. Tu ne t'amuses pas à faire du favoritisme. » Molly désigna les photos au mur. « Combien de gosses le Dr Barney avait-il sur ses murs ? »

Sara haussa les épaules, et pourtant elle connaissait la réponse à cette question. Pas un seul.

« Tu te montres trop dure avec toi-même, lui affirma Molly. Et cela ne te mènera nulle part.

— A partir de maintenant, je veux simplement être plus prudente, lui confia-t-elle. Peut-être pourrions-nous alléger un peu l'emploi du temps, que je sois en mesure de me consacrer davantage à chaque patient. »

Molly rit bruyamment.

« A l'heure actuelle, dans le cours d'une journée, nous avons à peine le temps de voir tous les rendez-vous donnés. Entre ça et la morgue… »

Sara l'interrompit.

« Je devrais peut-être laisser tomber la morgue.

— Tu devrais peut-être embaucher un autre médecin ? » suggéra Molly.

Elle se cogna doucement la tête contre la cloison, elle réfléchissait.

« Je n'en sais rien. »

La porte trembla, comme si quelqu'un frappait.

« Si c'est Elliott… » commença-t-elle, mais ce n'était pas lui. Nelly, qui dirigeait l'administration de la clinique avant que Sara soit née, fit coulisser la porte.

« Nick Shelton est au bout du fil, lui annonça-t-elle. Tu veux que je prenne un message ? »

Sara secoua la tête.

« Je vais le prendre, répondit-elle, puis elle attendit que Molly sorte avant de décrocher le combiné.

— Hello, rayon de soleil », s'exclama Nick, son accent traînant de Géorgie bien audible à l'autre bout du fil.

Elle s'autorisa un sourire.

« Salut, Nick.

— J'aimerais avoir le temps de flirter, lui déclara-t-il. Mais j'ai une réunion dans à peu près dix secondes. Alors très vite, hein, commença-t-il, et elle pouvait l'entendre brasser des papiers. Rien dans l'actualité sur des castrations féminines, en tout cas pas aux Etats-Unis. Mais je suis bien convaincu que cela ne te surprendra pas d'entendre ce que je te raconte là.

— Non, admit-elle. Un sujet aussi explosif aurait forcément fini dans la presse.

— Il y a quelques années de cela, en France, une femme a été traduite en justice pour avoir effectué plus de cinquante interventions de ce type. Je crois qu'elle était originaire d'Afrique. »

Sara secoua la tête, en se demandant comment une femme pouvait infliger cela à un enfant.

Nick poursuivit.

« Hé ! qu'est-ce que tu sais déjà, sur cette histoire ?

— L'infibulation entre dans la catégorie générale des MGF, résuma-t-elle, utilisant l'abréviation pour mutilation génitale féminine. Cela se pratique quelquefois au Moyen-Orient et dans certaines régions d'Afrique. C'est plus ou moins lié à la religion.

— Eh bien, à peu près autant que les attentats suicide sont liés à la religion. De nos jours, on peut avancer une justification religieuse pour quasiment n'importe quoi. »

Sara manifesta son acquiescement.

« Pour l'essentiel, c'est une coutume qui se transmet de village en village. Moins le groupe est éduqué, plus il aura tendance à s'y prêter. Il n'existe pas réellement de bon argument religieux qui le justifie, mais les hommes de ces régions-là aiment assez avoir la certitude que leurs femmes n'iront pas batifoler.

— Donc ils leur rendent impossible de connaître la jouissance dans le sexe. Solution parfaite. Si cela arrivait aux hommes de là-bas, l'Afrique et le reste du Moyen-Orient seraient aussi déserts qu'un cratère. »

Nick garda le silence, et elle s'excusa de le mettre dans le même panier.

« Je suis désolée, Nick. C'est seulement une…

— Tu n'as pas à t'expliquer, pas avec moi, Sara », la rassura-t-il d'une voix feutrée.

Elle attendit une fraction de seconde.

« Quoi d'autre ?

— Eh bien, commença-t-il, et elle l'entendit de nouveau fouiller dans ses notes. Après l'intervention, en général, ils lient les jambes, pour favoriser la guérison. » Il marqua un temps, comme pour reprendre son souffle. « Dans beaucoup de cas, ils les ferment en les cousant, tu sais, comme l'était ta fille, la jeune Jenny, en laissant juste une ouverture pour ses règles.

— J'ai lu ça », confirma-t-elle. Elle savait aussi que les femmes du village qui n'étaient pas mutilées n'étaient pas considérées comme mariables.

« Le fil que tu as prélevé sur cette région me semble très commun. J'ai envoyé des échantillons au labo, mais ils sont à peu près certains que tu peux trouver ce type de fil dans n'importe quel grand magasin. » Il émit un bruit, comme s'il réfléchissait. « Tu penses que celui qui a fait ça possède une forme d'expérience médicale ?

— Est-ce que tu as les yeux sur les photos ?

— Ouaips, fit-il. Ça m'a l'air assez élémentaire, mais pas trop foireux.

— Je suis d'accord, confirma-t-elle, songeant que celui ou celle qui avait cousu la jeune fille était probablement excellent dans le maniement du fil et de l'aiguille.

— J'ai lu cette statistique, reprit-il. Beaucoup de ces filles meurent sous le choc. On ne les anesthésie pas vraiment, si tu vois ce que je veux dire. La plupart du temps, pour mener à bien l'intervention, ils utilisent un morceau de verre. »

Elle en frissonna, mais tâcha de garder son calme.

« Tu as idée de la raison qui pourrait pousser quelqu'un à jouer à ça, par ici ?

— Tu veux dire quelqu'un qui ferait partie de la population immigrée ? releva-t-il, mais sans la laisser répondre. Là-bas, ils font ça pour s'assurer que les filles restent pures. D'habitude, c'est le mari qui pratique la première ouverture, la nuit des noces.

— La pureté », fit-elle, en se concentrant sur ce mot. Jenny Weaver l'avait employé, avec sa mère.

« Etait-elle vierge ? voulut savoir Nick.

— Non, répondit-elle. A en juger par la taille de son orifice vaginal comparé au méat urinaire, elle avait connu une activité sexuelle avant sa castration. Probablement avec un certain nombre de partenaires.

— Tu as vérifié la présence de MST ?

— Oui, fit-elle. Tests négatifs.

— Bon, ça valait la peine de tenter le coup.

— Autre chose ? »

Nick garda le silence quelques secondes, avant de lui poser sa question à son tour.

« Tu as vu Jeffrey, cette semaine ? »

Sara se sentit un peu gênée.

« Oui.

— Dis-lui que ce dessin qu'il m'a envoyé n'a rien donné sur nos ordinateurs. Nous l'avons faxé en haut lieu, au FBI, pour une vérification, mais comme tu sais, ils vont prendre leur temps.

— C'est quoi, ce dessin ? s'étonna-t-elle.

— Un tatouage. J'sais pas. Il m'a dit qu'il a vu ça sur l'espace palmé entre le pouce et l'index.

— Je le lui dirai.

— En dînant ? »

Sara éclata de rire.

« Où veux-tu en venir, Nick ?

— Si tu n'es pas trop occupée, je vais descendre dans tes parages, ce week-end. »

Elle sourit. Nick l'avait invitée plusieurs fois déjà, mais c'était avant tout par souci de se montrer courtois. Il mesurait à peu près quinze centimètres de moins qu'elle, et portait énormément de bijoux en or — chez un homme, ça devrait être interdit. Elle doutait très sérieusement qu'il s'imagine avoir une chance avec elle, mais il était le genre d'homme à bien aimer ne rien laisser au hasard.

« Je crois qu'on se revoit, avec Jeffrey, avoua-t-elle.

— Tu crois ?

— Je veux dire… » Elle s'arrêta. « Oui, on sort de nouveau ensemble. »

Il accueillit son refus de bonne grâce, comme toujours.

« On ne peut pas en vouloir à un vieux garçon de tenter sa chance. »

Après qu'ils se furent dit au revoir, elle resta assise sur sa chaise, à réfléchir à ce que venait de lui apprendre Nick. Il existait un certain lien entre le désir de pureté de Jenny et la castration. Quelque chose lui échappait, probablement quelque chose de très évident. Qu'est-ce qui pouvait faire qu'une fille se sente impure ? se demanda-t-elle. Malheureusement, la seule chose qui lui vint à l'esprit fut le sexe. Jenny Weaver avait certainement connu une activité sexuelle. Peut-être la culpabilité face à ce dévergondage avait-elle été trop lourde à porter.

Et puis aussi, il y avait cette autre question, encore plus écrasante : qui avait pratiqué cette mutilation sur Jenny ? La jeune fille n'aurait certes pas pu s'infliger cela toute seule. L'état de choc ou la douleur auraient suffi à lui faire perdre connaissance, avant même qu'elle ait terminé. Il devait y avoir l'implication d'une autre personne, quelqu'un qui savait découper et coudre. Peut-être Jenny avait-elle bu jusqu'à l'évanouissement, ou alors elle avait acheté des antalgiques ou des relaxants musculaires à quelqu'un de son lycée, où il existait une véritable pharmacie. N'importe qui, avec la somme d'argent appropriée, aurait quasiment pu y trouver de quoi approvisionn une salle d'opération.

Nelly fit coulisser la porte.

« L'enfant Patterson est là, lui annonça-t-elle. Sans la mère », ajouta-t-elle dans un chuchotement.

Sara consulta sa montre. Mark était censé être là hier matin. Qu'il passe comme cela, aujourd'hui, voilà qui suffirait à fiche en l'air tout son planning.

« Mets-le-moi à six heures, fit-elle. Dis-lui qu'il va devoir attendre.

— Il ? s'étonna Nelly. C'est Lacey, la fille. »

Elle se redressa sur sa chaise.

« Elle a dit pourquoi elle venait ?

— Juste qu'elle ne se sentait pas bien, lui répondit

Nelly, avant de chuchoter à nouveau. Si tu veux mon opinion, elle n'a vraiment pas l'air bien.

— Pourquoi parles-tu si bas ? » lui demanda Sara, qui elle-même avait baissé la voix.

Nelly s'accorda un petit sourire en entrant dans le bureau. Elle ferma la porte.

« Elle se comporte étrangement. Elle n'est pas avec sa mère. »

Elle sentit ses cheveux se dresser sur sa nuque.

« Elle attend depuis combien de temps ?

— Pas très longtemps, la rassura Nelly. Je la mets à six heures ? »

Elle secoua la tête, une sensation angoissante au creux de l'estomac. Elle décrocha le téléphone pour composer le numéro de Jeffrey, puis changea d'avis. Lacey était venue à la clinique parce qu'elle se fiait à elle, et elle n'allait pas trahir cette confiance. A tout le moins, la jeune fille avait besoin d'aide. Quelles que soient les lois qu'elle avait enfreintes, cela pourrait se traiter après que Sara aurait vérifié qu'elle allait bien.

Le cabinet d'examen six était situé dans le fond du bâtiment, au bout du couloir en forme de L. En temps normal, il était réservé aux enfants très malades, ou servait de salle d'attente pour les parents, pendant que Sara s'entretenait avec leur progéniture de sexe, de contraception, ou de tous les sujets qu'ils éprouvaient le besoin d'aborder en tête à tête avec leur pédiatre. Sara supposait que Molly avait placé Lacey là-bas pour se gagner la confiance de la jeune fille. C'était bien simple, les gamins ne débarquaient jamais à la clinique sans leurs parents, même ceux qui savaient conduire.

Sara rejoignit la salle d'examen. Molly, qui attendait

près de la porte fermée, lui tendit le dossier de Lacey Patterson.

« Si tu as besoin de moi, je serai au cabinet deux. »

Sara avait déjà étudié ce dossier deux jours auparavant, mais elle le rouvrit quand même, histoire de relire ses notes, prises lors de la dernière visite de Lacey. Deux mois plus tôt, la jeune fille s'était présentée avec ce qui s'était révélé une angine à streptocoques. En attendant les résultats du labo, Sara avait entamé un traitement antibiotique. Elle tourna les pages du dossier, mais le feuillet rose que le labo lui renvoyait généralement n'y figurait pas. Elle allait trouver Molly quand elle remarqua un bruit provenant de derrière la porte de la salle d'examen.

« Lacey ? s'enquit-elle, en faisant coulisser la porte. Es-tu… » Elle s'interrompit au milieu de sa phrase, en se disant que la dernière fois qu'elle avait vu quelqu'un d'aussi pâle, c'était à la morgue. La jeune fille était assise sur la chaise près de la table d'examen, les bras croisés sur le ventre. Malgré le temps qu'il faisait, elle portait un imperméable jaune fluo. Pliée en deux, elle se tenait le ventre comme si elle avait mal.

Sara posa la main dans le dos de la jeune fille, surprise de constater à quel point la peau était moite à travers l'imper.

Lacey claquait des dents, mais elle réussit à s'exprimer.

« Il faut que je vous parle.

— Viens ici, lui proposa Sara en l'aidant à se lever. On va t'installer sur la table d'auscultation. »

Lacey hésita, et Sara la souleva jusqu'à la table d'examen.

« Je ne… », commença la jeune fille, mais elle tremblait trop pour continuer. Sara lui posa la main sur le front, en se demandant si Lacey frissonnait de peur ou de fièvre. Avec cette chaleur, dehors, elle était incapable de faire la différence.

« On va retirer ce manteau », lui suggéra Sara, mais Lacey refusait de dénouer les bras, qu'elle gardait serrés autour de la taille. « Que s'est-il passé ? » lui demanda-t-elle, en tâchant de conserver une voix égale. L'air entre elles était électrique, comme s'il s'était produit quelque chose de terrible.

Lacey bascula en avant, et elle la rattrapa avant qu'elle ne tombe de la table.

« J'ai tellement sommeil, dit-elle.

— Tiens-toi droite une minute, fais-le pour moi », la pria-t-elle. Elle éleva la voix, en appelant en direction du vestibule : « Molly ?

— Je ne me sens pas bien », gémit la jeune fille.

Sara ne lâcha pas les épaules graciles de Lacey.

« Où est-ce que tu as mal ? »

Elle ouvrit la bouche pour parler, et elle vomit sur Sara. Bien sûr, cela lui était déjà arrivé, et elle recula, mais pas assez vite pour éviter de se faire éclabousser.

« Je suis désolée, murmura Lacey, une fois que sa nausée se fut calmée.

— Ça va, mon cœur, la rassura-t-elle.

— Mon ventre, j'ai mal.

— Ça va aller », lui répéta-t-elle. En retenant Lacey d'une main, elle tendit l'autre vers le distributeur de serviettes en papier et lui en donna quelques-unes.

« Je me sens mal. »

Sara éleva de nouveau la voix, cette fois plus fort que précédemment.

« Molly ? » appela-t-elle, sachant que c'était vain. La salle d'examen deux était de l'autre côté du bâtiment. « Allonge-toi sur le dos, demanda-t-elle à Lacey. Si tu te sens mal, tourne-toi sur le côté.

— Ne me laissez pas ! cria la jeune fille en lui retenant la main. S'il vous plaît, docteur Linton, il faut que je vous parle. Il faut que je vous raconte ce qui s'est passé. »

Sara devinait aisément ce qui s'était passé, mais pour l'heure, il y avait plus important que d'écouter la confession de la jeune fille.

« Il faut que je vous raconte, répéta Lacey.

— Au sujet du bébé ? » demanda Sara. Elle vit bien, à l'expression de la jeune fille, qu'elle avait deviné juste. Elle se sentit comme une imbécile de ne pas y avoir pensé plus tôt « Je sais, mon cœur, lui dit-elle. Je sais. Allonge-toi, c'est tout, et je reviens tout de suite. »

Tout le corps de Lacey se raidit.

« Comment savez-vous ?

— Allonge-toi, répéta-t-elle. Je vais appeler ta maman », ajouta-t-elle, pensant que cela la rasséréneraít.

Lacey se redressa d'un coup.

« Vous ne pouvez pas le dire à maman !

— Ne t'inquiète pas de ça pour le moment.

— Vous ne pouvez pas lui dire, insista Lacey, des larmes lui coulant sur le visage. Elle est malade. Elle est vraiment malade. »

Sara ne comprenait pas ce que la jeune fille voulait dire, mais elle la réconforta tout de même.

« Tout va aller bien.

— Promettez-moi de ne pas lui dire.

— Ma chérie, on s'inquiétera de ça plus tard.

— Non ! hurla-t-elle, en lui agrippant le bras. Vous

ne pouvez pas le dire à maman. Je vous en prie. S'il vous plaît, ne lui dites pas !

— Reste ici, lui ordonna-t-elle. J'arrive tout de suite. »

Elle n'attendit pas sa réponse. Elle sortit dans le hall, se défit de sa blouse souillée tout en se dirigeant vers la permanence des infirmières.

« Que s'est-il passé ? lui demanda Nelly.

— Appelle une ambulance », lui dit Sara, en jetant sa blouse dans la corbeille de linge sale. Elle se pencha en arrière et lança un coup d'œil dans le couloir pour s'assurer que Lacey n'avait pas quitté la salle d'examen. « Envoie Molly en salle six tout de suite, et ensuite appelle Frank au poste de police.

— Eh bien, ça alors… », marmonna Nelly, en décrochant le combiné.

Elliott sortit d'une des salles d'examen.

« Hé ! Sara ! s'exclama-t-il. J'ai un petit de six ans avec…

— Pas maintenant », le coupa-t-elle en levant la main. Avec encore un regard vers le bout du couloir, elle entra dans son bureau et appela Jeffrey sur son portable. Elle laissa sonner quatre fois avant de raccrocher. Ensuite, elle appela le poste.

Ce fut Maria Simms qui répondit.

« Poste de police de Grant County. En quoi puis-je vous être utile ?

— Maria, fit-elle. Trouve-moi Jeffrey, envoie-le tout de suite à la clinique. »

Un bruit de choc retentit dans le couloir, et Sara marmonna un juron en reconnaissant le claquement de la porte de derrière, qui s'était ouverte d'un coup.

« Sara ? », s'enquit Maria.

Elle raccrocha brutalement, en faisant claquer le combiné sur sa base, et courut au bout du couloir, s'apprêtant à prendre Lacey en chasse. Ce qu'elle vit la pétrifia. Mark Patterson se tenait au bout du couloir, tous les muscles du corps bandés. Il avait une coupure en travers de l'abdomen, qui tachait sa chemise bleue, devenue violet foncé, et son jean était déchiré aux genoux, comme si le tissu s'était râpé sur l'asphalte.

« Lacey ? » cria-t-il en faisant coulisser la première porte sur laquelle il tomba.

Sara entendit la mère du petit patient, dans la pièce, pousser une exclamation de surprise, puis les pleurs de l'enfant effrayé.

« Sara ? » fit Nelly. Elle était sur le seuil de la permanence des infirmières, le téléphone à la main.

« Appelle le poste. Dis-leur d'envoyer qui ils peuvent.

— Lacey ? » répéta Mark, et sa voix vibra dans le couloir. Par chance, il n'avait pas remarqué l'extrémité du couloir et les deux salles d'examen sur un côté.

Il s'approcha, et Sara vit que ses vêtements étaient maculés, et que lui était sale aussi. Partout, des mouchetures de peinture. Ses cheveux avaient l'air gras, pas coiffés, comme s'il n'avait plus pris de bain depuis un bon moment. Elle avait souvent vu Mark au cours de ces dix dernières années, mais jamais si crasseux.

« Nom de Dieu ! cria-t-il, en levant les mains au ciel. Où est ma putain de sœur ? »

Derrière Sara, deux portes coulissèrent, et elle se retourna, en faisant signe aux parents de rester à l'intérieur.

Molly se tenait derrière elle, un dossier plaqué contre la poitrine. C'était la première fois que Sara voyait son infirmière à ce point choquée par un événement survenant dans cette clinique.

« Mark, intervint-elle, en mettant un peu d'autorité dans sa voix. Qu'est-ce que vous faites ici ?

— Où est Lacey ? » répéta-t-il, en frappant la porte suivante de la main. Le panneau trembla sur sa glissière, et Sara entendit un enfant crier derrière.

Il y eut la voix feutrée de Nelly, qui s'adressait à quelqu'un au téléphone. Sara ne saisit pas la teneur de la conversation, mais elle espérait qu'ils envoyaient quelqu'un.

« Mark, reprit-elle en tâchant de conserver une voix calme. Arrête ça. Elle n'est pas ici.

— Tiens, bien sûr que non, répliqua-t-il en avançant d'un pas vers elle. Où est-elle, cette petite conne ? » Il frappa encore de la main contre la porte, laissant une empreinte sur le bois. Nelly cria et plongea sous le comptoir. « Où est-elle ? » s'exclama-t-il.

Sara lança volontairement un coup d'œil, qu'elle espérait suffisamment inquiet, en direction de son bureau. Mark saisit aussitôt la direction de son regard.

« Ha ha ! claironna-t-il. Elle est là-dedans ?

— Non », affirma-t-elle.

Il sourit, s'approcha d'elle. Sara s'aperçut qu'il avait les pupilles de la taille de têtes d'épingle, et en déduisit que la substance à laquelle il s'était défoncé n'allait pas cesser son effet de sitôt. De si près, il lui semblait dégager une odeur. Elle n'en était pas sûre, mais cette odeur lui rappelait certains produits chimiques.

« Qu'est-ce qui vous prend, Mark ?

— Il me prend de tomber sur le poil de ma conne de sœur, si elle ferme pas sa putain de petite gueule.

— Elle n'est pas ici, mentit-elle.

— Lace ? cria-t-il en passant la tête par la porte du bureau. T'as intérêt à sortir de là vite fait, putain »,

Du coin de l'œil, Sara perçut du mouvement. Elle comprit, entrapercevant cette tache floue, couleur jaune fluo, que c'était Lacey, qui essayait de s'éclipser par la porte de derrière. Quand elle calcula le temps qu'il faudrait à Lacey pour atteindre cette sortie, elle en eut froid dans le dos. Elle regardait Mark fixement, suppliant muettement Lacey de se dépêcher, mais la jeune fille ne bougeait plus. Elle restait immobile comme une bûche, comme si quelqu'un l'avait punaisée au mur.

« Elle est là-dedans ? demanda Mark.

— Non, fit Sara, en regardant par-dessus son épaule. Elle est derrière vous. »

Lacey porta sa main à sa bouche, comme pour s'empêcher de crier.

« Mais oui, d'accord, grinça Mark, en lançant à Sara un regard cinglant.

— Et maintenant, je veux que vous partiez tout de suite, Mark. En vous introduisant ici de la sorte, vous commettez un délit. »

Il l'ignora, et entra dans son bureau. Elle le suivit à distance, cherchant, l'air de rien, à le prendre au piège dans la pièce. Elle pria pour que Maria ait pu mettre la main sur quelqu'un, même si ce n'était que Brad Stephens.

« Lacey ? » fit Mark d'une voix plus feutrée, mais plus menaçante qu'auparavant. Il contourna le bureau. « Si tu ne sors pas tout de suite, ça va être encore pire. »

Sara croisa les bras.

« Qu'est-ce que c'est, la pureté, Mark ? »

Il regarda sous le bureau, lâcha un juron en découvrant qu'il n'y avait rien. Il y flanqua un coup de pied, déplaçant le meuble en acier de quelques centimètres.

« Est-ce que vous avez poussé Jenny à se sentir sale ? Est-ce pour cela qu'elle voulait se purifier ?

— Dégagez de mon chemin », ordonna-t-il, en se dirigeant vers elle.

Elle posa la main sur la porte, lui barrant l'issue.

« Dégagez de mon chemin.

— Qu'est-ce que c'est, la pureté ? »

Il eut l'air sur le point de répondre, mais elle comprit, trop tard, qu'il essayait simplement de la prendre par surprise. Ensuite, elle ne comprit plus rien, si ce n'est qu'on la poussait, et fort. Elle tomba dans le couloir, sa tête heurtant le sol.

« Sara ! hurla Molly, en se précipitant vers elle pour l'aider.

— Ça ira », dit-elle en tentant de s'asseoir. Elle regarda vers le bout du couloir, et s'aperçut, à peu près en même temps que Mark, que Lacey y était encore.

« Cours ! » lui dit-elle. La jeune fille hésita, mais elle eut enfin l'air de comprendre qu'il lui fallait sortir de là. Elle courut à la porte et l'ouvrit à la volée.

« Salope ! », beugla Mark, en se ruant à sa suite.

Sans réfléchir, Sara tendit la main et empoigna Mark par le pied. Il essaya de s'en dépêtrer, mais elle agrippa la jambe de son pantalon.

« Arrêtez », fit-elle, en tâchant de tenir bon.

Il essaya de lui faire lâcher prise. Sans résultat. Il la frappa alors au visage. Avant que le premier coup ne l'atteigne au front, Sara entrevit la lueur de la pierre rouge de sa chevalière et, malgré elle, elle relâcha sa prise.

« Oh ! Mon Dieu ! souffla Molly, en portant la main à sa bouche.

— La vache », siffla Sara, en se touchant le front. La bague de Mark l'avait cueillie en pleine tempe. Elle regarda le sang sur ses doigts, mais aussitôt elle repensa à Lacey et se força à se relever.

« Tu devrais peut-être… », commença Molly.

« Mais où est Jeffrey, bon Dieu ? » cria-t-elle en se retournant.

Elle sortit, s'arrêta devant la porte de derrière, tâchant de se repérer. Le soleil cognait, et elle s'abrita les yeux, essayant de retrouver la trace de Lacey au milieu des arbres, derrière le bâtiment.

« Ils sont repassés devant ? » s'enquit Molly qui venait de sortir elle aussi et se dirigeait d'un pas rapide vers l'angle de la clinique. Sara la suivit et, en tournant au coin, heurta l'infirmière qui s'était immobilisée.

Molly lui indiqua la route.

« La voilà. »

Elles foncèrent en même temps, mais la foulée de Sara était plus longue, et elle ne tarda pas à distancer Molly. La rue, devant la clinique, n'était certes pas une artère très fréquentée, mais à l'heure du déjeuner les professeurs et les étudiants quittaient le campus pour se rendre en ville. Sara voyait Lacey courir, avec Mark derrière elle, qui criait à pleins poumons.

Sans trop comprendre comment, elle les vit tous deux réussir à traverser la chaussée. Lacey courait en direction du lac, lorsque Sara vit une autre silhouette, une image très floue, surgir par le flanc et plaquer Mark au sol. Le temps qu'elle et Molly aient traversé la rue, Lena Adams avait enfourché Mark comme un cavalier de rodéo, tout en lui tordant les bras dans le dos et lui avait mis les menottes.

« Oh ! merde ! », s'exclama Lena alors que Sara arrivait près d'elle.

Sara suivit son regard et vit, impuissante, une vieille voiture noire ralentir à la hauteur de Lacey qui courait toujours. La portière côté passager s'ouvrit d'un coup et un bras se tendit, agrippant Lacey et la tirant à l'intérieur du véhicule.

En descendant de voiture, Sara toucha le pansement qu'elle avait au front. Molly lui avait posé deux points de suture, avant de lui annuler le reste de ses rendez-vous, afin qu'elle ait un peu de battement pour se remettre de cette épreuve. Sa tête lui faisait mal, elle avait chaud, elle était irritable. Elle aurait aussi bien pu rester à son bureau et recevoir ses patients, mais Molly ne lui avait pas vraiment laissé le choix. L'infirmière avait peut-être raison. Chaque fois que Sara repensait à ce qui s'était passé, elle avait l'impression qu'on lui comprimait la poitrine dans un étau. Savoir qu'un autre de ses gamins était en danger et qu'elle ne pouvait absolument rien y faire lui donnait envie de poser la tête sur l'épaule de sa mère et de pleurer.

« Maman ? » appela-t-elle, en se débarrassant de ses souliers, et en fermant la porte d'entrée derrière elle. Il n'y eut pas de réponse, mais elle se rendit dans le fond, dans la cuisine. « Maman ? » répéta-t-elle.

Il n'y eut toujours pas de réponse, et elle sentit son cœur se serrer. Elle se remplit un verre d'eau et le but entièrement, en quelques gorgées, puis s'essuya la bouche du dos de la main.

Elle se laissa retomber sur un tabouret et décrocha le téléphone pour composer le numéro de Jeffrey. Avant même qu'elle ait eu la présence d'esprit de lui demander où il était, Lena avait emmené Mark au poste.

« Tolliver, répondit-il, et elle sentit, au léger écho de sa voix, qu'il était dans sa voiture.

— Où es-tu ? demanda-t-elle.

— J'ai été retenu en Alabama un petit moment, lui dit-il. J'ai parlé à Lena. Elle m'a raconté, pour Lacey. Tu n'as pas du tout vu qui était dans cette voiture ?

— Non, admit-elle. Tu as parlé à ses parents ?

— Frank est avec eux en ce moment même. Ils ne connaissent personne qui circule au volant d'une voiture de ce genre.

— Qu'a dit Mark ?

— Il refuse de parler à qui que ce soit. Même pas à Lena.

— Qui pourrait avoir envie de la kidnapper ?

— Je n'en sais rien. Nous avons lancé une alerte générale dans tout l'Etat. Je veux en discuter avec Mark, histoire de voir si on peut découvrir quelque chose.

— Je sens qu'on est en train de laisser filer quelque chose d'important. Et qui se trouve juste sous notre nez.

— Ouais. » Il resta silencieux, et elle entendit son moteur monter en régime quand il accéléra. « Raconte-moi ce qui s'est passé aujourd'hui. A partir du début. »

Elle prit sa respiration, et lui relata le tout. Il parut concentrer son attention sur le fait que Mark l'avait frappée, probablement parce que c'était la seule chose sur laquelle il savait avoir une influence.

« Il t'a frappée avec quoi ? demanda-t-il d'un ton sévère.

— Sa bague. En fait, avec son poing, rectifia-t-elle, mais c'est sa bague qui a causé le plus de dégâts. Il n'a pas réellement tapé fort. Il voulait juste que je le lâche. » Elle posa les doigts sur son pansement. « Ce n'est pas méchant.

— Lena l'a inculpé pour agression ?

— Probable », lui répondit-elle d'un ton qui voulait le persuader de laisser tomber.

Il saisit le message.

« Est-ce que Lacey avait l'air de connaître les gens qui étaient dans cette voiture ?

— C'était trop loin, Jeffrey, je n'en sais rien. Si elle n'avait pas porté cet imper jaune vif, je n'aurais même pas su que c'était elle.

— Lena connaissait cette voiture. Des gamins du lycée ont vu Jenny Weaver monter dedans. »

Sara joua avec le cordon du téléphone, tandis qu'il lui faisait part de ce que Lena avait appris au lycée. Quand il eut terminé, elle ne trouva pas grand-chose à dire.

« Cela ne ressemble pas à la Jenny que j'ai connue. » Puis elle lui posa la question qui la tenaillait, quelque part au fond de sa tête, depuis le début. « Crois-tu que Mark et Lacey soient les parents du bébé ? lança-t-elle. Je veux dire, je sais que c'est pour ça que tu voulais faire faire une prise de sang à Mark, mais il ne m'est jamais venu à l'esprit que…

— Je sais », la coupa-t-il. Elle comprit, au ton de sa voix, qu'il avait envisagé cette hypothèse depuis un bout de temps. « Je crois que c'est une possibilité.

— Et ton interprétation, du côté de Teddy Patterson ?

— Là aussi, c'est une possibilité.

— Je doute qu'il se soumette à un examen sanguin sans un mandat.

— Tu n'as pas tort. »

Elle soupira, se demandant comment tout cela s'emboîtait.

« Peut-être que Jenny a tout découvert et que ça l'a rendue jalouse ?

— Ça se pourrait, lâcha-t-il, et elle sentait bien qu'il se concentrait sur un autre aspect.

— Jeff…, commença-t-elle, ne sachant comment aborder le sujet sans le mettre en colère. Mark avait une coupure à l'abdomen. Ce n'était pas terrible, mais à mon avis quelqu'un a dû essayer de lui faire du mal.

— Bon.

— Non, l'arrêta-t-elle. C'est un gamin. Promets-moi que tu ne l'oublieras pas.

— Un gamin qui a pu violer sa sœur et maquereauter sa copine, ironisa-t-il. Un gamin qui t'a fichu un coup de poing en pleine figure.

— En ce qui me concerne, oublie, lui demanda-t-elle. Je le pense vraiment, Jeffrey. N'en fais pas une histoire, en ce qui me concerne. »

Il marmonna quelque chose entre ses dents.

« Jeff ?

— Tu n'as pas pu obtenir davantage d'informations de la part de la gosse ? s'enquit-il.

— Elle avait l'air désorientée, et terrorisée.

— Crois-tu qu'elle soit sérieusement malade ?

— Je ne sais pas si c'est la peur ou le choc, ou si elle est en convalescence après un accouchement. Je n'ai pas eu l'occasion de passer beaucoup de temps avec elle. Je…

— Quoi ?

— Je me sens responsable de ne pas avoir su veiller sur elle. Elle se trouvait dans ma clinique. Si j'avais été capable de la garder sur place…

— Elle s'est enfuie, Sara. Tu as fait ce que tu as pu. »

Elle pinça les lèvres. « J'aimerais que ça suffise à me rassurer.

— J'aimerais aussi, renchérit-il. J'aimerais pouvoir t'expliquer comment te défaire de cette culpabilité, mais ce qui est sûr et certain, c'est que j'en sais rien. »

Sara se sentait les larmes aux yeux. Elle posa la main sur sa bouche, pour qu'il ne l'entende pas pleurer.

« Sara ? »

Elle s'éclaircit la voix, s'essuya les yeux de sa main libre. Elle renifla, son nez coulait.

« Oui ?

— Lacey a-t-elle dit autre chose ? insista-t-il. Au sujet de Mark, éventuellement ? Pourquoi en avait-il après elle ? »

Sara regimba, car lui reposer sans arrêt les mêmes questions n'allait pas leur permettre de retrouver plus facilement la trace de Lacey Patterson.

« Arrête de me questionner. J'ai passé une journée suffisamment éprouvante comme ça sans que tu me soumettes en plus à un interrogatoire musclé. »

Cela le réduisit au silence et, de nouveau, elle entendit le moteur tourner plus vite.

Elle ferma les yeux et appuya la tête contre le mur, en attendant qu'il parle.

« Il faut juste… » Il s'interrompit. « Il faut juste que je te dise, l'idée que quelqu'un te fasse du mal me fout vraiment en rogne. »

Elle rit.

« Ah ça, moi aussi.

— Est-ce que ça va ? lui redemanda-t-il.

— Ouais », lui assura-t-elle, mais elle se sentait très perturbée. A ses yeux, la clinique avait toujours été un endroit sûr, et elle n'aimait pas le fait que ses responsabilités à la morgue se soient en quelque sorte infiltrées dans son travail au cabinet médical. Elle se sentait vulnérable, et elle n'aimait pas ça. « Nick a appelé, lui annonça-t-elle, avant de lui rapporter les informations de Shelton.

— La pureté ? répéta-t-il. C'est le mot qu'a employé Jenny.

— Exact, confirma-t-elle. Je pense que tout ça renvoie au sexe. Elle avait envie de retrouver sa pureté, tu vois ?

— Je vois.

— Alors, pourquoi se sentait-elle impure ?

— Peut-être à force de se faire sauter par tous ces types, lors de cette soirée, le cas échéant.

— Elle était ivre, lui rappela-t-elle, sentant la colère bouillonner tout au fond d'elle.

— Ils m'ont dit qu'elle était trop soûle pour savoir ce qu'elle faisait.

— Bien sûr qu'ils ont dit ça. Qu'est-ce qu'ils pourraient raconter d'autre, qu'ils l'ont violée ? »

Il s'éclaircit la voix.

« C'est un argument.

— Quel autre motif a pu l'amener à faire ce qu'elle a fait ? insista-t-elle. Jenny n'était pas comme ça. C'était à peine une jeune fille, nom de Dieu ! »

Jeffrey consentit à se montrer plus indulgent.

« Nous ne savons pas ce qui s'est produit au juste, Sara. Et nous ne le saurons probablement jamais. »

Elle changea de sujet, persuadée qu'elle ne pouvait pas avoir une conversation normale avec lui sur ce terrain, pour le moment.

« Nick a envoyé ce tatouage au FBI. Rien n'est ressorti de leur base de données.

— C'est justement ce qui m'a retenu là-bas, en Alabama, lui confia-t-il. Je te raconterai ça, ce soir.

— Non, dit-elle. Tu m'en parleras demain. »

Il demeura silencieux un instant.

« Je croyais que tu avais envie de me voir ce soir ?

— Oui, le rassura-t-elle. J'ai envie, mais pas de parler boulot. » Elle attendit quelques secondes. « J'ai besoin de ne plus penser à tout ça, rien que ce soir. D'accord ?

— D'accord. Tant que ça ne m'empêche pas de te voir.

— Si tu peux supporter ce genre de contrariété, reprit-elle, en tâchant de le prendre à la légère, j'ai un grand pansement sur la tête.

— Ça fait mal ?

— Mmh », grommela-t-elle, en regardant par la fenêtre. Elle vit sa mère monter les marches menant à l'appartement de Tessa, situé juste au-dessus du garage.

« Sara ? »

Elle revint à leur conversation.

« Je compte sur toi pour m'aider à me sortir tout ça de l'esprit. »

Cela le fit rire à son tour, il avait l'air ravi.

« Il faut que je parle à Mark et que je fasse brièvement le point avec la patrouille du soir au sujet de Lacey et des recherches. Même si nous ne pouvons pas tenter grand-chose pour cette nuit. J'arrive dès que je peux, d'accord ?

— Tu crois que ce sera tard ?

— Probablement, reconnut-il. Tu veux que je te laisse dormir ?

— Non, lui fit-elle. Réveille-moi. »

Elle pouvait presque l'entendre sourire.

« Alors à plus tard.

— D'accord », répondit-elle avant de raccrocher.

Elle but encore un verre d'eau, avant de sortir. Sous ses pieds nus, le dallage était aussi brûlant que des charbons ardents, et c'est sur la pointe des pieds qu'elle franchit les deux derniers mètres avant d'atteindre l'escalier.

L'appartement de Tessa était vaste, avec deux chambres et deux salles de bains. Elle avait peint les murs de couleurs primaires et rehaussé l'ensemble avec des fauteuils confortables et un grand canapé qui avait tendance à inviter son occupant à la sieste — à une longue sieste. Sara avait souvent dormi chez Tessa, surtout après son divorce, car à l'époque elle s'y sentait plus en sécurité que sous son propre toit.

« Tessie ? » appela-t-elle, en faisant en sorte de ne pas claquer la porte moustiquaire derrière elle. Cathy avait laissé la porte en bois grande ouverte, ce qui semblait bizarre, puisque la climatisation était branchée.

La voix de Tessa lui parut tendue.

« Juste une minute. »

Sara se dirigea vers la chambre de sa sœur, sans comprendre ce qui se passait.

« Tess ? » répéta-t-elle en s'arrêtant sur le seuil.

Tessa appuyait un mouchoir contre son nez et, quand Sara entra dans la pièce, elle ne leva pas les yeux. Cathy était à côté d'elle, les bras croisés.

« Que s'est-il passé ? demanda Sara, exactement en même temps que Cathy.

— Quoi ? » firent-elles toutes les deux.

Sara désigna sa sœur.

« Qu'est-ce qui t'arrive ? Pourquoi pleures-tu ? »

Cathy s'approcha de Sara et lui posa la main sur la tête.

« Tu t'es fait mal ?

— C'est une longue histoire, expliqua-t-elle, en écartant la main de sa mère. Tessie, qu'est-ce qui ne va pas ? » Tessa fit non de la tête, et Sara se sentit subitement prise de vertige. Elle s'assit sur le lit. « C'est papa ? »

Cathy se rembrunit.

« Ne sois pas sotte. Il a une santé de cheval. »

Sara posa la main sur sa poitrine et lâcha une bouffée d'air.

« Alors, c'est quoi, le problème ? »

Tessa se rendit à sa commode et en sortit un long morceau de plastique. Sara reconnut le test de grossesse, avant même que sa sœur le lui tende.

« Normalement, c'est préférable tôt le matin, souligna-t-elle, surtout parce qu'elle ne voyait pas trop quoi dire.

— C'est ce que j'ai fait, lui répliqua sa sœur. Et ensuite j'ai recommencé au déjeuner, et là encore, juste à l'instant.

— Tous positifs, lui annonça Cathy. Je crois qu'on va pouvoir la conduire à la ville le week-end prochain.

— A la ville ? » s'étonna Sara, ne saisissant pas pourquoi il leur faudrait aller à Atlanta. Elle ne tarda pas à comprendre, et secoua la tête en signe de désaccord, n'acceptant pas cette idée. « Vous allez vous organiser pour que Tessa avorte ? »

Tessa reprit le bâtonnet du test.

« Je n'ai pas vraiment le choix.

— Ce n'est pas vrai, s'insurgea-t-elle en se levant. Bien sûr que tu as le choix !

— Sara, la réprimanda Cathy.

— Maman, commença Sara. Seigneur Dieu, Tess, tu as trente-trois ans, tu vis super-bien, tu as Devon qui est tellement amoureux de toi qu'il en a perdu la tête !

— Mais cela n'a rien à voir avec tout ça, s'exclama Tessa.

— Tout à voir, au contraire, insista-t-elle.

— Je ne suis pas prête. »

L'espace d'un instant, Sara se sentit tellement choquée qu'elle fut incapable de rien dire.

« Tu sais ce qu'ils font, Tessa ? lui demanda-t-elle enfin. Tu sais ce que cette intervention implique ? Tu sais comment ils... »

Sa sœur l'arrêta.

« Je sais ce que c'est qu'un avortement.

— Comment peux-tu uniquement penser que...

— Penser quoi ? la coupa Tessa. Que je ne suis pas prête à avoir un bébé ? J'y arrive très facilement, Sara. Je ne suis pas prête.

— Personne n'est jamais prêt, lui rétorqua-t-elle, en s'efforçant de ne pas hurler. Comment peux-tu te montrer aussi égoïste ?

— Egoïste ? répéta Tessa, incrédule.

— Tu ne penses qu'à toi.

— Pas du tout », riposta Tessa.

Sara se masqua les yeux de la main, n'arrivant pas à croire qu'elle puisse avoir une conversation pareille. Elle laissa retomber sa main.

« Tu sais ce qu'ils vont faire ? Tu sais ce qui va arriver au bébé ? »

Tessa se détourna.

« Ce n'est même pas encore un bébé. »

Elle attrapa sa sœur par le bras et la força à se retourner. « Regarde-moi.

— Pourquoi ? Pour que tu puisses encore me parler de tout ça ? fit Tessa. C'est mon choix à moi, Sara.

— Et Devon, là-dedans ? s'enquit-elle. Qu'est-ce qu'il a à dire ? »

Tessa fit la moue.

« Ce n'est pas sa décision. »

Sara savait ce que Tessa entendait par là, mais elle lui posa quand même la question.

« Quoi, tu n'es pas certaine que ce soit lui le père ?

— Sara », l'avertit Cathy.

Sara fit face à sa mère.

« Alors ?

— Bien sûr que c'est lui le père », fit Tessa, indignée.

Elle observa fixement sa sœur, tâchant de trouver quoi dire pour l'empêcher de commettre ce geste. Quand elle ouvrit la bouche pour parler, la phrase qui en sortit les surprit toutes deux.

« Je l'élèverai », annonça-t-elle.

Tessa secoua la tête pour refuser.

« Je ne pourrais pas accepter ça.

— Pourquoi ?

— Sara, fit Tessa, comme si elle jouait délibérément les abruties. Je ne pourrais pas te laisser élever mon enfant. »

Sara posa fermement les mains sur ses hanches, en tâchant de contenir sa colère.

« Je crois bien que je ne t'ai jamais rien entendu dire

de plus immature. Alors, si tu n'en veux pas, personne ne peut ? »

Tessa ouvrit la bouche, la referma.

« Quand es-tu devenue aussi donneuse de leçon, aussi certaine d'avoir raison ? Il me semble me souvenir d'une époque où tu étais très pro-avortement. »

Sara sentit ses joues s'empourprer. Elle avait tout à fait conscience de la présence de sa mère dans la pièce.

« Arrête ça.

— Oh ! Devant maman, tu n'as pas trop envie d'évoquer l'époque où tu croyais que Steve Mann t'avait mise en cloque ? »

Cathy se taisait, mais Sara sentit que sa mère était blessée. Elle avait toujours clairement fait comprendre à ses filles qu'elles pouvaient tout lui confier. Or, Sara avait toujours respecté cette exigence. Sauf cette fois-là.

Elle tenta de s'expliquer.

« C'était une fausse alerte. Je préparais mes examens de fin de semestre. J'étais très stressée. Mes règles étaient en retard. »

Cathy leva la main, invitant sa fille à cesser.

« J'étais adolescente, ajouta-t-elle néanmoins d'une voix faible. J'avais toute ma vie devant moi.

— Et la première chose que tu as faite, poursuivit Tessa, ç'a été d'appeler le centre d'assistance aux filles mères d'Atlanta pour voir s'ils pourraient vite t'en débarrasser. »

Sara secoua la tête, sachant parfaitement que ce n'était pas vrai. La première chose qu'elle avait faite, c'était de fondre en larmes et de déchirer la lettre d'admission à l'université d'Emory.

« Ce n'est pas ainsi que ça s'est passé. »

Tessa n'en avait pas terminé, et sa réflexion suivante la pénétra jusqu'à la moelle des os.

« Pour toi, c'est tellement facile, parce que tu sais que tu ne tomberas jamais enceinte.

— Tessa ! », siffla Cathy, mais il était trop tard. Le mal était fait.

La bouche de Sara forma un O, mais le mot ne vint pas. Elle se sentait comme si on venait de la gifler.

Cathy allait dire quelque chose, mais ce fut au tour de Sara de lever la main.

« Ce n'est pas possible », murmura-t-elle, parce qu'en effet, ce n'était pas possible. Elle n'avait pas souvenir que Tessa l'ait jamais blessée de la sorte, et elle avait la même impression que si elle venait de perdre sa meilleure amie.

Sans un mot de plus, elle quitta l'appartement de Tessa, en laissant la porte moustiquaire se refermer derrière elle avec un claquement.

ONZE

Avant même que Jeffrey ait eu le temps de retirer sa veste, Maria lui tendit une pile de messages roses. Il avait l'impression d'être parti depuis trois mois au lieu de vingt-quatre heures.

« Celui-ci est important, commenta-t-elle en désignant l'un des carrés de papier. Et celui-ci aussi. » Elle continua, jusqu'à finalement déclarer tous les messages aussi importants les uns que les autres. Tous, sauf un. Jeffrey jeta un œil à ce message sans importance. Il y avait là le nom d'un homme, qu'il ne reconnut pas, suivi d'un numéro vert.

« De quoi s'agit-il ? »

Maria fronça les sourcils ; à l'évidence, elle essayait de se rappeler.

« Soit une entreprise de revêtements extérieurs, soit un service de machines à café. J'ai oublié lequel des deux. » Elle haussa les épaules en signe d'excuse. « Il a dit qu'il rappellerait. »

Jeffrey froissa le message en boule et le balança dans la corbeille.

« Lena est dans le coin ? lui demanda-t-il.

— Je vais la chercher », dit-elle en sortant du bureau à reculons.

Jeffrey s'assit à son bureau, et la première chose qu'il

vit fut une affichette au nom de Lacey Patterson, un avis de disparition. C'était une jeune fille mince, l'air adolescent, blonde comme sa mère. La photo était un cliché de l'école, avec un drapeau américain dans le fond et un globe terrestre au premier plan. Son poids et sa taille étaient indiqués sous la photo, ainsi que la mention du dernier endroit où on l'avait vue et un numéro où les gens pouvaient appeler. Le prospectus avait été télécopié à tous les commissariats de quartier de la région et saisi dans la base de données nationale chargée de la recherche des enfants disparus. Il faudrait du temps au Georgia Bureau of Investigation pour rassembler un ensemble d'informations cohérentes à transmettre aux forces de l'ordre de tout le sud-est des Etats-Unis. Si aujourd'hui était un jour comme les autres dans l'Amérique du crime, le nom de Lacey Patterson avait dû être saisi à côté de celui d'une centaine d'autres enfants récemment disparus ou enlevés.

Jeffrey décrocha le téléphone et composa le numéro de Nick Shelton. Quand ce dernier répondit, Jeffrey fut quelque peu surpris. L'agent de terrain du FBI était rarement à son bureau.

« Nick ? Jeffrey Tolliver.

— Salut, chef », fit Nick, et sa voix traînante et nasillarde de bon gars du Sud lui écorcha un peu les oreilles. Etant donné qu'il venait de passer ces dernières vingt-quatre heures au fin fond de l'Alabama, voilà qui était assez éloquent.

« Tu patrouilles au volant de ton bureau, aujourd'hui ? plaisanta-t-il.

— Faut bien que quelqu'un s'occupe de toute cette

paperasse, répondit Nick. Pas encore de nouvelles de ta jeune disparue ?

— Non. Rien du côté de l'alerte au niveau de l'Etat ?

— Pas un pépiement. Si tu avais un numéro de plaque, pour cette voiture, ça nous aiderait.

— C'était trop loin pour qu'on ait pu lire. »

Nick soupira.

« Bon, enfin, j'ai expédié le tout au laboratoire informatique. Qui sait combien de temps il leur faudra pour mettre quelqu'un dessus ? Ce n'est pas la priorité des priorités, en tout cas pas tant qu'il ne se produit rien de nouveau, dans un sens ou dans un autre.

— Je sais », acquiesça Jeffrey. Il faudrait une brèche dans cette affaire, une forme d'indice à suivre, un angle sous lequel travailler, avant que les grosses pointures du FBI soient appelées à intervenir. Pour l'heure, tout ce qu'ils pouvaient faire, c'était rester dans les parages, les mains dans les poches.

« Il y a pas moyen de les pousser un peu, sur cette histoire ? Seigneur, Nick. Sara et Lena ont vu cette gosse se faire enlever !

— Tu sais combien de gosses ont disparu, au cours des dernières vingt-quatre heures ?

— Quand même…

— Hé ! bon, d'accord. » Nick baissa la voix. « Je me suis fait un point d'honneur d'en parler à un vieux camarade, il est habitué à travailler sur les crimes impliquant des enfants. Il va passer deux ou trois coups de fil et voir s'il peut obtenir une certaine forme de priorité là-dessus.

— Merci, Nick.

— Entre-temps, ça ne ferait pas de mal d'avoir un

de tes gars qui se charge du suivi sur les réponses aux télécopies que tu as envoyées un peu partout. »

Jeffrey nota ce point, songeant que Nick avait raison. On recevait tellement de foutaises sur les télécopieurs du bureau que, parfois, rien que de les trier prenait des heures.

« Aucune chance que ce soit juste une bonne âme, qui l'ait enlevée pour la mettre en sécurité ?

— Bon Dieu, Nick ! s'exclama Jeffrey. Je n'en sais rien.

— Aucun des élèves du collège ne conduit de Thunderbird noire ?

— Non », fit-il. Ils avaient vérifié les véhicules de tout le monde, même des gens les plus lointainement concernés par l'affaire, puis ils avaient élargi la recherche pour y inclure tout Grant County. Dans le comté, personne ne possédait de vieille Ford Thunderbird immatriculée à son nom.

« En attendant, reprit Nick, qu'est-ce que j'peux faire pour toi ?

— La pureté, lui dit Jeffrey. Dis-moi ce que ça signifie, dans les relations pédophiles.

— Aucune idée, avoua Nick. Je peux rentrer l'info dans les ordinateurs et te tenir au courant.

— Je t'en serais reconnaissant.

— J'ai eu ta dame au bout du fil tout à l'heure ; elle aussi, elle m'a parlé de pureté, lui apprit Nick. C'est une affaire de castration, exact ?

— Exact, confirma-t-il.

— Eh bien, je te dirais, commença-t-il, que cette castration a généralement un aspect religieux. Ils font ça pour être certains que la fille reste vierge.

— Nous savons qu'elle ne l'était pas.

— Bon Dieu, non. D'après ce que j'ai entendu, elle avait déjà quelques heures de vol. »

Jeffrey s'efforça de laisser couler, mais la description de cette enfant par Nick était un peu brutale, même à ses oreilles. Les fonctionnaires liés au maintien de l'ordre public avaient tendance à se montrer aussi durs que possible sur ce genre de sujet, et Jeffrey n'y faisait pas exception. S'il n'avait pas tué la jeune fille en question, il en aurait ri. En l'occurrence, il ne put dire qu'une seule chose.

« J'ai un nom à te fournir, pour que tu le rentres dans ton ordinateur.

— Feu, fit Nick.

— Arthur Prynne. » Il épela le nom de l'homme qu'il avait presque rossé ce matin derrière le bazar de l'Opossum.

Nick marmonna quelque chose manifestement; il était en train d'écrire le nom.

« C'est quoi, du polonais ?

— Je n'en ai aucune idée, avoua Jeffrey. Il a un tatouage comme celui que je t'ai envoyé.

— Qu'est-ce que je recherche ?

— Il tournait autour d'une halte-garderie quand je lui suis tombé dessus.

— Tu ne peux pas franchement l'arrêter pour ça, objecta Nick, et ils savaient l'un et l'autre que cela relevait de l'évidence.

— Il a un ordinateur à son domicile. C'est probablement comme ça qu'il se branche avec d'autres pédophiles, lui précisa-t-il encore. Il m'a dit qu'il était un amateur de petites filles.

— Merde alors ! soupira Nick. Cette phrase me débecte.

— On pourrait lancer une recherche ici, à partir du poste, mais pour te dire la vérité, Nick, je crois qu'aucun de nous ne sait comment dénicher ce genre d'information.

— Les Fédéraux ont mis toute une brigade là-dessus. Posséder un nom, ça transforme la chose en priorité. Ils parviendront peut-être à essorer le gaillard au point de lui faire perdre la boule ?

— Très possible, estima Jeffrey. Quand je l'ai interrogé, il n'avait déjà pas beaucoup de nerf. Rien que pour sauver sa peau, je le vois assez bien moucharder certains de ses copains.

— Interrogé, hein ? releva Nick, avec un gloussement. A ce moment-là, il savait que tu étais flic ? »

Jeffrey sourit. Nick était beaucoup de choses, mais il n'était pas stupide.

« Disons que nous avons eu une conversation, et restons-en là. »

Nick rit de nouveau.

« Tu veux que je te prépare ça pour quand ?

— Très vite, vraiment, insista-t-il, ne voulant pas se sentir responsable, pour le cas où Prynne se révélerait bien moins innocent qu'à première vue.

— Je vais passer ça aux gars de l'Alabama, illico, lui promit Nick. On vient juste de pêcher quelque chose du côté d'Augusta qui pourrait t'intéresser.

— C'est-à-dire ?

— Les flics d'Augusta ont fait une descente chez un type, dans son hôtel, pour petit trafic de cocaïne. Et ils sont un petit peu tombés sur un tas de magazines qui n'étaient pas exactement licites.

— De la pornographie ? devina Jeffrey.

— Du porno pédophile, des gosses, confirma Nick. Il y avait des trucs vraiment merdiques.

— A Augusta ? » répéta Jeffrey, surpris de n'en avoir rien su. Augusta était tout près de Grant, et ils avaient tendance à s'échanger les informations avec les flics de là-bas, ne serait-ce que pour que tout le monde se tienne au courant.

« On garde le truc sous le coude, précisa Nick. On essaie de faire tomber les gros bonnets.

— Le coupable est prêt à témoigner contre ses complices ?

— Il s'est retourné plus vite qu'une pute à deux dollars, lui confirma Nick. Et, avant que tu ne me poses la question, il ne sait rien d'une Thunderbird noire ou d'une jeune fille portée disparue.

— Tu en es sûr ?

— Aussi sûr que deux et deux font quatre. »

Jeffrey se rembrunit, mais il n'avait guère de quoi se sentir supérieur. « Merci d'avoir vérifié.

— Sans vouloir te vexer, chef, tu as intérêt à espérer qu'elle ne soit pas avec un de ces types. Ils s'échangent les gamins comme toi et moi on s'échangerait des billets de base-ball.

— Je sais », acquiesça Jeffrey mais, à la vérité, il n'avait aucune envie de savoir. Rien que de penser à Lacey Patterson prise au piège avec un type comme ce Prynne, cela le rendait malade.

« En tout cas, soupira Nick, une livraison est censée avoir lieu ce soir ou demain. A l'évidence, Augusta est la plate-forme de distribution pour le sud-est.

— Je n'arrive pas à croire qu'ils continuent d'imprimer

cette merde alors qu'on peut se la procurer gratuitement sur Internet.

— Si tu t'y connais un peu, sur Internet, tu peux remonter la piste, lui rappela Nick. Tu veux que je te passe un coup de biniou quand ça va tomber ?

— Tu as mon numéro de portable, non ?

— Ouaip. Tu penses que ce tordu de Prynne est très actif ?

— Non, reconnut Jeffrey, car il avait eu l'impression qu'Arthur Prynne était le genre de pédophile à se contenter de regarder des photos sans traduire ses fantasmes en actes. Cela étant, je ne sais pas combien de temps ça durera.

— Il va attendre qu'on frappe à sa porte ? hasarda son interlocuteur.

— A mon avis, il a attendu ça toute sa vie, observa Jeffrey, en levant les yeux pour découvrir Lena qui se tenait dans l'encadrement de la porte. Faut que j'y aille, Nick. Rappelle-moi dès que tu as quelque chose sur cette descente, okay ?

— Sans faute, chef. »

Ils raccrochèrent et Jeffrey, surpris par sa mine, fit signe à Lena d'entrer. Elle avait les yeux injectés de sang, comme les gens qui ont pleuré pendant des heures. Elle avait le nez rouge et des cernes noirs sous les yeux.

« Tu veux m'en parler ? » lui proposa-t-il d'emblée, en désignant l'un des sièges disposés devant son bureau.

Elle lui lança un regard décontenancé, comme si elle ne comprenait pas.

« Des nouvelles de Lacey ? lui demanda-t-elle.

— Rien, fit-il. Tu as pris ce rendez-vous dont nous avions parlé ? »

Lena se mordit la lèvre inférieure.

« Je n'ai pas eu le temps.

— Trouve-le, la pria-t-il.

— Oui, monsieur. »

Jeffrey se cala contre le dossier de son fauteuil, en la dévisageant quelques secondes.

« Dis-moi ce qui s'est passé quand tu as ramassé Mark. Il a dit quelque chose ?

— Tout d'un coup, il est resté totalement bouche cousue, lui rapporta-t-elle. Il ne dira rien.

— Il a pris un avocat ?

— Buddy Conford, lui annonça-t-elle. Il n'y aura pas conflit d'intérêts ? »

Jeffrey réfléchit à cette éventualité. Buddy serait l'avocat représentant le comté, quand Dottie Weaver porterait plainte contre lui — si elle portait plainte.

« Est-ce que Buddy sait qu'il y a un lien entre Mark et ce qui est arrivé avec Jenny Weaver ?

— Il sait que Mark est le type que Jenny voulait abattre. Tout le monde le sait.

— Je veux dire, précisa-t-il, est-il informé que nous soupçonnons Mark d'être le père de l'enfant ? »

Lena arqua les sourcils en accent circonflexe.

« Ah bon, nous le soupçonnons ?

— Dis-moi pourquoi on ne le soupçonnerait pas ?

— Il pourrait y avoir un autre garçon, suggéra-t-elle.

— Avec la mère autour ?

— Elle a été très malade, plaida Lena en haussant les épaules. J'ai un feeling du côté du père. Il aime assez bousculer les gens.

— Je te l'accorde », admit-il, parce que Patterson s'était fait un sport de bousculer Lena, dans le mobile home, l'autre jour. Il avait été partagé entre intervenir, et voir si Lena parviendrait à s'en débrouiller toute seule.

« Peut-être qu'il a infligé des sévices sexuels à Mark, et Mark en aurait fait autant avec sa sœur ? Du genre relation de cause à effet ?

— Ce n'est pas le mode de fonctionnement des pédophiles, objecta-t-il.

— Je ne te suis pas.

— Tous les pédophiles n'ont pas été des enfants maltraités sexuellement. Tu ne peux pas partir de cette supposition.

— En l'occurrence, on se place au plan théorique, d'accord ? reprit-elle. Je veux dire, cela aurait pu se dérouler comme ça. Cela étant, je ne vois pas Patterson se faire des garçons.

— Encore ton feeling ?

— Ouais, fit-elle en opinant de la tête. Ce feeling-là, je l'ai pas.

— Et à propos de Mark ? voulut-il savoir, se souvenant du comportement de Lena lors de leur premier entretien avec le garçon. Quel genre de feeling tu as eu, avec lui ? »

Lena eut la bonne grâce de baisser les yeux.

« Eh bien, commença-t-elle, il a un tempérament hyper-sexuel.

— Continue.

— Il a vraiment l'air de tout miser sur son apparence, sur son côté sexuel. » Elle releva les yeux. « Je pense qu'il ne sait probablement pas communiquer autrement.

— Ce tatouage, poursuivit Tolliver. J'ai trouvé un type en Alabama qui avait le même.

— Les deux cœurs ?

— Il surveillait une halte-garderie, compléta-t-il, en

éprouvant le même dégoût qu'il avait ressenti devant le bazar de l'Opossum. A reluquer les gosses, là-bas.

— Des petits gosses ? s'enquit-elle. C'est un agresseur d'enfants ?

— Plutôt un pédophile », rectifia-t-il. Sara lui avait fait la leçon sur la différence entre les deux, il y avait bien longtemps de cela, lors d'une autre affaire, et il en fit profiter Lena. « Les agresseurs d'enfants ont tendance à les détester, et ils n'ont aucune envie de leur traîner autour, sauf pour les maltraiter. Les pédophiles croient faire du bien aux gamins. Ils croient les aimer.

— Hum, hum, fit-elle, sceptique.

— La pédophilie est considérée comme une maladie mentale.

— Tout comme l'homosexualité jusqu'au début des années soixante. Je ne vois toujours pas la différence. »

Jeffrey n'ignorait pas que la sœur de Lena était gay, et ce propos ne manqua pas de le surprendre.

« Je suppose que la grosse différence serait que le contact sexuel d'adulte à adulte serait considéré comme sain. Les enfants, eux, ne sont pas préparés à ce genre de relation. » Elle ne réagit pas, et donc il continua. « Dans une relation d'adulte à enfant, l'équilibre du pouvoir sera toujours du côté de l'adulte. On n'est pas sur un pied d'égalité. L'adulte sera toujours en situation de maîtrise par rapport à l'enfant. »

Lena lui lança un regard incrédule.

« On dirait que tu es en train de justifier la chose.

— Je ne justifie rien du tout, se défendit-il, irrité par son accusation. Je suis simplement en train de t'exposer leur façon de penser.

— Leur façon de penser est putain de pervertie !

— Je suis d'accord là-dessus, acquiesça-t-il. Mais tu ne peux pas laisser ton dégoût fausser ton approche de ces réalités-là, Lena. Si Mark a ce tatouage parce qu'il est pédophile ou parce qu'il maltraite des enfants, tu ne peux pas lui faire savoir que tu désapprouves. Sinon, il ne va jamais se confier à toi. Et tu le sais, ajouta-t-il, car il lui avait déjà appris cet aspect de son travail.

— Bon, fit-elle. A ton avis, il est lequel des deux, au juste ? Il est à peine plus âgé que Lacey.

— Trois ans au moins.

— Ça ne fait pas une différence énorme.

— Peut-être pas entre trente et trente-trois ans, mais chez les gosses, quand tu y réfléchis bien, cela représente un assez grand saut. C'est la différence entre un enfant et un jeune adulte. »

Elle garda le silence ; manifestement, elle était en train de réfléchir à la question.

« Considère ça sous cet angle : un pédophile est plus à l'aise au milieu des enfants parce qu'il a peur des relations adultes. Les adultes lui font peur.

— Et qu'en est-il de Jenny ? Comment est-ce qu'elle a pu se faire coudre comme ça ? C'est quoi, l'histoire ?

— Ça, je n'en sais rien, admit-il. Peut-être que Mark va cracher le morceau ?

— Il ne parle pas, lui rappela-t-elle. Frank est resté avec lui, et il a le regard fixé dans le vide.

— Il est défoncé ? »

Elle fit non de la tête.

« Il l'était, avant, mais maintenant l'effet est passé.

— Il a besoin d'un fix ?

— Il a l'air d'aller, lui assura-t-elle. Il n'a pas la tremblote, si c'est à ça que tu fais allusion.

— Et son état physique ? Sara m'a dit qu'il avait l'air de quelqu'un qu'on a passé à tabac.

— Ouais », fit-elle. Elle sortit des Polaroïds de sa poche de chemise. « Nous avons pris des photos, histoire d'avoir des pièces à verser au dossier. Le Dr Linton estime que la coupure qu'il a au ventre aurait été provoquée par un couteau aiguisé. Enfin, ce n'était pas assez profond pour mériter des points de suture. Et il a un coquard qui est en train d'enfler. »

Jeffrey examina les photos une à une. Mark fixait l'objectif avec une expression éteinte dans les yeux. Sur l'un des clichés, où il avait retiré sa chemise, il avait des taches d'herbe sur son jean, à hauteur de la taille, ainsi que des éraflures superficielles au bas de l'abdomen.

« Ce n'est pas nous les responsables de tout ça ? fit-il, histoire de vérifier.

— Bien sûr que non », affirma-t-elle, ce qui était curieux, parce qu'il lui avait déjà posé cette question, en d'autres circonstances, et il avait reçu une réponse directe, sans afféterie. Elle ajouta un mot, comme pour enfoncer le clou. « Demande à ta petite amie. Elle l'a vu avant moi.

— Quelqu'un l'a pris en chasse ? voulut-il savoir, passant outre. Ou alors c'était lui qui poursuivait quelqu'un ?

— L'un ou l'autre, trancha-t-elle. Il a aussi des blessures aux bras. Il s'est défendu »

Jeffrey repensa à Arthur Prynne, et à la façon dont il s'était protégé des deux bras, pour l'empêcher de le frapper au visage.

« Nous avons étiqueté ses vêtements. Je crois que le Dr Linton va prélever le sang sur sa chemise pour effectuer un test ADN.

— Tu l'as questionné au sujet de sa sœur ?

— Si ça le préoccupe, il ne le montre pas. Comme je t'ai dit, il ne parle de rien. »

Le téléphone de Jeff sonna, et il appuya sur le bouton de l'intercom.

« Le pasteur Fine est ici pour voir Mark », l'avertit Maria.

Jeffrey et Lena échangèrent un regard.

« En qualité de quoi ?

— Il dit que les parents lui ont demandé d'agir comme mandataire durant votre interrogatoire. » Maria baissa la voix. « Buddy Conford est ici avec lui.

— Merci », fit Jeffrey, en enfonçant à nouveau le bouton. Il se redressa dans son fauteuil, en dévisageant Lena.

« Quoi ? finit-elle par lui demander.

— Tu as ce lien avec Mark. Je ne sais pas ce que c'est, mais il faut que tu sois prudente là-dessus.

— Je n'ai aucun lien avec lui, se défendit-elle, et manifestement cette idée la mettait mal à l'aise.

— Peut-être qu'il transfère certaines émotions vers toi parce que sa mère est malade. »

Lena eut un haussement d'épaules, mi-figue, mi-raisin.

« Peu importe, lâcha-t-elle. On peut juste en finir avec cet interrogatoire ? »

Buddy Conford avait vécu une vie infernale. A dix-sept ans, dans un accident de voiture, il avait perdu la jambe droite, à partir du genou. Plus tard, il avait perdu l'œil gauche suite à un cancer, et un rein à cause d'un client insatisfait armé d'un pistolet. Loin de l'affaiblir, ces pertes semblaient avoir rendu Buddy encore plus fort. Il pouvait se battre comme un chien pour un os, pourvu qu'il ait arrêté son esprit sur la chose. D'un autre côté, Buddy était un être logique et, au contraire de la plupart des avocats, il savait distinguer le bien du mal. Il avait aidé Jeffrey en plus d'une occasion. Jeffrey qui abordait cet interrogatoire avec Mark Patterson en espérant justement qu'il s'agirait de l'une de ces occasions.

« Chef, fit Dave Fine, je voulais vous remercier de m'avoir permis d'être présent. L'état de la mère de Mark a empiré, et ses parents ont donc souhaité que je sois là à leur place. »

Jeffrey opina, en s'abstenant de remarquer qu'il n'avait pas réellement le choix. Quels que soient les crimes commis par Mark, il était encore un enfant, du moins en principe. Il reviendrait aux tribunaux de modifier cette désignation, si jamais on en arrivait là.

« A-t-on des nouvelles de sa sœur ? voulut savoir le pasteur.

— Non », fit Jeffrey, en dévisageant Mark, tâchant de comprendre ce qui se passait chez ce garçon de seize ans. Il avait un air épouvantable, et son hématome à l'œil noircissait de minute en minute. Il avait la lèvre coupée en plein milieu, et les yeux aussi injectés de sang que ceux de Lena. Dans la combinaison de prisonnier orange qu'on lui avait fait enfiler, il paraissait encore plus pâle qu'il ne l'était déjà. Il avait aussi l'air plus petit, en quelque sorte diminué par les circonstances, les épaules voûtées, l'air aminci, même comparé à Buddy Conford, qui n'était pas précisément grand.

« Mark ? », commença Jeffrey.

Les lèvres du garçon remuèrent silencieusement, et il resta le regard rivé à la table, comme s'il ne voulait pas lever les yeux et reconnaître la situation dans laquelle il se trouvait. Il y avait chez ce garçon quelque chose de pathétique, qui inspirait à Jeffrey une forme de compassion. Sara avait raison. Peu importait ce que Mark avait commis, il n'était encore qu'un gamin.

Buddy compulsa le dossier de Mark.

« Quelles sont les charges, chef ?

— Agression, lui répondit-il, sans quitter le garçon du regard. Il a frappé Sara au visage. »

Buddy considéra son client d'un air sévère.

« Sara Linton ? » demanda-t-il, et la surprise fit grimper le ton de sa voix. Buddy avait grandi à Grant et, comme la plupart des natifs de l'endroit, il considérait Sara comme quelqu'un de sacré, en raison du travail qu'elle accomplissait à la clinique.

Un bruit de cliquetis se fit entendre sous la table. Mark était menotté, et Jeffrey supposa que ce bruit provenait des bracelets de métal roulant sur ses cuisses. Il avait déjà entendu ce bruit, lors de plusieurs autres interrogatoires.

« En présence d'environ dix témoins, ajouta-t-il, en couvrant ce bruit. Il a aussi infligé des violences corporelles à sa sœur.

— Hum hum, fit Buddy, en empilant les documents. Ces hématomes au visage, il les a eus après ou avant son arrestation ? »

Lena intervint d'un ton cassant.

« Avant. » Non sans ponctuer silencieusement d'une *espèce d'idiot* qu'elle ne prononça pas, mais qui n'en fut pas moins perçu.

Buddy lui adressa un regard en forme d'admonestation.

« Vous avez des témoins pour étayer ça ?

— Nous avons pris des photos », indiqua Jeffrey, en sortant d'une chemise les Polaroïds pris par Lena. Il les fit glisser sur la table, à l'intention de Buddy. Ce mouvement fit légèrement tressaillir Mark et, là encore, Jeffrey fut frappé de la fragilité apparente du garçon.

Buddy les fit défiler entre ses doigts, sans regarder Mark avant d'avoir terminé.

« Qui lui a fait ça ? demanda-t-il à Jeffrey.

— C'est à vous de nous le dire », lui répliqua-t-il.

Mark restait toujours les yeux baissés, avec ses menottes cliquetant comme un métronome.

Buddy repoussa les clichés vers Jeffrey.

« Il a pas l'air de vouloir causer.

— Qu'est-ce qui se passe, Mark ? »

Mark leva les yeux, apparemment surpris que Lena lui adresse la parole. Le bruit cessa, et il eut l'air de se figer, attendant que Lena en dise davantage.

Jamais Jeffrey ne l'avait entendue parler d'une voix aussi douce. Et quand elle lui demanda « Dis-moi ce qui ne va pas, Mark », on aurait cru que Mark et elle étaient les deux seules personnes présentes dans la pièce.

Il continua de la regarder fixement, et sa respiration se fit plus rapide.

« Qui t'a frappé ? » insista-t-elle, en usant du même ton soucieux. Elle tendit la main vers lui, et Mark leva les siennes, pour qu'elle puisse les lui prendre. Quand sa main recouvrit les siennes, un petit sanglot s'échappa de ses lèvres.

Conford lança un coup d'œil à Jeffrey, qui secoua la tête, une fois, invitant l'avocat à garder le silence. Dave

Fine se taisait, sans que l'on ait eu à l'y inviter, et il fixait du regard les mains de Mark et Lena.

De son pouce, Lena lissa la peau, à l'emplacement du tatouage de Mark. Jeffrey n'avait pas besoin de consulter du regard les autres hommes de la pièce pour savoir que ce geste les mettait un peu mal à l'aise. L'air semblait chargé de quelque chose d'indicible.

« Qu'est-ce qui se passe, Mark ? Dis-moi », répéta-t-elle.

Des larmes lui vinrent aux yeux.

« Il faut que vous retrouviez Lacey.

— On va la retrouver.

— Il faut que vous la retrouviez avant que quelque chose de mal ne lui arrive.

— Qu'est-ce qui va lui arriver, Mark ? »

Il secoua la tête en sanglotant.

« Il est trop tard. Personne ne peut plus l'aider, maintenant.

— Savez-vous qui a pu l'emmener ? Avez-vous reconnu la voiture ? »

Il secoua la tête de nouveau.

« Je veux voir maman. »

Lena eut du mal à avaler sa salive, et Jeffrey vit bien que la fragilité de Mark l'atteignait, elle aussi.

« Je veux juste voir maman », répéta-t-il, d'une voix feutrée.

Dave Fine tendit la main au garçon, et Mark s'écarta si vivement que Buddy dut retenir sa chaise pour l'empêcher de basculer.

« Ne me touchez pas ! » cria Mark en se levant.

Lena se leva, elle aussi, et contourna la table à moitié en courant. Elle essaya de prendre Mark par le bras, mais il s'échappa, bondissant de côté, et se heurta presque au mur. Il recula dans le coin de la salle, en se logeant la tête dans l'angle des deux murs. Lena lui posa la main sur l'épaule, en lui chuchotant quelque chose.

« Mark, intervint Dave Fine, les mains levées. Calme-toi, fils.

— Pourquoi vous n'êtes pas avec ma mère ? s'écria Mark. Où est votre putain de Dieu pendant que ma mère est en train de mourir ?

— Je vais la voir plus tard dans la soirée, lui assura Fine, d'une voix tremblante. Elle tenait à ce que je sois là avec toi.

— Et qui est-ce qui était là, pour Lacey ? lui demanda Mark. Qui était là, quand une espèce de taré l'a enlevée en pleine rue ? »

Fine baissa les yeux, et Jeffrey devina que l'homme éprouvait la même culpabilité qu'ils ressentaient tous à l'égard de Lacey Patterson.

« Je n'ai pas besoin de vous, cria le jeune homme. Maman, si ! Elle a besoin de vous, et vous êtes ici, avec moi, comme si vous y pouviez quelque chose.

— Mark…

— Allez aider ma mère ! » hurla Mark.

Mark secoua la tête, détournant le regard. Lena lui posa les mains sur les épaules et le ramena à son siège.

Buddy frappa du bout des doigts sur la table pour attirer l'attention de Jeffrey, puis il désigna la porte.

Jeffrey se leva, signifiant par là que Fine devrait en faire autant. Le prêtre hésita, puis il s'exécuta, en suivant Buddy dans le couloir.

« Bordel de Dieu ! fit ce dernier. Désolé, mon père », s'excusa-t-il.

Fine hocha la tête, en se fourrant les mains dans les

poches. Il regarda par la petite vitre de la porte, observant Lena qui s'entretenait avec Mark.

« Je vais prier pour son âme », marmonna-t-il.

Buddy s'appuya sur sa béquille, en s'inclinant fortement sur le côté.

« Mais bon sang, qu'est-ce qui se passe, ici, chef ? »

Jeffrey ne savait que répondre.

« Dave, est-ce que vous y comprenez quelque chose ?

— Moi ? s'exclama Fine, surpris. Je n'en ai aucune idée. La dernière fois que j'ai vu Mark, il m'avait l'air d'aller bien. Bouleversé à cause de sa mère, mais bien.

— Quand était-ce ? s'enquit Jeff.

— L'autre soir, à l'hôpital. Il priait avec Grace.

— Que s'est-il passé entre vous et Jenny Weaver ? insista Tolliver.

— Jenny Weaver ? répéta Fine, sincèrement décontenancé.

— Vous m'avez dit, lui rappela Jeffrey, que vous étiez passé la voir à deux reprises vers Noël.

— Oh ! d'accord, acquiesça Fine. Brad m'avait demandé de la voir. Elle avait cessé de venir à l'église, et il s'inquiétait.

— Avec raison ?

— Oui. Enfin, je pense, confirma Fine, l'air sombre. Elle a refusé de me parler. Ni l'un ni l'autre ne voulaient me parler de rien.

— Ni l'un ni l'autre, c'est-à-dire ? » insista Jeff.

Fine désigna la porte.

« Mark et Lacey. J'en ai touché un mot à Grace, mais à ce stade, elle ne pouvait pas intervenir auprès d'eux. Elle attribuait cela à une sorte de rébellion d'adolescents, j'imagine. » Il secoua tristement la tête. « Un tas d'enfants laissent tomber l'église à cet âge, mais en général ils y reviennent quand ils ont un peu grandi. Grace se faisait du souci, alors j'ai parlé à son fils.

— Et que vous a-t-il raconté ? »

Fine s'empourpra.

« Disons qu'il a employé des termes que j'aimerais mieux ne pas voir parvenir aux oreilles de sa mère, et restons-en là. »

Jeffrey opina de la tête, et s'en tint là. Il avait entendu Mark suffisamment souvent pour savoir de quoi le garçon était capable.

« Et Grace ? Comment va-t-elle ? s'inquiéta-t-il.

— Elle est très malade. Je ne crois pas qu'elle passe le week-end. »

Jeffrey songea au désir manifesté par Mark de voir sa mère.

« C'est si grave que ça ?

— Oui, confirma Fine. A ce stade, ils ne peuvent plus rien pour elle, si ce n'est la soulager un peu. » Il lança de nouveau un coup d'œil par la vitre de la porte. « Je ne sais pas ce que sa famille va devenir sans elle. Cette situation les déchire.

— Vous n'étiez pas présent lors de cette retraite, à Noël, n'est-ce pas ? »

Fine secoua la tête.

« Je suis resté ici. Je ne m'occupe pas vraiment des retraites. C'est plus le travail du bénévole chargé des jeunes. Brad Stephens.

— Je lui en ai déjà parlé.

— C'est un jeune homme très bien, assura Fine. J'espérais qu'il servirait d'exemple à certains des garçons.

— Vous avez eu l'occasion d'assister Mark au plan psychologique, n'est-ce pas ?

— Un peu, admit Fine. Il ne s'est pas vraiment confié. Je peux consulter mes notes et vous faire savoir s'il en ressort quelque chose.

— S'il vous plaît. Où serez-vous demain matin ?

— A l'hôpital, je suppose, lui répondit Fine, en consultant sa montre. En fait, j'aimerais bien y repasser ce soir, à moins que vous n'ayez d'autres questions à me poser.

— Vous pouvez y aller. Je ferai moi-même un saut à l'hôpital demain matin à dix heures. Apportez vos notes avec vous.

— Je suis désolé de n'avoir pu vous aider davantage », s'excusa Fine. Il serra la main du policier, puis celle de Buddy, avant de s'éclipser.

L'avocat regarda le prêtre s'en aller, puis se tourna vers Jeffrey.

« Je n'aime pas trop ce qui se trame entre votre inspectrice et mon client. »

Jeffrey envisagea brièvement de feindre l'ignorance, mais décida qu'on n'en était plus là.

« Ce soir, je vais le placer en veille anti-suicide. »

Buddy ne mordit pas à l'hameçon.

« Vous n'avez pas répondu à ma préoccupation. »

Jeffrey regarda de nouveau dans la pièce. Lena avait obtenu de Mark qu'il se rasseye, elle lui massait le dos, et il pleurait.

« C'est en rapport avec la mort de Jenny Weaver, mais nous ne savons pas trop à quel titre.

— Oh ! merde, pesta Buddy en frappant le sol avec sa béquille. Merci beaucoup de cette information, chef.

— Je n'en étais pas sûr, mentit Jeffrey. Vous savez, c'est lui, le gamin que Jenny Weaver voulait abattre.

— Ça ressemblait à une agression simple.

— C'est le cas. Je veux dire, c'était le cas.

— Vous voulez bien me parler dans une langue que je comprenne ? »

Jeffrey observa ce qui se passait dans la salle d'interrogatoire. Lena avait toujours la main dans le dos de Mark, elle le réconfortait.

« Honnêtement, Buddy, je n'ai aucune idée de ce qui se passe.

— Commencez par le commencement. »

Jeffrey se cala les mains dans les poches.

« Le bébé que nous avons retrouvé à la patinoire, expliqua-t-il, et Buddy opina du chef. Nous pensons que Mark en est le père. »

Buddy continua de hocher la tête.

« Pas absurde.

— Nous pensons que sa sœur pourrait en être la mère.

— La fille qui a été enlevée ? »

Jeffrey confirma. Il songea à Lacey Patterson et à ce qu'il avait pu advenir d'elle, et son ventre se noua.

« Je croyais que Weaver était la mère de cet enfant.

— Non, rectifia Jeffrey. Sara a effectué l'autopsie. Jenny n'était pas la mère. » Il omit de lui révéler le reste de ce que Sara avait découvert.

« Je n'ai toujours pas de nouvelles de Dottie Weaver, l'informa Buddy. Le maire en a des suées, il me fait penser à une pute qu'on aurait forcée à assister à l'office du dimanche.

— Elle va probablement attendre que l'enterrement soit passé », estima Jeffrey, en se demandant quand aurait lieu l'inhumation. Il doutait fortement que Sara soit conviée, et elle n'avait pas du tout évoqué le sujet.

« Quoi qu'il en soit, j'ai besoin de recueillir votre déposition, dès demain, ordonna Buddy. Il faut qu'on couche ça sur le papier tant que c'est encore frais dans votre esprit.

— Je ne pense pas que cela perde jamais de sa fraîcheur dans mon esprit, Buddy, ironisa Jeffrey, songeant qu'il porterait le fardeau de la mort de Jenny Weaver jusqu'à la fin de ses jours.

— Qu'est-ce qui se trame d'autre ici ? insista l'avocat. Ne me cachez rien. »

Jeffrey sortit les mains dans les poches.

« Mark a ce tatouage sur la main.

— Ce truc en forme de cœur ?

— Ouais, confirma Jeffrey. C'est un symbole de quelque chose.

— Pornographie enfantine, suggéra Buddy, ce qui ne laissa pas de stupéfier Jeffrey.

— Comment savez-vous ça ?

— J'ai un autre client qui a le même tatouage, lui apprit Conford. Un type que j'ai pêché il y a quelques semaines, à Augusta. Je me suis chargé de l'affaire pour rendre service à un ami.

— Quelle était cette affaire ? »

Buddy regarda autour de lui. Manifestement, il réfléchissait à l'opportunité de répondre ou non à cette question.

« Je me suis déjà montré plus que compréhensif, Buddy.

— Ouais, d'accord, admit l'autre. Il s'est fait pincer pour de la coke. Pas des masses, mais suffisamment pour être inculpé de trafic. Il détenait certaines informations qui lui ont permis de faire lever les charges qui pesaient sur lui.

— J'ai déjà entendu cette histoire, acquiesça Tolliver. C'est un trafiquant, n'est-ce pas ? De porno ? »

Buddy opina.

« Et il a dénoncé ses complices pour s'éviter de se faire coller en taule.

— Bingo, fit Buddy. Comment l'as-tu su ?

— Par la voie habituelle, admit-il, sans vouloir lui fournir davantage d'informations.

— Quelle voie habituelle ? » insista Conford.

Jeffrey tenta de faire diversion.

« Où est ta jambe ? fit-il en désignant l'espace vide au-dessous du genou droit de Buddy.

— Merde, soupira l'autre. Ma petite amie me l'a prise. Veut pas me la rendre.

— Qu'est-ce que tu lui as fait ?

— T'es bien un flic, toi, bougonna-t-il en s'appuyant sur sa béquille. Toujours à faire porter le chapeau à la victime. »

Tolliver éclata de rire.

« Tu veux que je lui en touche un mot ? »

Conford fronça les sourcils.

« Je gère, répliqua-t-il enfin. Tu vas répondre à ma question ? Comment es-tu au courant ?

— Nan », rétorqua Jeff. Il se retourna vers la salle d'interrogatoire. Mark avait la tête posée sur la table, et Lena était assise à côté de lui, elle lui tenait la main.

Jeffrey ouvrit la porte.

« Lena », fit-il, lui signifiant par là qu'elle devait sortir dans le couloir.

Lena ouvrit la bouche, probablement pour lui demander

de l'autoriser à rester, mais elle parut se raviser. Elle se leva, sans regarder Mark, sans le toucher, et sortit de la pièce.

« Qu'a-t-il dit ? lui demanda-t-il.

— Rien, lui répondit-elle. Il veut aller à l'hôpital voir sa mère.

— Rentre chez toi, la pria Jeff, et sans attendre son acquiescement, il réintégra la salle d'interrogatoire. Buddy lui emboîta le pas.

— Mark, commença-t-il, en choisissant la chaise laissée vacante par la policière. Nous sommes au courant, pour le tatouage. »

Mark resta tête baissée. Il pleurait, et la table tremblait.

« Nous savons ce que ça veut dire. »

Buddy prit appui sur la table, en face de Mark.

« Fiston, c'est ton intérêt de nous expliquer de quoi il retourne.

— Mark, reprit Jeff, as-tu la moindre idée de l'identité des gens qui ont enlevé ta sœur ? » Comme le garçon ne répondait pas, il essaya autre chose. « Mark, nous pensons que ce sont des types pas bien qui l'ont enlevée. Des gens qui pourraient lui faire du mal. Là, il faut que tu nous aides. »

Et pourtant, toujours pas de réponse.

« Mark, insista-t-il encore, le Dr Linton m'a indiqué que Lacey avait l'air malade, quand elle l'a vue. »

Mark se redressa, en s'essuyant les yeux avec les mains. Il fixa le mur, droit devant lui, et son corps se balançait d'avant en arrière.

« Lacey était-elle enceinte ? Etait-ce son bébé, à la patinoire ? »

Mark continua de se balancer, un peu comme s'il était hypnotisé par ce mur.

« Etais-tu le père de ce bébé, Mark ? »

Mark demeura le regard fixe. Jeffrey agita la main devant les yeux du garçon, mais ce dernier ne bougea pas.

« Mark ? fit Jeffrey. Mark », répéta-t-il, plus fort.

Mark ne broncha pas.

« Mark ? » dit-il encore, en claquant des doigts.

Conford posa la main sur l'épaule du garçon, qui ne se rendit compte de rien.

« A mon avis, il faut lui trouver un médecin, suggéra l'avocat.

— Sara peut…

— Non, l'interrompit Buddy. A mon avis, il a assez vu Sara pour aujourd'hui. »

Il était dix heures quand Jeffrey quitta le poste. Il avait consacré près de deux heures à appeler dans tout l'Etat, pour s'assurer que les autres services de police aient bien reçu l'avis de recherche de Lacey et se soient lancés sur la piste de cette Thunderbird noire. Plusieurs flics avec lesquels il s'était entretenu avaient souhaité lui fournir des détails concernant des affaires en cours sur lesquelles ils travaillaient. Il avait beau être convaincu de ne pouvoir leur être d'une grande aide, il avait pris soin de ponctuer leurs explications avec les borborygmes et autres onomatopées de rigueur, espérant que ses collègues, à l'autre bout du fil, y avaient cru. Il y avait plus de chances pour qu'une patrouille du côté de Griffin tombe sur cette Thunderbird noire qu'il n'en avait lui-même de retrouver un téléviseur grand écran dérobé au domicile de la mère d'un sergent, mais il avait quand même noté et répété le numéro de série.

Malgré ce qu'il avait raconté à Nick, il avait envie de voir ce qu'il serait en mesure de découvrir sur Internet par lui-même. Avec l'aide de Brad, ils avaient repéré des milliers de sites sous l'intitulé général « amateurs de petites filles ». Dès le troisième site, Brad avait complètement blêmi, et Jeffrey avait libéré le jeune policier de patrouille pour naviguer sur la Toile tout seul.

Même avec sa connaissance rudimentaire d'Internet, il parvint à trouver des liens accédant à toute une série de sites contenant des images d'enfants posant dans diverses postures horrifiantes. Après la connexion, il avait éprouvé le besoin de prendre une douche, rien que pour se laver l'esprit de ces images. Sara avait raison. S'il prenait un peu de distance par rapport à cette affaire, cela lui apporterait peut-être le recul nécessaire. En fait, il ne savait pas trop dans quelle direction poursuivre ses recherches.

En roulant vers la maison de Sara, il tâcha de ne pas repenser à ce qu'il venait de voir à l'écran. Avant de partir du poste, il l'avait appelée pour l'informer de l'absence de nouvelles concernant Lacey et lui signaler qu'il était en route, si elle voulait encore de lui. Heureusement, elle n'avait pas changé d'avis. Il s'engagea dans l'allée, en remarquant qu'elle avait laissé les lumières allumées, exprès pour lui. Quand il descendit de sa voiture, il entendit une chanson jazz très douce, en provenance de la maison. Sara avait dû le voir arriver, car elle lui ouvrit sans lui laisser le temps de frapper. Quand il la vit là, qui se tenait devant lui, tout ce qui le perturbait depuis ces derniers jours lui sortit de la tête.

« Salut », fit-elle, avec un sourire entendu.

Il resta sans voix, et ne put rien faire d'autre que la regarder. Ses cheveux lui venaient aux épaules, avec des boucles plus souples que d'habitude. Elle portait une robe en soie noire qui lui moulait le corps, mettant toutes ses courbes en valeur. Une longue fente sur le côté laissait entrevoir la jambe. Elle était chaussée d'escarpins à hauts talons qui lui cambraient la cheville, lui donnaient envie de la lui lécher.

Elle lui prit la main et le conduisit à l'intérieur. Il l'arrêta dans le hall d'entrée, et l'attira contre lui. Les hauts talons la grandissaient d'une dizaine de centimètres, et elle lui posa la main sur l'épaule tout en ôtant ses escarpins, pour se retrouver à sa hauteur.

« C'est mieux ? » s'enquit-elle. Comme il ne répondait pas, elle se pencha, et ses lèvres effleurèrent les siennes. Il garda les yeux ouverts, aussi longtemps qu'il put, la regarda l'embrasser. Sa bouche était douce, et il sentit le bouquet du vin sur sa langue, avec une note chocolatée.

Il ferma la porte derrière lui, sans cesser de l'admirer. Il ne se rappelait pas l'avoir jamais vue aussi belle, même avec son pansement sur le front.

« Je n'ai pas envie de parler de ma journée, ou de la tienne, ou de ce qui se passe », le prévint-elle.

Il ne put qu'opiner de la tête.

Elle s'appuya du bras contre le mur, en lui adressant un regard interrogateur.

« Tu as avalé ta langue ? »

Il posa la main sur sa poitrine, tâchant de formuler ce qu'il ressentait.

« Parfois, commença-t-il, j'oublie à quel point tu es belle, et puis je te vois… » Il laissa sa voix en suspens, tâchant de trouver les mots justes. « Ça me coupe le souffle, voilà, c'est tout. »

Elle haussa les sourcils, comme pour lui demander s'il ne lui servait pas une réplique préparée.

« Je t'aime, Sara, lui dit-il, en s'approchant d'un pas. Je t'aime tellement. »

Elle eut l'air de réprimer un sourire, et il ne l'en aima que plus. Depuis qu'il la connaissait, elle n'avait jamais su recevoir un compliment.

« J'imagine que ça signifie que tu aimes ma robe.

— Je l'aimerais encore mieux si elle glissait par terre. »

Elle s'écarta du mur, et il la regarda qui passait les bras dans le dos, et qui s'affairait avec ses mains. Sous sa robe, elle ne portait rien, aussi, quand elle glissa au sol, elle se retrouva complètement nue devant lui.

Il la but du regard, il avait envie d'elle à un point qui l'effraya. Il tomba à genoux et l'embrassa jusqu'à ce qu'elle n'en puisse plus.

Mercredi

DOUZE

Lena rêva qu'elle entendait un marteau cogner sur un clou. Quand elle se retourna dans son lit, elle s'attendait plus ou moins à découvrir sa main clouée au plancher, mais à la place, elle vit Hank, en train de démonter les gonds de la porte de sa chambre.

Elle se redressa dans son lit.

« Bordel, qu'est-ce que tu… ? s'écria-t-elle.

— Je t'ai dit que les choses allaient changer, fit-il, tout en tapant sur la targette qui maintenait le gond.

— Seigneur », soupira-t-elle en se bouchant les oreilles pour étouffer le bruit du marteau. Elle regarda la pendule sur sa commode. « Il n'est même pas six heures du matin ! cria-t-elle. Aujourd'hui, je ne travaille pas avant neuf heures.

— Ça nous laisse largement le temps, répliqua-t-il, en faisant coulisser la targette hors du gond.

— Tu me supprimes ma porte ? lui demanda-t-elle, en ramenant le drap sur sa poitrine, alors qu'elle portait un épais sweat-shirt et un pantalon assorti. Mais enfin, pour qui tu te prends ? »

Hank ignora cette réflexion et s'attaqua au gond du haut.

« Arrête ça ! », ordonna-t-elle, en sortant du lit, emportant le drap avec elle.

Hank n'arrêta pas de taper, sans tenir compte d'elle.

« Les choses sont en train de changer, et ça commence dès aujourd'hui.

— Quelles choses ? »

Il plongea la main dans sa poche de derrière et en sortit une page de carnet pliée en deux.

« Tiens », fit-il en la lui tendant.

Lena déplia la feuille, mais ses yeux étaient incapables de se concentrer sur les mots écrits. Cela lui rappelait son adolescence, quand Hank avait refusé qu'elle fréquente un garçon. La solution qu'il avait employée à l'époque avait consisté à lui clouer les fenêtres de sa chambre, pour l'empêcher de sortir la nuit en douce. Elle avait argumenté que c'était dangereux, en cas d'incendie, et Hank avait riposté qu'il préférerait la voir brûlée vive plutôt qu'elle traîne avec ce minable.

Elle essaya de lui arracher le marteau, mais il était trop costaud pour elle.

« Je ne suis pas un bébé, bordel !

— Tu es mon bébé », rétorqua-t-il, en écartant le marteau d'un geste vif. Il dégagea la dernière targette et la porte tomba sur le plancher. « Je t'ai tenue dans ces mains, poursuivit-il, en lâchant le marteau pour les lui montrer. La nuit, je marchais avec toi dans mes bras, parce que tu n'arrêtais pas de pleurer, je faisais en sorte que tu aies un déjeuner quand tu allais à l'école, et je t'ai prêté de l'argent pour que tu puisses te payer cette maison.

— Je t'ai remboursé jusqu'au dernier centime.

— Et ça, c'est les intérêts », fit-il, en prenant la porte à deux mains. » Il la souleva avec un ahanement.

Lena l'observa, incrédule, qui emportait la porte sur le palier.

« Qu'est-ce que tu fabriques ? Pourquoi ? geignit-elle. Hank, arrête !

— Plus de secrets, dans cette maison », maugréa-t-il, avec un dernier effort pour caler la porte contre la cloison. Il se tourna vers elle. « Ici, c'est moi qui dicte la loi, fillette.

— Je vais rien faire de tout ça, répliqua-t-elle en lui jetant la liste inscrite sur la page.

— Tu parles ! riposta-t-il, en rattrapant la feuille avant qu'elle ne touche le sol. Tu vas respecter tout ce qui est marqué sur cette liste, nom de Dieu, et tous les jours ! Sinon je vais devoir parler à ton patron. Qu'est-ce que tu dis de ça ?

— Ne me menace pas, lâcha-t-elle, en le suivant dans la chambre.

— Prends ça comme une menace si ça te chante », rétorqua-t-il, en ouvrant l'un des tiroirs de sa commode. Il fouilla dans ses sous-vêtements, le referma en le claquant et ouvrit le suivant.

« Mais enfin, qu'est-ce que tu fabriques encore ?

— Tiens, fit-il, en sortant un short de jogging et un T-shirt. Enfile-moi ça et trouve-toi en bas dans cinq minutes. »

Lena le regarda, et c'est alors qu'elle remarqua que Hank n'était pas vêtu de son jean et de sa chemise hawaïenne tapageuse habituelle. Il portait un T-shirt blanc avec une publicité de bière imprimée sur la poitrine et un short qui avait l'air tellement neuf qu'on voyait encore les plis. Il venait de le sortir de son emballage. Il avait aux pieds une paire de baskets toutes neuves, des chaussettes blanches tirées jusqu'aux genoux. Il avait les jambes si blanches qu'elle dut cligner plusieurs fois des yeux pour voir où s'arrêtaient les chaussettes et où commençait la peau.

« En bas pour quoi ? demanda-t-elle en croisant les bras.

— On va courir.

— Tu vas sortir courir avec moi ? » Elle n'y croyait pas. Hank était à peu près aussi en forme qu'un vieillard dans son fauteuil roulant. Il avait déjà du mal à se rendre à pied jusqu'à la boîte aux lettres.

« Dans cinq minutes, insista-t-il, en quittant la pièce.

— Salopard », fulmina-t-elle en hésitant à lui cavaler après. Elle était tellement en colère qu'elle n'y voyait plus très net, mais enfin, elle retira son pantalon et enfila le short. « Putain de connard ! » grommela-t-elle en passant le T-shirt. Elle n'avait pas le choix, et c'était ça qui la mettait le plus en rogne. Si Hank rapportait à Jeffrey la moitié de ce qu'il savait de son comportement, elle allait se retrouver le cul par terre, et si vite qu'elle allait voir trente-six chandelles.

Elle prit la peine de jeter un œil à cette liste. Ça débutait par « exercice quotidien », et ça se terminait par « manger des repas normaux, au petit déjeuner, au déjeuner et au dîner ».

Elle alla puiser quelque part au tréfonds d'elle-même tous les jurons, tous les mots fleuris de son répertoire, tous ceux qu'elle avait entendus en dix années de métier de flic, et les lui destina tous. Elle termina par « ... putain d'enculé de ta mère », puis elle attrapa les baskets et descendit au rez-de-chaussée.

***

Lena était assise dans le bureau de son chef, fixant du regard la pendule murale. Il avait dix minutes de retard, ce qui, aussi loin que remontent ses souvenirs, n'était jamais arrivé. Elle devait probablement s'estimer heureuse qu'il ne soit pas encore là, car elle avait besoin de s'asseoir, pour se remettre de son jogging matinal avec Hank. Il était vieux mais costaud, et dès leurs premières foulées elle s'était retrouvée distancée. Il fallait admettre qu'une partie de sa détermination tenace devait lui venir de son oncle, car elle avait l'impression qu'il était comme elle : une fois qu'il s'était fourré quelque chose dans le crâne, rien ne l'arrêtait. Même quand elle s'était retrouvée à la traîne derrière lui, les poumons sur le point d'exploser, le ventre noué à cause de tous les acides aminés dont ses muscles se purgeaient, il avait continué de courir à son rythme, la mâchoire contractée de colère, en attendant qu'elle surmonte la fatigue et qu'elle avance.

« Salut », fit Jeffrey en entrant précipitamment dans son bureau. Il avait la cravate dénouée et la veste jetée sur le bras.

« Salut », répondit-elle en se levant.

Il lui fit signe de se rasseoir.

« Désolé, je suis en retard, lança-t-il. La circulation.

— Où ça ? » s'étonna-t-elle, car la seule circulation qu'il y avait en ville se concentrait autour du lycée, et encore, seulement certains jours, à certaines heures.

Il ne lui répondit pas. Il s'assit à son bureau, en se boutonnant le col d'une main. Lena n'en était pas trop certaine, mais elle aurait juré avoir entrevu une marque rouge dans son cou.

« Toujours aucune nouvelle de Lacey ?

— Non, lui confirma-t-il, en nouant sa cravate. J'ai

parlé à Dave Fine en venant ici. Il a les notes de ses séances avec Mark.

— Et il va nous les remettre, comme ça ? » s'étonna-t-elle. Ce n'était pas la première fois qu'elle se félicitait de ne pas avoir évoqué ses propres problèmes avec le pasteur.

« Ouais, ponctua-t-il, en lissant sa cravate. Moi aussi, ça m'a surpris. »

Elle croisa les bras, dévisagea son patron. Il y avait quelque chose de changé en lui. Elle n'arrivait pas à discerner quoi.

« Il me retrouve à l'hôpital à dix heures, ajouta-t-il, en consultant sa montre. Je suis déjà en retard.

— Je croyais que tu voulais que j'y aille avec toi.

— Je veux que tu trouves Brad et que vous conduisiez Mark chez lui. Qu'il enfile des vêtements propres, qu'il prenne une douche, tout ce qu'il lui faut, et ensuite que vous l'emmeniez à l'hôpital.

— Pourquoi ?

— Cette nuit, l'état de sa mère s'est aggravé, lui apprit-il. Fine pense qu'elle sera probablement décédée dans la matinée. » Il tapota des doigts sur le bureau. « Peu importe ce qu'il a fait, je ne vais pas empêcher ce garçon de voir sa maman une dernière fois avant qu'elle ne meure. »

Lena fut touchée de cette attention, mais elle s'efforça de n'en rien laisser paraître.

Il pointa l'index sur elle, en signe d'avertissement.

« Au sujet de Brad, je suis sérieux, Lena. Tu ne dois pas te trouver seule avec Mark. Tu me comprends ? »

Elle avait envie de protester, mais il n'avait pas tort. Elle n'avait pas envie de se trouver seule avec Mark

Patterson. Il y avait en lui quelque chose de trop à vif. Peut-être s'identifiait-elle trop à lui.

« Lena ? » insista-t-il.

Elle s'éclaircit la voix.

« Oui, monsieur. »

Comme d'habitude, Brad roulait en ville en respectant exactement la vitesse indiquée. Lena tâcha de dominer son impatience, tout en ignorant la présence de Mark, assis sur la banquette arrière. Sans même avoir à regarder, elle savait qu'il la fixait. Jeffrey et elle étaient tombés d'accord, il valait mieux laisser au père du jeune homme le soin d'annoncer à son fils que sa mère se serait certainement éteinte d'ici à la fin de la journée. Mais en se retrouvant assise dans cette voiture avec Mark à moins de soixante centimètres derrière, elle avait le sentiment de mal agir. Même avec le grillage de sécurité entre les sièges avant et arrière, elle avait l'impression qu'il aurait pu traverser la barrière et l'empoigner, exigeant de savoir ce qui se tramait.

Le médicament que le docteur lui avait administré la veille au soir avait l'air de faire son effet. Le garçon avait retrouvé sa personnalité revêche, s'approchant un peu trop de Lena quand elle lui avait mis les menottes, avec un bruit suggestif quand elle l'avait conduit à la voiture. Tout de même, elle se demandait ce qui avait suscité ce changement. La veille, Mark semblait presque dans un état catatonique.

« Il fait vraiment chaud, dehors, remarqua Brad en tournant à gauche dans Main Street.

— Je sais, acquiesça-t-elle, désireuse d'échanger des banalités. Il fait plus chaud que l'an dernier à la même époque.

— C'est vrai, ça, reprit-il. Je me souviens, quand j'étais petit, il me semble pas qu'il faisait aussi chaud.

— Et à moi non plus.

— J'ai jamais eu la climatisation, pas avant douze ans.

— La nôtre, on l'a eue quand j'en avais quinze, lui annonça-t-elle, et ce souvenir la fit sourire. Elle et Sibyl se tenaient debout devant un petit climatiseur, jusqu'à ce qu'elles aient l'impression d'avoir la figure gelée par endroits.

— On suppliait tout le temps mon père d'ouvrir le jet d'eau dans le jardin, poursuivit Brad, avec un petit rire. Je me souviens une fois quand mon cousin Bennie est venu chez nous… »

Mark décocha un coup de pied dans le grillage, entre les deux sièges.

« Fermez vos gueules ! »

Brad enfonça la pédale de frein et se retourna.

« Tu refais ça une fois, et on va causer tous les deux. »

Lena n'avait jamais entendu Brad menacer personne, et elle fut surprise de découvrir qu'il en était capable. Pour la première fois, elle accepta de percevoir qu'en réalité, Brad n'avait pas l'air d'apprécier Mark Patterson.

« Décompresse, Jeannot. »

Lena lança un coup d'œil derrière elle, vers Mark, et il lui sortit une langue suggestive. Elle reprit sa position, regardant droit devant, à travers le pare-brise, tâchant de ne pas lui montrer qu'il avait fait mouche.

La voiture partit dans une embardée, et Brad garda le silence tout le reste du trajet. Au lieu de lui fournir des indications verbales, Lena lui montra la direction du mobile home des Patterson en pointant le doigt. Elle essayait de se convaincre que Mark n'occupait pas cette banquette arrière, mais, toutes les deux ou trois minutes, la réalité lui revenait en mémoire, et elle avait presque l'impression de sentir son souffle sur sa nuque.

« C'est là », fit-elle en désignant le mobile home. Elle descendit de voiture avant même que Brad se soit complètement arrêté. Elle marcha, et les muscles de ses cuisses protestaient à chaque pas. Elle maudit encore Hank de l'avoir obligée à courir, ce matin.

Brad ouvrit la portière arrière.

« Tu vas bien te tenir, maintenant ? »

Mark prit son temps pour sortir du véhicule. Quand il se redressa, il était une dizaine de centimètres plus petit que Brad. Il souffla quelque chose au jeune policier de patrouille, que Lena ne capta pas. Quoi qu'il en soit, c'était destiné à gêner Brad, car son visage vira à l'écarlate.

« Surveille ton langage », le pria Brad, mais son ton n'était pas réellement menaçant ; on percevait seulement qu'il était choqué. Il attrapa le garçon par les menottes et le poussa vers le mobile home.

A la porte d'entrée, Lena sortit de sa poche les clés de Mark. On lui avait confisqué ses affaires lors de son arrestation. Elle supposa que cet anneau devait bien comporter une clé de la porte.

« C'est la troisième, la renseigna-t-il. Celle qui a une languette verte. » Il sourit à Brad d'un air suggestif. « Langue, langue, languette. »

Brad contracta la mâchoire, et il fixa la porte comme s'il avait pu l'ouvrir rien qu'avec sa force mentale.

Lena trouva la bonne clé et la fit tourner dans la serrure.

Quand elle ouvrit, un souffle d'air frais s'échappa de l'intérieur de la caravane.

Mark resta une seconde sur le seuil, les yeux clos, respira le parfum de lilas qui l'accueillait.

« Allez », fit Brad, en poussant le garçon à l'intérieur.

Lena lança un regard interrogateur à son coéquipier, en se demandant ce qui lui prenait. Brad était ordinairement la personne la plus coulante du monde.

« Retire-lui les menottes », lui dit-elle.

Brad refusa, d'un signe de tête.

« On devrait pas. »

Lena croisa les bras.

« Et comment va-t-il s'y prendre pour se doucher et s'habiller, avec des menottes aux poignets ? »

Mark lança un clin d'œil à Brad.

« Vous pourriez rester avec moi, madame. Me frotter le dos. »

Avant que Lena ait elle-même compris le sens de son geste, elle lui flanqua une tape sur la nuque.

« Arrête ça, lui ordonna-t-elle, furieuse de constater qu'il mettait Brad à ce point mal à l'aise. Pourquoi tu ne vas pas surveiller l'arrière de la caravane, au cas où il tenterait de se tirer en douce ? » lui suggéra-t-elle.

Brad parut soulagé par cette suggestion, et sortit sans un mot de plus.

« Qu'est-ce que tu lui as dit ? voulut-elle savoir.

— J'lui ai juste proposé de soulager un peu ce stress qui m'a l'air de le perturber.

— Seigneur Dieu ! souffla Lena. Pourquoi veux-tu lui infliger ça ?

— Et pourquoi pas ? » ironisa Mark, avec un haussement d'épaules.

Lena sortit la clé des menottes et lui fit signe de se retourner. Il plaça les menottes tout contre son entrejambe, de sorte qu'elle soit obligée de le toucher pour actionner la clé.

« Tends les mains, Mark », lui ordonna-t-elle.

Il poussa un soupir théâtral, mais obéit à son ordre.

« Ça te plaît, à toi, d'être enchaînée ? lui demanda-t-il.

— Je t'accorde dix minutes pour ta douche, lui répliqua-t-elle, en ouvrant les bracelets. Si je dois venir te chercher, ça va pas être agréable.

— Mmm..., fit Mark, en prolongeant son gémissement. Ça me plaît. »

Lena referma les menottes sur sa ceinture, dans le dos.

« Dix minutes », répéta-t-elle en se demandant si c'était ce qu'avait éprouvé Hank ce matin même, en lui donnant des ordres. Elle se rendit au canapé et choisit un magazine avant de s'asseoir. Mark resta debout dans la cuisine, il l'observa ce qui lui sembla durer une minute entière, avant de se diriger vers le fond, vers sa chambre. Deux minutes plus tard, elle entendit couler l'eau de la douche. Elle referma le magazine, en se sentant gagnée par une sensation de soulagement.

Elle se leva, se tint au manteau de la cheminée tout en étirant ses quadriceps. Que ses jambes lui fassent mal à ce point après ce qui, un an plus tôt, lui aurait fait l'effet d'un petit footing, voilà qui la mettait salement en rogne. Elle était plus forte que ça. Et il n'était pas question pour elle de ne pas se maintenir en forme.

Elle prit une photo de Mark et Lacey, tous deux debout devant de quelconques montagnes russes. Les deux enfants étaient souriants, et Mark tenait sa sœur par les épaules. Et elle le tenait par la taille. Ils paraissaient avoir trois ans de moins. Ils avaient l'air heureux.

« Ça, c'était à Six Flags », lui dit Mark.

Elle s'efforça de ne pas lui montrer qu'il l'avait fait sursauter. Il se tenait à peu près à un mètre d'elle, avec rien d'autre qu'une serviette autour de la taille.

« Habille-toi », lui ordonna-t-elle.

Il pinça les lèvres dans un sourire indolent, et elle se sentit un peu idiote de ne pas avoir d'abord vérifié la présence éventuelle de substances illégales dans sa chambre.

« Tu t'es défoncé à quoi ? lui demanda-t-elle.

— Au septième ciel, et, avec un sourire, il se laissa tomber sur le canapé.

— Mark, fit-elle. Lève-toi. Habille-toi. »

Il la dévisagea, les lèvres légèrement entrouvertes.

« Quoi ? » s'enquit-elle.

Il continua de la dévisager, rien qu'une seconde supplémentaire.

« Ça fait quel effet ?

— Qu'est-ce qui fait quel effet ? »

Il baissa les yeux sur ses mains, et elle croisa les bras, pour l'empêcher de voir ses cicatrices. Elle secoua la tête.

« Mon père m'a raconté ce qui est arrivé.

— Je suis convaincue qu'il y a pris grand plaisir. »

Mark se rembrunit.

« En réalité, pas du tout. Teddy ne prend pas trop son pied avec ce genre de choses. » Il dut remarquer la surprise de Lena, car il réagit. « Ce vieux Ted, il est droit comme un I. Très fleur bleue. »

Lena se tourna de nouveau vers la photographie.

« Va t'habiller, Mark. Nous n'avons pas le temps pour ce genre de choses.

— Tu me confies tes secrets et je te confie les miens. »

Lena rit.

« Tu regardes trop de films.

— Je suis sérieux.

— Je ne pense pas, Mark. »

Elle entendit le cliquetis d'un briquet, plusieurs fois de suite, et se retourna pour le voir allumer un joint.

« Eteins-moi ça », lui commanda-t-elle.

Il aspira profondément, sans obéir.

« Tu n'as pas envie de savoir ce qui est arrivé ?

— Je veux que tu t'habilles, pour que tu puisses aller voir ta mère. »

Il sourit, s'installa confortablement sur le canapé.

« Je croyais vraiment que tu allais appuyer sur la détente, l'autre soir. »

Sans réfléchir, Lena s'assit à l'autre bout du canapé.

« Tu m'observais ? » s'étonna-t-elle en se sentant moins violée que prise sur le fait.

Il opina, en tirant une longue bouffée sur son joint.

« Où étais-tu ?

— Près du hangar, lui raconta-t-il. J'ai bien cru que tu allais rentrer dedans. »

Lena se sentit envahie par la honte.

« Cet homme, il était à côté de la maison. J'ai cru qu'il m'avait vu, mais c'était toi qu'il surveillait. » Mark souffla sur l'extrémité du joint. « C'est ton père ?

— Mon oncle », précisa-t-elle.

Mark tira une autre taffe, en gardant la fumée quelques secondes. Il la recracha lentement.

« Ça faisait quel effet, d'avoir ce pistolet dans la bouche ?

— Pas terrible, lâcha-t-elle, tâchant de reprendre le dessus. C'est pour ça que je l'ai pas fait.

— Non. D'être violée, rectifia-t-il. Ça faisait quel effet ? »

Lena regarda autour d'elle dans la pièce, en se demandant pourquoi elle avait cette conversation avec ce gamin.

« Mauvais effet, admit-elle, puis elle haussa les épaules. Mauvais effet… c'est tout. »

Il s'étouffa de rire.

« J'imagine.

— Non », souligna-t-elle. Et puis, comme elle voulait de nouveau maîtriser la conversation, elle lui posa une question. « Pourquoi ne m'expliques-tu pas ce qui s'est passé, Mark ?

— Mais quand même, vous avez baisé ? »

Elle n'aimait pas sa manière de dire « quand même », comme si c'était quelque chose d'inévitable.

« Ça ne te regarde pas vraiment », lui rétorqua-t-elle, sidérée d'arriver à en parler de manière aussi décontractée. Pour la première fois depuis un bon moment, elle se sentait retrouver la maîtrise d'elle-même et de ses émotions. Elle se sentait forte, et capable de gérer ce gamin. A la lumière du geste qu'elle avait failli commettre un jour plus tôt, en tentant de se suicider, cela ne manqua pas de lui causer un choc.

« Dis-moi ce qui se passe.

— Ma mère va mourir, commença-t-il. Ça, tu es au courant, hein ?

— Oui, reconnut-elle, en baissant les yeux sur ses

mains, car elle n'avait pas envie qu'il lise la vérité sur son visage. Ç'est de ça que tu veux parler, de ta maman ? »

Il ne réagit pas.

« Mark, fit-elle. Sais-tu où se trouve ta sœur ? »

Il la dévisagea, les yeux humides. De nouveau, elle fut frappée de constater à quel point c'était encore un enfant.

« On se ressemble pas mal, tu sais.

— En quel sens ?

— Ici, fit-il, en posant la main sur sa poitrine. Ça t'a fait quel effet, qu'on te viole ? »

Elle secoua la tête, refusant de se laisser troubler.

« En quoi sommes-nous pareils, Mark ? Quelqu'un t'a fait du mal ? »

Un éclair traversa son regard et, rien que l'espace d'un instant, elle vit bien qu'il était en proie à une douleur terrible. Elle était de tout cœur avec lui, et elle ressentait quelque chose comme un besoin maternel, pressant, de prendre soin de Mark Patterson, elle qui n'était même pas capable de prendre soin d'elle.

« Qui t'a fait du mal, Mark ? »

Il cala le pied sur la table basse.

« Pourquoi t'es flic ?

— Parce que je veux aider les gens, lui répondit-elle, alors que ce n'était pas entièrement vrai. Laisse-moi t'aider. Dis-moi ce qui est arrivé. »

Il réagit en secouant la tête.

« Quel effet ça faisait ? lui redemanda-t-il. Quand on te violait. Ça provoquait quelles sensations ?

— Dis-moi pourquoi tu veux le savoir et je te le dirai. »

Il tira sur son joint, le termina. Il chercha autour de lui un endroit où poser le mégot, et Lena fit glisser une assiette sur la table basse, vers lui.

Il se redressa, se cala les deux coudes sur les genoux.

« Parfois, je me demande pourquoi les gens font les choses.

— Moi aussi, parfois, avoua-t-elle. Par exemple, pourquoi Jenny voulait-elle te tuer ? »

Il écarta la question d'un geste.

« Elle n'allait pas me tuer.

— C'est pour ça que tu t'es pissé dessus ? »

Il rigola.

« Côté vision, c'est dix à chaque œil, hein ?

— Pourquoi aurait-elle fait ça, Mark ?

— Elle a cru qu'elle pourrait tout empêcher.

— Empêcher quoi ?

— M'empêcher moi ? la questionna-t-il, comme si elle avait pu connaître la réponse.

— T'empêcher de quoi ? » Elle attendit sa réponse, et comme rien ne venait, elle insista. « Parle-moi de cette soirée avec Carson et les autres garçons. »

Il se renfrogna.

« Carson, c'est un minet.

— Pourquoi tu as forcé Jenny à coucher avec eux ?

— Je l'ai forcée à que dalle ! éructa-t-il. Elle en avait envie. Elle essayait de me rendre jaloux, en me montrant que tout ça ne signifiait rien pour elle.

— Ça ne t'a pas gêné non plus de la soûler.

— Ouais, enfin, grogna-t-il, en repoussant l'argument.

— Qu'est-ce que Jenny croyait pouvoir empêcher, Mark ? Ce soir-là, chez Skatie's. Qu'est-ce qu'elle croyait pouvoir empêcher ? »

Mark tordit les lèvres en un rictus, comme s'il était sur le point de le lui révéler, avant de se raviser.

« Tu penses que tu vas retrouver ma sœur ?

— Sais-tu où elle est ? »

Il regarda par terre, et elle se demanda s'il savait où était Lacey, ou s'il se sentait coupable de ne pas le savoir.

Elle se renfonça dans le dossier du canapé, les bras croisés, en attendant qu'il dise ce qu'il éprouvait la nécessité de dire.

« Parfois, j'ai l'impression de ne même pas être réel, confia-t-il. Genre, je suis peut-être dans la pièce, d'accord, je respire de l'air, peut-être, d'accord, mais en réalité personne ne me voit. » Il se frotta les yeux. « Ensuite je me dis que peut-être, si je ne suis pas réellement là, c'est qu'il faut que je sois autre part, ailleurs. Genre, je devrais peut-être y aller carrément, appuyer sur la détente, tu vois ? »

Lena hocha la tête, car elle savait.

« Qu'est-ce qui t'a retenue ? lui demanda-t-il. Pourquoi tu n'as pas appuyé sur la détente ? »

Elle lui avoua la vérité sur le pistolet, mais pas sur les pilules.

« J'ai pensé à mon équipier, qui allait me trouver le lendemain matin, et je n'ai pas pu lui faire ça.

— Tu crois en Dieu ?

— Je ne suis pas sûre, répondit-elle. Et toi ? »

Il secoua la tête, pour faire signe que non.

« C'est pour ça que tu as cessé d'aller à l'église ? »

Il la regarda d'un air furieux.

« Ne joue pas les flics avec moi.

— Je suis un flic, Mark. » Elle conserva un ton égal, pour ne pas se mettre au diapason de sa colère. Elle tendit la main et la lui posa sur le bras. « Je veux savoir ce qui est arrivé. Pourquoi Jenny voulait-elle te tuer ? »

Il soupira, s'affala contre les coussins.

« C'était une gamine tellement gentille, déclara-t-il. Je l'aimais vraiment bien.

— Je sais.

— Ah oui ? s'étonna-t-il. Je veux dire, tu comprends vraiment ce que ça veut dire d'aimer quelqu'un ? »

En répondant : « Oui, je sais », Lena pensa à Sibyl.

« Pas moi, avoua-t-il. Je veux dire, avant Jenny. Je ne savais tout simplement pas ce que ça voulait dire, d'aimer comme ça.

— Tu aimes ta mère. »

Il rit, un éclat de rire sourd qui résonna dans sa poitrine. « Elle va bientôt mourir, non ? »

Lena serra les lèvres.

« Je le sens, ajouta-t-il, en posant la main sur son cœur. Ce matin, je l'ai senti, je ne sais pas comment, comme si elle n'allait plus durer très longtemps, comme si elle voulait tout lâcher. » Il se mit à pleurer. « C'est ce genre de lien, tu sais ? Genre, je peux sentir ce qu'elle ressent. » Soudain, il se tourna vers Lena, avec un peu de désespoir dans la voix. « Quand ta sœur est morte, tu le savais ?

— Oui », mentit Lena. Ce jour-là, elle était sur la route de Macon, elle rentrait, et elle ne soupçonnait absolument pas qu'il était arrivé quelque chose de mal. « Je le sentais, là, fit-elle, en posant la main sur sa poitrine.

— Alors tu connais, dit-il. Tu sais à quoi ça ressemble, ce sentiment de vide. »

Elle hocha la tête, sans rien dire de plus.

Mark détourna le regard, ferma les yeux. Elle étudia son profil, son nez aquilin et sa mâchoire carrée. Des larmes lui dégoulinaient sur les joues, jusque sur la poitrine.

« La première fois, commença-t-il, d'une voix sourde, je crois que c'était au moment de Thanksgiving. »

Elle se tut, le laissant prendre son temps.

« Lacey et Jenny étaient au bout du couloir, dans la chambre de Lacey, et je voulais leur emprunter un CD. » Il soupira, sa poitrine se souleva, retomba. « Elle s'est mise à me hurler dessus, complètement en pétard, la merde, quoi. J'sais pas. Je pense que maman a dû l'entendre gueuler, elle est venue nous dire d'arrêter. »

Lena sentit le rythme de son cœur s'accélérer, et elle récita une petite prière à qui voulait bien l'entendre, pour que Brad n'ait pas l'idée, à cet instant, de revenir dans le mobile home. Elle tenta de calculer au jugé combien de temps s'était écoulé depuis qu'il était sorti, mais comme elle n'osait pas consulter sa montre, elle n'en était pas trop sûre.

« Lacey a monté le son de sa radio dans sa chambre vraiment très fort, poursuivit-il. Maman l'a laissée faire. C'était toujours comme ça. Elle était tout le temps la préférée. » Il secoua la tête. « Dans le fond, Lacey est gentille, tu sais ? Elle est peut-être trop gâtée, mais dans le fond, elle est gentille. Elle a bon cœur, exactement comme maman. »

Lena attendit, compta jusqu'à vingt-cinq avant que Mark ne reprenne la parole.

« Un peu plus tard, Lacey est entrée dans ma chambre. A mon avis, elle a dû sentir que j'étais encore en pétard. Elle voulait arranger les choses. Elle était toujours comme ça, tout le temps en train d'essayer de faire la paix. Je crois que c'est pour ça que tant de gens l'aimaient bien, parce qu'elle avait cette bonté. » Un léger sourire lui vint aux lèvres, mais il garda les yeux clos. « Elle m'a juste posé la main dans la nuque, et puis on s'est embrassés, je ne sais plus pourquoi. Je veux dire, on s'est embrassés vraiment fort, longtemps. »

Lena tenta de se rappeler ce que Jeffrey lui avait appris, ne pas laisser ses sentiments personnels venir gâcher un aveu, mais la pensée de Mark Patterson embrassant sa sœur cadette lui retourna l'estomac. Elle avait envie de dire quelque chose, de l'arrêter, pour qu'elle ne vive pas tout le reste de son existence avec cette histoire en elle, mais elle savait qu'elle en était incapable.

« Je ne sais pas comment la suite est arrivée, continua Mark. Tu sais, on s'embrassait, et puis elle s'est mise à me frotter, et c'était tellement bon. » Il la regarda, quêtant son approbation. « Je sais que c'était mal, d'accord ? Seulement, c'était tellement bon. Je n'avais pas envie que ça s'arrête. »

Lena hocha la tête, en tâchant de se contrôler. Elle doutait très fortement que Lacey Patterson soit venue séduire son frère. Raconter que c'était la victime qui l'« avait cherché » était un schéma fréquent chez les auteurs d'agressions sexuelles.

« Je vois bien que tu ne comprends pas, reprit-il. Mais tu ne sais pas ce que c'est. Mon père, il me fait tellement chier. » Il frappa du poing sur sa jambe. « Il ne me lâche jamais. Jamais.

— Je sais, fit-elle, en tendant la main, allant jusqu'à la poser sur son bras. Je comprends cet aspect des choses, Mark. Vraiment, je comprends. »

Son expression se radoucit.

« Je l'ai pas forcée, se défendit-il.

— Je te crois.

— C'est elle qui est venue me trouver la première,

insista-t-il. C'est elle qui est venue dans ma chambre, qui s'est mise à me toucher. »

Lena hocha la tête, parce qu'elle ne pouvait rien faire d'autre.

« Elle était tellement douce avec moi. J'ai juste… » Il secoua la tête, en serrant les paupières très fort, comme pour convoquer ce souvenir. « Ça me semblait tellement juste d'être en elle. Et elle me voulait. Je voyais bien qu'elle me voulait. Sa manière de me tenir la nuque, et de m'attirer plus près d'elle, tout au fond. »

Lena ravala une remontée de bile.

« La toucher, être avec elle, être en elle, continua-t-il. Je me sentais parfait, la plénitude, tu vois ? Comme si les choses étaient enfin comme il fallait. » Il plaça la main devant les yeux. « Elle faisait ça tellement bien. Je veux dire, où est-ce qu'elle avait appris à faire ça si bien ? »

Il semblait souhaiter une réponse sincère à cette question, mais Lena était incapable de la lui fournir.

« Je veux dire, je regarde mon père, reprit-il, en secouant la tête. Quand même, c'est pas lui qui s'y connaît tant que ça. »

Lena parla sans réfléchir.

« Ton père couchait avec elle, lui aussi ?

— Enfin, hé ho », fit-il, comme si elle était idiote.

Elle se tint le ventre, songeant à la pauvre Lacey Patterson, et à l'enfer qu'elle avait dû traverser.

« Parle-moi de Jenny », lui demanda-t-elle.

Mark lâcha un rire froid.

« Ouais, Jenny ! s'exclama-t-il. J'avais déjà été avec elle deux fois avant ça, comme je te l'ai dit. » Il s'interrompit un instant. « Elle était gentille. Elle était tout ce que je t'ai dit.

— Elle avait l'air d'être une bonne amie.

— Ouais, enfin, fit-il, avec un brin de dérision dans la voix. C'était une bonne amie, jusqu'à ce qu'elle nous surprenne.

— C'est pour ça qu'elle a braqué un pistolet sur toi ?

— J'imagine, en partie, oui, reconnut-il. Ensuite, tu sais, peut-être qu'elle avait juste envie de tout arrêter. Elle a beaucoup répété ça, qu'elle voulait juste que ça s'arrête.

— Elle était jalouse ? » Il hocha lentement la tête. « De voir ça, ça lui a fait du mal.

— Elle vous a vus ensemble ? »

Il hocha de nouveau la tête, le même mouvement lent.

« Nous étions dans mon lit, et elles sont rentrées de l'école, Lacey et elle. »

Lena sentit son cœur s'arrêter entre deux battements. Elle ouvrit les lèvres pour lui demander de clarifier, puis elle referma la bouche. Elle n'avait pas envie de savoir. Si elle avait été capable de mouvoir son corps, elle serait sortie de la pièce en courant, en se bouchant les oreilles pour ne plus rien entendre. Et pourtant, elle était incapable du moindre geste, et elle demeura sur le canapé, immobile, contemplant Mark comme elle aurait contemplé une voiture accidentée.

« On était ensemble, tu saisis ? Je crois que c'était vers Noël, juste avant qu'ils partent pour cette retraite imbécile. » Il leva brusquement la main en l'air. « Maman m'avait permis de rester à la maison, de ne pas aller à l'école. On avait toute la journée ensemble. » Il sourit. « Elle a allumé des bougies, et on a pris un long bain, et ensuite on a fait l'amour. »

Lena en eut le souffle coupé.

« A mon avis, on a dû perdre la notion de l'heure,

continua le garçon, en ponctuant d'un rire lamentable. Lacey et Jenny sont entrées directement dans ma chambre, et voilà. »

Pour s'interdire de parler, elle porta la main à sa bouche.

« Jenny adorait ma maman. Je veux dire, c'était compliqué. Peut-être que ça vaut mieux que Jenny soit plus là, pour ne pas voir maman mourir. Je pense que ça l'aurait tuée.

— C'est sûr, réussit à dire Lena.

— Je sais ce que tu penses, mais elle m'aimait, ça oui. Ça faisait tellement de bien de savoir qu'elle m'aimait. C'était comme si Lacey était toujours la préférée, mais là, elle venait vers moi, et moi, j'étais le seul. J'étais celui qu'elle aimait le plus. » Mark se remit à pleurer. Avant que Lena ait compris ce qui lui arrivait, il vint enfouir sa tête dans son cou.

Elle se força à prononcer son nom, « Mark », en essayant de le repousser.

« Ne fais pas ça, chuchota-t-il, et ses lèvres humides contre sa chair lui donnèrent envie de vomir.

— Mark, non », protesta-t-elle. Comme il ne bougeait pas, elle le repoussa, aussi fort qu'elle put. « Ecarte-toi de moi ! » hurla-t-elle.

Vu la manière dont il la regardait, elle s'imagina que tout le dégoût qu'il lui inspirait se lisait très précisément sur son visage.

« Mark…

— Salope, lâcha-t-il, en se levant. Espèce de putain de salope !

— Mark… »

La porte s'ouvrit d'un coup, et Brad surgit, la main

sur la crosse de son pistolet. Lena lui fit signe de reculer, alors que Mark avançait vers elle.

« Je croyais que tu comprendrais ! s'écria-t-il.

— Oui, se défendit-elle, et elle se sentit prise de panique. Je comprends, vraiment, Mark.

— Espèce de salope ! siffla-t-il. Tu comprends d'la merde, oui.

— Mark… »

En deux pas, il resserra la distance qui les séparait, lui empoigna la main et la maintint levée entre eux deux.

« Je croyais que tu comprendrais, répéta-t-il, et elle se rendit compte qu'il faisait allusion à ses cicatrices. Je croyais que tu savais, parce que tu étais passée par là, ouais. Tu sais ce que c'est. Je sais que tu connais. Mais putain, seulement tu veux pas l'admettre, parce que tu es une lâche. »

Elle ouvrit la bouche, mais fut incapable de parler.

« Hé ! s'exclama Brad en attrapant Mark par le bras.

— Lâche-moi, espèce de pédale ! », cria Mark, en dégageant brutalement le bras pour l'arracher à la poigne de Brad. Il pointa un index accusateur sur Lena. « Tu t'es foutue de ma gueule, éructa-t-il entre ses dents. Vous êtes tous pareils, bordel. Elle avait raison. Vous êtes tous tellement faibles. Vous ne faites jamais ce qu'il faut. »

Lena s'éclaircit la voix.

« Mark… »

Il avança vers le vestibule, d'un pas si lourd que le mobile home en trembla.

« Mais qu'est-ce que c'est que cette histoire ? » s'exclama Brad, la main toujours posée sur son arme.

Lena secoua la tête, incapable de parler, l'espace d'un instant.

« Est-ce que ça va ? s'inquiéta-t-il en s'approchant du canapé. Il lui posa la main sur le bras, et elle ne le lui retira pas.

— Je n'arrive pas à croire… », commença-t-elle, sans savoir exactement quoi dire.

Brad s'assit à côté d'elle, lui prit la main.

« Lena ? fit-il, en la lui tapotant. Parle-moi. »

Elle secoua la tête en lui retirant finalement sa main.

« Ce n'est qu'un gamin, observa-t-elle.

— Un sale gamin, corrigea-t-il. Parfois, je me demande comment ils s'y prennent pour devenir comme ça. Quand j'avais son âge, je savais à peine ce que c'était que le sexe. Je croyais qu'un baiser, à la fin d'une sortie avec une fille, c'était déjà très bien. »

Elle opina, totalement déphasée, lessivée, tandis qu'il lui parlait de ses années d'adolescence.

« Je ne comprends pas, continua-t-il, ce qui les rend comme ça ! Qu'est-ce qui a changé ?

— Leurs parents », lui expliqua-t-elle, mais elle savait que ce n'était pas vrai. Elle ramena ses cheveux en arrière, derrière l'oreille, s'efforçant de refouler le choc qu'elle éprouvait encore. Elle consulta sa montre. Est-ce qu'elle ne devrait pas aller chercher Mark ? Il était déjà sorti depuis un moment.

« Qu'est-ce qu'il veut dire ? s'enquit Brad. Ce n'est pas la même salade que ce que Jenny nous a raconté ? »

Lena réussit enfin à se concentrer sur la conversation.

« Avant quoi ? demanda-t-elle.

— Sur le parking, fit-il. Tu sais, quand elle a dit que les adultes ne faisaient jamais ce qu'il fallait.

— Oh ! Seigneur ! », s'exclama Lena, sentant l'air lui manquer. D'un bond, elle se leva du canapé et fonça dans le couloir, avec Brad sur ses talons. « Mark ? » hurla-t-elle, en frappant à la seule porte close. Elle essaya la poignée, mais elle était fermée à clé. « Bon Dieu ! » siffla-t-elle, en flanquant un grand coup d'épaule dans la porte qui ne bougea pas. Elle fit un signe à Brad. « Vas-y à coups de pied. »

Il s'arc-bouta contre la cloison opposée et balança son pied dans le panneau de bois. Malheureusement, ce dernier était creux en son centre, et le pied de Brad resta coincé dans le bois éclaté. Il prit appui sur Lena, et retira son pied du trou. Elle se baissa, pour regarder dans la pièce, tâchant de repérer Mark par l'étroite ouverture.

« Oh ! Mon Dieu ! », lâcha-t-elle, le souffle coupé, en reculant pour donner à son tour un coup de pied à hauteur de l'orifice amorcé par Brad. Il joignit ses efforts aux siens et, à eux deux, ils parvinrent à élargir l'ouverture, suffisamment pour que Lena puisse s'y glisser. Le bois éclaté lui érafla les bras et le visage, mais elle tenta néanmoins de pénétrer dans la pièce, quasiment sans remarquer la douleur.

« Mark, dit-elle d'une voix suraiguë, sous le coup de la peur panique. Tiens bon, Mark. Tiens bon ! »

Brad la poussait par-derrière, et elle tomba sur le sol de la chambre. Mark s'était pendu à une tringle montée dans le haut du placard. Le plafond n'était pas très haut, et ses pieds traînaient par terre. Et pourtant, la ceinture qu'il s'était passée autour du cou paraissait avoir rempli son office. Il avait le visage bleu, la langue légèrement sortie. Elle le saisit par les jambes, en le soulevant pour relâcher un peu la tension autour de son cou.

« Bon Dieu ! Brad, jura-t-elle. Viens par ici, entre ! »

Brad réussit enfin à pratiquer une ouverture assez

large pour s'y faufiler, et il se servit de son canif pour couper la ceinture, pendant que Lena maintenait les jambes du jeune homme. Il fallut une éternité au couteau pour entamer complètement le cuir épais, et elle finit par sentir ses bras trembler, à force de soutenir Mark aussi longtemps.

« Non, non, non », cria-t-elle, jusqu'à ce qu'il s'effondre sur le plancher. Elle plaqua l'oreille contre sa poitrine, tâchant de percevoir les battements du cœur. Quelques secondes s'écoulèrent, puis elle sentit enfin un bruit sourd, rassurant, suivi d'un autre, plus fort.

« Il s'en sort ? » s'enquit Brad, tout en desserrant la ceinture du cou de Mark.

Lena hocha la tête en tirant une couverture du lit. Elle en enveloppa le corps du garçon.

« Appelle une ambulance. »

TREIZE

« Sara ? appela Molly. Sara, répéta-t-elle.

— Hum ? » fit Sara. Molly, Candy Nelson et ses trois enfants la dévisageaient tous, l'air d'attendre quelque chose.

Elle secoua un peu la tête.

« Désolée », dit-elle, avant de reprendre l'examen. Elle se faisait du souci pour Lacey Patterson, se demandant ce qu'il était advenu d'elle. « Respire à fond, dit-elle à Danny Nelson.

— Je respire à fond depuis dix minutes, se plaignit Danny.

— Chut-chut », fit sa mère.

Sara sentait bien que Molly l'observait, mais elle resta concentrée sur Danny.

« C'est bien, le remercia-t-elle. Remets ta chemise et je vais parler à ta mère. »

Candy Nelson la suivit dans le hall.

« Je voudrais l'envoyer consulter un spécialiste. »

La mère porta la main à son cœur, comme si elle venait de lui annoncer que Danny n'avait plus que deux mois à vivre.

« Il n'y a pas de quoi s'inquiéter, lui assura-t-elle. Je veux juste faire vérifier ses oreilles par quelqu'un qui s'y connaisse mieux que moi.

— Vous êtes certaine qu'il va bien ?

— J'en suis certaine. Molly, pourrais-tu me rédiger une recommandation pour Matt De Andrea, à Avondale ? »

Molly hocha la tête, et Sara entra dans son cabinet, lâcha son stéthoscope sur son bureau. Elle s'assit dans son fauteuil, en s'efforçant de ne pas soupirer. Elle se surprit à penser à Jeff. Elle se sentait tout le corps en éveil, si ce n'est même légèrement endolori. Son dos lui faisait un mal de chien, mais ce n'était pas surprenant, sachant qu'ils n'avaient pas quitté son hall d'entrée avant trois heures du matin.

« Donc, récapitula Molly, l'interrompant dans ses réflexions. J'imagine que ça signifie qu'à partir de maintenant nous prenons les appels de Jeffrey ? »

Sara rougit.

« Ça saute tellement aux yeux ?

— Disons simplement qu'une pub dans le *Grant Observer* serait plus subtile. »

Sara jeta un regard à son infirmière, et ses yeux se réduisirent à deux fentes.

« C'est ton dernier patient, ajouta Molly, avec le sourire. Tu vas à la morgue ? »

Elle ouvrit la bouche pour lui répondre, mais un coup sourd retentit au bout du couloir, suivi d'un juron. Elle leva les yeux au ciel, à l'intention de Molly, et se rendit au pas de course en direction des toilettes. A cause d'un petit de six ans vivement intéressé par l'expérience consistant à jeter toute sa collection de Matchbox dans les toilettes et de tirer la chasse, le siphon avait débordé. Sara avait bien pensé à faire intervenir son père, débattant le pour et le contre, sachant qu'aujourd'hui, Tessa travaillait avec lui. Quoi qu'il en soit, ne possédant pas les outils adaptés pour réparer les toilettes, et comme la veille elle avait pris son après-midi, elle n'avait pas eu le temps de s'en occuper. En plus, son père aurait été très froissé si elle ne l'avait pas appelé pour venir à son secours.

« Papa, chuchota-t-elle, en refermant la porte des toilettes derrière elle. C'est une clinique pédiatrique. Tu ne peux pas pousser des jurons à tue-tête comme ça. »

Il lui décocha un regard incendiaire, par-dessus l'épaule.

« Des jurons, j'en ai poussé tout le temps devant vous, mes filles, et ça ne vous a pas trop mal réussi.

— Papa..., essaya-t-elle de nouveau.

— En effet, bougonna-t-il. Je suis ton père. »

Elle renonça, et s'assit sur le rebord de la baignoire. Enfant, elle avait souvent regardé son père travailler, et Eddie montait tout un spectacle pour elle et Tessa, cognant sur des tuyaux, dansant en tous sens avec un tourne-à-gauche dans une main et une ventouse dans l'autre. Il avait envie d'apprendre à ses filles à se servir de leurs mains, et à faire le meilleur usage de leurs capacités, en toute connaissance de cause. Elle se disait souvent qu'il avait dû être quelque peu déçu qu'elle n'ait pas rejoint l'entreprise familiale dès sa sortie du premier cycle, pour choisir à la place d'entrer en faculté de médecine. Il avait pris en charge la part de ses cours privés que les bourses ne couvraient pas, et s'était assuré qu'elle ait de quoi vivre, mais, au fond de son cœur, Sara savait qu'Eddie aurait été parfaitement heureux qu'elle revienne vivre à la maison, à déboucher des canalisations au furet et à souder des tuyaux à ses côtés. Certains jours, elle était tentée. Comme plombier, elle travaillerait certainement moins.

Eddie s'éclaircit la voix.

« Ça se passe dans ce bon vieux Far West, d'accord ? »

Sara sourit, sachant qu'il allait lui raconter une de ses vieilles blagues.

« D'accord.

— Le shérif entre dans un saloon et fait : "Je cherche un cow-boy qui porte un gilet tressé dans des épis de blé, et un pantalon, aussi tressé dans des épis de blé." » Il attendit une fraction de seconde, s'assurant que sa fille l'écoutait bien. « Le barman fait : "Ah ouais, et qu'est-ce qu'il voulait, ce cow-boy-là ?" Et le shérif de répondre : "Faucher du bétail." »

Sara rit, bien malgré elle.

Eddie retourna à son travail, enfonça une vrille tout au fond de la cuvette. La tige de manœuvre à côté de lui se mit à tourner lentement, faisant sortir le furet de métal flexible à l'extrémité pointue qui allait, espérait-il, dégager le bouchon.

« Qu'est-ce qu'il a encore jeté dans la cuvette, ce gamin ?

— Une petite voiture Matchbox, fit Sara. Enfin, c'est ce qu'on pense.

— Le petit saligaud », marmonna Eddie, et elle secoua simplement la tête, sachant qu'il était inutile d'essayer de le censurer. Elle avait retenu la leçon voilà près de trente ans, lors d'une réunion de parents d'élèves particulièrement embarrassante. Au lieu de quoi elle s'installa, les coudes posés sur les genoux, et le regarda opérer. Eddie Linton n'était pas ce que l'on pouvait appeler quelqu'un qui s'habille chic, même quand il faisait un effort. Il portait un T-shirt Culture Club, provenant d'un concert où il avait emmené Sara et Tessa quand elles étaient au collège. Son short vert était si vieux que des fils en pendaient. Elle se pencha et tira sur l'un de ces fils.

« Hé ! s'exclama-t-il.

— Laisse-moi aller chercher mes ciseaux, proposa-t-elle.

— Tu n'as pas de patients à recevoir ?

— Aujourd'hui, c'est ma journée morgue », lui rappela-t-elle. Même si elle avait une pile de paperasses qui l'attendait, elle n'avait pas envie de s'y confronter. En fait, elle se satisferait parfaitement de rester assise là toute la journée avec son père. Au moins jusqu'à ce que Jeffrey quitte son bureau.

Eddie la regarda par-dessus son épaule.

« Qu'est-ce qui te rend si heureuse ?

— De t'avoir ici, fit-elle en se massant le dos.

— Ouais, d'accord, grommela-t-il en enfonçant le furet plus fort. C'est un vrai merdier, ce boulot. Tu devrais facturer mon temps passé à ce gosse.

— Je vais voir ce que dit sa compagnie d'assurances. »

Eddie s'assit sur ses talons.

« Ta sœur est dans la camionnette. »

Sara ne réagit pas.

Il lui lança un regard grave.

« A la guerre, j'ai vu des hommes mourir. »

Sara éclata de rire.

« Tu réparais les toilettes à Fort Gillem, papa. Tu n'as même jamais quitté la Géorgie.

— Bon… » Il dissipa ce rappel d'un geste de la main. « Il y avait un caporal originaire du Connecticut, les beignets comme on les prépare chez nous, ça lui restait sur le cœur. » Eddie croisa les bras et lui adressa un regard grave. « Quoi qu'il en soit, ce que je veux dire, c'est que la vie est trop courte.

— Oui », admit-elle. Elle en avait la preuve sous les yeux, à la morgue, presque toutes les semaines.

« Trop courte pour en vouloir à ta sœur.

— Ah ! soupira-t-elle, saisissant enfin. Elle t'a expliqué à propos de quoi nous nous étions disputées ?

— Enfin, vous, les filles, est-ce qu'il vous est déjà arrivé de me confier quelque chose ? maugréa-t-il.

— C'est compliqué, le prévint-elle.

— Je suis prêt à parier que ça n'est pas compliqué du tout », riposta Eddie, tout en extrayant le furet de la cuvette des toilettes. Je parie que c'est très simple. Il enroula le furet de métal sur sa tige de manœuvre. « Va me chercher le furet électrique.

— Il faut que je parte travailler, objecta-t-elle.

— Dès que tu m'auras rapporté le furet électrique », insista-t-il, en lui tendant la longue tige métallique enroulée.

Sara hésita, puis elle le prit.

« Je ne fais pas ça parce que tu me le demandes. »

Il leva les mains en l'air.

« Depuis 1979, tu n'as jamais rien fait de ce que je t'ai demandé. »

Avant de sortir de la pièce, elle lui tira la langue. Elle passa par la porte de derrière et contourna le bâtiment de la clinique, pour que les patients, dans la salle d'attente, ne puissent pas la voir. A strictement parler, elle avait terminé son service, mais il pouvait toujours y avoir quelqu'un qui la connaissait, et elle n'avait pas envie qu'on la retienne.

La camionnette d'Eddie était garée tout à côté de la

voiture de Sara. La mention Linton and Daughters était peinte sur les flancs. Un dessin de chaise percée avec un rouleau de papier toilette rose posé sur l'arrière du réservoir lui tenait lieu de logo. Elle s'approcha, et elle entrevit Tessa, assise au volant, les vitres remontées, le moteur tournant au ralenti. Elle attendait probablement depuis au moins une demi-heure.

Sara ouvrit grande la porte, côté passager. Tessa ne leva pas les yeux. Or, elle avait évidemment vu sa sœur approcher.

« Salut », fit Sara, par-dessus le ronronnement de l'air conditionné, et elle balança le furet à l'arrière de la camionnette. Elle monta à bord et ferma la porte derrière elle.

« Salut, lui répondit Tessa, visiblement à contrecœur. Ils ont retrouvé cette gosse ?

— Pas encore. » Sara s'adossa à la porte, de sorte qu'elle soit face à sa sœur. Elle quitta ses sabots et cala les orteils au bord du siège de Tessa.

« C'est mon côté, lança sa sœur, une phrase qu'elles s'étaient souvent répétée quand elles étaient en voiture, enfants.

— Donc, fit Sara, en titillant la jambe de sa sœur avec son gros orteil. Qu'est-ce que tu vas décider ?

— Arrête ! » Tessa lui flanqua une claque sur les pieds. « Je suis fumasse contre toi.

— Et moi fumasse contre toi », rétorqua-t-elle.

Tessa se retourna, posa les mains sur le volant.

« Je suis désolée de ce que je t'ai sorti. » Elle marqua un temps de silence. « Au sujet des enfants que tu ne peux plus avoir. »

Sara laissa s'écouler quelques instants.

« Je suis désolée de t'avoir demandé si Devon était bien le père.

— Eh bien... » Tessa eut un haussement d'épaules. « Si tu te poses vraiment la question, c'est lui le père.

— Je ne me la posais pas vraiment... », lui avoua-t-elle, même si, quelque part au fond d'elle-même, elle se l'était bel et bien posée.

Tessa se tourna et s'adossa à la portière, pour être face à Sara. Elle releva les pieds, les glissa sous ses cuisses, et les deux sœurs se dévisagèrent, sans rien dire.

C'est Sara qui brisa ce silence.

« Si tu veux faire ça..., commença-t-elle en essayant de donner l'impression qu'elle pensait ce qu'elle disait. Si tu veux réellement faire ça... Je te soutiendrai. Tu le sais.

— Et tout ça, cette réaction, ça te venait d'où ?

— C'est juste..., dit-elle, en cherchant le moyen d'expliquer les choses. J'ai vu tellement de gamins souffrir, cette semaine, et je... » Elle laissa ses mots en suspens. « Ce que je ressens à propos de tout ça ne compte pas, Tessie. C'est ta décision.

— Je sais.

— Après tout c'est ton choix, répéta Sara. Je sais que tu ne fais pas ça à la légère...

— Ce n'est pas ça, l'arrêta sa sœur.

— C'est quoi, alors ? »

Tessa regarda vers le parking, et se tut. Au bout d'un moment, elle se confia.

« Seulement, j'ai peur, vraiment peur.

— Tessie. » Sara tendit la main, prit celle de sa sœur. « De quoi as-tu peur ?

— C'est maman et papa, fit-elle, et elle se mit à

pleurer. Et si je n'étais pas aussi bonne qu'eux ? Et si j'étais une mère épouvantable ?

— Tu ne seras pas une mère épouvantable, lui assura-t-elle, en lui dégageant les cheveux du visage avec un geste caressant.

— Tu avais raison, lui dit encore Tessa. Je suis égoïste. Je ne pense qu'à moi, oui.

— Je ne le pensais pas.

— Si, tu le pensais. Je sais que tu le pensais, parce que c'est vrai. » Elle s'essuya les yeux du dos de la main. « Je suis égoïste, Sara. Je sais que je suis immature. » Elle rit, d'un rire teinté d'ironie. « J'ai trente-trois ans, et je vis encore avec mes parents.

— Pas dans la même maison. »

Au milieu des larmes, Tessa éclata de rire.

« Oh ! seigneur, je t'en prie, ne prends pas ma défense ! »

Sara rigola, elle aussi.

« Tess, tu es quelqu'un de si bon. Tu adores les gosses.

— Je sais. Simplement, l'idée de les avoir dans les pattes vingt-quatre heures par jour, c'est pas pareil. » Elle secoua la tête. « Et si j'ai un geste terrible ? Si je le lâche, ou si c'est une fille et que je finisse par l'habiller chic, comme le gamin des Ramsey ?

— Alors on te fera interner.

— Je suis sérieuse, geignit-elle, entre rires et larmes. Et si je ne sais pas m'y prendre correctement ?

— Maman et papa seront là pour t'aider, lui rappela Sara. Et moi aussi. » Elle laissa cette dernière réflexion faire son chemin, avant de rectifier. « Si c'est ce que tu décides, je veux dire. Si tu veux le garder. »

Tessa se pencha en avant.

« Tu serais une super mère, Sara. »

Sara serra les lèvres très fort, elle refusait de pleurer.

« Je ne sais pas quoi décider, c'est tout. »

Elle respira à fond, et souffla.

« Tu n'as pas besoin de te décider tout de suite, lui suggéra-t-elle. Tu peux attendre deux ou trois jours, juste pour voir comment tu te sens, une fois que le choc se sera un peu atténué.

— Ouais.

— Mais je crois vraiment que tu devrais l'annoncer à Devon. Il a le droit de savoir. »

Tessa hocha lentement la tête.

« Je sais qu'il a le droit, admit-elle. Peut-être que je ne voulais pas le lui apprendre parce que je sais ce qu'il va me répondre. » Elle eut un sourire narquois. « Il saura obtenir exactement ce qu'il veut.

— Tu n'as pas besoin de l'épouser.

— Oh ! oui, et que papa en fasse un infarctus si on vit dans le péché ?

— Je doute sérieusement qu'il en fasse un infarctus, dit Sara avec un petit sourire. Il pourrait bien te prendre sur ses genoux…

— Ouais, enfin. » Tessa prit un mouchoir en papier sur la console centrale. Elle se moucha en trois coups brefs, ainsi qu'elle l'avait toujours fait depuis qu'elle était bébé. « Peut-être que quelqu'un devrait me prendre sur ses genoux. »

Sara serra sa main dans la sienne.

« C'est toi qui prends cette décision, Tess. Quoi que tu décides, je suis avec toi.

— Merci », grommela-t-elle en s'essuyant le nez avec un autre mouchoir. Elle se cala de nouveau contre la portière, et regarda longuement Sara. Après quelques secondes, un sourire vint lui éclairer le visage.

« Quoi ? s'enquit Sara.

— C'est tellement évident.

— Tellement évident, comment ça ? »

Tessa ne cessa pas de sourire.

« Tellement évident que t'as baisé. »

Cela fit rire Sara, et son rire retentit dans la camionnette.

« C'était bon ? » voulut savoir sa sœur.

Sara lança un coup d'œil par la vitre, se sentant d'humeur un peu mutine.

« A quelle heure ?

— Espèce de roulure ! s'exclama Tessa, en lui jetant son mouchoir sale.

— Hé ! » Sara dévia la trajectoire de la boule de papier avec sa main.

« Joue pas les grandes sœurs avec moi, l'avertit Tessa. Dis-moi ce qui s'est passé. »

Sara se sentit rougir depuis la racine des cheveux.

« Pas question.

— Qu'est-ce qui t'a fait changer d'avis ? demanda-t-elle. Je veux dire, la dernière fois que j'en ai entendu parler, tu ne voulais même plus sortir avec lui.

— Maman, lui répondit Sara. Elle m'a conseillé de me décider.

— Et ?

— Nous avons trop longtemps joué à ce petit jeu de cache-cache. » Elle s'interrompit, le temps de réfléchir à la façon de formuler la chose. « Il fallait que je retente le coup. Soit je l'éjecte de mon système de vie et j'avance, soit je le garde dans mon système de vie et j'existe avec.

— C'est bon ? insista Tessa.

— C'était agréable de ressentir quelque chose d'inédit, avoua-t-elle, songeant à la nuit précédente. C'était agréable d'arrêter de se sentir coupable, pendant un petit moment. » Et puis, après coup, elle ajouta encore : « Et d'avoir peur.

— A propos de cette fille qui a disparu ?

— A propos de tout », renchérit-elle, sans entrer dans les détails. Elle s'était fait un point d'honneur de ne jamais évoquer son travail à la morgue en famille. Cela la protégeait autant que cela les protégeait, eux. Il fallait qu'une partie de son existence ne soit pas assombrie par la mort et la violence. « C'était agréable de…

— D'avoir un orgasme, au point de crier ? »

Sara ponctua d'un claquement de langue, en souriant.

« C'était assez spectaculaire. » Elle secoua la tête, parce que ce n'était pas le terme exact. « C'était sidérant. Totalement…

— Oh ! merde ! » Tessa se redressa, s'essuya les yeux. « Papa arrive. »

Sara se redressa, elle aussi, sans trop comprendre pourquoi elle réagissait de la sorte. Eddie n'en était plus à pouvoir l'expédier dans sa chambre parce qu'elle était restée trop longtemps assise sur le parking.

« Où il est, ce furet ? s'emporta-t-il en ouvrant la portière à la volée, du côté de Sara. De quoi vous causez, toutes les deux, là-dedans ? » Comme il ne recevait aucune réponse, il fulmina. « Vous savez la quantité d'essence que vous gâchez, à rester assises là, avec le moteur qui tourne ? »

Sara éclata de rire, et il lui flanqua une tape sur la jambe.

« Que dirait ta mère si elle te voyait avec cette expression sur le visage ? »

C'est Tessa qui répondit.

« Probablement : "Eh bien, c'est pas trop tôt, bon sang." »

Elles se mirent à glousser, et Eddie les fusilla du regard avant de claquer la portière et de s'éloigner.

La morgue se situait au sous-sol du Grant Medical Center, et quelle que soit la chaleur qui régnait dehors, il y faisait toujours frais, dans ses salles souterraines carrelées. Sara en eut la chair de poule dès qu'elle retourna dans son bureau.

« Hello, docteur Linton », fit Carlos, de sa voix douce, avec un fort accent. Il était habillé de son habituelle combinaison hospitalière verte, et il tenait un bloc-notes sur son support, calé à angle droit contre sa taille épaisse. Sara avait engagé Carlos six ans plus tôt, dès sa sortie du lycée. Pour son âge, il était petit, et il arborait une coupe de cheveux à deux étages, ce qui n'arrangeait pas vraiment son visage rond. Cependant, Carlos était efficace, et ne se plaignait jamais d'avoir à accomplir ce qui se résumait à un travail de merde, au propre comme au figuré. Sara pouvait compter sur lui, dans la morgue, pour qu'il prenne soin de tout et sache se taire.

Pour lui, elle parvint à sourire.

« Quoi de neuf ? »

Il lui tendit son bloc.

« L'enfant Weaver est encore là. Qu'est-ce que vous voulez que je fasse d'elle ? »

Rien qu'à penser au bébé, elle en eut le cœur serré. Dottie Weaver n'avait aucune raison de réclamer l'enfant, puisque Sara lui avait indiqué qu'il n'était pas de Jenny. Quelque chose, à l'idée de cette fragile petite fille enfermée dans une chambre froide, lui brisait le cœur.

« Docteur Linton ? s'enquit Carlos.

— Je suis désolée, s'excusa-t-elle. Que disais-tu ?

— Je vous demandais ce que vous vouliez que je fasse des corps. »

Elle secoua la tête devant ce pluriel, se disant que quelque chose lui avait échappé. Elle baissa les yeux sur le dossier médico-légal et vit que le nom de Jenny Weaver figurait en tête. Elle feuilleta les pages, notant qu'elle avait délivré le permis d'enlever le corps dimanche. Il n'y avait pas de formulaire d'accompagnement du funérarium stipulant qu'on l'avait bien enlevé.

« Elle est encore là ? », s'étonna-t-elle.

Carlos hocha la tête, une main sur la hanche.

« On a reçu un appel de Brock ? voulut-elle savoir, faisant allusion au directeur du funérarium de la ville.

— Non, m'dame », lui répondit-il.

Elle jeta de nouveau un coup d'œil au document, comme si cela avait pu lui apporter une explication.

« Pas de nouvelles de la mère ?

— Aucune nouvelle de personne.

— Allons, on va passer quelques coups de fil », lui dit-elle en se dirigeant vers son bureau.

Elle connaissait le numéro du Funérarium Brock par cœur, et elle le composa sur le clavier de son téléphone, en observant Carlos, de l'autre côté de la baie vitrée. Il était en train de laver le sol à la serpillière, avec des mouvements délibérément lents, dos à elle.

A l'autre bout du fil, on décrocha à la première sonnerie.

« Funérarium Brock.

— Brock », fit Sara, en reconnaissant la voix de l'homme. Dan Brock avait le même âge qu'elle, et ils avaient fait toute leur scolarité ensemble, à partir du jardin d'enfants.

« Sara Linton ! s'exclama-t-il, avec une expression sincère de plaisir dans la voix. Comment va ?

— Super, Brock, lui répondit-elle. Je déteste aborder directement les questions de boulot, mais as-tu reçu un appel au sujet d'une certaine Jennifer Weaver ?

— Celle qui s'est fait descendre le week-end dernier ? Sûrement pas. Je dois dire que je l'attendais, cet appel.

— Comment ça ?

— Eh bien, Dottie fréquente mon église, lui expliqua-t-il. Simplement, j'aurais supposé qu'elle m'appellerait.

— Tu la connais bien ?

— Suffisamment pour lui dire bonjour, répondit-il. En plus, cette petite Jenny était un beau brin de fille. Elle faisait partie de la chorale, pendant une période. Chantait comme un ange. »

Sara hocha la tête, se rappelant que Brock dirigeait la chorale des enfants, à ses moments de loisir.

« Sara ? s'enquit-il.

— Désolée, fit-elle, songeant qu'elle se laissait trop facilement distraire, dernièrement. Merci pour l'information.

— Ce n'est pas non plus paru dans le journal.

— Comment ça ?

— Dans la rubrique nécrologique, précisa Brock, avec un petit rire d'autodénigrement. Les outils du métier, quoi. On aime bien voir qui s'occupe de qui, si tu vois ce que je veux dire.

— Et aucune mention n'est parue ?

— Pas la queue d'une, lui assura-t-il. Peut-être qu'ils l'ont expédiée dans le Nord ? Je crois que c'est là qu'est son papa.

— Tout de même, ce serait paru dans le journal, non ? » lui demanda Sara, jouant les idiotes. Brock était généralement discret, en raison du métier qu'il exerçait, mais elle n'avait aucune envie de lancer des rumeurs.

« Peut-être, reconnut-il. Ou dans le bulletin paroissial, au moins. Et je n'ai rien vu dedans non plus. » Il marqua un temps. « Mince, Sara, tu sais comment sont certaines personnes, devant la mort. Elles ne veulent tout simplement pas admettre que c'est arrivé, surtout pas quand ça concerne un gamin. Peut-être qu'elle a traité tout ça dans la discrétion pour s'aider à surmonter l'épreuve, tu vois ?

— Tu as raison, lui dit-elle. En tout cas, merci pour l'information.

— J'ai entendu dire que Grace Patterson n'en avait plus pour longtemps, remarqua-t-il, et elle supposa que les affaires n'étaient pas trépidantes, pour qu'il soit si bavard. Ça, ça va être dur.

— Tu la connais, elle aussi ?

— Elle m'a aidé avec la chorale, avant sa dernière rechute. Femme merveilleuse.

— Je suis au courant.

— D'après ce que j'ai compris, elle est rongée par un cancer, commenta-t-il. Ça, c'est toujours le plus dur. » Il paraissait sincèrement affecté en l'affirmant. « Enfin, bon, Sara, tu sais de quoi je parle. »

En effet, elle ne l'ignorait pas, et elle comprenait son chagrin. Elle ne s'imaginait pas accomplissant le travail de Dan Brock. Et il en avait sans doute autant à son service.

« J'imagine qu'on n'a encore aucune nouvelle de la petite qui a disparu ? reprit-il.

— Non, admit Sara. Pas que je sache.

— Jeffrey est un type bien, ajouta-t-il. Si quelqu'un peut la retrouver, c'est lui. »

Sara avait envie d'y croire, mais avec tout ce qu'elle avait appris de l'affaire ces dernières heures, elle n'en était plus trop sûre.

Brock s'exprima d'un ton plus léger.

« Allons, prends soin de toi, lui dit-il. Mon meilleur souvenir à ta maman et à eux tous. »

Sara lui souhaita la même chose et raccrocha. Elle appuya sur une touche pour reprendre une ligne et appela Jeffrey.

QUATORZE

Lena s'efforça de ne pas montrer de manière trop évidente qu'elle écoutait la conversation téléphonique entre Jeffrey et Sara Linton. C'était extrêmement difficile, car ils étaient tous deux assis à l'avant de la voiture de son chef. Elle regardait par la vitre, affichant une décontraction qu'elle n'éprouvait pas du tout. Au fond d'elle-même, elle était encore sous le coup de ce qui s'était produit avec Mark, quelques heures plus tôt. Ce n'était qu'avec de la patience que l'on saurait s'il s'en sortirait. Son cerveau avait été privé d'oxygène pendant un certain laps de temps et, tant qu'il ne se réveillerait pas de son coma, il n'y avait aucun moyen de prédire l'étendue des dommages cérébraux.

Elle lança un coup d'œil à Jeffrey, quand il rapporta au Dr Linton ce que Mark avait révélé de sa relation avec Grace Patterson. Ce que Sara lui dit en réponse devait être bref et pertinent, car Jeffrey tomba immédiatement d'accord avec elle.

« Je te retrouve ce soir », lui dit-il enfin, puis il reposa le téléphone sur son support. Il s'adressa aussitôt à Lena. « Je t'avais dit de ne pas te retrouver seule avec Mark, lui rappela-t-il.

— Je sais », reconnut-elle, et elle partit de nouveau

dans son explication des raisons qui l'avaient poussée à laisser Brad sortir du mobile home. Il l'arrêta de la main.

« Je ne te le répéterai pas deux fois, Lena, la coupa-t-il, et apparemment cela lui tenait à cœur depuis un bon moment. Ici, ce n'est pas toi le patron.

— Ça, je le sais.

— Ne m'interromps pas, lui ordonna-t-il, les yeux rivés sur elle. Je suis dans ce métier depuis un sacré bout de temps, depuis bien plus longtemps que toi, et je te commande de faire les choses d'une certaine manière parce que je sais ce que je fais. »

Elle ouvrit la bouche pour lui signifier son acquiescement, mais comprit qu'il valait mieux s'en abstenir.

« Etre un inspecteur de police te confère une certaine autonomie, mais, au bout du compte, c'est de moi que tu reçois tes ordres. » Il la regarda, comme s'il s'attendait à ce qu'elle argumente. « Si je ne peux pas me fier à toi pour que tu respectes des ordres simples, qu'est-ce qui me force à te garder avec moi ? »

Manifestement, c'était à son tour de parler, mais elle ne trouva rien à répondre.

« Je veux que tu réfléchisses à ça, Lena. Je sais que tu aimes ton boulot et je sais que tu le fais bien, quand tu le décides, mais après ce qui s'est passé… » Il secoua la tête, comme si ce n'était pas la bonne formulation. « Non, même avant ce qui vient de se produire. Tu as un problème avec l'exécution des ordres, et vis-à-vis de moi, cela te rend plus dangereuse que les voyous. »

Lena fut piquée au vif par ses paroles et chercha à se défendre.

« Mark ne se serait jamais confié si Brad avait été présent.

— Et il n'aurait peut-être pas tenté non plus d'attenter à sa vie », lâcha Jeffrey. Il se tut, conduisant en fixant la route, droit devant lui. Il soupira. « Non, là, je ne suis pas juste. »

Lena garda le silence.

« Mark aurait probablement trouvé un moyen de commettre un geste de ce genre. C'est un garçon très perturbé. Ce n'était pas ta faute. »

Elle approuva d'un signe de tête, ne sachant pas s'il se trompait ou non, en émettant cette supposition. Au moins, il essayait de la réconforter, et c'était déjà sacrément plus que tout ce qu'elle avait pu faire pour lui après qu'il avait tiré sur Jenny Weaver.

« Et il n'est pas seulement question de Mark. Tu as pris rendez-vous avec un psychothérapeute ? »

Elle secoua la tête.

« Lena, ça ne me plaît pas d'avoir à te poser cette question maintenant, mais apparemment ce ne sera jamais le bon moment. » Il s'arrêta, comme pour s'assurer de formuler la chose avec prudence. « Il faut que tu réfléchisses : veux-tu ou non rester flic ? »

Elle hocha la tête, en se mordant le bout de la langue pour s'empêcher de pleurer. Comment pourrait-elle ne plus être flic ? Si elle n'était plus inspecteur de police, que deviendrait-elle ? Certainement pas une sœur ; et à peine une femme. Certains jours, elle n'était même pas sûre d'être un humain.

« Tu es un bon flic », reprit-il.

Elle opina encore une fois, se soutenant la tête de la main, en regardant fixement par la vitre de sa portière, pour qu'il ne puisse voir son visage. A force de se retenir de pleurer, elle avait l'impression que sa gorge se refermait complètement. Elle se détestait de se sentir aussi faible, et l'idée même de craquer devant Tolliver suffisait à l'empêcher de sangloter comme une fillette.

« Nous en reparlerons quand cette affaire sera close, acheva-t-il d'une voix qui se voulait rassurante, mais cela ne l'aidait guère. Je veux t'aider, Lena, mais je ne peux pas t'aider si tu n'en as pas envie. »

Cela ressemblait aux salades des Alcooliques Anonymes que lui servait Hank, et elle en avait eu sa dose, assez pour que ça lui dure une vie entière. Elle s'éclaircit la voix.

« D'accord », dit-elle sans cesser de fixer la vitre du regard.

Il conduisit un moment dans le silence complet, et elle n'ajouta rien, jusqu'à ce qu'elle s'aperçoive qu'il avait manqué l'embranchement menant en ville et retour au poste.

« Où allons-nous ? lui demanda-t-elle.

— A la maison de Dottie Weaver, fit-il. Elle n'a pas récupéré le corps à la morgue.

— Cela fait un moment, nota Lena, en s'essuyant les yeux à la dérobée, du dos de la main. Tu crois que quelque chose cloche avec elle ?

— Je n'en sais rien, avoua-t-il, en contractant la mâchoire.

— Tu crois qu'elle y est pour quelque chose ? insista-t-elle. Comme Mark ? »

Il hocha sèchement la tête, et elle ne poussa pas plus loin.

Il désigna la route du doigt.

« Randolph Street, c'est par là-bas, non ?

— Oui », confirma-t-elle, et il tourna pour s'engager

dans Randolph. Les allées menant aux habitations étaient rares et très espacées, et la plupart des maisons étaient elles-mêmes très en retrait de la route, chacune d'entre elles disposant d'un hectare et demi ou deux hectares de terrain. Elles étaient situées dans une partie plus ancienne de Grant, bâtie avant que les gens ne se mettent à construire des maisons bon marché en les empilant quasiment les unes sur les autres. Il arrêta la voiture à la hauteur d'une boîte aux lettres grise, qui était ouverte sur le devant, avec du courrier entassé si serré qu'il aurait fallu une pince-monseigneur pour l'en extraire.

« C'est là », fit-il. Il fit marche arrière et tourna dans une allée bordée d'arbres. S'il remarqua les quatre exemplaires du *Grant Observer* enveloppés dans des pochettes plastique à l'entrée de l'allée, il ne lui en fit pas la remarque.

La maison des Weaver était plus éloignée de la route que Lena ne l'aurait cru, et quelques secondes s'écoulèrent avant qu'un petit ranch soit en vue. A un certain stade, un second niveau avait été ajouté, et la partie basse de la maison n'était pas vraiment assortie à la partie haute.

« Tu aperçois une voiture ? » demanda Jeffrey en s'arrêtant devant un auvent ouvert.

Elle regarda autour d'elle, en se demandant bien pourquoi il lui posait une question dont la réponse était si évidente.

« Non. »

Tous deux descendirent de voiture, et elle fit le tour de la maison, vérifiant chaque fenêtre du rez-de-chaussée. A chacune, les rideaux étaient tirés ou les stores baissés, et elle ne pouvait rien voir à l'intérieur. Il y avait une double porte conduisant à ce qui devait être probablement la cave, mais elle était bien fermée. Les petites fenêtres au niveau des fondations avaient été peintes en noir de l'intérieur.

Tout en contournant la maison par-derrière, elle put entendre Jeffrey frapper à la porte d'entrée.

« Madame Weaver ? » cria-t-il.

Lena vint se camper au pied des marches de la véranda, et s'essuya la sueur du front avec sa manche.

« Je n'ai rien pu voir. Tous les rideaux sont tirés. » Elle lui décrivit le sous-sol et les fenêtres opaques, noires.

Il jeta un coup d'œil vers le jardin, et elle perçut toute son anxiété. Dottie Weaver n'avait pas relevé son courrier, pas ramassé ses journaux depuis un bout de temps. Elle était divorcée et sa fille venait de se faire tuer. Peut-être avait-elle estimé qu'il ne lui restait plus beaucoup de raisons de vivre.

« Tu as vérifié les fenêtres ?

— Elles sont toutes fermées, et bien, lui rapporta-t-elle.

— Même celle qui est cassée ? »

Lena saisit l'allusion. En tant qu'officiers de police judiciaire, il leur fallait une sacrée bonne raison pour entrer dans la maison Weaver sans un mandat de perquisition. Un mauvais pressentiment n'était pas suffisant pour y entrer. Une fenêtre cassée, si.

« Tu veux dire celle qui est cassée au niveau du sous-sol ? »

Il confirma en hochant sèchement la tête.

« Et si une alarme se déclenche ?

— Alors on appellera la police », trancha-t-il, en descendant les marches.

Lena aurait volontiers fracassé ce carreau elle-même, mais elle appréciait le fait que son chef la maintienne, dans toute la mesure de ses moyens, à l'écart de cette zone grise de la loi. Elle s'appuya à la balustrade de la véranda, attendant que retentisse le bruit du verre brisé. Il survint une minute plus tard, puis plusieurs autres minutes s'écoulèrent sans que Jeffrey se montre. Elle était sur le point de repasser sur l'arrière de la maison, quand elle entendit le bruit de ses pas à l'intérieur.

Il apparut sur le seuil, une main sur la poignée de la porte, l'autre tenant un imper jaune vif.

« Celui de Lacey ? » lui demanda-t-elle en lui prenant le manteau. Il était plutôt d'une taille enfant, mais l'étiquette dans le dos ne laissait plus de place au doute. Quelqu'un y avait cousu le nom de l'enfant, au cas où le vêtement se serait perdu.

« Seigneur », marmonna-t-elle, puis elle leva de nouveau les yeux vers son chef. De la tête, il fit signe que non, il n'avait pas trouvé la jeune fille dans la maison.

Il s'écarta, pour qu'elle puisse entrer à son tour. La chaleur l'enveloppa, et elle eut tout de suite l'impression qu'il faisait plus chaud dans la maison que dehors. La première pièce était vaste, et servait probablement de salon. C'était difficile à dire, toutefois, car tout le mobilier avait disparu. Même la moquette avait été arrachée du sol, et seuls restaient les clous, comme une dentition sur tout le pourtour.

« Qu'est-ce que… ? » s'exclama-t-elle en traversant la pièce. Elle venait de se rendre compte que Jeffrey avait dégainé son arme, le canon pointé vers le plancher. Elle l'imita, en se flanquant mentalement un coup de pied aux fesses pour avoir fait preuve d'autant de stupidité. Cela l'avait tellement choquée de découvrir l'imper de Lacey et l'état de la maison, qu'elle avait oublié qu'il pouvait très bien y avoir encore quelqu'un, quelque part, entre ces murs. Avec tout le remue-ménage qu'ils avaient provoqué dehors, s'il y avait quelqu'un, il savait qu'il recevrait de la visite.

D'un signe de tête, Jeffrey lui indiqua de la suivre dans la cuisine, qui était dans le même état que la pièce principale. Toutes les portes de placard étaient ouvertes, révélant des rayonnages vides. Elle traversa la salle à manger, une pièce de loisir et un petit bureau, le tout vide, avec partout la moquette manquante.

La maison dégageait une sale atmosphère, et elle songea à ce que Jeffrey avait dû se dire quand il avait découvert l'imper jaune. Lacey était passée par ici. Elle y était peut-être encore. Tout au moins, son corps.

« Tu sens cette odeur ? » chuchota-t-il.

Elle renifla l'air, et se rendit compte qu'elle respirait de la peinture fraîche, avec une autre odeur plus âcre.

« De l'eau de Javel, chuchota-t-elle en réponse. Et autre chose, que je ne reconnais pas.

— Ces photos de Mark que tu as prises quand tu l'as arrêté, reprit-il. Il avait de la peinture sur ses vêtements, exact ? »

Lena hocha la tête, en tournant sur elle-même dans la pièce. Elle regarda derrière le coin, trouva l'escalier.

« Tu es déjà monté ? » lui demanda-t-elle et, juste à cet instant, un bruit de battement leur parvint de l'étage.

Ils levèrent tous les deux leur arme en même temps, et elle passa devant lui avant qu'il ait pu bouger. Elle monta l'escalier latéralement, en maintenant son arme braquée vers le plafond. A chaque pas, elle testait chaque marche, remarquant qu'elles avaient été mises à nu elles aussi. Sous la décharge d'adrénaline, elle avait tous les muscles du corps bandés.

En haut des marches, elle fit une halte, scruta un long couloir. Sur sa gauche, il y avait un mur, une petite fenêtre qu'elle n'avait pas repérée de l'extérieur, placée en hauteur. Elle était entrouverte, et elle vit des feuilles et des débris sur le plancher. Des rideaux noirs pendaient d'une tringle, avec des poids cousus dans les ourlets. La peinture sous la fenêtre était marquée aux endroits où les poids avaient cogné, et de la peinture blanche encore fraîche maculait la bordure du tissu. Lena désigna le tout à Jeffrey, se disant que c'était cela qui avait pu provoquer le bruit qu'ils avaient entendu, et il haussa les épaules, comme pour signifier peut-être, peut-être pas.

Elle emprunta le couloir, mais Jeffrey passa devant elle, en risquant un œil à chaque porte ouverte de chacune des chambres. Elle le suivit, et vit que la salle de bains et les deux chambres avaient été nettoyées, vidées, comme le rez-de-chaussée. Elle se demanda si les entrailles de Jeffrey ne se contractaient pas chaque fois qu'il jetait un œil dans une pièce, sachant que Lacey Patterson pouvait fort bien s'y trouver. Cela lui rappelait étrangement sa matinée avec Mark, et puis Jeffrey s'arrêta devant la seule porte close, au fond du couloir.

Il resta devant cette porte, empoignant son arme à deux mains. Pour une raison qui lui échappait, il ne bougeait plus, et elle envisagea de prendre la relève, mais quelque chose dans son expression l'en dissuada. Avait-il peur de ce qu'il allait découvrir ? Elle savait que oui.

Il se pencha vers la porte, comme s'il avait entendu quelque chose.

« Quoi ? », prononça-t-elle tout bas.

Il secoua la tête, comme pour la prier de lui laisser une minute, le temps de la réflexion. Elle resta à ses côtés, l'épaule contre le mur de la porte, en nage, dans l'attente qu'il prenne une décision. Elle espérait qu'il n'allait pas attendre trop longtemps, car s'arrêter ainsi pour réfléchir la privait un peu de sa détermination.

Finalement, il lui fit signe de se poster derrière lui, puis de reculer encore un peu plus. Il continua jusqu'à ce qu'elle se soit éloignée vers le bout du couloir. Elle se tenait sur la deuxième marche en partant du haut, tendant le cou pour voir au-delà de l'angle du mur, et il parut satisfait. Quand il leva le pied pour frapper dans la porte, Lena se tint prête à agir. Une fraction de seconde après, un éclair de lumière surgit, et la porte vola en éclats, projetant Jeffrey dans le couloir. Le temps d'un battement de cœur, et ce fut un grondement. Lena plongea dans l'escalier et une boule de feu illumina tout le palier.

« Seigneur ! », chuchota-t-elle, en se protégeant avec les bras, tout en s'agenouillant. Elle s'attendait à ce que la chaleur l'enveloppe, ou que les flammes la dévorent vivante, mais rien ne se produisit. Elle quitta sa position accroupie et risqua un œil à l'amorce du palier. Jeffrey était sous la porte, mais il remuait. Le sommet du panneau était carbonisé. Il y avait des marques de suie noire sur les murs, mais pas de feu. La chaleur avait dû être d'une telle intensité qu'elle s'était consumée d'elle-même.

Elle entendit un crépitement, sur sa gauche, et se retourna vivement. Les rideaux noirs étaient en flammes. Lena retira sa veste et en frappa les rideaux, jusqu'à ce qu'ils tombent de la tringle. Elle piétina les dernières flammes sur le plancher juste au moment où Jeffrey repoussait la porte pour s'en dégager.

« Nom de Dieu, qu'est-ce qui s'est passé ? » demanda-t-il en se palpant le visage et le corps, probablement pour vérifier qu'il n'était pas brûlé. Autant qu'elle puisse en juger, il avait l'air d'aller bien. D'une certaine manière, la porte l'avait protégé de la déflagration.

« Je n'en ai aucune idée, fit-elle en lâchant sa veste pour s'approcher de lui et l'aider à se relever.

— J'ai cru sentir quelque chose derrière la porte, lui expliqua-t-il, en s'appuyant pesamment sur son épaule. Mais bon Dieu, qu'est-ce que c'était ?

— Tu as senti quoi ?

— De l'essence, je crois. Je n'étais pas trop sûr. C'était difficile à dire, à cause de la peinture. » Il épousseta son pantalon, mais c'était vraiment peine perdue. Tous deux regardèrent leurs souliers. Sous l'effet de la chaleur, les semelles avaient fondu.

« Bordel, grommela-t-il. Je viens de les acheter la semaine dernière. »

Lena le dévisagea, se demandant s'il avait reçu un coup à la tête.

« Est-ce que ça va ? s'inquiéta-t-il, en lui époussetant quelque chose sur l'épaule.

— Ça va, le rassura-t-elle, et c'était la vérité, mais uniquement parce que Jeffrey l'avait forcée à s'éloigner vers la cage d'escalier.

— Là, c'était ouvert ? » lui demanda-t-il en désignant la fenêtre. La chaleur de la déflagration avait fait éclater les carreaux et fracassé le châssis de la guillotine. Sur le mur, il y avait deux traces noires à l'endroit où les rideaux avaient pris feu.

« Je crois », fit-elle, en ramenant ses cheveux en

arrière. De la cendre en tomba, et elle supposa que les bouts avaient dû brûler.

Jeffrey se rendit au bout du couloir, en s'arrêtant juste en face du seuil de la pièce. Il se déplaçait avec prudence, cherchant un autre dispositif piégé. Enfin, il entra dans la pièce et se retourna.

« Il y avait un système de déclenchement sur la porte », lui expliqua-t-il, la main sur la poitrine. L'espace d'une seconde, elle se demanda comment il pouvait réfléchir avec autant de lucidité. Il aurait facilement pu se faire tuer dans l'explosion.

Il désigna le cadre de la porte.

« Il y a un câble ici, qui va… » Il suivit quelque chose des yeux, en se tournant lentement dans la pièce… « là. »

Lena pointa le nez à l'intérieur, pour comprendre de quoi il parlait. Trois bidons d'essence étaient serrés dans un coin. On avait disposé dessus une serviette de bain, complètement grillée, et ce qui ressemblait aux vestiges d'un radio-réveil. Le plastique était éclaté, et les câblages s'en échappaient. Les murs et le plafond étaient roussis, et les lattes de plastique des stores de la fenêtre avaient l'air d'avoir fondu en un magma, mais étonnamment rien n'avait pris feu.

Lena examina le dispositif, en se demandant qui avait bien pu fabriquer quelque chose d'aussi rudimentaire. Les bidons en métal étaient hermétiquement clos, et d'après ce qu'elle pouvait en voir, le radio-réveil n'avait même pas été connecté. Elle toucha la serviette, puis elle la renifla. La personne qui avait concocté cette bombe n'avait même pas pris la peine d'imbiber la serviette d'essence pour l'aider à s'enflammer.

« Stupide, ce truc.

— Ouais, acquiesça-t-il. Mais alors, qu'est-ce qui a explosé ?

— Je n'en ai aucune idée », admit-elle en inspectant la pièce du regard. Pour la première fois, elle remarqua que c'était la seule de la maison à être encore meublée. Il y avait de la moquette au sol, et des posters de boys bands étaient punaisés au mur. L'atmosphère de la chambre était celle d'une toute jeune fille, avec ses cloisons naguère peintes en rose, son mobilier en osier blanc, et des étagères remplies d'animaux en peluche. Un lit d'adulte avec une couverture rose était disposé contre le mur opposé à la porte. L'étoffe avait l'air toute raide, comme si elle avait été saturée d'humidité, puis desséchée par la chaleur.

« De l'essence », observa-t-elle.

A son tour, Jeffrey fit le tour de la pièce du regard.

« Tout m'a l'air imbibé d'essence. Les fenêtres sont fermées. Peut-être que les vapeurs se sont accumulées, et quand la porte a déclenché le réveil, elles ont pris feu ? » Il se pencha dans le couloir. « Pour brûler, le feu a besoin d'oxygène. Peut-être que la fenêtre ouverte au bout du couloir a tout pompé ?

— De là où je me trouvais, c'est vraiment l'effet que ça faisait, lui confirma-t-elle. Ceux qui ont posé la bombe ont pu calculer ça.

— Exact », acquiesça-t-il, et il sortit son téléphone portable de sa poche poitrine. Il passa deux appels, l'un à Frank, au poste, pour qu'il mette en route la brigade anti-explosifs, l'autre à Nick Shelton, au Georgia Bureau of Investigation. Il exigea qu'on dépêche une équipe de spécialistes sur la scène du crime, qu'ils passent cette maison au peigne fin. « On a un peu de temps devant nous avant qu'ils ne débarquent, estima-t-il, en refermant son portable.

— Super, maugréa Lena, en estimant qu'avec la chaleur et l'odeur entre ces murs, ils avaient de quoi mourir asphyxiés avant l'arrivée des renforts.

— Pourquoi n'a-t-elle pas vidé cette pièce aussi ? » s'étonna-t-il.

Elle haussa les épaules.

« Peut-être que c'était au-dessus de ses forces, de revenir ici après la mort de Jenny.

— J'imagine, bougonna-t-il, en se retirant quelque chose qu'il avait dans les yeux. Mais pourquoi se donner la peine de vider la maison s'ils comptaient que la bombe y mette le feu ?

— Les inspecteurs spécialisés dans les incendies criminels sont capables de tout retrouver, lui rappela Lena. Tu n'as qu'à regarder la chaîne Discovery pour le comprendre.

— On dirait qu'elle la détestait, lâcha Jeffrey, ne renonçant pas à son raisonnement. Je peux comprendre qu'elle ne vide pas la chambre, mais ceci… » Il désigna les bidons d'essence. « Ceci, ça ne veut rien dire. »

Lena pensa à Mark, qui aurait fort bien pu faire en sorte de câbler la bombe pour qu'elle n'explose pas.

« Qui ferait une chose pareille ? reprit-il. Grace ? Dottie ? Ou Mark ? Rien de tout ça n'a de sens. »

Pour se donner une contenance, Lena considéra la chambre. Une série de figurines de chats était disposée sur la commode, à côté de quelques accessoires de maquillage qui avaient pu appartenir à la jeune fille.

« Elle avait peut-être envie de ne conserver aucun souvenir de Jenny ? suggéra-t-elle et, rien qu'à prononcer ces mots, elle sentit un goût amer lui venir dans la bouche. La bombe aurait tout anéanti.

— Peut-être Dottie a-t-elle été enlevée, imagina Jeffrey.

— Par qui ? s'exclama-t-elle. Ça ne colle pas. Et si c'est le cas, comment l'imper de Lacey a-t-il fini ici ? Es-tu en train de dire que celui qui a enlevé Lacey se serait aussi attaqué à Dottie ? Pour ensuite prendre le temps de vider la maison et de la nettoyer ?

— Tu crois que c'est Dottie qui a placé cette bombe ? »

Elle haussa les épaules, même si elle était convaincue, au fond de son cœur, que c'était Mark qui avait placé l'engin. La peinture sur ses vêtements, cette odeur de produit chimique sur son corps, tout le désignait, en tout cas tout trahissait sa présence dans la maison au cours de ces derniers jours. Il n'y avait pas moyen de dire ce qu'il y avait fait.

Jeffrey songeait manifestement à la même chose qu'elle. « Mark avait de la peinture sur ses vêtements. Nous pourrions demander au labo de la comparer à celle des murs.

— Elle avait l'air fraîche, l'informa Lena, certes à contrecœur.

— Pourquoi Dottie Weaver aurait-elle vidé la maison de fond en comble ? Pourquoi serait-elle partie sans au moins ensevelir sa fille ? »

De nouveau, Lena se demanda s'il n'avait pas pris un coup sur la tête. Il répétait sans arrêt les mêmes questions, comme si elle allait subitement lui sortir la réponse. Elle était sur le point de lui proposer de s'asseoir quand il se retourna et considéra le lit au milieu de la pièce comme si le meuble allait se mettre à lui parler.

Au bout d'un petit moment de ce manège, il retourna le matelas d'un coup de pied.

« Qu'est-ce que c'est que ça ? » fit Lena, stupéfaite, mais elle voyait bien par elle-même. A peu près une vingtaine de magazines à l'air minable avaient été stockés entre le matelas et le sommier à ressorts. Sur toutes les couvertures, il y avait des enfants en train de faire le genre de choses qu'on ne devrait jamais les obliger à faire. Et ils portaient tous le même titre, *Child-Lovers*, en caractères fantaisie, avec un dessin de cœur, qui ne leur était déjà que trop familier, inscrit à l'endroit du « o » de *Lovers*.

Elle posa une main contre le mur, tâchant de conserver l'équilibre.

« Ça va ? s'enquit Jeffrey, en la soutenant par le coude, de crainte qu'elle ne s'évanouisse.

— Ce dessin.

— C'est le même que Mark s'est fait tatouer à la main, confirma-t-il, en repoussant la pile de magazines. Moi aussi, j'avais la manie de cacher des trucs merdiques sous mon matelas, grommela-t-il.

— Pourquoi Mark ferait-il ça ? souffla Lena, incapable de dépasser cet aspect de la question. Qu'est-ce qui l'a poussé à se faire tatouer ce dessin ? »

Jeffrey se tourna de nouveau vers le lit.

« Peut-être est-ce sa manière de proclamer qu'il aime les filles plus jeunes. C'est peut-être comme ça que ces types opèrent, pour être en position de s'identifier mutuellement », suggéra-t-il en ramassant l'une des revues. Il la feuilleta, en attrapa une autre. Il s'arrêta sur une page en particulier, la mâchoire contractée.

« Quoi ? » voulut-elle savoir, en regardant par-dessus

l'épaule de Jeffrey. Une photo de Mark, probablement prise quelques années plus tôt, tenait lieu de double page centrale.

A son tour, elle prit un magazine et fit défiler les pages, jusqu'à ce qu'elle tombe sur une autre photo de Mark. Sur celle-là, c'était Jenny qui figurait avec lui, et tous deux se livraient à des actes que Lena aurait été incapable de décrire. Pire, dans les dernières pages, il y avait des photos de Mark avec des hommes plus âgés, et en compagnie de quelques femmes. Les visages des adultes n'étaient pas montrés, mais Mark, lui, était exposé, nu des pieds à la tête. Il avait une expression douloureuse, et le voir compromis de la sorte fit venir les larmes aux yeux de Lena. Voir à quoi Mark avait pu se plier, et ce qu'on l'avait manifestement obligé à commettre, la faisait souffrir plus qu'elle ne voulait l'admettre. Finalement, elle comprenait pourquoi il avait désiré savoir ce que cela suscitait en elle d'avoir été violée. Il avait envie de comparer ses notes et les siennes.

Jeffrey examina les pages, la mâchoire tellement contractée qu'elle eut du mal, quand il prit la parole, à comprendre ce qu'il lui disait.

« Ces publications ne sont pas très sophistiquées. Avec une petite presse, on peut les fabriquer, j'imagine.

— Probable, acquiesça-t-elle.

— Seigneur ! siffla-t-il en se renfrognant à la vue du magazine qu'il tenait entre les mains. Ce type porte son alliance au doigt. » Le dégoût dans sa voix aurait pu décaper la peinture des murs. « C'est Jenny », releva-t-il encore.

Lena regarda la photographie. Jenny Weaver était prise en photo, la main d'un homme posée sur la nuque la guidant fermement vers son entrejambe. L'or de l'alliance scintillait dans la lumière, et Lena se demanda si cela faisait partie du frisson, chez les pervers qui regardaient ces photos, de penser que le type était marié et qu'il avait des rapports sexuels avec de très jeunes filles.

« C'est dégoûtant, lâcha-t-elle.

— Et ici, la même bague, sur une autre image », observa-t-il, mais sans la lui montrer. Il continua de tourner les pages. Et une autre.

« Tu es sûr que c'est la même… ?

— Putain de pervers ! beugla-t-il, puis il froissa le magazine entre ses mains et le lança contre le mur. Qu'est-ce qui se passe, par ici, bordel ? » cria-t-il. Elle vit palpiter une veine de son cou. « Combien de gosses sont impliqués dans cette histoire ? »

Lena se fourra les mains dans les poches, et le laissa se défouler.

Il se retourna, regarda dans le jardin, par la fenêtre. Sa voix s'était radoucie, mais quand il lui posa sa question, elle y perçut encore de la colère.

« Est-ce que tu reconnais les autres mômes ? »

Lena prit le magazine, puis il l'empêcha de le feuilleter.

« Je refuse que tu regardes cette saloperie, dit-il… On va mettre les gars de Nick là-dessus. » Il porta la main à son front, comme s'il était sur le point de souffrir d'une mauvaise migraine. « Combien de gosses sont impliqués dans cette histoire ? répéta-t-il. Combien de gosses de Grant ont été embringués là-dedans ? »

Elle ne connaissait pas la réponse, mais ça, il ne l'ignorait pas.

Il rouvrit le clapet de son portable.

« Je vais convoquer Nick ici pour qu'il jette un œil à

tout ça, annonça-t-il. Je veux que tu te rendes à l'hôpital pour tâcher de tirer quelque chose de Grace Patterson. »

Elle secoua la tête, sans comprendre.

« Elle est liée à la fois à Mark et à Jenny. Elle doit bien savoir quelque chose, expliqua-t-il. Je m'en chargerais bien moi-même, mais je finirais probablement par lui arracher la gorge, à cette ordure. » Il vit sa poigne se refermer sur son téléphone. Messagerie. Il attendit quelques instants. « Nick, Jeff Tolliver. J'ai besoin que tu me rappelles aussi vite que possible. Nous avons du nouveau dans l'affaire Lacey Patterson. » Il mit fin à la communication, et s'adressa à Lena. « Plus question de ne pas placer cette affaire en priorité, maintenant. »

Elle approuva de la tête, songeant qu'elle ne l'avait jamais vu à ce point en colère, pas même contre elle.

Il composa un autre numéro. En attendant que quelqu'un lui réponde, il lui donna ses instructions.

« Je veux que tu confrontes Grace à ce que tu sais. Je veux que tu lui rapportes exactement ce que Mark t'a raconté, et je veux que tu découvres ce qui s'est passé, putain !

— Crois-tu qu'elle me confiera quoi que ce soit ?

— Sa fille a disparu, lui rappela-t-il. Et nous avons déniché son imper ici. »

Lena baissa les yeux, observa ses mains.

« Considérant ce qu'elle fabriquait avec Mark, crois-tu que ça lui importe ? »

Il referma le clapet du portable, la regarda droit dans les yeux.

« Pour te dire la vérité, Lena, je ne sais foutrement pas quoi penser d'aucun des individus impliqués dans cette affaire. »

Il était sur le point de rouvrir son téléphone quand l'appareil sonna. Avant de répondre, il confia ses clés à Lena et, d'un signe de tête, désigna la porte.

« File. »

Jeudi

QUINZE

Jeffrey se sentait comme un type qui s'est fait éjecter sur un palier avec une porte collée au corps. Ses bras étaient douloureux, et il avait l'impression qu'il ne pourrait plus jamais plier correctement les genoux. Le travail dans la maison de Dottie Weaver avait pris le reste de la journée, mais quand il avait appelé Sara, à une heure du matin, elle l'avait prié de venir, sans hésitation. Quelque part au fond de lui-même, la facilité avec laquelle ils avaient renoué le rendait inquiet. Il attendait le retour de bâton, que Sara lui confesse qu'elle ne pouvait plus continuer comme ça. Mais pour une autre raison, il était heureux comme un fou d'être revenu dans sa vie, au point qu'il voulait jouir de chaque minute autant qu'il le pourrait. Même en se retrouvant dans la baignoire avec elle, à discuter de ce qui s'avérait l'une des affaires les plus horribles sur lesquelles il ait jamais eu à travailler, il se sentait à son aise.

Il regarda Sara, installée face à lui dans la baignoire, qui sirotait son vin, visiblement en train de s'imprégner de ce qu'il venait de lui révéler. Il avait oublié tout l'agrément de la baignoire à pattes de lion de la chambre principale. Un mètre quatre-vingts de long, avec une robinetterie montée au milieu, parfaite pour deux personnes. Ils avaient vécu la moitié de leur mariage dans cette baignoire.

Sara posa le verre sur son genou.

« Où est Lena, maintenant ?

— A l'hôpital, l'informa-t-il. Patterson tient encore le coup.

— Elle raconte quelque chose ?

— Grace ? » s'enquit-il. Sara hocha la tête. « Elle conserve sa lucidité, mais elle est sous perf de morphine, contre la douleur.

— Le cancer du sein est une manière de mourir incroyablement douloureuse.

— Bon », fit-il en se penchant au-dessus de la baignoire pour prendre son verre de vin. Avec l'exemple brillant de ses parents, il n'avait jamais cédé à l'alcool, mais après cette journée, il avait besoin de quelque chose pour dissiper la tension. Avant d'entamer cette conversation avec Sara, il avait l'impression d'avoir la tête qui tournait, incapable de se concentrer sur une chose à la fois, comme il aurait été nécessaire. Il subsistait tant de pièces du puzzle en suspens, et tant de questions qui demeuraient sans réponse ! En un sens, l'alcool lui apportait cette capacité de concentration.

« Crois-tu réellement que Grace Patterson va se livrer à une confession sur son lit de mort ?

— Pas vraiment, mais on ne sait jamais... » Il observa un temps de silence, pesant ses propos. « Lena a ce truc avec Mark.

— Quel genre de truc ?

— Elle insiste pour dire qu'il a été violé.

— Il a été violé, releva-t-elle. Es-tu en train de soutenir

qu'il a posé volontairement pour ces magazines, qu'il a séduit sa mère ?

— Bien sûr que non, se récria-t-il, et il était content qu'elle ait émis cette remarque. Celle qui m'inquiète véritablement, pour l'heure, c'est Lena.

— Elle agit de son mieux, plaida-t-elle. Accorde-lui un peu de temps.

— Je ne peux pas courir ce type de risque avec elle, Sara. » Il se frotta les yeux, ses mains sentaient encore l'essence, alors qu'il les avait récurées à fond avec du savon. « Elle est trop près du gouffre. Je ne veux pas être celui qui reste planté là, et la regarder finir par basculer dedans. Si cela arrivait, je ne pense pas que je pourrais vivre en paix avec moi-même.

— Pour surmonter ce qui lui est arrivé, il va lui falloir du temps, lui dit Sara d'un ton mesuré. Si jamais elle finit par y arriver.

— Elle n'essaie même pas d'aller en parler à quelqu'un.

— Tu ne peux pas la forcer à effectuer la démarche, répliqua-t-elle. Elle en parlera quand elle sera prête. »

Il fixa son verre du regard, sans réagir.

« Donc, reprit-elle, comprenant à l'évidence qu'il voulait avancer, changeons de sujet.

— OK. »

Elle résuma ce qu'ils savaient, en énumérant les points successifs sur le bout des doigts.

« Mark et Jenny posaient pour les magazines que tu as dégotés dans la maison de Dottie. Grace Patterson entretenait une liaison avec son fils.

— Exact.

— Et Teddy Patterson ?

— Ici, c'est lui qui pourrait établir le lien, releva Jeff.

Il est chauffeur de poids lourd. C'est peut-être lui qui collecte les magazines et qui les fait circuler sur tout le territoire américain.

— Où est-il, en ce moment ?

— Soit à l'hôpital, soit dans son mobile home. Frank l'a pris en filature. » Jeffrey avala une bonne gorgée de vin. « Il n'a pas l'air de trop se préoccuper du fait qu'un de ses enfants puisse être dans le coma et que l'autre ait été enlevé.

— Qu'est-ce qu'il fabrique ?

— Il reste auprès de sa femme, principalement.

— Il se concentre peut-être sur une seule chose à la fois ? suggéra-t-elle. Sa femme est en train de mourir, il est avec elle. C'est quelque chose d'immédiat, là, au moins, il peut agir, au lieu de rester assis en se sentant impuissant.

— Fie-toi à moi, ce n'est pas le genre de type à se sentir impuissant.

— Tu penses qu'il va tenter quelque chose ?

— Je pense que dès que sa femme sera morte, il va quitter la ville, lui expliqua-t-il. J'ai parlé à Nick Shelton. Nous pensons que Teddy va servir de contact pour le type qu'il a alpagué à Augusta.

— Le type que Nick a arrêté et qui détenait ce matériel pornographique pédophile ? »

Il hocha la tête, en hésitant à communiquer le reste à Sara, puis il décida qu'il devait jouer franc jeu avec elle.

« La rencontre a été programmée pour demain à midi.

— Quelle rencontre ? s'étonna-t-elle, et il lut l'inquiétude dans ses yeux.

— Le type de Nick, ce diffuseur de porno, a reçu un coup de fil d'une cabine téléphonique. La voix d'un homme était à l'autre bout du fil. » Il suspendit son récit, en tâchant de mesurer la réaction de Sara. « Je n'ai pas reconnu la voix, mais ils se retrouvent à l'hôtel, à Augusta, pour y déposer les magazines.

— Et j'en déduis que tu seras sur place ?

— Ouais, confirma-t-il. Et j'en déduis que ça te pose un problème ? »

Elle soupira.

« Je me souviens, quand nous étions mariés, chaque fois que le téléphone sonnait, ça me donnait envie de rentrer sous terre, parce que je ne savais jamais où tu étais, au juste. »

Il but un peu de vin, le temps de prendre la mesure de cette confidence.

« Tu ne m'avais jamais dit ça.

— Je sais que je ne te l'ai jamais dit, admit-elle, puis elle changea de nouveau de sujet. Donc, comment est-ce que ça fonctionne, tout ce trafic ? Dottie et Grace réalisent les magazines, Teddy Patterson se charge de les livrer, et ensuite le type de Nick les diffuse un peu partout dans la région ?

— C'est à peu près ça, confirma-t-il. Nous pensons que Patterson effectue des étapes un peu partout dans le sud-est. Dès que nous allons lui tomber dessus, Nick va sortir les dossiers de Patterson du ministère des Transports.

— Et pourquoi pas avant ?

— Qui sait d'où il tient son tuyau ? nota Jeff. En plus, Frank ne lâche pas Teddy d'une semelle. Il va pas filer comme ça.

— Pourquoi arrêter Patterson tout de suite ? Pourquoi

ne pas le suivre dans son itinéraire, et ramasser tous les diffuseurs ?

— Nick estime qu'ils ont instauré un réseau de cabines téléphoniques. Si l'un d'eux n'appelle pas le suivant pour lui délivrer son feu vert, alors ils ferment boutique. C'est très au point.

— J'imagine que personne ne sait où pourrait être Lacey ?

— Tu imagines juste.

— Depuis combien de temps le Georgia Bureau of Investigation travaille-t-il sur ce réseau de pornographie ?

— Des années, fit-il. Il leur fallait juste savoir qui alimentait le réseau.

— Et c'est là que Dottie entre en jeu ? »

Jeffrey haussa les épaules car, à ce stade, rien n'était clair.

« Ça ne me plaît pas trop de penser à cette femme entretenant je ne sais quel réseau. Cela signifierait qu'elle disposerait d'un endroit sûr pour se cacher. Cela voudrait dire qu'elle est reliée à toutes sortes de gens dans le monde qui ont intérêt à l'aider, parce qu'elle n'arrête pas de leur fournir du porno malsain. » Il sentit la colère monter de nouveau en lui, et inspira profondément pour se calmer. Comme ça ne marchait pas, il se résigna à boire encore davantage de vin.

« Tu sais qu'ils s'échangent des gosses, lui rappela Sara d'un ton mesuré. Lacey pourrait aussi bien se trouver au Canada ou en Allemagne, à l'heure qu'il est. » Elle s'interrompit une seconde, avant de continuer. « Ou alors il se pourrait très bien que Dottie maltraite Lacey elle-même. Dottie pourrait la retenir quelque part, à lui faire subir Dieu sait quoi. » Sur cette dernière partie de sa phrase, la voix de Sara était montée d'un cran, comme si elle se sentait elle-même sous le coup de la menace.

Jeffrey se frotta les yeux, comme s'il avait pu effacer cette vision.

« Comment une femme, une mère, a-t-elle pu infliger cela à un enfant ?

— D'après mon expérience, commença-t-elle, les femmes qui maltraitent des enfants sont bien plus sadiques que le sont les hommes. A mon avis, c'est parce qu'elles savent qu'elles peuvent s'en tirer ni vu ni connu. Elles savent que personne ne les croira capables de causer du mal à des enfants. C'est particulièrement dur quand il s'agit d'un garçon que l'on viole. Ecartons l'aspect inceste une minute. Un garçon qui entretient un rapport sexuel avec une femme deux fois plus âgée que lui, on lui tape dans le dos. Une fille qui en fait autant est considérée comme une victime. Là, il y a une grande disparité de traitement.

— Jamais je n'avais soupçonné sa mère.

— Et pourquoi l'aurais-tu soupçonnée ? Tu n'avais aucune raison.

— Je n'avais pas de problème avec Teddy Patterson, pas en tant que suspect. »

Sara se redressa dans la baignoire et le laissa parler.

« Les spécialistes de la scène de crime sont encore chez Weaver, mais les résultats préliminaires attestent des traces d'encre d'imprimerie au sous-sol.

— Pour les magazines ? releva Sara. J'aurais cru qu'il leur faudrait une grosse presse.

— Ce ne sont pas précisément des revues sur papier glacé », ironisa-t-il. Il but encore une gorgée de vin.

« Tous les articles de ces torchons traitent en des moyens de lever le bon gosse. »

Sara serra les lèvres.

« Je vais te dire, Sara, devant Dieu, j'aurais préféré n'avoir rien vu de ce que j'ai vu. »

Elle lui caressa la jambe avec le pied.

« As-tu retrouvé la moquette de la maison ?

— Brad et Frank vont aller fouiller la décharge, à l'aube. D'après les échantillons de sol prélevés, les moquettes seraient imprégnées de fluides.

— Des fluides corporels ? lui fit-elle préciser. Qui se sont infiltrés ? »

Il hocha la tête, sans trop apprécier l'idée non plus.

« Il y a aussi une pièce dans le sous-sol qui semble avoir servi de chambre noire. » Il posa son verre sur le bord de la baignoire. « A mon avis, ils utilisaient cette maison pour prendre les photos, et ils imprimaient les magazines sur place.

— Une explosion aurait détruit toutes ces preuves.

— Ouais, confirma-t-il. Mais je n'arrive toujours pas à comprendre pourquoi elle n'a pas vidé la chambre de Jenny.

— Elle n'a plus vraiment besoin de ce qui se trouvait dans cette chambre, si je ne me trompe ?

— Sans doute pas, admit-il.

— As-tu trouvé des indices, dans cette pièce ?

— Rien. L'essence a dû masquer les traces. Je ne sais pas trop comment ça marche.

— Mais il n'y avait rien qui saute aux yeux ?

— Rien, souligna-t-il. Aucune de ces photos n'a été prise là. C'était peut-être la seule pièce de la maison qui soit propre. » Il se frotta de nouveau les yeux ; il se sentait incroyablement fatigué. « Je n'arrive pas à croire que tout ça se passait en ville, sans que personne n'en sache rien. »

Sara souleva la bouteille de vin et lui remplit son verre.

« Tu te souviens de ce qu'elle m'a dit ? le questionna-t-elle. Elle m'a demandé si j'avais ouvert Jenny. A ton avis, elle pensait à la castration ? »

Jeffrey réfléchit à la question une seconde.

« Cela se pourrait.

— Je n'arrête pas de tourner et de retourner cet entretien dans ma tête, et quand j'en arrive à cet instant, je constate combien Dottie a changé. Tu vois de quoi je veux parler ? Elle était presque soulagée.

— J'imagine », fit Jeffrey, mais il était incapable de s'en souvenir. Cet entretien lui paraissait à des années-lumière.

« J'ai appelé l'hôpital. Mark n'a toujours pas repris connaissance.

— Ils ont un pronostic ?

— Avec les lésions cérébrales par anoxie, c'est difficile à dire. » Il opina, elle continua. « Son cerveau est très congestionné. Ils ne connaîtront l'étendue des dégâts que lorsque cette congestion se sera résorbée. Plus cela prendra de temps, pire ce sera.

— A-t-il une chance de retrouver un état normal ? »

Elle secoua la tête.

« Non. » Elle attendit, comme pour lui laisser le temps de se rendre compte. « Il ne sera plus jamais le même. C'est-à-dire, s'il se réveille. Il y aura forcément des séquelles.

— Il avait tellement l'air d'un petit dur. »

Sara termina son vin et posa le verre par terre.

« Tu penses que Teddy Patterson l'a rossé avant qu'il n'arrive à la clinique ? »

Jeffrey avait oublié ce détail.

« J'imagine que c'est possible. Mais enfin, et Lacey, là-dedans ? Pourquoi Mark en avait-il après elle ?

— Elle a pu menacer de tout raconter.

— Nous n'avons pas trouvé de photos d'elle. Et si Teddy Patterson avait quand même voulu se charger de cet enlèvement, quoi qu'il arrive ?

— Pourquoi pas, fit-elle. C'était peut-être lui, dans la Thunderbird noire.

— Il était sûrement à l'hôpital, releva Jeff. Je vais faire vérifier par Frank, mais j'en suis quasiment certain.

— Si Lacey est la mère de ce bébé, à ton avis, qui est le père ?

— Je n'en sais rien », reconnut-il, car rien de tout cela n'avait réellement de sens. Il se masqua les yeux de la main, s'efforçant de comprendre. Ces derniers temps, il avait l'impression que toutes les affaires qu'il abordait avaient une espèce de côté tordu qui l'entamait. Il mourait d'envie de s'occuper d'un crime ayant l'argent pour mobile, ou d'une histoire de jalousie qui aurait mal tourné. Il s'imaginait capable de supporter à peu près tout, sauf un enfant sous le coup d'une quelconque menace.

Sara dut percevoir son angoisse. Elle se glissa vers lui, et il se déplaça, de manière qu'elle puisse poser sa tête sur sa poitrine.

« Tu sens encore la fumée, le taquina-t-elle.

— Les explosions, ça peut occasionner ce genre d'effet. »

Elle laissa courir ses doigts sur sa poitrine, mais ce geste lui paraissait plus destiné à s'assurer qu'il était vraiment présent qu'à susciter l'excitation en lui. Elle enroula une touffe de ses poils autour de son doigt.

« Demain, je veux que tu sois prudent.

— Je suis toujours prudent. »

Elle se redressa un petit peu, afin de pouvoir le regarder droit dans les yeux.

« Plus prudent que d'habitude, insista-t-elle. Pour moi, d'accord ?

— D'accord, dit-il en hochant la tête, et en lui ramenant une mèche derrière l'oreille. Qu'est-ce qui nous arrive, à tous les deux ? lui demanda-t-il.

— J'en sais rien, admit-elle.

— En tout cas, ça fait du bien. »

Elle sourit, posa les doigts sur ses lèvres.

« Ouais. »

Il ouvrit la bouche pour ajouter quelque chose, mais son portable sonna, gâchant cet instant.

« Il est deux heures du matin ! », s'exclama-t-il, comme si cela devait faire une différence. Le téléphone était posé sur le couvercle des toilettes, et Sara l'attrapa et le lui tendit.

« C'est peut-être Nick ? »

Il vérifia le numéro d'appel entrant.

« C'est le poste. »

Paul Jennings était un grand gaillard au torse puissant, avec une barbe noire qui accentuait son visage rond. Sa chemise blanche était froissée, tout comme son pantalon en tissu synthétique marron. N'eût été son air d'attendre quelque chose, Jeffrey trouvait qu'il avait l'allure d'un prof de maths de lycée.

« Merci d'être venu, dit-il. J'attendais de vous appeler, mais j'étais incapable de trouver le sommeil. J'avais ce pressentiment.

— Ce n'est pas grave, le rassura Jeffrey, tout en conduisant l'homme vers son bureau.

— Je sais que c'est un peu un coup d'épée dans l'eau. Mais j'avais ce pressentiment, répéta-t-il. J'ai pris le premier vol disponible.

— Je suis navré de ne pas avoir répondu à votre appel, s'excusa Jeff. Ma secrétaire a cru que vous cherchiez à me vendre quelque chose.

— Je travaille pour une société de fournitures de revêtements extérieurs, dans le Nord, à Newark, lui expliqua Paul. Je crois que j'aurais mieux fait de clarifier les choses en précisant pourquoi je téléphonais. » Il s'interrompit. « J'ai cherché ma fille tellement longtemps, et j'ai été si souvent déçu. » Il leva les mains, en haussant les épaules. « Au fond de moi, je n'arrivais pas à croire qu'ils soient par ici, après tout ce temps.

— Je comprends, lui assura Jeffrey, mais il n'avait pas réellement idée de la souffrance qu'avait pu endurer cet homme au cours des dix dernières années. Voulez-vous un café ?

— Non, non, le remercia Paul, en prenant le siège que Jeffrey lui désignait.

— Nous en avons une cafetière pleine qu'on vient de préparer, là, derrière », insista-t-il, en contournant son bureau pour aller s'installer en face. Il savait qui était cet homme, et ce qu'il fallait lui dire. Il voulait maintenir une certaine distance entre eux deux. Il avait besoin d'espace.

« C'est une photo de Wendy quand elle avait trois ans », lui expliqua Paul, en lui montrant une photographie d'une enfant à l'air heureux. Elle avait été prise plusieurs années auparavant, mais il était à même d'affirmer que la fillette du cliché avait grandi sous le nom de Jenny Weaver.

« Etait-ce juste avant sa disparition ? » s'enquit-il en faisant glisser l'image sur le bureau pour la lui restituer.

L'homme opina du chef, et lui montra un autre portrait.

« Wanda l'a emmenée avec elle peu de temps après ça. »

Jeffrey étudia la photo suivante, mais, au premier coup d'œil, il saisit que Wanda Jennings était la personne qu'il connaissait sous le nom de Dottie Weaver. Il fit également glisser ce cliché sur le bureau, et regarda Paul réunir les deux images, en plaçant celle de Dottie Weaver au-dessous, pour ne pas avoir à la regarder pendant qu'ils se parleraient.

« Pouvez-vous m'indiquer quand votre femme et votre fille ont disparu ? »

Paul changea de position sur sa chaise.

« Tant que j'achevais mon troisième cycle, nous vivions au Canada, raconta-t-il. Les revêtements extérieurs ne constituaient pas exactement la carrière dans laquelle j'avais prévu de me lancer. Mais quand on m'a retiré Wendy… » Il s'interrompit, avec un sourire triste sur les lèvres. « Wanda travaillait comme infirmière dans un hôpital. Je crois qu'elle était là-bas depuis cinq mois quand ces bruits ont circulé.

— Quel genre de bruits ?

— Elle travaillait à la maternité, poursuivit Paul. Il

y avait des rumeurs selon lesquelles un truc n'allait pas. Qu'il se passait quelque chose. » Il prit une profonde inspiration. « Je n'ai pas écouté, bien entendu. Nous étions mariés depuis trois ans, à l'époque. J'aimais ma femme. Jamais je ne l'aurais crue capable de… Et franchement, les femmes ne commettent pas ce genre d'actes, n'est-ce pas ? »

Jeffrey garda le silence. Ils connaissaient tous deux la réponse à cette question.

« Donc, reprit Paul, pendant que l'on menait l'enquête sur ces accusations, elle a été placée en congé administratif. Les bébés ne peuvent pas vraiment vous raconter ce qui leur est arrivé, mais il y avait des rumeurs, on aurait trouvé certaines preuves concluantes, d'ordre physiologique. Je ne croyais toujours pas au dire des gens, jusqu'à ce qu'un jour on frappe à la porte. Deux policiers voulaient me parler.

— Où était votre épouse ?

— Elle était sortie faire les courses. J'imagine qu'ils avaient surveillé la maison, car ils ont frappé à la porte dix minutes après son départ. »

D'un signe de tête, Jeffrey l'invita à continuer.

« Ils m'ont évoqué ces preuves matérielles, rapporta-t-il. Ils avaient des photos et… » Il s'arrêta. « C'était plutôt cru.

— Vous n'êtes pas obligé de me préciser ce qu'ils ont découvert, le rassura Jeffrey, et Paul parut soulagé.

— Ils voulaient vérifier auprès de Wendy si elle n'avait pas été… » Il s'arrêta de nouveau. « Je ne parvenais toujours pas à accepter que Wanda ait commis ces actes, alors à plus forte raison qu'elle ait fait du mal à notre fille. Wanda est très forte pour faire croire aux gens qu'elle est digne de confiance.

— Ouais, acquiesça Jeffrey, car il en avait eu l'expérience directe.

— Quand Wanda est revenue du magasin, je l'ai confrontée à ce qu'ils m'avaient dit. On s'est disputés. Je ne sais trop comment, elle est parvenue à me convaincre que la police se trompait, que c'était une autre femme, à l'hôpital. Une infirmière que j'avais croisée deux ou trois fois et, pour être franc, que je n'appréciais guère.

— Les gens comme votre femme savent éventuellement se montrer très persuasifs.

— Oui, admit Paul. Une semaine s'est écoulée, et c'était encore aux nouvelles. La police a d'ailleurs bien enquêté du côté de cette autre femme. » Des larmes lui vinrent aux yeux. « Nous croyons ce que nous avons envie de croire, n'est-ce pas ? »

Jeffrey approuva de la tête.

« La police, me semble-t-il, est revenue trois semaines plus tard. Cette fois, les policiers avaient un mandat de perquisition, et ils voulaient fouiller la maison. » Paul regarda la photo de son enfant, en laissant la main à côté. « Ils lui avaient parlé, la veille. C'était un interrogatoire en bonne et due forme. J'imagine qu'ils avaient finalement dû découvrir suffisamment de preuves pour agir. » Il regarda de nouveau Jeffrey. « Ils sont venus très tôt, vers six heures du matin. J'étais encore endormi. » Il eut un rire terne. « J'étais resté debout très tard, à étudier pour un examen de fin d'études. Comment une chose pareille pouvait-elle encore me paraître importante…

— Nous avons tous différentes manières de faire face.

— Oui, enfin…, nuança-t-il, se refusant manifestement à cette interprétation. Elles étaient parties. Wanda avait emmené Wendy, à un moment ou à un autre de la nuit. Je ne les ai plus jamais revues, je n'ai jamais plus entendu parler d'elles.

— Qu'est-ce qui vous a amené ici ?

— Un de mes amis m'a appelé, confia-t-il. C'est lui qui effectue les contrôles de solvabilité des clients au bureau et, depuis un petit bout de temps, je lui avais demandé de surveiller l'apparition de leurs numéros de sécurité sociale sur mon compte. Il y a environ une semaine, le numéro de Wendy est apparu sur un formulaire de carte Visa. L'adresse était celle d'une boîte postale située dans votre ville. »

Jeffrey opina, songeant que Dottie Weaver, ou quel que soit le nom qu'elle portait, avait probablement cru qu'il serait sûr d'utiliser l'identité de sa fille, après tout ce temps. Ce serait passé comme une lettre à la poste, si Paul Jennings ne s'était pas montré aussi vigilant.

« Avez-vous l'adresse ? » lui demanda Jeffrey, ressentant pour la première fois un peu d'espoir. A l'évidence, Dottie avait besoin de cette carte de crédit. Elle allait devoir revenir la chercher.

Paul Jennings lui tendit un bout de papier. Il crut reconnaître l'adresse de la Poste Restante de Madison. Il la recopia et lui rendit le papier, en espérant qu'ils pourraient s'en servir pour remonter la piste de Dottie, et peut-être retrouver Lacey Patterson.

« Il fallait juste que je descende ici me rendre compte par moi-même, ajouta Jennings, en rangeant le papier dans sa poche. Pour voir si elle était ici. »

Paul attendit que Jeffrey prenne la parole, mais ce dernier était incapable de trouver les mots pour annoncer à cet homme ce qu'il était advenu de sa fille. Qui plus est, il n'était pas sûr de pouvoir avouer à cet homme, qui l'avait recherchée pendant tant d'années, que la personne qui avait tué Wendy Jennings était assise en face de lui, à ce bureau.

« Est-elle ici ? répéta Jennings, avec un brin d'espoir dans la voix qui cisailla Jeffrey en deux.

— J'ignore comment je dois vous annoncer cela, Paul, mais Wanda a disparu et Wendy est morte. »

Jeffrey ne savait pas trop à quelle réaction s'attendre de la part de cet homme, mais le regard que Paul Jennings lui adressa fut surprenant. L'espace d'une fraction de seconde, il eut l'air presque soulagé de finalement apprendre, de source sûre, où était sa fille, et puis il parut frappé de plein fouet par cette vérité, qu'après tout ce temps, toutes ces recherches, elle était morte. Son visage se décomposa, puis il se couvrit les yeux des deux mains, et se mit à pleurer.

« Je suis tellement désolé », lui dit Jeffrey.

La voix de Paul était tremblante.

« Quand ?

— Samedi dernier », lui répondit-il, avant d'expliquer à Paul très exactement ce qui s'était produit, en laissant de côté le fait que sa fille avait été mutilée. Durant tout ce récit, Paul ne cessa pas de secouer la tête, comme s'il ne pouvait accepter ce qu'il entendait. Quand il lui révéla son propre rôle dans la mort de Jenny, le père resta bouche bée.

« Je n'ai pas… » Mais il s'interrompit, car il était sur le point de lui signifier qu'il n'avait pas eu le choix. Or, il n'en était pas si sûr. Il y aurait peut-être eu la possibilité d'un autre choix. Peut-être Jenny Weaver n'aurait-elle pas eu le cran de presser sur la détente. Peut-être Jenny Weaver serait-elle en vie, aujourd'hui.

Les deux hommes se dévisagèrent, de part et d'autre du bureau, ne sachant ni l'un ni l'autre que dire au juste. Les yeux de Paul étaient vitreux, comme s'il était trop choqué par ce qu'il avait entendu pour continuer.

« Avec sa mère, dit-il finalement, je m'attendais au pire. » Il désigna les photos, sur le bureau. « C'est ainsi que je pense à elle, monsieur Tolliver. Je songe à ma petite fille. Je ne pense pas à ce que Wanda lui a infligé, au genre de vie horrible qu'elle a dû mener. » Il s'arrêta, étouffant un sanglot. « Je pense à ma petite fille quand elle était heureuse.

— Ça vaut mieux », concéda Jeffrey, touché par le chagrin de cet homme. Des larmes lui vinrent aux yeux, et quand Paul s'en aperçut, il parut se départir de sa réserve.

« Oh ! Mon Dieu ! », fit-il en portant la main à sa bouche. Son corps était secoué de sanglots. « Ma pauvre petite fille. Mon bébé. Mon bébé. » Il se balançait d'avant en arrière, comme pour se réconforter.

« Paul », intervint Jeff, d'une voix alourdie par l'émotion. Il tendit la main pour tapoter le bras de l'homme, mais Paul Jennings prit sa main dans la sienne. Jeffrey n'avait jamais tenu la main d'un homme et, à cet instant, cela lui semblait bizarre. Toutefois, si ça devait aider Jennings à surmonter son chagrin, c'était bien le moins qu'il pût faire.

Paul resserra son emprise sur sa main.

« C'était une petite fille si délicieuse.

— Je sais, renchérit Jeff, en refermant à son tour sa main autour de la sienne. Mon épouse, Sara, la voyait. »

Subitement, il se rendit compte qu'il avait commis un lapsus. « Je veux dire mon ex-femme. Elle est pédiatre. Sara. »

L'autre leva les yeux, un espoir dans le regard.

« Elle voyait Wendy ?

— Oui, lui confirma Jeff. Sara me disait que c'était une jeune fille intelligente. Très intelligente, très douce. Elle avait bon cœur.

— Etait-elle en bonne santé ? »

Cette fois, Jeff mentit, exprès. Il n'avait aucun motif de révéler à ce père tout ce qu'avait pu subir sa fille.

« Oui, dit-il. Elle était tout à fait en bonne santé. »

Paul relâcha sa main et prit la photographie de sa fille.

« Elle était toujours si gentille, même bébé. Avec certains gosses, ça se voit, c'est tout. Elle avait si bon cœur. »

Jeffrey sortit son mouchoir et se moucha. A la dernière minute, il se rendit compte qu'il aurait dû le proposer à Paul.

« Je suis désolé, s'excusa-t-il.

— Je ne vous en veux pas, lui répondit l'homme. Je lui en veux à elle, j'en veux à Wanda. Elle m'a pris mon enfant. Elle lui a fait des choses horribles. » Il s'éclaircit la voix et s'essuya le nez de la main. « C'est elle qui a mis tout ça en branle, en étant la personne qu'elle est. » Il plongea ses yeux dans ceux du policier. « Je ne vous en veux pas, répéta-t-il, d'un ton véhément. Ne vivez pas dans cette culpabilité, monsieur Tolliver. J'ai vécu ma vie tout entière dans la culpabilité. Et si je ne l'avais pas épousée ? Et si j'avais prêté attention à ces rumeurs ? Et si j'avais laissé la police examiner ma petite fille pour voir si sa mère… ? » Il porta la main à sa bouche, et là encore son corps se mit à trembler, et il pleura.

Jeffrey se sentait de nouveau déchiré, et il tâcha de se ressaisir. Il ne pensait qu'à une chose, la photo d'école de Lacey Patterson, sur cet avis de recherche, dans le tiroir de son bureau. Il pensait à ce que Jenny avait traversé, et à ce qui attendait Mark, s'il parvenait à se sortir du coma. Il songeait aussi à Sara, et à ce qu'elle devait endurer, cette culpabilité qu'elle devait éprouver, parce que ces gamins étaient les siens, en un sens. Et puis, bon sang, ces gamins étaient aussi les siens, à lui. Du seul fait qu'ils n'en avaient pas à eux, ils se sentaient sans doute responsables pour toute la ville. Et voilà ce que Jeffrey avait laissé commettre. Combien d'enfants avaient souffert, parce qu'il avait été aveugle devant le mal qui se perpétrait dans sa propre arrière-cour ?

« Vous avez accompli votre travail, reprit Paul, comme s'il lisait dans ses pensées. Vous avez tenté ce qu'il fallait pour protéger ce garçon. »

Jeffrey n'était pas venu en aide à la jeune fille qu'il connaissait sous le nom de Jenny Weaver. Il n'avait pas secouru Mark ou Lacey Patterson. Il n'avait protégé personne d'autre que Dottie Weaver, qui était venue s'asseoir sur une chaise dans ce même poste de police et leur avait fait avaler tous ses mensonges.

« Tant de choses sont remontées à la surface, après son départ. » Il baissa les yeux, contempla ses mains. « Elle faisait un peu de baby-sitting, les week-ends. Ces enfants-là aussi, elle les a maltraités. »

Jeffrey se redressa, tâchant de ne pas laisser son propre chagrin éclipser celui de Paul.

« Avait-on lancé un mandat contre elle ?

— Non, reconnut-il, puis il eut un sourire amer. Deux jours plus tard, ils ont lancé un mandat pour arrêter l'autre femme, mais elle avait quitté la ville, elle aussi. »

Jeffrey sentit les poils de sa nuque se hérisser. Il songea aussitôt à Lacey Patterson.

« Comment s'appelait-elle ?

— Markson, lui répondit Paul, en s'essuyant à nouveau le nez. Grace Markson. »

SEIZE

Lena était assise à côté du lit de Grace Patterson, elle écoutait les tonalités lentes et espacées du moniteur cardiaque installé près d'elle. Le store était baissé devant la fenêtre, qui donnait sur le parking de l'hôpital, mais à cette heure-ci, de toute façon, il n'y avait pas grand-chose à voir. Teddy Patterson était assis à l'opposé de Lena, à la gauche du lit, dans un fauteuil à haut dossier inclinable, la tête renversée en arrière, et il ronflait la bouche ouverte, l'air parfaitement insouciant. Quand Lena lui avait laissé entendre que Grace avait un rapport avec ce qui était arrivé à leurs enfants, il lui avait ri au nez. Patterson, ancien détenu, nourrissait une méfiance innée envers les flics. Naturellement, s'il était impliqué jusqu'aux yeux dans cette histoire, il n'allait pas venir, la bouche en cœur, raconter à Lena où sa fille était détenue. Teddy l'avait d'ailleurs priée de déguerpir, mais pour une raison obscure Grace avait exigé qu'on l'autorise à rester. Il s'y était résigné, non sans bougonner. La femme de Patterson avait les ongles plantés tellement profond dans les couilles de son mari qu'il n'allait même pas chier sans obtenir d'abord sa permission. Grace semblait être le centre de gravité de l'existence de Teddy, et plus Lena demeurait dans cette chambre en sa présence, plus il lui apparaissait clairement que Teddy n'avait rien à foutre d'aucun de ses deux enfants.

Lena regardait Grace Patterson, l'observait dans son sommeil, en s'interrogeant quant au pouvoir que cette femme semblait détenir sur sa famille. Elle avait refusé d'être placée sous respirateur artificiel, mais un masque lui administrait de l'oxygène pour l'aider tout de même à respirer. Des oreillers avaient été calés autour de son corps et dessous, pour son confort, mais il ne fallait pas s'y méprendre, cette femme était en train de mourir, et son agonie était extraordinairement douloureuse. En l'espace de quelques jours, Lena avait vu Grace Patterson décliner rapidement. C'était peut-être son hospitalisation qui exerçait cet effet sur elle, mais Grace donnait vraiment l'impression d'être sur son lit de mort. Elle avait la peau cireuse, les joues creusées. Ses yeux étaient chassieux, et pleuraient constamment ce qui, chez une personne normale, aurait été des larmes.

Lena tâcha de trouver une position plus confortable sur son siège. Son coccyx lui faisait l'effet d'avoir été frappé à coups de batte, et ses mains, ses pieds la faisaient souffrir comme après son agression. Une heure auparavant, elle s'était figuré que c'était à force de serrer les poings et de recroqueviller les orteils. Son corps était sous tension et, rien que de se trouver dans cette chambre avec les Patterson lui nouait l'estomac comme tout le reste du corps. Elle avait envie de les étrangler, tous les deux, pour leur rappeler que chaque seconde qui s'écoulait pouvait être synonyme d'une issue horrible pour Lacey.

Peut-être gardaient-ils le silence à cause de sa présence. A première vue, Teddy ne jouait pas vraiment la comédie du mari éploré. Pendant que sa femme dormait, il avait regardé la télévision, rigolé devant des sitcoms, avant de commenter, pour personne en particulier, les péripéties d'un film d'action.

« Il va se faire botter le cul », s'exclamait-il. Ou bien encore : « Mets-lui un peu de plomb dans la tête, à ce frère. »

Il avait fini par s'assoupir durant les infos, et apparemment il avait le sommeil profond. Même quand l'infirmière était venue vérifier les paramètres vitaux de Grace, il n'avait pas bronché.

Tout cela ne laissait qu'une opportunité à Lena, celle d'observer fixement Grace Patterson, et de réfléchir à ce qui s'était produit ces derniers jours. Mark était soigné dans un autre hôpital que sa mère, parce que l'équipe des ambulanciers l'avait emmené vers le service des urgences le plus proche. Il n'y avait aucun moyen de prévoir ce qui allait advenir de lui, mais les médecins n'avaient pas l'air de croire qu'il puisse se rétablir.

Elle songea à Mark, un jeune homme comme les autres, tout simplement avide d'amour, désireux de recevoir l'attention de sa mère, et qui l'obtenait par tous les moyens possibles. Elle se souvint également d'elle-même à cet âge-là, et quelle fouteuse de merde elle était. Tout chez elle était tellement affectif, et elle ne recherchait l'approbation de personne, sauf celle de Hank. Elle s'était définie à travers ce qu'une petite poignée de marginaux, au lycée, pensaient d'elle, et se servait de son allure pour attirer sur elle ce que, rétrospectivement, on aurait pu appeler une forme d'attention qui n'augurait rien de bon.

Elle avait quinze ans quand elle avait commencé à coucher avec Russ Fleming et, si son corps était prêt, en revanche, au plan émotionnel, cette relation avait été un désastre. Russ avait vingt-deux ans, un détail qui créait un gros problème à Hank, mais elle croyait l'aimer, et Russ s'était joué d'elle comme un vrai pro. Tout ce qu'elle voulait, il le lui accordait. C'était un trou-du-cul, un personnage instable, et elle réagissait vis-à-vis de lui comme un thermomètre, tâchant tour à tour de le réconforter, puis de le séduire à la minute suivante. Ses journées étaient constamment faites de hauts et de bas, selon la manière dont Russ la traitait et, quand elle ne pleurait pas dans sa chambre, elle était assise sous la véranda, devant la maison, les mains calées entre les genoux, au comble de la nervosité, à attendre qu'il se montre. Elle était si jeune et tellement stupide, et Russ lui avait offert ce qu'elle avait pris pour de l'amour.

A bien y repenser, maintenant, elle comprenait qu'elle avait eu affaire à un drogué, un paranoïaque, qui prenait son pied à baiser une ado, mais à l'époque elle avait considéré que c'était la meilleure chose qui lui soit jamais arrivée. C'était sidérant, ce que les gamins pouvaient être crétins, et à quel point ils avaient désespérément besoin d'amour et d'attention. Mark avait dû être une cible tellement facile, pour sa mère. Il devait se sentir comme une plaie ouverte, convaincu que seule sa mère pourrait le guérir. Et maintenant, tout ce à quoi il avait survécu ne lui avait donné qu'une envie, celle de mourir. Lena ne comprenait cela que trop bien.

Grace respira violemment. Elle se réveillait. Ses yeux s'ouvrirent lentement. Pendant un moment, elle regarda fixement le plafond, comme si son cerveau essayait de saisir où elle se trouvait et ce qui se passait. Lena eut envie de le lui remettre en mémoire, de lui annoncer qu'elle était mourante, mais Grace parut établir le lien d'elle-même.

La taie d'oreiller très raide bruissa avec un léger craquement, Grace tourna la tête vers Lena. Ses yeux descendirent aussi bas qu'ils purent, dépassèrent le moniteur de surveillance de la tension artérielle fixé à son bras et la perfusion intraveineuse, puis ils remontèrent le long du cathéter jusqu'à la pompe à morphine installée à hauteur du lit, et qu'elle pouvait commander elle-même. Lors de son séjour à l'hôpital, Lena avait été équipée de la même pompe. Le patient pouvait contrôler la dose de morphine en appuyant sur un bouton fixé à l'appareil. La machine n'autorisait pas le patient à se donner la mort en maintenant ce bouton éternellement enfoncé, mais elle lui apportait une certaine sensation de maîtrise de sa douleur.

Sans bien se rendre compte de ce qu'elle faisait, Lena tendit la main et retira le bouton à Grace, avant que cette dernière ait pu appuyer dessus. Depuis qu'elle était ici, Lena n'avait jamais eu l'occasion de se retrouver seule avec elle. Teddy avait l'air d'être un dormeur au sommeil suffisamment profond pour qu'elle tire profit de ce moment.

« Vous cherchez ça ? » lui chuchota-t-elle, en levant la commande en l'air.

Les yeux de Grace scintillèrent, puis obliquèrent vers Teddy.

« Vous voulez le réveiller pour qu'il puisse entendre ce que j'ai à vous dire ? lui demanda-t-elle, en veillant à parler tout bas. J'ai interrogé Mark, Grace. Vous voulez que Teddy sache jusqu'où va votre amour pour votre petit garçon ? »

Grace déglutit, mais ce fut tout.

« Vous êtes capable de parler », insista Lena. Quelques heures plus tôt, à peine, elle l'avait entendue demander de la glace pilée. « Je sais que vous pouvez parler. »

Lentement, Grace porta la main au masque qui lui couvrait le nez et la bouche. Elle l'écarta, le souffle court, à cause de l'effort.

« Donnez..., articula-t-elle. Pompe... »

Lena soupesa la commande dans le creux de sa main. Elle pesait tellement plus lourd, quand elle l'avait utilisée pour soulager sa propre douleur.

« Ça fait mal, hein ? »

Grace hocha la tête, le visage tordu de douleur.

« Vous voulez qu'on fasse un échange ? » suggéra-t-elle, en agitant l'objet comme s'il s'était agi d'une sucrerie.

Grace eut l'audace de sourire, et quelque chose dans ses yeux paraissait signifier qu'elle avait sous-estimé Lena.

« Ouais ? insista la policière. Dites-moi où se trouve Lacey, et je vous laisse vous shooter, suffisamment pour filer en enfer et retour. »

Grace souriait encore, mais à présent il y avait de la dureté dans son regard. Elle la quitta des yeux, détourna la tête pour fixer de nouveau le plafond. Elle posa la main sur sa poitrine, et Lena s'aperçut que cette main tremblait. Le médecin avait prescrit une ordonnance pour des narcotiques plus puissants, en cas de besoin. Pourquoi Grace ne les avait-elle pas demandés plus tôt, cela restait un mystère. En effet, elle n'avait aucune chance de ressortir de ce lit vivante.

« Je sais que vous la voulez, Grace. Je sais que vous en avez besoin. »

Grace se tourna de nouveau vers elle. Elle respira avec âpreté, puis elle souffla sa réponse, péniblement.

« Non. »

Lena se leva, en serrant le poing sur la commande. Elle ne haussa pas le ton, pour ne pas réveiller Teddy.

« Je sais que vous avez violé Mark. »

Le sourire de Grace s'agrandit, comme si c'était là un souvenir agréable. Elle ferma les yeux, et Lena eut l'impression qu'elle se remémorait un moment partagé avec son fils.

« Parlez-moi de Jenny Weaver, siffla Lena. Que lui avez-vous fait ?

— Elle était… » commença la femme, le regard toujours fixé au plafond, des larmes lui dégoulinant des yeux. Ces larmes tenaient à son état médical, signe de la douleur physique à laquelle elle était soumise, et nullement une indication du chagrin qu'elle aurait ressenti.

Le masque était toujours sur le côté, et Grace posa la main dessus, pour le remettre en place, non sans avoir ajouté ces quelques mots.

« … si… douce. »

Sa voix demeura en suspens, et Lena resta là, debout, dans l'attente qu'elle achève sa phrase. Comme rien ne vint, elle la sollicita.

« Une si douce quoi ? »

Sous le masque, Grace eut un sourire presque angélique.

« Si douce… à baiser.

— Espèce de salope ! », lui chuchota Lena, en empoignant l'oreiller calé sur le flanc de cette femme. Elle retira le masque et lui appuya l'oreiller sur le visage. Grace ne se débattit pas et Lena garda un œil sur Teddy, pendant qu'elle étouffait sa femme. Les jambes de Grace tressautèrent légèrement, et Lena cessa — elle s'obligea à cesser —, releva l'oreiller. Elle s'affaira fébrilement, remit le masque sur le visage de la mourante, s'assura qu'elle recevait bien son oxygène. Il s'écoula de longues secondes, qui lui parurent s'éterniser, avant que Grace ne rouvre les yeux. Elle eut l'air surprise, puis furieuse. Lena savait que la tuer eût été faire preuve de miséricorde. Grace Patterson n'avait tout au plus que quelques heures à vivre en ce monde. Elle ne voulait pas les lui abréger.

Grace respirait par à-coups, et lui jeta un regard furibond. Sa bouche remua.

« Lâche », lui chuchota-t-elle.

Mark l'avait déjà traitée de la même épithète, et il se pouvait que ce soit la vérité, mais pas pour les raisons auxquelles croyait Grace.

« Pas au point de violer un enfant. »

Grace secoua la tête, pour nier que Mark soit un enfant, ou que ce qu'elle lui avait fait subir ait été du viol.

« Il a essayé de se suicider, lui apprit-elle. Vous le saviez ? »

Elle comprit, à sa réaction, qu'elle n'en savait rien.

« Il s'est pendu dans son placard, juste après m'avoir confié que vous l'aviez baisé, précisa-t-elle. Il n'avait plus envie de vivre, sachant ce que vous lui aviez fait. »

Grace fixa de nouveau le plafond. Les larmes coulaient toujours, mais Lena ignorait si c'était du chagrin ou de la douleur.

« Il est dans le coma. Il ne se réveillera probablement plus. »

Grace chuchota quelque chose, mais elle ne saisit pas ce qu'elle disait. Elle se pencha, plaça son oreille tout près de la bouche de la mourante, la main posée sur le côté du lit. Sans avertissement, Grace tendit la main, attrapa celle de Lena. L'agonie l'avait affaiblie, et elle put retirer sa main, mais pas assez vite pour empêcher le pouce de Grace de caresser la cicatrice qu'elle avait au creux de la paume. Ce contact était tendre, presque sexuel, et Lena perçut toute l'électricité que la mourante en retirait.

« Espèce de salope, malade ! s'écria-t-elle en se frottant la main, comme pour en effacer cette sensation. Tu vas aller pourrir en enfer. »

Cela parut lui puiser toute son énergie, mais la mère lui répondit d'un seul trait.

« Je t'y retrouverai. »

Lena recula, jusqu'à aller buter contre le mur, avec une impression angoissante de déjà-vu. Mark et Jenny s'étaient presque dit la même chose, le soir de la mort de la jeune fille.

Lena resta plantée là un moment, à observer Grace Patterson, puis elle jeta un œil vers Teddy. Il était toujours profondément endormi. Elle consulta sa montre. Il restait encore trois heures avant le lever du soleil, quand l'infirmière reviendrait vérifier l'état de Grace. Lena accrocha la commande de la morphine à la potence, hors de portée de la mourante. Elle s'assit dans le fauteuil, et attendit la mort de Grace Patterson, en ignorant le tremblement de ses mains à elle.

DIX-SEPT

Sous son gilet pare-balles, Jeffrey était en nage. La chaleur d'août jointe au poids du gilet en Téflon aurait suffi à abattre un éléphant. Il avait perdu suffisamment d'eau pour que son arrière-gorge lui donne l'impression d'avoir été passée au papier de verre.

« C'est la joie », fit Nick en s'essuyant la nuque avec son mouchoir.

Jeffrey réprima une remarque cassante.

« Quelle heure est-il ? » demanda-t-il à la place.

Nick consulta sa montre.

« Dix heures passées, fit-il. Arme-toi de patience, chef. Les criminels ont une notion du temps qui leur est propre.

— Ouais », glissa Joe Stewart de sa petite voix. C'était lui la balance que Nick avait retournée comme une crêpe et, vu sa façon de se comporter, Jeffrey supposait que Nick l'avait laissé se faire un coup de défonce, histoire de soulager la tension. Il était aussi électrique qu'un coin de rue à Las Vegas.

« Tu es sûr que tu ne sais rien d'une jeune fille qui a disparu ?

— Elle a quel âge ? Elle est vraiment jeune ? » Joe se passa la langue sur les lèvres. « Vous avez une photo d'elle ?

— Assieds-toi », ordonna Nick, en flanquant un coup de pied dans les tibias de Joe, du bout pointu de sa botte de cow-boy. Pour tenir son rôle de pédophile, Nick avait sorti toute la panoplie, et il portait une chemise noire repassée, glissée dans le jean le plus moulant que Jeffrey ait jamais vu sur un homme. Pour l'occasion, il avait même retiré son collier en or et taillé sa barbe. Jeffrey en conclut que Nick ne vivait que pour ce type d'opération. A dire vrai, tous les flics qu'il connaissait étaient dans ce cas, y compris lui-même.

« J't'ai dit d't'asseoir », répéta Nick à Joe.

Joe s'affala sur le lit en se grattant les bras, tout en marmonnant quelque chose dans sa barbe. C'était un gars maigrichon, probablement pas loin de la trentaine. Des boutons lui constellaient la figure, comme des taches sur le poil d'un chien, et il en avait arraché certains, jusqu'au sang.

Jeffrey se tourna vers Nick.

« T'avais besoin de le défoncer comme ça ?

— Tu veux qu'il pisse dans son froc ?

— Ça ferait pas beaucoup de différence », riposta Jeff. Joe sentait presque aussi mauvais que la chambre d'hôtel à trente dollars la nuit où ils étaient postés, et qui puait le moisi.

« Tu es sûr que la climatisation ne fonctionne pas ?

— Si on l'allume, on pourra plus capter dans le micro, lui rappela Nick. Calme-toi, chef. Ça sera bientôt fini.

— Et du côté d'Atlanta ? » s'enquit Jeffrey.

Nick lança un coup d'œil vers Joe. La boîte postale de Grant que Dottie avait utilisée pour la carte de crédit était une feinte. Une adresse de suivi avait été fournie, si bien que tous les plis expédiés à Grant étaient automatiquement réexpédiés vers une autre boîte postale d'Atlanta. Jeffrey avait demandé à Shelton de mettre en place une surveillance, en espérant que Dottie se montrerait.

« C'est en place, lui assura son collègue. Dès que j'apprends quelque chose, tu le sauras. »

Le téléphone de Jeffrey vibra à sa ceinture, et il l'en détacha.

« Ouais ?

— Salut, fit Frank. Depuis que sa femme est morte, ce matin, Patterson n'a pas bougé de son mobile home. »

Jeffrey sentit son corps se vider de toute sa tension. Patterson avait peut-être annulé le rendez-vous.

« Tu es sûr ?

— Bien entendu que j'en suis sûr, répliqua Frank, quelque peu hérissé. Il n'est même pas allé à l'hôpital voir son gamin.

— Très bien », dit Jeffrey. Il referma le téléphone avec un claquement, et rapporta la nouvelle à Shelton.

« On va peut-être voir se pointer Dottie ? hasarda ce dernier. Patterson n'est pas un idiot. Il sait qu'il est surveillé. »

Comme obéissant à un signal, on frappa deux coups à la porte, suivis d'une pause, puis d'un autre coup.

Jeffrey se faufila dans la salle de bains, en laissant la porte légèrement entrouverte, pour ne pas attirer l'attention. L'odeur qui régnait dans la pièce minuscule le fit grimacer : elle n'avait probablement plus connu de ventilation depuis l'époque du Watergate.

« Salut, mec, fit Joe, et la porte s'ouvrit en grinçant.

— Qui est-ce ? » demanda un homme. Jeffrey se

concentra, pour resituer cette voix. La seule certitude, c'était qu'elle n'appartenait pas à Dottie Weaver.

« Un ami à moi, fit Joe. Il aime bien les petites.

— Les petites, petites filles, plaisanta Nick, en interrompant leur dialogue. Tu vois ce que je veux dire, bourrin ?

— Bouclons ça en vitesse, lâcha l'homme d'un ton laconique. La camionnette est garée sur le côté de l'immeuble. Allons-y. »

Jeffrey attendit qu'ils aient quitté la chambre pour sortir de la salle de bains. Il continuait de se repasser mentalement la voix de l'homme, tâchant de l'identifier, mais il n'eut aucune révélation. Tout ce qui lui vint, ce fut une bonne suée de plus, et il défit la ceinture de son gilet, en regrettant de l'avoir mis. Il est vrai que Sara le lui avait demandé, et il lui avait promis qu'il le porterait. Si elle avait bien voulu considérer qu'il risquait un coup de chaleur, elle n'aurait pas insisté.

La porte était trop sale pour qu'il puisse s'appuyer contre, donc il resta juste derrière, à suer tout ce qu'il pouvait, en attendant que Nick lui signale la fin de l'alerte. Pour que l'affaire soit réglée, il fallait qu'ils récupèrent la livraison, autrement dit qu'ils s'assurent que le camion garé dehors était rempli de magazines.

Pour passer le temps, Jeffrey compta lentement jusqu'à cent, mentalement. Il avait à peu près atteint soixante-cinq quand il entendit Nick beugler :

« Couché ! A terre ! »

Il poussa la porte, son arme dégainée. Nick avait déjà allongé le suspect par terre, et il découvrit un homme grand et maigre, en costume noir, couché sur le ventre, les mains sur la nuque.

« Bouge pas, espèce d'enfoiré, sale pervers ! lui ordonna Nick en le palpant, en quête d'armes éventuelles. Je vais rien trouver de coupant ? », ajouta-t-il. L'homme marmonna quelque chose, et Nick lui flanqua un coup de pied. « Alors, je risque de me couper ou pas ? » répéta-t-il.

Cette fois, la réponse fut plus nette.

« Non. »

Trois autres agents du Georgia Bureau of Investigation couvraient le suspect. Jeffrey rengaina donc son arme dans son holster tout en s'approchant de la scène.

Chez Nick, la décharge d'adrénaline était telle, après l'arrestation, qu'il s'adressa encore à Jeffrey en hurlant.

« C'est ton homme ? lui demanda-t-il. C'est lui, ce salopard, cet enfoiré ? »

A le voir ainsi de dos, Tolliver vit bien qu'il ne s'agissait pas de Teddy Patterson, qui aurait dû être Superman pour arriver aussi vite de Grant à Augusta.

« Retourne-le », fit Jeff en posant la main sur la crosse de son arme.

Nick empoigna le type par ses mains menottées et le retourna si violemment qu'il crut entendre l'épaule de l'homme sortir de sa cavité.

« Du calme ! », hurla l'homme. Il lança un sale regard à Nick, ainsi qu'à Jeffrey avant de le reconnaître. Le visage de l'individu blêmit, et ses lèvres s'entrouvrirent, sous le coup de la surprise.

Jeffrey supposa qu'il devait avoir l'air tout aussi choqué.

« J'imagine que tu le connais ? » fit Nick.

Jeffrey en resta muet. Il dut s'éclaircir la voix, à deux reprises, avant de pouvoir confirmer la chose à son collègue.

« Il s'appelle Dave Fine. »

DIX-HUIT

Le Funérarium Brock était installé dans l'une des plus anciennes maisons de Grant. L'homme qui dirigeait le dépôt de maintenance ferroviaire avait fait bâtir ce castel victorien, avec ses tourelles, avant que ses patrons, à Atlanta, n'aient l'idée de s'interroger sur l'origine de tout l'argent nécessaire à la construction d'une demeure aussi prestigieuse. John Brock avait racheté le manoir aux enchères, pour une somme ridicule et, peu de temps après, il avait transformé le rez-de-chaussée et le sous-sol en funérarium. La famille habitait au-dessus des bureaux, et Dan Brock avait dû endurer les taquineries sans fin des autres enfants. Cela débutait dès le matin, quand le bus venait le chercher devant la maison, pour ne s'achever qu'à la fin de la journée, quand le bus le ramenait. Dès son plus jeune âge, Brock avait appris à riposter et, s'ils ne le laissaient pas tranquille, il les menaçait de les toucher avec ses mains de défunt. C'est-à-dire tous, sauf Sara. Elle n'avait jamais fait partie de cette troupe turbulente, et elle passait l'essentiel du trajet en bus à réviser ses cours. En général, Dan partageait une banquette avec elle, car tous les autres avaient trop peur qu'il leur refile des morpions.

A l'intérieur du funérarium, le rez-de-chaussée de la maison était décoré de gros rideaux de velours et d'une épaisse moquette verte. Des lustres remontant au début du XIXe siècle étaient suspendus aux deux extrémités du vestibule qui séparait la maison. Des bancs étaient disposés le long des murs, ponctués de tables sur lesquelles étaient posés des boîtes de Kleenex et des plateaux avec des carafes d'eau et des verres propres. Deux grands salons funéraires occupaient le devant du vestibule, avec un autre, plus petit, en face du hall d'expo des cercueils. L'ancienne cuisine de la maison tenait lieu de bureau. Sara se tenait devant la lourde porte en chêne de ce bureau, et elle frappa deux coups discrets. Comme personne ne répondait, elle ouvrit et risqua un œil à l'intérieur. Audra Brock, la mère de Dan, avait la tête posée sur le bureau. Sara écouta en silence, et perçut les ronflements étouffés de la vieille femme. Un plat de viande au barbecue à moitié entamé était posé près du bras d'Audra, et Sara supposa que la mère de Dan s'accordait sa sieste d'après déjeuner.

Sara avait participé à beaucoup de veillées mortuaires chez Brock, et l'agencement des lieux lui était suffisamment familier pour qu'elle trouve son chemin vers le sous-sol, où se trouvait la salle d'embaumement. Elle saisit l'étroite rampe qui longeait la cage d'escalier, et descendit avec précaution les marches en bois brut. Il y avait de ça pas mal de temps, elle avait glissé sur ces marches, et son coccyx avait mis trois semaines à guérir.

Au pied de l'escalier, elle prit à gauche, passa devant la salle de stockage des cercueils et pénétra dans un vaste espace qui servait de salle d'embaumement. On avait allumé une pompe, et Sara sentait les murs vibrer sous l'effet du bruit. Dan Brock était assis auprès du corps de Grace Patterson, en train de lire un journal, pendant que la machine à embaumer vidait le corps de son sang et le remplaçait par une solution chimique.

« Dan », fit-elle, pour attirer son attention.

Brock sursauta, et en lâcha son journal.

« Oh ! Mon Dieu ! s'exclama-t-il en riant. J'ai cru que ça venait d'elle.

— Je connais cette sensation », lui confia-t-elle, car en dépit du fait qu'elle travaillait depuis dix ans pour le comté, elle se faisait encore des frayeurs, tard le soir, quand elle était seule à la morgue.

Il se leva de son siège et lui tendit la main.

« Qu'est-ce qui me vaut ce plaisir, docteur Linton ? »

Sara serra cette main enveloppante.

« J'ai une requête vraiment très étrange, commença-t-elle. Et tu vas peut-être me jeter dehors pour oser te demander ça. »

Il inclina la tête de côté, en lui adressant un regard perplexe.

« Venant de toi, je n'imagine pas une seconde que tu puisses rien me dire qui soit susceptible de me pousser à un tel geste, Sara.

— Eh bien, reprit-elle sans lui lâcher la main, laisse-moi d'abord te le demander, et ensuite tu jugeras. »

Dès que Sara ouvrit la porte de derrière, elle entra dans une clinique bourdonnante d'activité. Elle se rendit à la permanence des infirmières et, sans même saluer Nelly, la questionna.

« Jeffrey a appelé ? »

Nelly la gratifia d'un sourire pincé.

« Et comment s'est passé ton déjeuner, docteur Linton ?

— J'ai dû le reporter », lui annonça-t-elle, sans s'étendre sur la raison. Nelly lui avait clairement signifié qu'elle n'était guère à l'aise avec son activité à la morgue. « A-t-il appelé ? »

Nelly secoua la tête.

« Enfin, j'ai tout de même entendu parler de quelque chose concernant Dottie Weaver. »

Sara haussa les sourcils.

« Quoi, exactement ? »

Nelly baissa la voix.

« Deanie Philips habite la porte à côté de chez elle, lui glissa-t-elle. Elle a entendu un grand boum, hier, et elle est allée voir ce qui se passait.

— Et qu'est-ce qui se passait ?

— Eh bien, poursuivit Nelly, en posant les coudes sur le comptoir. Selon Deanie, elle a entendu les flics évoquer le fait que Dottie serait impliquée dans une histoire qui aurait un rapport avec la disparition de Lacey Patterson. »

Sara se retint de soupirer. Elle avait beau avoir presque toujours vécu à Grant, elle était encore sidérée de la rapidité avec laquelle les ragots bouclaient le tour de la ville.

« Ne crois pas tout ce que tu entends, conseilla-t-elle à Nelly, même si ce ragot te touche de près. » Inutile de souligner de quelle manière la ville allait réagir quand on découvrirait que Dottie Weaver s'appelait en réalité Wanda Jennings. Sara avait déjà le plus grand mal à se résigner à cette nouvelle, sans mentionner que l'examen qu'elle avait pratiqué au funérarium avait mis en évidence le fait que Grace Patterson avait récemment mis au monde un enfant.

« Bien, m'dame », répondit Nelly, un sourire narquois aux lèvres. Elle savait lire en Sara presque aussi bien que Cathy Linton en personne.

« Personne n'a appelé, pendant que j'étais sortie ?

— Tu as trois ronchons qui ont mal partout », lui annonça-t-elle, en lui remettant les messages.

Sara y jeta un coup d'œil.

« Quand est mon prochain rendez-vous ?

— Avec les Jordan, dans à peu près cinq minutes, lui dit-elle. Ils sont prévus à une heure et demie, mais tu sais que Gillian est toujours en retard. »

Sara consulta sa montre, en se demandant pourquoi Jeffrey n'avait pas appelé. Cela ne devait certainement pas prendre une heure de s'occuper de Teddy Patterson, d'autant plus qu'en principe, cette affaire était encore celle de Nick. L'espace d'une seconde, elle songea à l'appeler, mais se ravisa. Jeff n'apprécierait probablement pas qu'elle le suive ainsi à la trace, même si elle avait de bonnes raisons pour cela.

« Je vais me chercher un Coca, dit-elle à sa secrétaire. J'arrive tout de suite. »

Elle consulta de nouveau sa montre, tout en prenant le couloir. Elle calcula mentalement, songeant qu'il ne faudrait pas plus d'une heure à Jeffrey pour être de retour à Grant.

Elle entra dans la salle d'examen numéro sept et alluma les lumières. Au cours des dix dernières années, on avait utilisé cet endroit pour y stocker des fournitures, et cela se sentait. Des alignements d'étagères couraient sur toute la longueur de la pièce, comme dans une bibliothèque.

Sara était incapable de se rappeler la moitié des choses que l'on conservait ici.

Elle ouvrit le réfrigérateur et laissa échapper un juron en s'apercevant que tous les Coca Light avaient disparu.

« Elliott », bougonna-t-elle, car il venait toujours chiper des choses dans ce frigo. Elle ouvrit le freezer et ne fut pas surprise de s'apercevoir que ses Milky Way et deux plats congelés avaient disparu. Enfin, à strictement parler, ils n'avaient pas disparu. Avec son tact habituel, Elliott avait pensé à laisser les boîtes et les emballages vides dans le freezer.

« Je vais le tuer », pesta-t-elle en claquant la porte du frigo.

Elle reprit le couloir, sentant toute la colère qui montait depuis la semaine dernière atteindre un pic. Elle s'arrêta devant son bureau, en songeant qu'il n'était pas juste de faire peser sur Elliott le poids de tout cela, même s'il était un chapardeur de Milky Way.

« Accorde-moi une minute », dit-elle en levant la main vers Nelly, qui approchait avec une brassée de dossiers.

Elle entra dans son bureau et referma la porte coulissante derrière elle. Elle laissa errer son regard dans la petite pièce, considéra toutes les photos punaisées au mur, jusqu'à ce qu'elle tombe sur celle de Lacey Patterson. Cette photo avait été prise quelques années auparavant, et les cheveux de la jeune fille étaient plus courts que dans son souvenir. Comparée à la photo d'école de l'avis de recherche, Lacey aurait pu être une autre petite fille. C'était ainsi, avec les enfants de cet âge — en l'espace de deux ans, il était impossible de savoir de quoi elle aurait l'air. Elle pouvait prendre ou perdre du poids. Ses cheveux pouvaient foncer ou éclaircir. Ses pommettes pouvaient se faire plus prononcées, le contour de sa mâchoire s'adoucir. Dottie Weaver, quelle que soit son identité, bénéficiait de cet immense avantage : Lacey allait grandir. Bien entendu, au bout d'un certain temps, pour quelqu'un qui était dans une forme de commerce où l'on exploitait les jeunes enfants, cela devenait un handicap. Qu'adviendrait-il de Lacey quand elle serait trop âgée pour ce petit jeu ? Finirait-elle, comme sa mère, par maltraiter d'autres enfants ? Trouverait-elle un moyen d'échapper aux griffes de Dottie ?

« Sara ? » Nelly frappa à la porte. « Le chef Tolliver sur la ligne quatre. »

Sara se pencha par-dessus son bureau, décrocha le téléphone au vol.

« Jeff ? » lança-t-elle, consciente de la tonalité d'espoir qu'elle avait dans la voix.

« Nous ne l'avons pas trouvée », avoua-t-il, l'air défait.

Elle tâcha de dissimuler sa déception. Plus le temps passait, plus les probabilités de retrouver la jeune fille diminuaient.

« Enfin, au moins, je suis contente que tu ailles bien, avoua-t-elle. Teddy s'est rendu sans se battre ?

— Ce n'était pas Teddy », rectifia-t-il, et il lui révéla l'identité du coupable.

Sara était certaine d'avoir mal entendu.

« Le pasteur ?

— Je te rappelle plus tard, d'accord ?

— Ouais », dit-elle, et elle raccrocha.

Sara regarda autour d'elle, son bureau. Elle repéra les photos des deux enfants de Dave Fine à gauche de celle de Lacey, puis son regard glissa sur d'autres visages : des fillettes qui faisaient partie de la chorale de l'église dont s'occupait Dave, ou qu'il avait entraînées au sein de l'équipe de soft-ball. Il était impossible de dire combien de gosses s'était vu confier Dave Fine, impossible de dire de combien de gamins on avait trompé la confiance.

DIX-NEUF

Dave Fine avait demandé une Bible, et posé la main droite sur le livre, tout en considérant Nick Shelton d'un œil vide. La raison de sa présence ici avait presque l'air de le laisser perplexe.

« J'aime les enfants, dit-il. J'ai toujours aimé les enfants. »

Nick se cala contre le dossier de sa chaise, tout en se balançant.

« Bien sûr, pasteur. »

Jeffrey se taisait, car Fine était le client de Nick. Ses poings le démangeaient, tant il avait envie d'abîmer le portrait de ce personnage, et puis un signal d'alarme résonna sourdement au fond de son crâne, lui rappelant que Dottie courait toujours, à faire subir Dieu sait quoi à Lacey Patterson, et que l'ordure de pervers qu'il avait à cette table, en face de lui, était l'un des individus susceptibles de l'aider à sortir cette gamine de là.

« Bien, fit Nick, les bras tendus, les épaules haussées. Racontez-moi votre histoire. »

Fine fixa la Bible du regard, comme s'il était en mesure de ressentir la force émanant du livre. Il avait les mains moites, et Jeffrey vit une marque plus sombre se former sur la couverture noire, à cause de la transpiration de sa paume.

« J'ai travaillé à l'église pendant quinze années de suite, expliqua Fine. J'ai grandi à Grant. J'ai été baptisé dans cette même chapelle. »

Nick gigotait un peu sur sa chaise, attendant que l'autre ait fini.

« J'ai épousé ma femme ici, continua-t-il. J'ai baptisé mes deux petits garçons ici. »

Le silence emplit la pièce, et Jeffrey se laissa aller à observer Dave Fine. C'était le genre d'homme à servir d'illustration vivante de la formule « un pilier de sa communauté ». Fine s'était porté volontaire pour participer à tous les programmes du YMCA d'aide aux seniors, apportant des repas aux personnes âgées tous les week-ends. Ses enfants jouaient au soft-ball dans la ligue des tout-petits, et il entraînait l'équipe féminine.

Jeffrey desserra le col de sa chemise, en pensant à toutes les jeunes filles avec lesquelles Fine était entré en contact de façon quotidienne. Il serra de nouveau les poings.

« Je n'ai jamais touché aucun d'eux, affirma le pasteur, comme s'il réussissait à lire dans ses pensées. Je sais que c'est mal. Je le sais. » Il laissa courir le pouce sur le dos de la Bible. « J'ai prié pour avoir de la force, et Dieu me l'a donnée. »

Nick croisa les bras, et Jeffrey sentit que ce discours tapait sur les nerfs de son collègue. Shelton n'était pas franchement religieux, mais il savait qu'il se rendait à l'office tous les dimanches. L'une des breloques en or qu'il portait autour du cou était une croix sertie d'un diamant en son centre.

« Je n'ai jamais touché mes enfants, insista Fine. Je n'ai jamais fait de mal à mes garçons.

— Vous comprendrez que nous ne pouvons vous croire sur parole. »

Fine parut choqué que l'on refuse de se fier à lui.

« Jamais je ne toucherais mes fils ! protesta-t-il. Jamais je ne ferais ça.

— Nous savons bien que ce ne sont pas les petits garçons qui vous branchent, souligna Nick. Mais il faut comprendre, pasteur, faut qu'on vérifie. »

Fine regarda fixement la Bible.

« Jamais je n'aurais traduit mes sentiments en actes, si elle ne m'avait pas approché.

— Dottie Weaver ? voulut lui faire préciser Nick.

— Jenny était une enfant si délicieuse. Elle avait une lumière en elle. Une vraie lumière que Dieu avait mise en elle. » Les lèvres de Fine s'incurvèrent en un sourire. « Elle chantait comme un ange. Vraiment. On entendait Dieu chanter par sa voix.

— Ouais, fit Nick. Ben tiens. »

Fine lui décocha un regard acéré, comme s'il méritait davantage de respect que cela. Il ne paraissait pas se rendre compte qu'il se trouvait dans un poste de police, sur le point d'être expédié en prison pour un bon bout de temps.

« Comment Dottie vous a-t-elle approché ? »

Fine parut soulagé que ce soit Jeffrey qui reprenne l'interrogatoire.

« Elle ne m'a pas exactement approché, elle m'a plutôt attiré dans un piège, plaida-t-il. Adam n'a jamais songé à croquer le fruit défendu, avant qu'Eve ne le tente.

— Il me semble, à moi, que le serpent d'Adam avait quelque chose à voir là-dedans. »

Fine se renfrogna.

« Ce n'était pas ça. Pour moi, il n'a jamais été question de sexe.

— Mais vous avez bel et bien eu une relation sexuelle avec elle », objecta Nick.

Fine se mordilla la lèvre.

« Pas de prime abord, se défendit-il. Je voulais simplement passer davantage de temps avec elle. » Il s'interrompit, prit une profonde respiration. « Dottie me permettait de l'emmener au cinéma, et parfois nous allions à Macon lui acheter des vêtements. » Il leva les yeux vers Jeffrey et Nick, manifestement en quête de leur approbation. « Son père l'avait abandonnée, leur rapporta-t-il. J'essayais simplement de combler ce manque, de faire en sorte qu'elle se sente aimée et désirée. »

Nick garda le silence, mais Jeffrey voyait les muscles de ses bras se contracter.

« Je voulais juste veiller un peu sur elle, lui apporter quelques conseils.

— Ah oui ? ironisa Nick sans prendre la peine de dissimuler son hostilité.

— Je sais ce que vous pensez, et ce n'est pas ça. Ce n'est pas ça du tout. »

Jeffrey tâcha de garder son calme.

« Alors, c'est quoi ? lui demanda-t-il.

— C'est… » Fine fit un grand geste des deux mains. « … c'est de l'amour. C'est l'écoute des enfants, et s'efforcer de comprendre leurs envies et leurs besoins.

— Elle voulait avoir une relation sexuelle avec vous ? » persista Nick.

Fine laissa retomber ses mains.

« Jamais je ne l'aurais touchée de cette manière. Je me satisfaisais de simplement profiter de sa compagnie.

— Qu'est-ce qui est venu changer ça ?

— Dottie. » Il cracha le mot comme si c'était un poison. « J'avais toujours eu la chose à l'esprit, toujours. Pas avec Jenny, mais avec d'autres filles. Certaines filles que je voyais circuler en ville. » Il cligna des yeux, plusieurs fois, et Jeffrey fut frappé de constater avec quelle facilité ces hommes pleuraient sur eux-mêmes. On avait le sentiment qu'ils ne pleuraient jamais pour les enfants auxquels ils faisaient du mal.

« Mais je me suis toujours contenté de mes fantasmes. Cela m'a toujours suffi. » Il éleva la voix. « Je suis un homme heureux en ménage, leur affirma-t-il. J'aime ma femme et mes fils.

— Bien sûr », acquiesça Nick qui avait repris son ton cavalier.

Fine secoua la tête.

« Vous ne comprenez pas. »

Jeffrey se pencha au-dessus de la table.

« Expliquez-moi, Dave. Je veux comprendre.

— C'était une jeune fille si intelligente, et qui s'exprimait si bien. » Il prit la Bible. « Elle lisait le Livre avec moi. Nous priions. Nous nous comprenions. »

Jeffrey jeta un coup d'œil à la Bible. Si, à un certain niveau, il avait toujours cru en la présence du bien et du mal, il n'y avait jamais réellement attaché de signification. Voir la main de Dave Fine sur cette Bible, écouter son récit, l'entendre raconter de quelle manière il avait séduit Jenny Weaver à travers la prière, tout cela le frappa comme étant la forme la plus haute du blasphème.

« D'accord, vous avez prié avec elle, intervint Nick. Et qu'est-ce qui est venu chambouler tout ça ? »

Fine reposa le livre sur la table.

« Dottie a chamboulé tout ça, lui assura-t-il. Elle m'a appelé au milieu de la nuit.

— Quand était-ce ?

— Vers la période de Thanksgiving, fit-il. Ce dernier Thanksgiving.

— Et ensuite quoi ? s'enquit Jeffrey, estimant que ce salopard mentait probablement.

— Je me suis rendu chez elle, car elle m'avait soutenu que Jenny n'allait pas très bien. Elle a prétendu qu'elle était très perturbée, et qu'elle avait besoin de me parler. » Ses yeux s'emplirent à nouveau de larmes. « J'étais son ami. Je ne pouvais ignorer un appel à l'aide. »

Jeffrey approuva de la tête, l'invitant à continuer, tâchant de refouler l'image qui lui vint en tête de Sara lui désignant la fracture pelvienne, sur la radio de la petite Weaver. La jeune fille avait été violée avec brutalité. Et Dave Fine pouvait fort bien être l'auteur de ce viol.

Dave s'éclaircit la voix.

« Je n'étais encore jamais vraiment entré chez elle. Jenny m'attendait toujours sur les marches du perron. » Il s'essuya les yeux du dos de la main. « Quand je suis arrivé là-bas, Dottie m'a conduit à l'étage. Au premier, dans la chambre de Jenny. »

Fine devint silencieux, et ni Jeffrey ni Shelton ne le pressèrent de continuer. Après ce qui parut un long moment, il reprit son récit là où il l'avait interrompu.

« Nous avons fait des choses, dit-il à voix basse. J'ai honte de dire que nous avons fait des choses.

— Vous avez fait des choses, vous, corrigea Jeffrey, désireux d'insister sur ce point.

— Oui, admit Fine. J'ai fait des choses, moi.

— Ces actes ont-ils eu lieu uniquement dans la

chambre de Jenny ? » insista Jeffrey, en pensant que cela expliquerait pourquoi Dottie avait pris le risque de ne pas vider la chambre de Jenny. La seule preuve qu'ils y trouveraient désignerait Dave Fine.

« Oui. » Il eut du mal à avaler sa salive. « Uniquement dans sa chambre. »

Les trois hommes observèrent un long silence, tandis que Fine paraissait mettre de l'ordre dans ses pensées. Il se débrouillait vraiment bien dans sa peinture de lui-même en victime impuissante. Une jeune fille de treize ans avait fort bien pu mordre à son numéro, mais plus il se cherchait d'excuses pour les actes qu'il avait commis, plus Jeffrey avait envie de le tuer.

Enfin, le pasteur reprit la parole.

« Dottie a pris des photos. Je ne l'ai su que plus tard. » Il lâcha un petit gloussement sec. « Elle me les a apportées à l'église, dès le lendemain, et m'a menacé de me dénoncer si je n'acceptais pas ce qu'elle me demanderait.

— Que voulait-elle ?

— Effectuer ces livraisons, expliqua-t-il. J'utilisais la camionnette de l'église. » Il se masqua la bouche de la main. « Dieu me pardonne, j'ai utilisé la camionnette de l'église. »

Jeffrey croisa les bras ; il s'imposa le calme. Nick Shelton était tellement en rage qu'il en irradiait presque une onde de chaleur. Comment ce malade, cet enfoiré, pouvait-il pleurer sur son sort, voilà qui le dépassait. Dave Fine était plus désolé pour lui-même que pour la gamine qu'il avait violée.

« Et Dottie, où est-elle maintenant ?

— Je n'en ai aucune idée, répondit-il en tapotant de

la paume sur la Bible, pour accentuer son propos. C'est la vérité, devant Dieu.

— Quand l'avez-vous vue pour la dernière fois ? lui demanda Jeffrey, sachant qu'il ne pourrait se fier à sa réponse.

— Lundi. Elle avait Mark chez elle. Ils avaient tout retiré. Ils avaient peint les murs, ils avaient emporté la presse à imprimer.

— Où l'ont-ils emportée ?

— Je n'en sais rien, fit-il, et cette fois il semblait dire la vérité. Ils l'ont embarquée dans un camion, un camion sans aucun signe distinctif.

— Et ensuite ?

— Elle m'a dit qu'il fallait que je m'occupe encore de cette dernière livraison, sinon elle enverrait les photos au poste de police.

— Et qu'en est-il de Lacey Patterson ? »

Jeffrey n'était pas sûr d'avoir entrevu une réaction dans les yeux de Fine.

« Je n'en ai aucune idée, dit-il. Dottie ne m'aurait pas confié une chose de cet ordre. Je n'étais pas impliqué à ce niveau-là. J'obéissais à ce qu'elle me demandait, uniquement pour protéger ma famille. Nos vies. »

Jeff soupira.

« Quand avez-vous reçu les magazines ?

— Cette nuit. Je les ai entreposés dans le sous-sol de l'église, jusqu'à ce matin.

— Vous étiez déjà au courant de ce rendez-vous à Augusta ?

— Non, répondit Fine, et il secoua la tête avec véhémence. Elle m'a téléphoné la nuit dernière. Apparemment, elle m'appelait d'un téléphone portable.

— Vous disiez que vous l'aviez vue pour la dernière fois lundi, lui rappela Jeff.

— C'était bien la dernière fois. Vous m'avez questionné sur la dernière fois que je l'ai vue, pas sur la dernière fois que je lui ai parlé. »

Jeffrey ne releva pas.

« Que vous a-t-elle dit ?

— Elle m'a indiqué l'hôtel, quand retrouver Joe, et le mot de passe pour la prochaine livraison. » Il s'interrompit un instant. « Elle a ajouté qu'elle était encore dans les parages, qu'elle me surveillait.

— Vous croyez à ça ? intervint Nick. Vous pensez qu'elle est encore en ville ? »

Fine haussa les épaules.

« Elle est capable de n'importe quoi.

— Capable de quoi, par exemple ? » voulut savoir Jeffrey. Comme Fine ne répondait rien, il essaya autrement. « A votre avis, que va-t-elle faire à Lacey Patterson ? »

Fine détourna le regard.

« Je ne sais pas ce qu'elle fabrique. Je n'ai eu de relation qu'avec Jenny. »

Jeffrey observa fixement cet homme, s'efforçant de le comprendre. Fine était si habile pour justifier ses actes qu'il aurait franchi avec succès le test d'un détecteur de mensonges. Jeffrey doutait sérieusement que cet homme perçoive le mal qu'il avait causé à Jenny Weaver.

Fine proposa une piste.

« Je sais que Dottie a besoin d'argent. Elle m'a dit qu'elle devait attendre la dernière recette. » Il tenta de se défendre, élevant la voix : « On m'a fait chanter. Je n'avais pas le choix. »

Jeffrey ignora cette excuse, car il réfléchissait à la

boîte postale de Dottie, à Atlanta. Elle n'avait aucun moyen de savoir qu'ils étaient au courant de ce point de chute. Elle allait se croire en sécurité. Ils avaient éventuellement une chance de l'arrêter avant qu'elle n'ait le temps de violer un autre gamin, ou de liquider Lacey Patterson.

« Donc, récapitula Nick. Ce matin, vous avez embarqué les magazines dans la camionnette de l'église, et vous avez filé à Augusta ?

— A ce propos, j'avais un mauvais pressentiment, avoua Fine, en tournant les pages de la Bible. J'imagine que j'avais envie de me faire prendre. Je ne pouvais pas continuer avec cette épée de Damoclès au-dessus de la tête.

— Mark a ressenti la même chose », observa Jeffrey.

Fine renifla.

« Mark », répéta-t-il, comme s'il évoquait le diable en personne.

Nick échangea un regard avec Jeffrey.

« Vous saviez pourquoi Jenny voulait l'abattre ? leur demanda le pasteur, le visage légèrement grimaçant. Parce qu'il allait finir par faire la même chose.

— Par faire quoi ?

— Il aimait ça, leur soutint Fine. Mark n'avait pas de scrupule.

— Et vous ? » rétorqua Nick.

Fine ignora la question.

« Vous soutenez que Mark aimait poser pour des photos ? » lui demanda Jeffrey, et il revit en pensée l'expression pénible de Mark, sur les magazines qu'il avait trouvés. Ce n'était pas le visage d'un gamin qui s'amusait.

« Ce n'est pas seulement qu'il aimait ça. Il en avait envie. » Fine tapota du doigt sur la table. « Si vous me posez la question, je vous dirai que d'ici à ce qu'il s'y mette avec sa sœur, ce n'était qu'une question de temps. Jenny le savait. Si cruelle que soit sa famille envers elle, elle savait ce qu'était devenu Mark. Elle savait qu'il finirait par abuser de Lacey. » Il renifla, comme s'il refoulait des larmes. « Jenny essayait de protéger Lacey de cet animal.

— Vous avez une preuve de cela ? s'enquit Jeffrey.

— Grace l'avait embringué dans le même jeu depuis qu'il avait six ans, leur révéla Fine. Ce n'était qu'une question de temps. Jenny le savait.

— Vous n'avez aucun moyen de savoir ce que Mark aurait fini par faire, objecta Jeffrey. Si tous les gamins qui ont été violés par un malade comme vous finissaient par maltraiter d'autres gamins plus tard… »

Fine l'interrompit.

« Vous ne connaissez pas très bien Mark, chef Tolliver. Croyez-moi, ce n'est pas du mal qu'il aurait fait aux enfants, tout comme sa mère. » Il secoua la tête, avec un borborygme. « Il a appris auprès de son maître. »

Jeffrey le contredit.

« Il n'était lui-même qu'un gamin. »

Fine leva le doigt, comme s'il allait formuler une remarque capitale.

« C'était un adulte. Il aurait pu tout arrêter.

— Et vous aussi ! », aboya Nick.

La remarque porta, et Fine accusa le coup en baissant les yeux sur la Bible, les lèvres plissées dans une moue somme toute très désabusée, comme si on venait de l'accuser à tort.

La pièce fut plongée dans le silence, et tous trois donnèrent l'impression de respirer profondément.

Jeffrey posa sa question, en tâchant de conserver un ton de voix égal.

« Avez-vous fait part à Jenny de votre théorie concernant Mark ? Est-ce pour cela qu'elle voulait le tuer ? »

Fine ne quittait plus la Bible des yeux.

Jeffrey perçut son silence comme une confirmation.

« Qu'est-ce que Dottie vous a imposé d'autre ?

— Uniquement les livraisons.

— Non, avant ça.

— Elle me faisait venir, quand elle prenait les photos, avoua-t-il. Je ne voulais pas, mais elle tenait mon existence entre ses mains. » Ses mains qu'il tendit, pour illustrer la formule. « Si jamais ces photos sortaient, continua-t-il, cela m'aurait détruit. Ma femme, mes enfants… » Des larmes lui vinrent aux yeux. « J'ai des responsabilités.

— Vous avez posé pour d'autres photos ? » lui demanda Jeffrey, confondu que l'on puisse se montrer aussi stupide. Ou alors, ce n'était pas qu'il était stupide, c'est que cela lui plaisait.

Fine hocha la tête.

« Je ne voulais pas. Elle… » Il chercha le mot juste. « … elle aimait humilier les gens. Elle en retirait quelque chose.

— Comment vous humiliait-elle ?

— Elle savait que je n'aimais pas les garçons, et elle m'obligeait à faire des choses.

— Avec Mark Patterson ? »

Il confirma d'un bref signe de tête et, pour la première fois, il laissa transparaître véritablement de la honte.

« Ce qu'il y avait entre moi et Jenny… c'était unique.

Je sais que vous ne comprenez pas ça, mais il y avait quelque chose entre nous. Qui nous liait. » Il se masqua les yeux de la main. « C'était ma première. Je l'aimais tellement. »

Jeffrey coupa court.

« Sur cet aspect, Dave, bouclez-la, sinon je jure devant Dieu que je vous fous la gueule en l'air, vous et votre éternel amour de merde ! »

Fine leva les yeux, et il parut blessé qu'ils ne comprennent pas.

« Pourquoi avez-vous tout arrêté ? demanda encore Jeffrey. Avec Jenny, je veux dire. Qu'est-ce qui a mis un terme à vos contacts sexuels ?

— Elle m'a rejeté, leur confessa-t-il, les larmes aux yeux. Elle m'a averti qu'elle ne voulait plus rien avoir à faire avec moi. » Il renifla bruyamment. « Après les photos… je ne sais pas. C'était comme si Dottie devait prouver à Jenny je ne sais quoi, en me faisant venir cette nuit-là.

— Prouver que vous étiez semblables, suggéra Jeffrey, en songeant que c'était exactement le genre de chose qu'une femme comme Dottie aurait pu imaginer.

— Ce n'est pas vrai, se défendit Fine. J'aimais Jenny. Je tenais à elle, profondément.

— C'est pour cela que vous avez essayé de lui rendre visite après cette retraite ?

— Elle avait l'air malade, plaida Fine. J'ignorais ce qui n'allait pas, et Dottie refusait que je l'approche. J'ai même posé pour d'autres photos, rien que pour retourner chez elle, rien que pour voir si Jenny allait bien, mais quand j'étais là-bas, c'était Grace qui la gardait dans le mobile home. »

Jeffrey serra les dents, sachant que Fine s'était rendu de son plein gré chez Dottie afin d'aller maltraiter des gamins. Le fait que Fine croie vraiment avoir aimé Jenny Weaver était évident, tout comme il était évident que quelque chose ne tournait vraiment pas rond dans sa tête.

« Et Grace Patterson, alors ? Quel était son rôle dans tout ça ? » s'enquit-il.

Le nom seul assombrit le visage de Fine.

« Elle était pire que Dottie. Elle était répugnante.

— Comment ça ?

— Les choses qu'elle inventait, reprit-il, d'une voix rauque. Puisse-t-elle pourrir en enfer, pour ses péchés ! »

Jeffrey ne releva pas ce truisme.

« Dottie et Grace agissaient ensemble ? »

Il hocha la tête.

« Grace dirigeait la plupart des séances photo. Dottie s'occupait de la partie commerciale. » Il attendit quelques secondes. « Toutes les poses, c'était l'idée de Grace. Elle aimait bien s'en mêler, toucher certains enfants. Plus elle pouvait être sadique, mieux c'était pour elle.

— Dottie n'en a jamais fait autant, elle aussi ?

— Elle savait comment s'y prendre pour que ça paraisse réel. C'étaient les clichés romantiques. Dottie s'occupait des images plus tendres, et Grace organisait tout le hardcore. » Il se passa nerveusement la langue sur les lèvres, comme si les femmes étaient plus coupables que lui, par défaut. « Elles se connaissaient depuis un bon bout de temps.

— Ce sont elles qui vous ont révélé ça ?

— Non, fit-il. Jenny me l'a dit. Jenny m'a expliqué que sa mère et elle déménageaient souvent. Mais où qu'elles s'installent, Grace leur rendait visite au moins une fois par mois.

— Et qu'en est-il de Teddy Patterson ? »

Fine secoua la tête.

« S'il l'avait su, il nous aurait tous tués. »

Nick ne cacha pas sa surprise.

« Il ne savait rien ?

— Bien sûr que non, rétorqua Fine d'un ton cassant. Nous ne faisions jamais rien s'il n'était pas parti de la ville pour ses affaires. Il conduisait un camion. »

Nick se montra aussi sceptique que Jeffrey.

« Il n'a jamais livré aucun de ces magazines ?

— Grace le maintenait en dehors de tout ça, affirma Fine. Il n'était pas ce genre d'homme.

— Quel genre d'homme est-il ? » insista Nick.

Fine fixa de nouveau sa Bible du regard.

« Un homme comme moi, je pense. Un homme qui se trouverait volontiers avec des enfants.

— Un homme qui ferait volontiers du mal à des enfants, rectifia Nick.

— Je ne lui ai fait aucun mal.

— Ah non ? s'exclama Jeff en se penchant sur la table. Vous voulez me dire comment une jeune gamine de treize ans peut souffrir d'une fracture du bassin ?

— Il y a eu d'autres hommes avec qui elle est allée, riposta Fine, et cela ne semblait pas le gêner.

— D'autres hommes qui n'étaient pas aussi gentils que vous ? ironisa Jeffrey, pour le provoquer.

— Je n'étais pas comme ça.

— Vraiment ? lâcha-t-il, incrédule. Vous faites quel calibre, Dave ? Vous voulez que j'étudie les rapports d'autopsie de Jenny, histoire de savoir, au juste, si elle n'était pas un peu étroite pour vous ? »

Fine s'éclaircit la voix, mais il ne répondit rien. Il prit la Bible, sur la table, et la tint tout contre sa poitrine. Jeffrey dévisagea cet homme, en songeant qu'une facette était en train de lui échapper. Et c'est alors que cela lui sauta aux yeux — l'alliance, à la main gauche de Dave. L'image lui revint en un éclair, l'image qu'il avait vue précédemment dans ce magazine : la main, fermement posée sur Jenny Weaver, lui appuyant la tête, pour qu'elle s'étouffe avec sa chair.

« Espèce de fils de pute ! », lança-t-il, en se levant d'un bond. Son genou heurta le pied de la table, mais il s'en moqua. Ses mains se refermèrent sur la Bible.

« Jeffrey ! », cria Nick, qui tenta de le retenir, sans y mettre trop de conviction.

Jeffrey se laissa submerger par la colère.

« Espèce de malade ! Sale fils de pute ! », explosa-t-il, en arrachant la Bible des mains du pasteur. Fine s'y cramponnait si fort qu'il faillit tomber de son siège. « J'ai vu les photos, enfoiré ! J'ai vu ce que tu lui as fait. J'ai vu comment tu l'as violée. » Jeffrey se redressa, le fusillant du regard par-dessus la table. « Tu ne mérites pas ce livre, fit-il en désignant la Bible. Ce que tu as fait à ces gosses… ce que tu lui as fait à elle…

— C'était uniquement Jenny », insista Fine.

Jeffrey allait contourner la table, mais il se ravisa, estimant que Fine n'en valait pas la peine.

« C'était uniquement Jenny, répéta ce dernier.

— Tu as laissé l'image de ta putain d'alliance bien visible sur toutes ces photos, lui rappela Jeffrey, en reposant la Bible. Je l'ai vue sur au moins dix clichés différents, avec dix gamins différents. » Il fit le tour de la table, en gémissant à cause de la douleur dans son genou. « Espèce d'abruti !

— Vous ne pouvez pas me parler sur ce ton », rétorqua Fine, soudain cassant.

Jeffrey l'empoigna par le bras et le fit se lever.

« Estime-toi heureux que je te cause, au lieu de te démonter la tête.

— C'est de la brutalité policière, protesta Fine en frottant son pantalon. Je veux un avocat !

— Buddy Conford refuserait de te toucher, même avec une pique longue de trois mètres.

— J'ai quelqu'un d'autre, se vanta Fine en rentrant sa chemise dans son pantalon. Quelqu'un d'Atlanta.

— Quelqu'un qui défend sans arrêt les pervers dans ton genre. Et qui perçoit probablement des honoraires sous forme de photos. »

Fine eut un sourire et, pour la première fois, se montra extérieurement tel qu'il était intérieurement.

« Ou de petites filles. »

Jeffrey sentit ses épaules se contracter, et son désir animal de fondre sur Fine ne fut étouffé que par l'espoir qu'il en sache davantage qu'il ne voulait bien le dire.

« Tu vas aller en taule, annonça-t-il au prêcheur. Tu sais ce qu'ils font aux gens de ton espèce, en taule ?

— Mais oui. Je regarde la télévision, pérora-t-il. Et je sais que vous ne racontez que des conneries pour me faire chier.

— Te faire chier ? intervint Nick. Chier le tas sanglant que tu vas retrouver dans ton froc tous les matins ? »

Fine eut l'impudence de prendre un air suffisant.

« Je ne pense pas que je vais aller en prison.

— Et qu'est-ce qui te fait croire ça ? s'étonna Nick.

— J'ai une monnaie d'échange, leur annonça-t-il avec le sourire.

— Quelle monnaie d'échange ? » rétorqua Jeffrey, en essayant de ne pas trahir son impatience. Si Fine s'imaginait être en position de force, il ne leur révélerait jamais ce qu'il savait.

« Attendons l'arrivée de mon avocat, susurra Fine, en levant les mains pour qu'on le menotte. En l'absence de mon avocat, je n'ai plus rien à déclarer.

— Tu y réfléchiras, en cellule collective.

— C'est quoi, ça ? » s'inquiéta-t-il, avec une nuance dans la voix proche de la panique.

Jeffrey ajusta les menottes autour des poignets du pasteur.

« La taule, c'est tout.

— Il y a un truc marrant avec la taule, quand même, plaisanta Nick. Il y a toujours des tas de types, là-dedans, qui ont croisé au moins un gars dans ton genre, dans leur vie, quand ils étaient plus petits. »

Fine se retourna.

« Qu'est-ce que ça signifie ? »

Jeffrey sourit, et orienta le pasteur en direction de la porte.

« Ça signifie que le temps que ton avocat chic fasse toute la route depuis Atlanta, tu auras tout le loisir d'expliquer à tes camarades de détention à quel point tout ça, c'est rien que de l'amour.

— Attendez une minute. » Le pasteur resta planté là où il était, et Jeffrey essaya de le pousser. « Je vais avoir ma cellule pour moi, dit-il, comme si c'était une certitude.

— Ah ça non, espèce de malade ! l'avertit Jeffrey, en le poussant tellement fort que Nick dut le rattraper avant qu'il ne tombe.

— C'est la loi, prétendit Fine. Vous ne pouvez pas m'enfermer avec d'autres détenus.

— Je peux faire ce que je veux, répliqua Jeffrey.

— Attendez une minute, répéta Fine d'une voix suraiguë, pris par la panique. Vous ne pouvez pas faire ça !

— Et pourquoi pas ? fit Jeff, en l'empoignant par le col et en le forçant à sortir de la pièce.

— Non », geignit Fine, cherchant à se rattraper à la porte, mais la manquant. Il tenta de s'accrocher, et ses ongles laissèrent une traînée sur le bois.

« Tu as quelque chose à me dire, Dave ? demanda Jeffrey, en le poussant dans le couloir.

— A l'aide ! », supplia le pasteur, en tendant la main vers un homme de patrouille qui passait par là à cet instant, en sortant des toilettes. Le flic regarda Fine, puis Jeffrey, puis continua son chemin comme s'il n'avait rien vu.

« Avance, ordonna Jeffrey, toujours en le tenant par le col.

— A l'aide, quelqu'un ! » cria Fine, ployant les genoux jusqu'à se laisser choir au sol. Jeffrey le tira dans lc couloir par le col de sa chemise. « Au secours ! cria-t-il encore.

— Venir à ton secours, comme tu es venu au secours de Jenny ? lança Nick, qui marchait à sa hauteur. Te secourir comme tu es en train de secourir Lacey ?

— Je ne sais pas où elle est ! » hurla Fine, en plaquant les mains au sol pour offrir plus de résistance.

Jeffrey vit Maria pointer la tête au coin du couloir. Elle observa Fine, puis elle se détourna.

« Aidez-moi ! cria-t-il encore, d'une voix cassée par l'effort. Oh ! Seigneur, je t'en prie, viens-moi en aide ! »

Jeffrey eut une crampe dans la main. Il le lâcha, et Fine tomba par terre, en sanglots.

« Oh ! Seigneur, je t'en prie, délivre-moi de ces hommes ! », se lamenta-t-il en priant.

Nick se pencha vers lui.

« Aide-toi, le ciel t'aidera, lui suggéra-t-il.

— Mais tu peux continuer de prier, si tu préfères, Dave, lui assura Jeffrey. Tu peux prier pour que les journaux n'impriment pas les circonstances de ta mort, le trou du cul déchiqueté. »

Nick posa la main sur l'épaule du pasteur.

« Ça me désole que ton épouse et tes gamins puissent lire ça. C'est pas une très jolie façon de s'en aller. »

Fine leva les yeux ; des larmes lui dégoulinaient sur la figure.

« D'accord, accepta-t-il. D'accord, d'accord.

— D'accord quoi ? demanda Jeffrey.

— D'accord, répéta l'autre. Il se pourrait bien que je sache où elle est. »

Jeffrey était au volant, et Nick avait pris place sur la banquette arrière, à côté de Fine. Une voiture banalisée avec quatre fonctionnaires du Georgia Bureau of Investigation les suivait à distance de sécurité.

« Tu as intérêt à ne pas te foutre de notre gueule, Dave,

le prévint Jeffrey, en prenant à droite pour boucler le tour du pâté de maisons une troisième fois.

— Je vous ai expliqué que je n'étais pas certain de l'adresse, insista Fine. Dottie ne m'a emmené là qu'une seule fois.

— Et elle t'a amené ici pour quoi ? lui demanda Nick.

— Pour rien », grommela-t-il, en regardant par la fenêtre.

Jeffrey l'observa dans le rétroviseur.

« Espérons pour toi que tu n'essaies pas de repousser l'inévitable.

— Absolument pas, vu ? s'emporta Fine d'un ton sec. Je vous ai dit que c'était là qu'elle avait certaines de ses affaires.

— Quel genre d'affaires ? », releva Jeffrey.

Fine eut d'abord l'air de vouloir refuser de répondre, mais finalement, pour une raison ou une autre, il se ravisa. Jeffrey se plut à penser que c'était la culpabilité qui le poussait à leur révéler certaines vérités, mais il était flic depuis suffisamment longtemps pour savoir que ce n'était que stupidité pure et simple.

« Ce type, parfois, il enferme des gosses, ici.

— Tu es sûr qu'il n'y a que lui, là-dedans ? s'enquit Jeffrey.

— Oui, assura Fine. L'endroit sert surtout de refuge.

— De refuge pour qui ?

— A votre avis ? s'agaça Fine. Il stocke principalement des photos, mais à deux reprises j'ai vu des gamins et deux caméras en batterie.

— Et c'est par pure bonté de cœur que tu en informes la police », glissa Nick.

Fine regarda fixement par la vitre, en se désolant

probablement de son sort. Ils avaient passé une heure sur la route de Macon, puis deux autres à circuler dans plusieurs lotissements pour retrouver cette maison que Dave Fine s'était dit capable de ne reconnaître qu'en la voyant. Jeffrey le surveillait dans le rétroviseur, en se demandant combien de temps il leur restait avant que quelqu'un n'appelle les flics de Macon pour signaler deux véhicules d'allure suspecte sillonnant le quartier.

En l'occurrence, ils évoluaient en terrain miné. En principe, le Georgia Bureau of Investigation avait compétence sur tout le territoire de l'Etat, mais par courtoisie ils auraient dû informer le Macon Police Department qu'ils menaient une opération de surveillance sur leur pré carré. Comme Nick et Jeffrey n'étaient même pas sûrs que Dave Fine soit jamais venu ici, et encore moins que Lacey Patterson soit détenue à Macon, ils n'avaient pas grand-chose à signaler au Macon Police Department. Ils ne pouvaient obtenir de mandat sans une adresse, mais Shelton misait sur la présence d'une menace imminente pour franchir cette ligne rouge. Plus tard, ils pourraient toujours arguer qu'ils avaient repéré des allées et venues suspectes dans la maison. Avec une enfant impliquée, et la rapidité d'intervention s'imposant, ni l'un ni l'autre ne craignait trop de se faire taper sur les doigts pour pareil motif.

« Tournez ici, leur dit Fine. Ici, à gauche. Cette rue me rappelle quelque chose. »

Jeffrey fit ce qu'il demandait, en songeant que c'était inutile car ils avaient déjà emprunté cette rue.

« Ensuite, au bout, à droite », continua Fine, avec une certaine excitation dans la voix.

Il prit à droite, s'engagea dans une nouvelle rue. Il échangea un regard avec Shelton.

« C'est là, leur annonça Fine. C'est la maison sur la droite, avec le portail. »

Jeffrey ne ralentit pas, mais il eut le temps de voir que tous les stores étaient baissés. L'éclairage extérieur était également allumé, alors qu'on était en plein milieu de la journée. Le portail était fermé par un gros cadenas. Qu'il soit destiné à empêcher les gens d'entrer ou à leur interdire de sortir, cela restait à déterminer.

Il arrêta la voiture au bout de la rue et attendit que l'autre véhicule les rattrape. Il entendait la circulation de l'autoroute, à moins de dix mètres de l'endroit où ils étaient stationnés. Les gens qui habitaient par ici avaient dû finir par s'habituer au bruit, mais pour l'heure, chaque voiture qui passait faisait un bruit qui lui évoquait la craie sur un tableau noir.

L'agent Wallace descendit de l'autre véhicule, en laissant deux hommes et une femme à l'intérieur. Il ajusta sa ceinture, malgré le holster qu'il portait. C'était un jeune gaillard, un costaud qui pratiquait assez la musculation pour donner l'impression que le tissu des manches courtes de sa chemise était sur le point de se rompre. Il avait les joues rasées de si près que Jeffrey pouvait presque discerner les marques de passage du rasoir.

« C'est la maison avec le portail ? demanda-t-il en retirant ses lunettes de soleil.

— C'est ce que raconte notre type », lui répondit Jeff.

Wallace se retourna vers la voiture, croisa le regard furibond de Dave Fine. Il cracha sur l'asphalte, en croisant les bras sur son torse imposant.

« Tas de merde, orphelin de ta mère ! », grommela-t-il.

Nick, de l'autre côté de la voiture, était en train d'appeler le Macon Police Department.

« Il n'est pas ravi, souffla-t-il.

— J'ai jamais pensé qu'il le serait, répliqua Jeff, sachant que si quelqu'un, au Georgia Bureau of Investigation, l'avait appelé pour lui annoncer qu'une opération se déroulait à Grant sans qu'il en sache rien, il serait en pétard, lui aussi.

— Il va leur falloir un p'tit bout de temps avant de se lever le cul et d'arriver jusqu'ici.

— Tu leur as indiqué la baraque ? »

Nick sourit.

« Vacherie, j'arrivais même pas à me rappeler le nom de la rue… »

Jeffrey éclata de rire, content d'être ici plutôt que de se trouver dans les bureaux de la police de Macon.

Nick ouvrit la portière arrière et empoigna les mains de Fine. Avant que le prêcheur ait pu protester, Nick l'avait menotté à la poignée de maintien au-dessus du cadre de la portière.

« Ça suffira à le retenir.

— Vous ne pouvez pas me laisser ici, gémit le pasteur.

— Si j'étais toi, lui conseilla Nick, je savourerais ce petit moment de solitude. »

Fine s'empourpra.

« Vous m'avez promis une cellule pour moi tout seul, au poste.

— Ouais, Jeffrey Tolliver. Mais ça, c'était au poste. Moi, je n'ai aucune maîtrise sur ce qui va t'arriver en prison. »

Nick gloussa en frappant sur le capot de la voiture.

« T'en fais pas, Davey, mon garçon. Je suis sûr que tu vas rencontrer plein de gens de qualité, en taule.

— Vous ne pouvez pas faire ça ! », insista l'autre.

Nick sourit.

« Mais te bile pas, mon révérend. Ils ont à peu près tous déjà trouvé Dieu. Tu pourras prier avec eux, ça te comblera le cœur. »

Fine lança un regard paniqué à Jeffrey.

« Vous m'avez promis !

— Je t'ai promis pour ma prison à moi, Dave, lui rappela-t-il. Je ne maîtrise absolument pas ce qui se passe dans un pénitencier. Là, ça dépend de toi, et de l'Etat.

— Vous m'aviez promis, on avait conclu un marché !

— Un marché pour une réduction de peine, rectifia-t-il, mais de toute manière tu vas en taule. »

Fine allait ajouter quelque chose, mais lui Shelton claqua la portière au nez.

« Mon minou, lâcha Nick.

— Il sera bien le minou de quelqu'un, renchérit Jeff, en condamnant les portières au moyen de la télécommande.

— Bon Dieu ! s'écria son collègue, son regard s'illuminant tandis qu'il vérifiait son arme. J'arrive pas à croire que je vais m'en payer une deuxième tranche le même jour.

— Mais là, on va mettre le cadet en piste. » Et Jeffrey désigna Wallace, qui piaffait tellement qu'il avait l'air prêt à sauter au plafond. Jeffrey devait avoir la même allure. Avec toute l'adrénaline qu'il avait dans le sang, il y aurait eu de quoi flanquer un infarctus à n'importe quel individu moins robuste que lui.

Le jarret tendu, Nick s'approcha de l'autre véhicule et

signala aux trois agents restés à l'intérieur qu'ils étaient chargés de couvrir leurs arrières.

« On leur accorde deux ou trois minutes d'avance », fit-il en consultant sa montre. Dans une situation comme celle-ci, le temps pouvait s'immobiliser ou filer à toute vitesse. Il se retourna vers leur véhicule. A l'intérieur, Dave Fine faisait la moue. « Par une chaleur pareille, je laisserais pas un chien enfermé dans cette bagnole.

— Et moi non plus », acquiesça Jeffrey, sans esquisser un geste pour abaisser les vitres.

Ils se turent, suivirent le trafic sur l'autoroute chargée. Ils attendaient le signal de Nick.

Enfin, ce dernier vérifia de nouveau l'heure.

« Allons-y », dit-il.

Jeffrey palpa son arme dans son holster, tout en marchant. Il portait aussi son étui de cheville. En temps normal, armé de la sorte, il aurait été mal à l'aise, mais pour l'heure il se sentait prêt à affronter tout ce que leur réservait cette petite maison.

Des arbres et de hauts fourrés la dissimulaient en grande partie depuis la rue. De plus près, il s'aperçut qu'elle était presque entièrement construite en brique, avec un enduit sur les moulures et l'avant-toit. Les gouttières avaient été peintes en blanc, pour être assorties aux moulures. La maison était petite, probablement deux chambres, une salle de bains et un salon avec cuisine américaine. A Grant, il y avait des bâtisses identiques, des constructions bon marché de l'après-guerre, destinées à servir de premier foyer aux vétérans démobilisés. Des parpaings en ciment tenaient lieu de fondations, avec des bouches d'aération pour permettre à l'ensemble de respirer.

« Pas de sous-sol », remarqua son collègue.

Jeffrey opina, en désignant la ligne du toit. Apparemment, il n'y avait pas d'étage non plus, mais quelqu'un pouvait tout à fait se cacher dans le grenier.

Wallace avança le premier, franchit facilement la clôture en treillis métallique d'un mètre cinquante de haut, dans la partie qui était le plus masquée par les fourrés. Nick eut un peu plus de mal, et grogna discrètement, une fois de l'autre côté, quand il perdit l'équilibre et retomba sur les fesses. Jeffrey les suivit, en se demandant pourquoi son genou le gênait tant, et puis il se remémora le coup qu'il avait pris en bondissant sur Fine.

Quand ils furent tous passés, Nick sortit de sa poche un petit talkie-walkie.

« Nous sommes dans le périmètre », signala-t-il.

Il y eut un « Bien reçu » étouffé, tandis que les autres se plaçaient en position.

Jeffrey dégaina son pistolet et, d'un geste, leur indiqua qu'ils progressaient vers la porte d'entrée. A mesure qu'ils se rapprochaient, ils entendaient de la musique douce provenant de de la maison. Jeffrey reconnut un *boys band*, sans parvenir à mettre un nom dessus.

Wallace s'arrêta devant la porte, son arme brandie très haut. Il compta jusqu'à trois et donna un coup de pied dans le battant.

Rien ne se produisit.

« Merde ! », jura-t-il, retirant sa jambe en la secouant. L'espace d'un instant, Jeffrey envisagea qu'ils se soient trompés. Puis il se dit que quelqu'un pouvait fort bien attendre, derrière cette porte fermée à clé, avec un fusil à deux coups, prêt à leur brûler la cervelle. Une fraction de seconde, il songea à Sara, à ce qu'elle lui avait confié, qu'elle se faisait du souci pour lui, puis il pensa à Lacey Patterson et chassa tout le reste de son esprit.

Il fit signe à Wallace : ils allaient devoir taper ensemble. Il compta jusqu'à trois et, cette fois, la porte ne résista pas.

« Police ! », beugla Nick, en se ruant à leur suite. Il n'y avait pas de type posté derrière avec un fusil. A la place, ils découvrirent une jeune fille vêtue d'un T-shirt rose et d'un slip assorti. A la limite, elle aurait aussi pu se réveiller d'une sieste.

Jeffrey pointa son arme vers le plafond. Il était sur le point de lui demander si elle allait bien quand la fillette pointa le doigt, en silence, vers le bout d'un couloir.

Il retira sa veste et en couvrit la jeune fille, pendant que Nick et Wallace vérifiaient l'autre côté de la maison. Il la conduisit vers le perron, la pria d'aller l'attendre juste devant le portail. Il avait envie de lui dire quelque chose, de la prendre par l'épaule et de lui assurer que tout irait bien, à présent, mais il émanait de cette enfant une telle absence qu'il ne put se résoudre à ce geste. Elle semblait au-delà de tout témoignage de réconfort.

Nick et Wallace étaient de retour et, d'un signe de tête, lui signalèrent qu'il n'y avait personne de l'autre côté. Nick leva le menton, indiquant qu'il allait s'engager dans ce couloir le premier. Ils avancèrent, et Jeffrey retrouva le souvenir angoissant de la maison de Dottie Weaver. Le décor était similaire, mais l'atmosphère était différente. Une bande de moquette sale amortissait le bruit de leurs pas sur le plancher. Il y avait des cadres accrochés aux murs, des dessins d'enfants.

Devant lui, Nick se plaqua contre le mur, à hauteur d'une porte close. C'était de là que venait la musique, et maintenant Jeffrey reconnaissait le refrain.

« I love you, love you, my sweet baby. »

Nick tendit la main, ouvrit la porte et, d'un geste prompt, s'accroupit dans l'encadrement. Une expression indéfinissable se lut sur son visage, puis il se releva, entra dans la pièce, son arme toujours dégainée. Jeffrey le suivit, et découvrit un lit à deux places tout entouré de miroirs. Les draps étaient défaits, comme s'il y avait eu là une activité récente, et il régnait une odeur sur laquelle il n'avait pas envie de mettre de nom. La chaîne hi-fi était installée sur son carton d'emballage, une musique douce et morbide se déversait encore par les haut-parleurs. Deux caméras vidéo sur leur trépied étaient braquées sur le lit ; les miroirs des murs reflétaient la scène vers Jeffrey. Il demeura là, alors qu'il n'avait qu'une envie, sortir de cette chambre, tandis que Nick vérifiait le lit, avant d'ouvrir la porte d'un des placards.

Wallace fit un bruit pour attirer leur attention, puis il hocha la tête en direction du couloir. Jeffrey sortit de la pièce à reculons, pendant que Nick contrôlait le dernier placard avant de les suivre.

Wallace approcha la bouche de l'oreille de Jeffrey.

« J'ai vu un garçon entrer là-dedans », lui chuchota-t-il, en désignant une porte fermée de l'autre côté du couloir.

Nick pointa le doigt vers un cordon qui pendait du plafond, là où se trouvait l'escalier amovible conduisant au grenier. Le cordon ne bougeait pas, mais ce n'était pas non plus la garantie qu'il n'y avait personne là-haut.

Jeffrey dépassa la salle de bains, qui était petite et crasseuse. Des jouets étaient empilés sur la paillasse et dans la baignoire vide. Il n'y avait pas de rideau de douche, pas de placard, mais quelques rangements étaient encastrés dans le mur, tout le long du couloir. Jeffrey ouvrit le premier, mais il ne contenait que des objets sans surprise : des serviettes, des torchons, quelques couches. Pour une raison obscure, cette vision des couches le choqua et, pour la première fois de cette journée, il perdit le peu d'espoir qu'il leur restait de retrouver Lacey Patterson vivante.

Nick lui posa la main sur l'épaule, et il eut l'impression qu'il pensait la même chose.

Il restait encore une petite pièce, et cette fois il ouvrit la marche, en se plaquant contre la porte close, comme son équipier tout à l'heure. Il ouvrit d'un coup, s'agenouilla juste au coin, pistolet braqué, mais la pièce semblait vide.

Trois lits jumeaux étaient calés dans un angle, avec des draps à l'air sale entassés dessus en bouchon. Il n'y avait ni cadres de lit, ni sommiers à ressorts, rien que des matelas à même le sol. D'autres draps étaient soigneusement cloués aux fenêtres, comme des toiles sur leur châssis. Dans cette pièce, il n'y avait qu'un seul placard, et il s'en approcha, s'attendant à découvrir le pire à l'intérieur. Il se posta sur le côté et l'ouvrit. Il n'y avait là que des étagères bourrées de boîtes. Elles étaient marquées de chiffres inscrits en rouge ; il les sortit de là, et se rembrunit en s'apercevant qu'elles étaient remplies de photos. Il vérifia les autres, et comprit que les chiffres correspondaient certainement à l'âge des enfants sur ces clichés. La rangée du haut en contenait quelques-unes marquées « 0-1 ».

Il se souvint du garçon qu'avait entrevu Wallace, et mit un genou au sol. Deux boîtes, dans le bas du placard, avaient l'air un peu écrasées. Il les tira dehors, se pencha à l'intérieur et vit un petit garçon terrorisé, qui n'avait pas plus de six ans, la tête entre les genoux. Le garçon croisa son regard, puis il rattrapa les boîtes pour les replacer autour de lui. Il était tellement effrayé que, dès qu'il les touchait, les boîtes tremblaient.

Jeffrey se releva, songeant que, jusqu'à la fin de ses jours, il reverrait cette peur dans les yeux de ce gamin. Il avait envie de le sortir de sa cachette et de lui dire que c'était fini, mais justement, il n'était pas certain que ce soit fini. Il valait mieux le laisser là où il était, en sécurité, plutôt que de l'exposer davantage au danger.

Il entendit le bruit des bottes de Nick sur le plancher et se retourna pour le voir s'éclipser par la porte. Il le regarda abaisser l'escalier du grenier, et les ressorts grincèrent assez fort pour résonner à ses oreilles. Nick déploya l'escalier, qui heurta le sol avec un bruit sourd. Il s'arma d'une mini-lampe torche, la prit entre ses dents, car il avait une main occupée pour s'aider à monter les marches et l'autre par son arme de service. Jeffrey retint son souffle, Nick risqua la tête dans le grenier. Après un rapide coup d'œil circulaire, il secoua la tête, et retira la lampe torche de sa bouche.

« Vide », lâcha-t-il. Il sortit son talkie-walkie de sa poche. « Quelqu'un est sorti par-derrière ? » s'enquit-il.

Il y eut un crépitement, et une voix de femme lui répondit.

« Négatif, monsieur. Nous surveillons derrière et sur les côtés. »

Nick soupira lourdement ; il transpirait la déception.

« Que Robbins reste sur l'arrière. J'ai besoin de vous et de Peters pour nous aider à faire une deuxième vérification.

— Vous pensez qu'on a loupé quelque chose ? s'inquiéta Wallace.

— J'en sais rien, bon Dieu », soupira Nick. Il releva l'escalier, le replia, mais sa main glissa, et l'escalier heurta de nouveau le plancher. Il allait s'y reprendre à deux fois, mais Jeffrey l'arrêta en pointant le sol du doigt.

Nick secoua la tête, puis il eut l'air de se repasser la séquence mentalement, et de saisir l'idée de Jeffrey. En frappant le sol, l'escalier n'avait pas provoqué un bruit normal. Finalement, Nick hocha la tête. Il se pencha, désigna une ligne de saleté à l'endroit où l'on avait soulevé le tapis avant de le remettre en place.

Il tira sur l'escalier pour le soulever et le recala dans le grenier. Il rengaina son pistolet et attrapa le tapis. Au-dessous, il y avait le contour d'une trappe, d'environ un mètre de côté, avec une petite poignée montée sur charnière au centre. Il fit signe à Wallace de se placer en arrière de la trappe, de mettre les pieds de part et d'autre, et de l'ouvrir. Nick et Jeffrey se postèrent de l'autre côté, leurs armes sorties.

Le temps s'écoula lentement Jeffrey entendit la chanson idiote qui n'avait pas arrêté depuis leur arrivée céder la place à une autre ballade tout aussi sirupeuse, et la trappe s'ouvrit dans un grincement. Il sentait la sueur lui dégouliner sur le visage ; il se mordit la langue, et perçut le goût du sang dans sa bouche. La trappe était ouverte et, environ un mètre en contrebas, il entrevit Lacey Patterson, l'air totalement terrorisée, recroquevillée par terre, sous la maison. Elle était dégoûtante, et on lui avait coupé les cheveux à ras. Elle avait un hématome sur le front, et les yeux à peine ouverts. On avait dû la droguer, ou la battre, ou les deux.

« Seigneur Jésus ! », bredouilla Wallace.

Jeffrey se mit à plat ventre, pour mieux la voir.

« Lacey ? », fit-il. L'enfant ne réagit pas, mais, à cette distance, il entrevit une substance blanche aux commissures de ses lèvres. « Lacey ? » essaya-t-il encore. Il posa son arme sur le plancher à côté de lui, pour pouvoir tendre le bras et lui tâter le front. Elle était moite et elle avait quelque chose de râpeux sur la peau.

« Tenez-moi par les pieds », dit-il à Wallace. Il passa les bras dans l'ouverture. Il réussit à la saisir sous les aisselles et à s'assurer une prise ferme. Il hissa la jeune fille, et Wallace l'empêcha de glisser. Elle était petite, mais son corps pesait le poids d'un âne mort. Il demanda de l'aide à Nick et, à eux trois, ils réussirent à l'extraire de ce trou.

« Tout va bien », lui chuchota Nick en l'allongeant sur le plancher du couloir.

Jeffrey s'assit sur ses talons, essuya la poussière dont il s'était maculé le front. Ce réduit était crasseux, de l'argile rouge de Géorgie, réduite à l'état de poussière par la chaleur.

Subitement, il y eut un raclement sous la maison, comme si quelqu'un se déplaçait. Sans réfléchir, Jeffrey plongea par l'orifice, en se recevant sur les mains pour ne pas tomber face contre terre. Sous la maison, il faisait noir, et les tuyaux qui rasaient le sol donnaient à l'endroit l'allure d'un labyrinthe. Il cligna plusieurs fois des yeux, tâchant de s'acclimater, quand un éclair de lumière jaillit à l'autre bout de la maison.

« Nick ! », hurla-t-il et, en s'aidant de ses coudes et de ses pieds, il se propulsa dans cet espace exigu. Il entendit des bruits de pas. En haut, les autres traversaient la maison en courant, et il pria pour que le gars de Nick, sur l'arrière, sache agir vite.

Tout au fond, il vit deux pieds disparaître dans une étroite bouche d'aération. Il suivit aussi vite qu'il put, se cogna la tête contre un tuyau de gaz. Il continua de progresser vers la lumière. Une fois arrivé, il se retourna et usa de ses pieds pour agrandir l'ouverture. Le mortier de la vieille maison était meuble, et sous l'impact les briques volèrent vers l'extérieur. Il se retourna de nouveau, et s'engagea dans la brêche. Son pantalon se déchira sur la brique rugueuse qui lui écorcha la jambe, et la douleur fut intense.

« Stop ! », cria Robbins. Ce n'était qu'un gamin, il avait les pieds bien écartés, son pistolet pointé sur la silhouette qui courait dans sa direction.

Jeffrey savait ce qui allait se produire, et ce fut rapide. Le fuyard heurta de plein fouet Robbins qui lâcha son arme. Jeffrey se leva, reconnut le fuyard, mais il était incapable de bouger.

« Dottie ! », hurla-t-il.

Dottie s'arrêta et se retourna. Leurs regards se croisèrent. Elle leva les mains, comme si elle avait l'intention de se rendre, puis elle détala en direction du jardin. Jeffrey mit un genou à terre. D'un geste rapide, il dégaina son pistolet de cheville et ajusta son tir. Il s'arrêta, car Dottie sauta par-dessus la clôture et courut dans le jardin des voisins, qui était rempli de gamins en train de jouer à la balançoire.

Il se lança à sa poursuite, les bras comme des bielles, franchit la clôture sans rompre sa foulée, courut au milieu des gosses comme dans une course d'obstacles. Il vit Dottie se réfugier dans la maison, claquer la porte derrière elle. Il gravit les marches deux à deux, enfonça la porte d'un coup d'épaule, fit irruption dans le vestibule et faillit percuter de plein fouet une file d'enfants. Le premier lui arrivait à peine à la taille, et comme il exécutait un pas de côté pour éviter le gamin, il se cogna violemment au mur. Une douleur fulgurante irradia dans son bras, et il lâcha son pistolet.

« Monsieur ? », s'enquit une jeune femme. Elle devait avoir une vingtaine d'années, probablement, et ses cheveux châtain foncé étaient attachés en queue-de-cheval. Elle avait l'air terrorisée.

Jeffrey se redressa, se tâta le bras pour vérifier qu'il ne s'était rien fracturé. Il se rendit compte qu'il avait le souffle court, d'avoir couru. Il y avait au moins une dizaine de gosses autour de lui, qui tous le regardaient avec la même frayeur dans leurs yeux que la jeune femme. Son cœur s'arrêta de battre, il comprit qu'il se trouvait dans une halte-garderie. Tous ces enfants, si près de Dottie : il n'osait mesurer tout ce que cela pouvait impliquer.

« Monsieur ? » répéta la jeune femme, en attirant quelques-uns des enfants tout près d'elle.

Il sortit son insigne de sa poche arrière, le lui montra. Il tâcha de reprendre son souffle, afin d'arriver à lui parler.

« Où… ? commença-t-il. La femme…

— Wendy ? demanda la jeune femme. Wendy James ? »

Il secoua la tête, en se disant qu'elle ne devait pas comprendre.

« Elle vient de partir, lui dit-elle. Elle a traversé la maison en courant et… »

Il se baissa vivement, récupéra son arme, et les enfants effarouchés se dispersèrent. Il sortit en courant par la porte de devant, dans la cour, dans la rue. Il vit une voiture, là-bas, devant lui, qui tournait à droite pour se fondre dans la circulation chargée de l'autoroute. Elle aurait pu être blanche, ou grise, ou marron clair. Ce pouvait être une berline quatre portes, ou un coupé, ou un break. Il ignorait quel type de véhicule c'était. Tout ce qu'il savait, c'est qu'elle avait filé.

VINGT

Il contourna le ponton derrière la maison de Sara. La lune était haute au-dessus des arbres, et une petite brise montait du lac. Il était là, debout, sur l'herbe, et regardait Sara ; il sentit un peu de son stress s'évacuer. Elle était assise dans l'une des deux chaises longues du ponton, les chevilles croisées. Dans le clair de lune, il vit qu'elle fixait du regard les rochers, dans l'eau. Les lévriers étaient avec elle et elle avait la main posée sur la tête de Bob. Elle portait un short et l'une de ses vieilles chemises à lui. Il l'observa, immobile, songeant qu'elle avait l'air encore plus belle que la nuit précédente.

Au bruit de ses pas sur le ponton, elle se tourna dans sa chaise. Billy et Bob gardèrent la tête baissée, ils contemplaient l'eau, eux aussi.

« Faut pas qu'ils te fassent peur, le taquina-t-elle.

— Ils sont tellement féroces », ironisa-t-il. Il mit un genou au sol, pour caresser Bob sur la tête. Le chien roula sur le flanc, fouettant l'air de sa patte gauche, alors que Jeffrey lui grattait le ventre.

Sara posa la main sur son épaule.

« Comment va Lacey ? »

Il soupira.

« Mieux. L'effet des somnifères se dissipe, mais elle est encore dans le cirage.

— Ils ont trouvé quelque chose ?

— Il n'y avait pas de trace de mauvais traitement récent, la rassura-t-il.

— Et au-delà du récent ? »

Il hocha la tête.

« Il y avait des indices d'événements antérieurs. »

Sara dut sentir qu'il n'avait pas envie de lui fournir d'autres détails pour le moment.

« Qu'a dit son père ? »

Il continua de gratter le ventre de Bob, goûtant ce simple plaisir.

« Il dit qu'il est content de la voir de retour.

— Cela lui pose un problème que je parle avec sa fille, demain ?

— Pas la dernière fois que je m'en suis soucié, fit-il. Il pense encore que tout venait de Dottie. »

Elle lui ramena une mèche derrière l'oreille.

« Ont-ils déjà identifié les gamins ?

— Ils sont en train de confronter les empreintes digitales. Qui sait ce qui va en sortir ? L'un d'eux avait l'air d'être canadien. Ce garçon… »

Il laissa sa phrase en suspens, hésitant sur l'opportunité de raconter à Sara ce qu'ils avaient déniché dans la maison. C'était comme un cancer, qui lui pourrissait le cerveau chaque fois qu'il y pensait.

« Et cette halte-garderie derrière la maison ?

— Elle y travaillait, elle venait tout juste de commencer, lui expliqua-t-il. Depuis une semaine à peu près. Tous les gosses ont été examinés, mais ils pensent qu'elle a simplement manqué de temps. »

Sara lui posa ensuite la question qui l'avait maintenue éveillée toute la nuit.

« Crois-tu que tu retrouveras Dottie ?

— Nous espérons qu'elle ignore que nous avons repéré le numéro d'assurance sociale de Jenny », lui dit-il, en partageant ses caresses sur le ventre et derrière les oreilles, entre Billy et Bob. « Elle est déjà allée retirer du courrier là-bas, selon l'un des employés. Elle loue une boîte postale depuis environ un an. Du courrier de deux autres boîtes postales a été réexpédié là-bas. »

Sara pinça les lèvres.

« Apparemment, elle sait ce qu'elle fait.

— On s'est rapprochés de la société émettrice de sa carte de crédit. Ils lui envoient un mandat dès demain. D'ici à deux jours, le pli devrait être dans sa boîte. » Il haussa les épaules. « A partir de là, on attend. Elle ne devrait pas être longue à aller le retirer. Où qu'elle soit, elle a besoin d'argent pour s'installer, j'en suis sûr.

— Tu penses que c'est ce qu'elle va faire ? »

Il lui répondit avec un sourire attristé.

« Le type de la poste nous a dit qu'il y avait déjà dans la boîte une autre carte de crédit, d'une autre société.

— Comment ça s'organise, toute cette coopération ? » lui demanda-t-elle. Elle savait mieux que personne combien les gens répugnaient à aider la police, à l'heure actuelle. « Ils n'ont pas exigé d'assignation ?

— Non, la rassura-t-il. C'est sidérant de voir à quel point les gens sont serviables, dès qu'on leur précise qu'il s'agit d'enfants.

— Alors, fit-elle. Et ensuite ?

— Il faudra qu'on se rapproche du lycée, pour découvrir combien d'enfants étaient impliqués dans cette histoire.

— Je vais vérifier tous mes dossiers médicaux, à la clinique.

— Molly va t'aider ? »

Sara hocha la tête.

« Je lui en ai déjà parlé. Il faut être prudent, avec tout ça. La partie la plus difficile, ce sera d'affronter les hystériques dont les gamins n'ont jamais eu de contact avec Dave Fine, Dottie ou Grace.

— Tu penses que les gens vont accepter ?

— Oui, affirma-t-elle. On ne peut pas les tenir pour responsables, mais il va bien falloir trouver le moyen de distinguer les cas réels des cas bidons. En un sens, nous avons de la chance que ce soit arrivé à des enfants déjà assez grands, qui sont capables de raconter ce qu'ils ont vécu.

— Sur les photos, ils n'avaient pas l'air si vieux.

— Le FBI va affecter un spécialiste au calcul de l'âge de ces gamins. Il existe certains marqueurs qui t'indiquent à coup sûr l'âge d'un gosse.

— Rien que l'idée que ça existe, ça me désole déjà.

— Tu veux que je t'accompagne au lycée ? »

Jeffrey soupira, en songeant combien les jours à venir allaient être durs. Bien entendu, ce n'était pas non plus le boulot de Sara de parler à Lacey Patterson.

« Je sais que tu n'y es pas obligée, Sara, mais cela t'ennuierait ?

— Non, lui fit-elle. Bien sûr que non.

— Ce que je veux savoir, c'est pourquoi les gamins protègent-ils ces gens ? poursuivit-il, car c'était l'aspect entre tous qu'il ne parvenait pas à saisir. Pourquoi Lacey ou Jenny n'en ont-elles pas parlé à l'un de leurs professeurs, ou ne sont-elles pas venues te trouver ?

— Pour elles, c'est difficile, lui expliqua-t-elle. Leurs parents sont tout ce qu'elles ont, tout ce qu'elles connaissent. Ce n'est pas comme si elles pouvaient changer de lieu et se trouver un travail. Très souvent, les parents les persuadent que c'est normal, ou qu'ils n'ont pas d'alternative.

— Comme dans le syndrome de Stockholm, observa-t-il. Où la victime tombe amoureuse de son ravisseur.

— C'est une assez bonne analogie, approuva-t-elle. Ce sont leurs parents qui instaurent ce schéma : ou ils les maltraitent, pour ensuite leur acheter une glace… Ou alors ils les culpabilisent en faisant ce qu'ils veulent, ou en les piégeant. Les gosses ne savent pas que cela devrait se passer autrement. » Elle soupira. « Et le fait est que les gosses aiment leurs parents. Ils ont envie de leur faire plaisir. Ils ne veulent pas leur causer d'ennuis. Ils aimeraient que ces comportements cessent, mais sans perdre leur père et leur mère. » Elle marqua un temps. « En l'occurrence, il y a là une vraie dépendance. Les parents provoquent la souffrance, mais ils sont aussi ceux qui la soulagent. »

Elle continua.

« J'ai aussi pensé au bébé.

— Ah oui ? fit-il, sans la regarder.

— Le bébé de Grace était une fille. Peut-être Jenny a-t-elle cru protéger ce bébé. C'est peut-être pour ça qu'elle a aidé Grace à s'en débarrasser. »

Il réfléchit à cet aspect, songeant que Jenny avait tellement peur de Grace qu'elle aurait tenté n'importe quoi pour s'éviter sa colère.

« C'est possible, admit-il enfin.

— Je crois vraiment que c'est ce qu'elle a fait, insista-t-elle avec une certaine conviction. Je pense que Grace l'a poussée à tuer ce bébé, et que Jenny était tellement bouleversée qu'elle n'a plus désiré qu'une seule chose, tuer Mark, le père. » Elle semblait si sûre de son fait que Jeffrey leva les yeux sur elle. Il s'aperçut alors que cela la rongeait autant de l'intérieur que lui.

Il se leva et étira les bras vers le ciel. Il ne voulait plus penser à tout ça. Il n'avait pas envie de savoir qu'il existait d'autres enfants comme Jenny et Mark, maltraités par leurs parents. Il n'avait pas envie de penser à Dottie Weaver détenant Lacey Patterson à seule fin d'exploiter cette enfant. Il fallait céder sur quelque chose. Il ne croyait pas être capable de continuer ainsi, en sachant que Dottie Weaver était en liberté, libre de faire subir tout ce qu'elle désirait à des enfants. Il n'avait pas envie de penser à elle, jetant son dévolu sur une autre petite ville, ailleurs.

« Il fait presque froid, ici, dit-il.

— Ce n'est pas agréable, cette brise ? J'avais oublié à quoi ça ressemblait.

— Cela ne te gêne pas de rester ici, dehors, dans le noir ?

— Pourquoi ça ? » s'étonna-t-elle.

Il la regarda.

« Parfois, je me dis que tu es la personne la plus forte que je connaisse. »

Elle sourit, en le conviant d'un geste à venir s'asseoir près d'elle.

Il prit place sur la chaise longue, avec un gémissement. Jusqu'à cet instant, il n'avait pas réalisé à quel point il était fatigué. Il inclina la tête en arrière, regarda le ciel nocturne, là-haut. Des nuages masquaient les étoiles, et le mois d'août avait l'air de vouloir relâcher son emprise sur le thermomètre. L'automne serait bientôt là, les feuilles allaient tomber des arbres, l'air allait fraîchir, et Jenny Weaver serait toujours morte.

« Tu as délivré le permis d'inhumer ?

— Oui.

— Et le bébé ?

— J'ai parlé à Brock. Il offre le service funéraire. Il y a une concession dans le cimetière de Roanoke.

— Je la paierai.

— Je m'en suis déjà occupée, fit-elle. Tu m'accompagneras au service funéraire ?

— Ouais, répondit-il, estimant que c'était bien le moins qu'il puisse faire.

— Paul Jennings m'a priée de te dire que tu devais te souvenir de son conseil. »

Jeffrey observa un silence.

« Quel conseil t'a-t-il donné ?

— Qu'il ne fallait pas que je me tienne pour responsable de ce qui est arrivé, lui confia-t-il. Que je ne devais pas m'imposer de vivre avec ce sentiment de culpabilité. »

Elle tendit la main et lui prit le bras, le serra.

« Il a raison.

— Il m'a dit que je devais tenir Dottie pour responsable.

— Tu devrais peut-être.

— Dave Fine aussi fait porter la responsabilité par Dottie.

— Ce n'est pas pareil, objecta-t-elle en se redressant dans sa chaise. Jeffrey, regarde-moi… » Elle attendit qu'il lui obéisse. « Tu as fait ce que tu devais.

— J'ai empêché Jenny de tuer Mark, pour qu'il puisse finalement se pendre, lui rappela-t-il. Il n'a toujours pas repris conscience. Il ne se réveillera peut-être jamais.

— Et c'est ta faute ? reprit-elle au vol. Je ne te savais

pas si puissant, Jeffrey. » Elle dressa la liste de ses pouvoirs. « Tu as poussé Jenny Weaver à braquer une arme sur Mark, tu as poussé Mark à se pendre. Est-ce toi qui as amené Dottie ici, aussi ? Toi qui l'as poussée à enlever Lacey ? Tu as fait en sorte que Dottie travaille avec Grace Patterson dans cet hôpital ? C'est toi qui l'as poussée à faire tout ce qu'elle a fait à ces enfants ?

— Je ne dis pas ça.

— Mais si, insista-t-elle. Si tu veux rendre quelqu'un responsable, choisis-moi. »

Il secoua la tête.

« Non.

— Je les ai tous vus, releva-t-elle. J'ai suivi Mark et Lacey pratiquement depuis leur naissance. Jenny était l'une de mes patientes. Est-ce ma faute ?

— Bien sûr que non.

— Alors en quoi est-ce la tienne ? »

Jeffrey posa la tête contre sa main, il ne voulait pas que Sara voie combien il était bouleversé.

« Tu n'as pas pressé sur la détente, souligna-t-il. Tu ne l'as pas tuée. »

Elle se leva de sa chaise et s'agenouilla face à lui. Elle prit ses mains dans les siennes.

« Tu sais, je t'ai dit que je me faisais du souci quand tu n'étais pas là et quand j'entendais le téléphone sonner. »

Il hocha la tête.

« Je me fais du souci parce que je te connais, poursuivit-elle, en serrant ses mains entre les siennes, pour accentuer son propos. Je sais quel genre de flic tu es, et quel genre d'homme tu es.

— Quel genre d'homme suis-je ? »

Sa voix se radoucit.

« Le genre d'homme qui n'hésite pas à ouvrir cette porte à coups de pied à la place de Lena. Le genre d'homme qui risque sa vie tous les jours pour être certain que d'autres êtres soient en sécurité. C'est ça que j'aime en toi, et le fait que tu réfléchisses aux choses sur le fond, que tu ne te contentes pas de réagir impulsivement. » Elle lui posa la main sur la joue. « J'aime que tu sois attentif, que tu t'inquiètes pour Lena, et que tu te sentes responsable de tout ce qui se passe en ville. »

Il allait parler, mais elle posa un doigt sur ses lèvres, pour qu'il ne l'interrompe pas.

« Je t'aime parce que tu sais me réconforter et me rendre folle, et parce que tu sais comment t'y prendre pour que mon père ait envie de te réduire en bouillie. » Elle baissa la voix. « J'aime ta façon de me toucher, et me sentir en sécurité quand je suis avec toi. » Elle lui embrassa les mains. « Tu es un homme bon, Jeffrey, lui déclara-t-elle. Ecoute Paul Jennings. Ecoute-moi. Tu as fait ce qu'il fallait. » Elle retint ses mains contre ses lèvres et lui baisa les doigts.

« Tu as le droit de te remettre en question, Jeff. C'est fait, mais maintenant, tu dois aller de l'avant. »

Il regarda les rochers qui saillaient hors de l'eau, et se demanda s'il y aurait jamais un jour, dans son existence, où il ne repenserait pas à Jenny Weaver, et au rôle qu'il avait joué dans sa mort.

« Tu es un homme bon, Jeffrey », répéta-t-elle.

Il ne la croyait pas. Peut-être, s'il ne ressentait pas encore cette douleur dans le genou après avoir sauté sur Dave Fine, ou s'il ne se rappelait pas tout le plaisir qu'il avait eu à flanquer des coups de pied dans les tripes d'Arthur Prynne, ce serait plus simple. Et ce serait peut-être plus simple s'il ne revoyait pas encore et encore ces yeux effrayés dans le fond de ce placard, à Macon.

« Jeffrey, répéta-t-elle. Tu es un homme bon.

— Je sais, mentit-il.

— Sache-le, là », lui dit-elle, en posant les doigts contre sa poitrine.

Il lui dégagea le visage en lui replaçant une mèche derrière l'oreille ; il ne savait que dire.

« Tu es si belle. »

Devant ce compliment, elle leva les yeux au ciel.

« C'est tout ce que tu trouves à dire ?

— Pourquoi ne pas entrer dans la maison, et je te répondrai de manière plus détaillée ? » proposa-t-il.

Elle se renversa en arrière, en se calant sur les mains, un sourire jouant sur ses lèvres.

« Et pour ça, il faut aller à l'intérieur ? »

Vendredi

VINGT ET UN

Lena serrait les dents, ses semelles martelaient la chaussée. Les pas lourds de Hank résonnaient derrière elle, ses baskets à deux sous de chez Wal-Mart frappant le sol comme une baguette sur une citerne à pétrole.

« C'est tout ce que t'as dans le ventre ? », demanda-t-il, en lui passant devant. Elle le laissa prendre la tête un petit moment, l'observa par-derrière. Le soleil et lui ne s'entendaient guère et, au lieu de bronzer, sa peau cireuse avait pris une teinte rougeâtre. Les marques longilignes sur ses avant-bras ressortaient en relief, couleur lie-de-vin, et il avait la nuque rouge comme de la braise.

Il sifflait plus qu'il ne respirait, mais, quand elle accéléra pour se porter à sa hauteur, il tint bon. Il avait ses cheveux gris jaunâtre collés sur le crâne par la sueur, et les espèces d'abats de dinde qui lui pendaient du cou rebondissaient à chacune de ses foulées. Pourtant, Lena ne pouvait s'empêcher de penser qu'il n'était pas en si mauvaise forme, pour un vieux bonhomme. Elle avait certainement vu pire.

« Par là », fit-il.

Elle le suivit, et il tourna brusquement pour quitter la route et s'engager sur un chemin dans les bois. Le sol meuble sous leurs pieds soulagea un peu ses genoux endoloris et, alors qu'elle reprenait des forces, elle ne sentait plus ses cuisses en feu, sous l'effet de l'échauffement de ses muscles. Avant, elle ne vivait que pour ça : la douleur intense, qu'elle surmontait. Se pousser au-delà de la limite physique par pure force de volonté, s'imposer d'achever la course. Son corps était fort et puissant, invincible, comme si rien ne devait lui résister. Comme si elle était redevenue la Lena d'avant.

Quelque part au fond de sa tête, elle savait où il allait, mais elle fut quand même surprise, lorsqu'ils atteignirent le cimetière. Ils coururent entre les rangées de pierres tombales, tous deux regardant droit devant eux, sans s'arrêter, jusqu'à ce qu'ils arrivent à la hauteur du point de repère de Sibyl.

Lena posa la main sur le sommet de la pierre tombale, s'y appuya pour s'étirer les jambes. La dalle de marbre noir était froide au toucher, et c'était un contact agréable sous sa main. La toucher, c'était comme toucher une partie de Sibyl.

Hank était debout à côté d'elle, il souleva son T-shirt pour essuyer la sueur qui lui avait coulé dans les yeux.

« Seigneur, Hank », fit-elle, en masquant les siens, aveuglés qu'ils étaient par son ventre tout blanc. Là aussi, il y avait des marques, mais elle ne les commenta pas.

« Chaud, aujourd'hui, remarqua-t-il. A mon avis, quand même, la chaleur va tomber. Tu crois pas ? »

Il lui fallut une minute pour se rendre compte qu'il lui parlait à elle, et pas à Sibyl.

« Ouais », grommela-t-elle.

Il continua de parler du temps, et Lena restait là, à essayer de ne pas lui montrer son malaise.

Elle regarda la pierre tombale de sa sœur. Hank avait pris soin de tout, et c'est lui qui avait choisi les mots sur la pierre. Au-dessus des dates, taillé dans la pierre, il était inscrit « Sibyl Marie Adams, Nièce, Sœur, Amie ». Lena fut surprise qu'il n'ait pas fait inscrire « Amante », à l'intention de Nan. Cela lui aurait assez ressemblé.

« Regarde ça », marmonna-t-il, en se penchant devant la pierre. Quelqu'un avait placé à la base un petit vase avec une seule rose blanche, et elle commençait à se faner dans la chaleur matinale. « Ce n'est pas joli ?

— Ouais, fit-elle, mais elle vit bien, au regard stupéfait qu'il lui lança, que Hank s'était adressé à Sibyl.

— Je parie que Nan lui a laissé ça, pour elle. Sibby a toujours aimé les roses. »

Lena resta silencieuse. Nan avait probablement laissé cette fleur ici, l'autre matin. Elle avait dû faire ça toujours tôt le matin, car Lena n'était jamais tombée sur elle. Ce n'est pas qu'elle ait elle-même pris l'habitude de venir se recueillir sur la tombe de sa sœur. Au début, elle avait été incapable de faire le trajet, car elle avait du mal à marcher, et, à plus forte raison, à s'asseoir dans une voiture pour venir de la maison. Ensuite, elle s'était sentie gênée, elle s'était figuré que Sibyl n'ignorait rien de ce qui s'était produit, qu'on lui avait changé sa sœur, qu'elle avait été en danger. Et puis, ces derniers temps, elle trouvait cela angoissant, de rendre visite à sa sœur morte. Et la manière dont Hank parlait à Sibyl, comme si elle était encore là, la mettait vraiment mal à l'aise.

« Le blanc, ça fait joli, sur fond noir, tu ne trouves pas ?

— Ouais. »

Ils étaient tous les deux debout, Lena les bras croisés, Hank les mains dans les poches, fixant la pierre tombale du regard. Cette rose unique faisait bel effet sur ce fond de marbre noir, c'était vrai. Elle n'avait jamais compris que les gens envoient des fleurs au funérarium, mais en fin de compte elle comprenait que les fleurs étaient là pour le bonheur des vivants, une manière de rappeler qu'il y avait encore de la vie en ce monde, que les gens pouvaient aller de l'avant.

Hank se tourna vers elle, attendant de retenir son attention.

« Je crois que je vais rentrer à Reece, lui annonça-t-il. Peut-être demain. »

Lena hocha la tête, elle ravala la boule qu'elle avait dans la gorge.

« Ouais, dit-elle, c'est probablement une bonne idée. » Elle ne lui avait pas confié que Jeffrey l'avait placée devant un ultimatum : soit elle prenait le temps de se faire aider, soit il ne fallait pas qu'elle se donne la peine de revenir. Pour une part, elle avait tenu ce marché secret car elle ne voulait pas que Hank décide à sa place. Il lui serait facile de la ramener à Reece, de lui confier un boulot dans son bar, pour qu'elle puisse mener son existence sous son œil vigilant. Mais cela ne fonctionnerait pas vraiment, car un jour Hank disparaîtrait. C'était un vieil homme. Il ne serait pas éternellement présent, et là, que ferait-elle ?

Pour une raison ou une autre, la pensée qu'un jour Hank serait mort lui mit les larmes aux yeux. Elle détourna le regard, tâchant de reprendre une contenance. En silence, il sortit son mouchoir de sa poche arrière et le lui tendit. Le tissu était humide de sa sueur, et chaud, mais elle s'en servit quand même pour se moucher.

« Je ne peux pas repousser, plaida-t-il.

— Non, admit-elle. C'est sûrement mieux.

— Je vais vendre le bar, annonça-t-il. Je peux trouver

un boulot par ici. Tu pourrais venir avec moi, rentrer à la maison », ajouta-t-il.

Elle secoua la tête, sentant les larmes revenir. Il n'était pas question de lui avouer qu'elle n'était pas tant bouleversée par son départ que par la certitude qu'un jour il serait mort. Tout cela était trop morbide, et ce qu'elle attendait vraiment de lui, ce dont elle avait besoin, de sa part, c'était cette autre certitude, qu'elle pouvait toujours décrocher le téléphone, qu'il serait là. C'était tout, elle n'avait jamais rien attendu d'autre, venant de Hank. En fait, c'était la seule chose qu'il lui ait toujours accordée.

Il s'éclaircit la voix.

« Tu as toujours été la plus forte, Lena. »

Elle rit, parce qu'elle ne s'était jamais sentie aussi faible et aussi impuissante de toute sa vie.

« Avec Sibby, il fallait que je sois là, je le savais, que je lui tienne la main à chaque pas. » Il s'interrompit, contempla fixement cette sépulture si récente. « Avec toi, c'était plus dur. Tu ne voulais pas de moi. T'avais pas besoin de moi.

— Je ne sais pas si c'est vrai.

— Bon Dieu, ah si, riposta-t-il. Tu as toujours tout fait par toi-même. Tu as sauté le lycée, t'es entrée à l'école de police, tu t'es installée ici, et tu ne m'as parlé de rien, sauf quand tout était fait. »

Lena sentait bien qu'elle devait répondre quelque chose, mais elle était incapable de trouver quoi.

« En tout cas », reprit-il, en récupérant son mouchoir. Elle le regarda le plier. « Je pense que je vais filer demain.

— OK, dit-elle en hochant la tête, et elle se retourna vers la tombe de Sibyl.

— Ils auront sûrement besoin de toi encore un moment,

de toute manière, la rassura-t-il. Surtout avec cette fille qu'on a retrouvée. Je suis sûr qu'il y a un tas d'autres mômes dans le coin qui ont subi les mêmes trucs. Ces gens-là ne sont pas aussi isolés que tu le croirais.

— Non, admit-elle. C'est vrai.

— C'est bien que cette fille soit revenue, quand même, ajouta-t-il. Que ton chef l'ait dégotée.

— Oui », acquiesça-t-elle mais, là-dessus, elle s'interrogeait. Qu'est-ce qu'on avait fait subir à Lacey Patterson, dans cette maison ? Quels souvenirs allait-elle conserver en elle, tout le reste de son existence ? Serait-elle capable d'en supporter le poids, ou choisirait-elle l'issue la plus commode, à l'exemple de son frère ? Lena savait, sur la foi de sa propre expérience, que le leurre de ne plus être obligée de penser à tout ce qui était arrivé avait quelque chose de tentant. Même après tout ce qu'elle avait traversé, elle n'était pas certaine que, demain, elle ne déciderait pas que cela ne valait plus la peine de continuer.

« Je suis désolé de t'avoir poussée vers le pasteur Fine. Je pense que ça doit être dur de découvrir un truc pareil. »

Lena prit ses excuses avec une certaine sérénité.

« Brad est un flic, et il n'a rien vu non plus », le rassura-t-elle. Mais il est vrai que si Hank avait connu Brad, il aurait compris que c'était là une maigre consolation.

Hank fourra le mouchoir dans sa poche. Il resta les bras ballants, le dos de sa main vint effleurer la sienne, l'espace d'un instant. Comme Lena, il était en nage, et elle sentit la chaleur qui se dégageait de sa peau.

Au bout d'un petit moment, il reprit la parole.

« Tu sais, si tu as besoin, tu peux m'appeler, vu ? Tu sais bien que je serai là. »

Elle sourit, et cette fois elle le ressentait vraiment. « Ouais, Hank, fit-elle. Je sais. »

Lena traversa l'établissement de soins palliatifs, en tâchant de respirer par la bouche pour ne pas se laisser submerger par la puanteur. Le bâtiment dégageait une odeur qui lui rappelait la pisse ou l'alcool. En un sens, cela lui évoquait aussi le bar de Hank.

Elle appuya sur le bouton de l'ascenseur, qui monta au troisième étage, avec une lenteur qui la rendit claustrophobe. Elle avait la nuque tout en sueur, et se l'essuya avec la main. Après son jogging avec Hank, elle avait pris une longue douche, mais par cette chaleur, elle était de nouveau en nage.

Les portes s'ouvrirent, elle eut un soupir de soulagement, et l'odeur de l'urine ne lui assaillit plus les narines. La plupart des patients, à l'étage de Mark, étaient munis de sonde et placés en milieu stérile, comparés à leurs homologues plus mobiles des étages inférieurs. C'était ce qui tenait la puanteur en lisière.

Elle pénétra dans le couloir, regarda par la fenêtre, en face de l'ascenseur. Les nuages étaient noirs, duveteux, gorgés d'une pluie qui semblait sur le point de tomber. Cela lui rappelait le matin de la mort de Grace Patterson, elle se tenait debout à côté de Teddy Patterson endormi, elle avait regardé le soleil se lever en savourant cette certitude que le monstre gisant dans ce lit ne serait plus jamais en mesure de sentir le soleil sur son visage. Elle avait veillé à ce que Grace ne s'en aille pas en paix, et cela ne lui avait jamais posé le moindre problème. Elle savait qu'elle avait agi comme il fallait. Dans son esprit, cela ne présentait aucun doute.

« Puis-je vous être utile ? lui demanda une femme, quand elle passa devant la permanence des infirmières.

— Je cherche la chambre de Mark Patterson, lui dit Lena.

— Oh ! fit la femme, visiblement surprise. Il n'a pas eu du tout de visites. »

Lena aurait pu deviner que Teddy Patterson n'avait aucune envie de voir son fils, mais cela ne l'en étonna pas moins.

Elle avait beau connaître la réponse, elle posa tout de même la question.

« A-t-il repris connaissance ? »

La femme fit non de la tête.

« Non », et elle désigna le bout du couloir. « Chambre 310, lui précisa-t-elle. A droite, puis à gauche, en face de la remise de linge de lit. »

Elle la remercia et suivit ses indications. Elle laissa filer les doigts sur la main courante qui longeait le mur, en prenant tout son temps, exprès. Elle n'avait aucune raison de venir voir Mark. Elle ne travaillait pas sur l'affaire. Bon sang, elle n'était même pas certaine d'être encore flic.

Mark n'allait pas lui répondre d'entrer, mais elle frappa quand même à la porte marquée 310. Elle attendit à l'extérieur, puis elle poussa le panneau. La lumière était éteinte, et personne n'avait ouvert les stores pour laisser entrer le soleil. Mark était allongé dans ce lit, des tuyaux étaient branchés sur son corps, il avait l'air plus pâle que jamais. Des machines palpitaient doucement, en fond sonore, et un sac rempli d'urine était suspendu à la rambarde qui ceinturait le lit. La pièce avait l'air austère d'un établissement spécialisé. Sur la table de nuit, il n'y avait pas de fleurs, et l'unique siège, repoussé contre le mur, n'avait jamais servi. La télévision était éteinte, l'écran noir avait presque un air sinistre.

« Laissons pénétrer un peu de lumière », déclara-t-elle, ne sachant que faire d'autre. Elle fit tourner dans sa main la baguette des stores et les lattes pivotèrent, laissant se déverser la lumière. Elle se retourna vers Mark, et régla les stores pour qu'il reçoive la lumière du soleil dans toute sa puissance.

Il avait un tube dans la bouche pour l'aider à respirer, et de la salive s'était accumulée autour. Elle passa dans la salle de bains et humidifia un gant de toilette avec de l'eau chaude. Revenue à côté du lit, elle essuya la bouche de Mark. Ensuite, comme elle avait elle-même apprécié ce détail lors de son séjour à l'hôpital, elle plia le gant en deux et le lui passa sur le visage et dans le cou, puis sur les bras. Puis, elle sortit une lotion de la trousse de soins, restée scellée, posée sur le plateau à roulettes à côté du lit. Elle la réchauffa entre ses mains, avant de lui frictionner doucement les bras et le cou, et de lui en tamponner le visage. Elle n'en était pas certaine, mais quand elle eut terminé, il lui sembla que sa peau avait repris un peu de couleurs.

« On dirait qu'on te traite bien ici, remarqua-t-elle, même si elle ne croyait pas que ce fût forcément vrai. Je… euh… » commença-t-elle, puis elle s'arrêta. Elle regarda en direction de la porte, se sentant idiote de parler à Mark, alors qu'à l'évidence, il était incapable de l'entendre, songeant que c'était à peu près aussi stupide que Hank s'adressant à la tombe de Sibyl.

Malgré tout, elle lui prit la main.

« Lacey va bien, lui annonça-t-elle. Enfin, elle est rentrée. Ils l'ont retrouvée, à Macon, et elle… »

Elle regarda dans la pièce autour d'elle, ne sachant trop comment s'y prendre.

« Ils surveillent le bureau de poste, lui rapporta-t-elle. Le chef pense que Dottie ne va pas tarder à se montrer. » Elle prit une profonde inspiration, retint l'air un moment dans ses poumons, avant de le relâcher. « On va l'attraper, Mark. Elle ne va pas s'en tirer comme ça. »

Elle se tut, écouta sa respiration, l'air qui entrait, qui sortait de ses poumons, à la cadence de la machine. Bien sûr, Mark ne lui répondit rien, et là encore elle se sentit bête. Pourquoi Hank en faisait-il autant avec Sibyl ? Qu'est-ce que cela permettait, de lui raconter toutes ces choses ? C'était comme de s'adresser au vent. En réalité, c'était se parler à soi-même.

Lena rit, comprenant que c'était pour ce motif que Hank se livrait à ce rituel. Se confier à quelqu'un qui était incapable de vous répondre, qui ne pouvait formuler son inquiétude ou sa désapprobation, sa colère ou sa haine, c'était le summum de la liberté. On pouvait dire n'importe quoi, tout ce qu'on voulait, sans craindre de répercussions.

« Je ne suis pas certaine de rester flic », confia-t-elle donc à Mark, et le simple fait de prononcer ces mots à voix haute l'étourdit un peu. Elle avait tourné et retourné cette idée dans sa tête depuis un petit moment, c'était comme une bille tournoyant dans le dédale d'un jeu enfantin, mais jusqu'à cette minute, elle n'avait pas accepté cette éventualité.

« Il faut que je parle à mon patron, dans deux jours. »

Elle s'interrompit, considéra le tatouage sur la main de Mark. Elle se demanda brièvement ce qu'elle aurait pu tenter pour faire effacer ce tatouage. Il existait certains moyens. Elle avait vu des publicités à la télévision.

« Je ne sais pas ce que je vais raconter à Jeffrey, lui avoua-t-elle, se sentant toujours aussi stupide. J'ai parlé à Hank, et je sais que je pourrais retourner m'installer à Reece avec lui. » Elle marqua un temps. « Mais bon, je ne sais pas. Je ne sais pas si je peux retourner là-bas. »

Elle remarqua que la couverture de Mark pendait, et elle fit le tour du lit pour la border. Elle lissa l'étoffe de la main.

« En tout cas, je ne veux pas laisser Sibyl seule ici. Je sais qu'elle a Nan pour veiller sur elle, mais… »

Elle fit le tour de la chambre, tout en réfléchissant. Le son de sa voix dans la pièce l'intimidait quelque peu, mais raconter tout cela lui faisait du bien, prononcer les mots qui s'étaient embrouillés dans sa tête depuis si longtemps.

Quand elle approcha la chaise du lit, les pieds crissèrent sur le sol. Elle s'assit et reprit la main de Mark dans la sienne.

« Je voulais te dire », commença-t-elle, mais elle fut incapable de continuer. Finalement, elle s'obligea à parler. « Je voulais t'avouer, je suis désolée d'avoir eu cette réaction, quand tu m'as raconté ce qui était arrivé… » Elle attendit, comme si elle espérait une réponse, avant de préciser. « Au sujet de toi et ta maman. »

Elle scruta son visage, se demandant ce qu'il entendait de ce qu'elle lui confiait.

« Je voulais que tu saches que je comprends. Je veux dire, je comprends, dans toute la mesure du possible. »

Elle secoua la tête. « Je veux dire…, reprit-elle avant de s'interrompre à nouveau. Je sais ce que ça t'a coûté, Mark. Je sais ce que ça t'a coûté de me révéler ton secret. » Elle s'interrompit encore, en essayant de reprendre son souffle. « Tu avais raison, quand tu m'expliquais que j'avais traversé la même chose, que je savais de quoi tu parlais. »

Elle le regarda de nouveau, et pourtant il restait muet. Sa poitrine se soulevait, retombait, au rythme de la pompe qui l'obligeait à respirer. Le moniteur cardiaque bipait en cadence avec son cœur.

« Je ne pensais pas que ce serait si dur, chuchota-t-elle. Je me croyais forte… » Elle s'interrompit encore. « Tu avais raison, en fait. J'étais lâche. Je suis lâche. »

Elle respira profondément, jusqu'à croire ses poumons sur le point d'éclater. Elle sentit la pièce se refermer sur elle et, subitement, elle se retrouva dans cet endroit obscur, écartelée au sol, avec Lui, quelque part dans la maison, Lui qui l'ignorait. Le moment le pire, c'était quand l'effet des drogues avait commencé de se dissiper, quand elle avait compris où elle se trouvait et ce qu'on lui faisait, et qu'elle était impuissante. Elle sentit un poids lui oppresser la poitrine, comme si quelqu'un la lui avait creusée, avant de la remplir d'une solitude liquide et noire. Quand elle était dans cet endroit, cet endroit vide et nu, la lumière sous la porte était devenue son seul salut, et elle s'était même surprise à désirer Le voir, à désirer entendre sa voix, quel qu'ait été le prix à payer.

« J'avais tellement peur, dit-elle à Mark. Je ne savais pas où j'étais, ou combien de temps s'était écoulé, ou ce qui se passait. »

Ce souvenir la submergea, et elle sentit sa gorge se serrer.

« Il m'a clouée au plancher, lui raconta-t-elle, mais Mark devait sûrement être au courant. Il m'a clouée par terre, et j'étais incapable de bouger. Je n'avais pas le choix. Je ne pouvais rien, rien d'autre qu'attendre, et le laisser faire ce qu'il m'a fait. »

Elle avait le souffle court, haletant, et elle se sentit de nouveau happée dans cette pièce, prise au piège, impuissante.

« Les drogues… », reprit-elle, mais elle s'arrêta. Mark avait manifestement usé de drogues pour atténuer la douleur, lui aussi. Seulement, Lena, elle, n'avait pas eu le choix de ce qu'elle prenait, ou de quand elle le prenait.

« Il me donnait ces drogues, dit-elle. Je me sentais… » Elle essaya de trouver les mots. « Libre, avoua-t-elle. Comme si je flottais, comme si j'étais au-dessus de tout. Et Greg, mon petit ami… mon ex-petit ami… il était là. » Elle s'interrompit de nouveau, repensant au Greg de ses rêves médicamenteux, et non pas au Greg qu'elle connaissait réellement. Dans ses rêves, Greg était beaucoup plus sûr de lui, il maîtrisait davantage leur rapport charnel. Dans ses rêves, il la poussait plus loin, à la limite, là où elle ne connaissait plus la différence entre la douleur et le plaisir, là où elle ne voulait plus la connaître. Tout ce qu'elle désirait, quand elle était dans cet état, c'était de l'avoir en elle, qu'il la touche, qu'il la remplisse de l'intérieur, qu'il s'enfonce plus profond en elle, qu'elle se croie sur le point d'exploser. Ensuite, quand il l'avait menée à ce stade, la délivrance était presque immatérielle. Jamais, de toute sa vie, elle n'avait connu un tel plaisir, lorsque son corps s'ouvrait complètement à lui.

« Greg n'avait jamais été comme ça, avoua-t-elle à Mark. Je le savais. Je savais ça, dans ma tête. » Elle serra la main du jeune homme. « Je le savais, quelque part, et cela m'était égal. Je voulais juste être avec lui. Je voulais le sentir. »

Elle porta la main à sa bouche, mais maintenant il n'y avait plus moyen de reculer.

« Ensuite, l'effet des drogues se dissipait », souligna-t-elle ; elle se sentait comme si elle décrivait des événements survenus à quelqu'un d'autre. « Et je me mettais à sentir des choses. Je me rendais compte de ce qui se passait, de qui j'étais vraiment. » Elle eut du mal à avaler sa salive. « Ce que j'avais fait avec lui. » Elle se sentit l'estomac retourné de dégoût. « Les bruits qui m'avaient échappé », chuchota-t-elle, se les remémorant à présent, sa manière de lui répondre avec insolence, sa manière de l'implorer comme elle aurait imploré un amant.

Sa main retomba sur sa poitrine, et elle se sentit le cœur battant.

« Et ensuite je pleurais, fit-elle, des larmes lui dégoulinant sur la figure. Je pleurais, j'étais tellement dégoûtée de moi-même, et puis je criais, parce que je me sentais si seule. » Elle s'essuya les yeux du revers de la main. « Je pleurais, parce que je ne voulais pas rester seule, je ne voulais pas savoir ce qui était arrivé.

« Et quand il revenait vers moi..., chuchota-t-elle. Quand il revenait dans la pièce, et quand je n'étais plus seule... »

Lena dut se taire, car si elle ne retrouvait pas la maîtrise de sa respiration, elle allait tomber dans les pommes. Elle observa la main de Mark, passa les doigts sur son tatouage.

La confession du garçon lui revint en mémoire, comme une rivière en crue, et elle entendait à présent ce qu'elle n'avait pu se permettre d'entendre, dans le mobile home. Il lui avait parlé du crime que l'on avait commis contre lui, comme un amant se remémorant un moment particulièrement passionné. Elle refaisait défiler encore et encore les paroles de Mark, et elle finit par comprendre pourquoi il s'était infligé ce tatouage. Elle savait la culpabilité qu'il traînait avec lui, comme une enclume enchaînée à son cœur. Une part de lui-même resterait toujours le fils de sa mère. Une part de lui-même reviendrait toujours dans ce mobile home, à écouter un CD, à ce moment où sa mère était entrée dans sa chambre et l'avait violé. Mais une autre part n'oublierait jamais à quel point c'était bon, ne serait-ce que, sur l'instant, d'être en elle, de la baiser. Peu importait où il irait, ce qu'il ferait, Mark porterait cette marque en lui à jamais. Le tatouage n'était là que pour servir de témoignage. Ce tatouage, c'était aussi pour lui le moyen de clamer aux autres qu'il n'était pas des leurs, qu'il appartiendrait à sa mère, pour toujours. Ce qu'elle avait commis sur sa personne avait laissé en lui une marque, comme aucune aiguille, aucune encre ne lui en laisserait jamais sur la peau.

Pour le reste de son existence, peut-être même dès à présent, pris au piège dans son corps comme il l'était, il emporterait avec lui la conscience d'avoir aimé ça. Rien qu'à cet instant-là, il avait été le préféré de sa mère, il avait expérimenté ce qu'il croyait être l'amour, pour la première fois peut-être de sa vie. A sa manière tordue, malsaine, Grace Patterson avait permis à son fils de se sentir désiré et, rien que pour ça, il l'avait aimée en retour, tout en la détestant d'avoir commis un acte aussi épouvantable.

La chambre était silencieuse, excepté le bruit des machines et du sang qui battait dans les oreilles de Lena. Elle entendit un couinement suraigu, mais elle savait que c'était dans sa tête. Elle avait envie de se lever, de laisser Mark, de l'abandonner dans ce lit, qu'il y meure, car c'est ainsi qu'il finirait, avec ou sans elle.

Pourtant, elle avait fait tout ce chemin. Il n'y avait personne pour l'arrêter, personne pour mettre en cause la folie de ses révélations. Dans cette chambre, il n'y avait qu'elle et, si Mark était là, s'il était réellement là, avec elle, à écouter ce qu'elle disait, alors il était probablement la seule personne au monde susceptible de comprendre ce qu'elle racontait.

« J'étais si seule, quand il me laissait, là-bas », reprit-elle, la voix réduite à un chuchotement rauque, et elle se contraignit à retourner, en esprit, dans cet horrible endroit. Elle serra les dents, pas certaine d'être capable de poursuivre. C'était chaque fois cette partie de son récit qui l'achevait, la raison pour laquelle elle n'entreprendrait jamais de psychothérapie, pour laquelle elle ne confierait jamais à personne ce qui s'était réellement produit dans cette chambre, quatre mois auparavant.

« Quand il revenait… dans la pièce… et quand je n'étais plus seule… » Elle s'interrompit encore, avec un sanglot étouffé. Elle était incapable de le dire. Elle ne parvenait pas à se résoudre à l'admettre, devant quiconque, pas même devant Mark, pas même devant cette enveloppe sans vie qui n'était même plus Mark.

Elle n'était pas assez forte pour surmonter ces horribles souvenirs.

« Merde ! », s'écria-t-elle, tâchant de se retenir de craquer. Son corps tremblait, et elle ne tarda pas à être secouée de sanglots. Si Mark était encore capable de sensations, il serait en mesure de sentir ses mains qui tremblaient, de percevoir la peur qui lui enserrait le corps comme un piège d'acier. Il comprendrait la douleur qui la saisissait tout au fond d'elle-même, comme personne ne la ressentirait jamais. Aucune pilule n'effacerait cela. Même une balle lui traversant la cervelle ne délogerait pas cette conscience, et elle savait que même si elle parvenait à commettre ce geste, à presser sur cette détente ou à prendre ces pilules, c'est encore vers Lui qu'iraient ses dernières pensées.

« Non ! s'exclama-t-elle, en secouant violemment la tête. Non, non, non ! », insista-t-elle, en songeant à ce que Nan lui avait dit, sachant ce que dirait Sibyl si elle était là.

« Sois forte, martela Lena, en parlant à la place de Sibyl. Sois plus forte que ça. »

Elle songea aussi à Hank, assis sur le sol de sa salle de bains, pleurant sans retenue, tout comme elle pleurait à cette minute.

« Quand il revenait dans la pièce, près de moi, reprit-elle enfin, en se forçant à parler, en se poussant à dire Son nom. Quand il revenait vers moi, répéta-t-elle, je me sentais en partie soulagée. » Elle s'arrêta, car elle savait que ce n'était toujours pas exact. Cela, elle pouvait le confier à Mark, car il comprendrait. Il savait ce que c'était de se sentir vide au point d'accepter tout ce que les gens vous proposaient. Elle connaissait la solitude de l'enfermement dans une pièce noire comme un four, sans rien d'autre à faire qu'attendre. Elle savait que l'on atteignait un stade où la tête vous soufflait que tout cela était mal, tandis que votre corps vous trahissait, quoi qu'il arrive, cherchant à recevoir le peu de réconfort qu'on lui offrait.

Elle avala sa salive, elle reprit.

« Quand il revenait dans la pièce, lâcha-t-elle, je me sentais en partie… heureuse. »

VINGT-DEUX

Sara était assise par terre, en face de Lacey Patterson, dans la salle du fond de la clinique pédiatrique. Quelques jours plus tôt, la jeune fille était venue lui demander de l'aide. Maintenant elle était de nouveau là, après avoir traversé des épreuves indicibles, et tout ce que Sara pouvait faire, c'était attendre qu'elle lui parle.

« Dottie t'a simplement déposée dans cette maison, chez Wayne ? s'enquit-elle.

— Ouais », fit Lacey, les yeux baissés sur ses souliers. Elle avait voulu s'asseoir par terre, pour une raison ou une autre, et Sara avait accédé à son souhait, car elle voulait la mettre aussi à l'aise que possible. Elle ne voulait pas de Sara trop près d'elle, et donc elles avaient décidé que cette dernière s'assiérait à une trentaine de centimètres d'elle, le dos contre la porte close. Lacey était assise au milieu de la pièce.

« Les pilules m'endormaient.

— Et tu ne te souviens de rien, avant ton réveil à l'hôpital ? »

Elle hocha la tête, puis se mit à se ronger les ongles. Du temps s'écoula, et la jeune fille en était déjà à la cuticule du pouce, et s'attaquait au petit doigt quand Sara tendit la main pour l'arrêter.

« Tu vas te faire du mal », l'avertit-elle, puis elle

comprit, à l'expression de Lacey, combien cet avertissement était sot.

Elle se mordilla la cuticule.

« Est-ce que Mark va s'en sortir ?

— Je ne sais pas, mon cœur. »

Lacey tira sur la peau, mais elle ne pleura pas.

« Je ne voulais pas lui faire de mal, affirma-t-elle.

— En quoi lui as-tu fait du mal ?

— Il en avait encore après moi, et j'ai juste attrapé ce couteau.

— C'est toi qui lui as fait cette entaille au ventre ? »

Elle hocha la tête, en se mangeant un autre ongle.

« Ils étaient chez Dottie, ils sortaient un tas de choses de la maison, et ils peignaient. Je m'étais cachée, mais Mark m'a trouvée. Je lui ai fichu un coup de pied à la tête. » Elle sortit ses doigts de sa bouche. « Mark ne voulait pas que je vienne ici vous voir. Je voulais vous dire au revoir, et après j'ai eu trop peur de tomber malade. Je suis désolée.

— Ça va, lui assura Sara. Donc tu es venue ici et ensuite Mark est arrivé ? Et alors tu t'es enfuie et Dottie t'a ramassée dans cette voiture noire ? »

Lacey confirma de la tête, mais elle refusait encore de dire qui conduisait cette voiture.

« Vous ne pensez pas que c'est pour ça qu'il a essayé de se suicider, non ? Parce que je l'ai frappé ?

— Non, la rassura-t-elle. Je pense que Mark avait beaucoup d'autres problèmes qui l'ont conduit à estimer qu'il ne lui restait plus que ce choix-là.

— Je peux le voir ? demanda-t-elle d'une petite voix.

— Si tu veux.

— Je veux. »

Sara se redressa, observa la jeune fille qui se mangeait les doigts. On lui avait coupé les cheveux, quasiment une coupe à la tondeuse. Dottie avait probablement prévu de la déguiser en garçon, en attendant une opportunité de la revendre au plus offrant.

« Est-ce que mon papa va revenir bientôt ? voulut-elle savoir.

— Tu as envie de le voir ?

— Il n'était pas au courant, souligna-t-elle, comme si elle avait pu lire dans les pensées de Sara. Je savais pour Mark et maman, mais papa ne savait rien.

— Tu es sûre ? »

Elle hocha la tête.

« S'il avait tout découvert, il aurait tué Mark.

— Et toi, mon chou ? Est-ce que Mark t'a touchée ? »

Elle détourna le regard.

« Lacey ? »

Elle secoua la tête avec véhémence, mais Sara ne la crut pas. Sur le sujet Mark Patterson, elle était encore déchirée. D'un côté, il avait été victime ; d'un autre, à l'évidence, il avait exercé des sévices sexuels, lui aussi.

« Mark était gentil avec moi », lui indiqua Lacey.

Sara ne releva pas.

« Est-ce que Dottie t'a forcée à poser pour des photos ?

— Non, répondit-elle. Mais Mark et Jenny, si. Ils se sont fait prendre en photo, et parfois c'était des films. Je les ai vus faire.

— Mais toi jamais ? »

Lacey remit la main à la bouche.

« Mark m'avait prévenue que si jamais il me prenait à ça, il rapporterait tout à papa.

— Mark ne voulait pas que tu les imites ?

— Moi j'avais envie, riposta-t-elle, en reprenant son ton de voix d'enfant irascible. Jenny en faisait bien, elle, et elle est allée à une soirée faire ça avec plein de garçons.

— Crois-tu que Jenny y prenait du plaisir ?

— Moi, une fois, j'ai essayé, et Mark s'en est aperçu. » Elle laissa retomber sa main sur ses genoux. « C'est là qu'il m'a tapée. »

Sara prit la mesure de cette révélation. Elle n'avait jamais même rêvé que Mark essayait de protéger sa sœur. « C'est là que Mark s'est fait arrêter, c'est cela ? »

Lacey eut l'air surprise que Sara soit au courant. « Ouais.

— Mais il n'a rien dit à votre père ?

— Moi, je l'ai prévenu que s'il le disait, je racontais tout sur lui et maman. »

Elle avait prononcé ces mots, « lui et maman », sur le ton d'un refrain, comme si cette phrase avait été indéfiniment répétée. Sara en déduisit que Lacey avait usé de cette menace en plus d'une occasion. Au fond de son cœur, c'était encore une enfant et, en règle générale, les enfants feraient n'importe quoi pour arriver à leurs fins.

« De toute manière, j'aimais pas ça, ajouta-t-elle. Je lui ai dit que je ne le referais plus. J'aimais pas ça. » Elle se renfrogna. « Dottie était méchante quand elle était comme ça. Pas du tout comme quand on jouait.

— Tu jouais avec elle ?

— Parfois, elle nous gardait, fit Lacey, en souriant. Elle connaissait ce jeu, on y jouait, on se déguisait tous, et elle nous emmenait au cinéma et elle nous permettait de rester déguisés.

— Ça m'a l'air sympa.

— Enfin, elle était pas tout le temps comme ça. »

Lacey s'attaqua à une croûte qu'elle avait à la jambe. « Parfois, elle était méchante. Et là, je l'aimais pas.

— Je ne peux pas te le reprocher, commenta Sara. C'était elle qui vous parlait de pureté ? »

Lacey releva la tête d'un coup sec.

« Où est-ce que vous avez entendu ça ? »

Sara décida de mentir.

« Mark m'en a parlé. »

Lacey secoua la tête.

« Il vous aurait pas parlé de ça.

— Tu en es sûre ? »

Elle haussa les épaules, et Sara vit bien qu'elle n'en était pas si certaine que ça.

« Dottie était en colère après Jenny parce qu'elle disait qu'elle était obsédée par tout ça.

— Obsédée par quoi ?

— Par ce qu'on faisait aux petites filles, là-bas, grommela-t-elle. Jenny avait préparé un exposé, l'année dernière, au lycée, sur l'Afrique, et sur différentes tribus. Elle disait que les femmes avaient de la chance, parce qu'elles appartenaient aux autres. A leur papa, à leur mari, et tant que ça restait comme ça, elles étaient en sécurité.

— Et tu crois à ça, Lacey ? »

Elle ignora la question.

« Dottie était en colère. Jenny n'arrêtait pas avec ça. Même quand maman est venue lui demander d'arrêter. » Elle tourna la tête sur le côté. « En général, maman sait obliger les autres à faire des choses que, normalement, ils n'auraient pas envie de faire. Elle est forte pour ça. »

Sara prit une profonde inspiration, se préparant tant bien que mal à ce que la jeune fille allait lui révéler.

« Donc, ta maman et Dottie ont prié Jenny de cesser de parler de mutilation ?

— Elles avaient peur qu'elle ait des ennuis, au lycée. Il a fallu qu'elles bougent plus vite, à cause de ça. Un conseiller d'éducation est venu à la maison. Dottie pensait qu'il allait appeler la police à cause de ce que Jenny avait raconté.

— Au sujet de filles qu'on avait coupées de la sorte ? s'enquit Sara, en s'interrogeant sur une jeune fille obsédée par l'automutilation.

— Jenny répétait tout le temps que les femmes, là-bas, n'avaient pas à se soucier de trucs comme… » Elle buta sur le mot. « Des trucs comme le sexe. Et comme ce que fabriquait Dottie. Là-bas, elles n'ont pas ça du tout, parce que les enfants sont sacrés. Les filles sont protégées.

— Lacey, pourquoi Dottie voulait-elle couper Jenny ?

— Elle ne l'a pas coupée, rectifia la jeune fille. Après l'excursion de Noël, c'est Jenny qui a décidé de se faire ça toute seule. »

Sara secoua la tête, refusant cette idée.

« Ce n'est pas possible qu'elle se soit fait ça toute seule, mon cœur.

— Mais si, insista-t-elle. Elle a utilisé un rasoir, seule, elle s'est mise à crier, et Dottie a couru au premier, et elle s'est mise à crier, elle aussi.

— Tu étais dans la maison ?

— J'étais en bas avec maman, parce que c'était le jour de la paie. »

Sara le savait, cela n'aurait pas dû l'étonner d'apprendre que ces femmes avaient un jour de paie régulier, car après tout, il n'était pas insensé qu'elles gèrent leur petite publication malsaine comme un véritable commerce.

Elles avaient mené leurs affaires de la sorte pendant au moins treize ans, et elles savaient ce qu'elles faisaient.

« Jenny a braillé si fort, on aurait dit qu'elle était en train de crever, reprit Lacey. Et ensuite maman est redescendue et m'a raconté ce que Jenny venait de se faire. »

Sara lui fit signe de la tête, car c'était tout ce dont elle se sentait capable, pour qu'elle continue.

« Elles ne pouvaient pas l'emmener à l'hôpital, alors maman a décidé que la meilleure chose qui restait à faire, c'était de terminer ce qu'elle avait commencé... » Lacey s'interrompit une seconde. « Donc, elles ont terminé.

— Elles l'ont anesthésiée ? s'enquit Sara.

— Maman lui a donné une de ses pilules, pour qu'elle n'attrape pas d'infection.

— Ce n'est pas ce que je veux dire, insista-t-elle. Est-ce qu'elles l'ont endormie avant de finir de la couper ? Ou bien est-ce qu'elles l'ont endormie, pour qu'elle ne sente rien ?

— Je crois qu'elle s'est endormie toute seule, dès qu'elles ont commencé, supposa Lacey. En tout cas, au bout d'un moment, elle n'a plus crié. »

Sara se mordilla la lèvre inférieure, tâchant de réfléchir à une réponse.

« Qu'est-ce qui a poussé Jenny à s'infliger ça ?

— Carson et Rory s'étaient moqués d'elle, quand on était partis au ski, parce qu'ils voulaient qu'elle aille avec eux, et elle, elle voulait pas.

— Aller avec eux, tu veux parler de sexe ? »

Elle hocha la tête.

« Elle disait qu'elle voulait pas, qu'ils n'étaient pas propres, et ils se sont mis en pétard contre elle, ils l'ont traitée de putain et, sans trop comprendre pourquoi, quand Cooper lui a sorti que de toute façon elle avait déjà fait ça, avant, cette fois, elle est allée chez eux, avec Mark. » Lacey haussa les épaules. « Mark lui a versé quelque chose dans son verre, pour qu'elle soit bizarre et qu'elle se souvienne de rien.

— Tu sais ce que c'était ?

— Quelque chose qui vous met vraiment mal le lendemain, lui répondit Lacey. Elle a eu mal au ventre et elle a dû rester à la maison, elle n'est pas allée à l'école pendant deux jours, et Dottie a raconté qu'elle avait attrapé la grippe. »

Du Rohypnol, estima Sara. Le médicament type du viol perpétré par un violeur connu de la victime.

Lacey poursuivit.

« Elle a fait ce qu'elle a fait, vous savez. Mark dit que les médicaments, ça vous pousse à faire des choses que vous auriez faites de toute façon.

— Ce n'est pas vrai », la contredit Sara. Surtout avec le médicament qu'ils lui avaient probablement administré.

Lacey haussa les épaules, comme si cela importait peu.

« De toute manière, elle aimait bien Cooper Barrett.

— Il était de cette retraite à ski ?

— Lui, et Rory, et Carson, confirma-t-elle. A l'hôtel, ils nous glissaient des mots sous la porte et, quand on se levait le matin, il y avait un écriteau au-dessus du numéro de la chambre, avec des sales trucs écrits. » Elle leva les yeux vers Sara. « A mon avis, c'est eux qui lui ont volé ses affaires dans son casier, au lycée.

— Quel genre d'affaires ?

— Des photos et tout. Ils lui ont tout déchiré, et donc elle a dû arrêter de ranger des affaires à elle dedans, à part ses livres.

— J'imagine que ça a dû pas mal la perturber. »

Lacey haussa encore les épaules, mais Sara vit bien que ça l'ennuyait.

« Pourquoi Mark lui a-t-il fait ça, selon toi ? Est-ce que Dottie lui avait soufflé l'idée de l'emmener à cette soirée ? »

Lacey opina, et Sara posa sa main sur son ventre, songeant à Mark maquereautant Jenny Weaver, histoire de recruter d'autres gosses pour le compte de Dottie.

« Jenny en avait marre qu'ils l'embêtent tout le temps, précisa Lacey. Et Dottie lui a simplement conseillé de sortir de nouveau avec eux, et ça les calmerait, mais Jenny ne voulait pas. Elle répétait qu'elle voulait rester pure.

— Donc, c'est à cause de ça qu'elle s'est coupée entre les jambes ? lui demanda Sara.

— Elle a commencé, mais Dottie a été obligée de finir. »

Lacey s'attaqua de nouveau à sa croûte, et Sara la regarda gratter, jusqu'à ce que ça se mette à saigner.

Elle sortit de sa poche un mouchoir en papier et tamponna le sang sur la jambe de la jeune fille.

« Est-ce que tu as vu ce que Dottie a fait à Jenny ce soir-là ? »

Encore une fois, elle secoua la tête.

« Je n'avais plus la permission de lui parler.

— Pourquoi ?

— Parce que maman me l'avait défendu, affirma-t-elle, en baissant les yeux sur la croûte, qu'elle ramassa entre ses doigts. Maman m'avait dit que si je parlais à Jenny, elle laisserait Dottie me faire la même chose. » Elle désigna son entrejambe. « Ici.

— Est-ce que ta mère était en colère aussi contre Jenny ? »

Toujours la tête baissée, Lacey répondit d'une voix étouffée. Sara dut tendre l'oreille pour entendre.

« Maman disait que Mark avait été avec Jenny, et ce n'était pas vrai. Jenny, ça la rendait folle, et c'est pour ça qu'elle s'est fait ça. » Elle marqua un temps. « Les enfants, ils devraient être uniquement avec les adultes, parce que les adultes, ils savent ce qu'ils font, et les gosses, ils savent pas.

— Tu es certaine que ton papa ne savait rien de tout cela ? »

Elle secoua de nouveau la tête, les lèvres serrées, un trait rectiligne.

« Il aurait tué Mark.

— Tu ne crois pas qu'il aurait aussi été très en colère contre ta mère ? » Sara décida de la pousser encore un peu plus dans ses retranchements. « Tu ne crois pas qu'il aurait été bouleversé de savoir que ta mère était enceinte ? »

Lacey releva la tête d'un coup sec.

« Comment savez-vous ça ?

— Je sais beaucoup de choses, la prévint Sara.

— C'est la faute de Mark si maman était enceinte ! », s'écria-t-elle et, de nouveau, Sara fut frappée par ce ton blasé. A l'évidence, c'était une formule que l'on avait inculquée à la jeune fille. « Quand elle est retombée malade, maman a dit à papa qu'elle pouvait plus aller avec lui. C'est comme ça qu'elle a su que c'était Mark. »

Là encore, Sara respira profondément. Elle doutait très fortement que l'on sache jamais qui était réellement le père de ce bébé.

« Samedi dernier, reprit-elle. Que s'est-il passé ?

— Maman est allée chez Skatie's pour trouver Mark, et elle s'est sentie mal.

— Mal comment ? », voulut comprendre Sara.

Lacey baissa de nouveau les yeux sur sa jambe.

« Elle nous a conduites là-bas en voiture, elle cherchait Mark, et elle s'est sentie vraiment mal, elle a dû aller aux toilettes. »

Sara tâcha de se rappeler de quelle taille était Grace Patterson. Elle était petite, et Tessa aurait fort bien pu la confondre avec une adolescente.

« Tu l'as accompagnée, dans ces toilettes ? »

Lacey hocha la tête.

« Et ensuite Jenny est arrivée ?

— Elle nous a vues entrer. »

Lacey lâcha un long soupir.

« Le bébé est sorti d'entre ses jambes, et il y a eu plein de sang… » Elle s'interrompit, sans regarder Sara. « Maman a dit qu'elle était malade à cause des médicaments qu'elle prenait contre le cancer, et il fallait qu'elles s'en occupent. »

Sara eut du mal à déglutir.

« Elle m'a dit d'attendre dans la voiture pendant que Jenny et elle s'en occupaient.

— Pourquoi a-t-elle demandé à Jenny de rester ?

— Pour la punir. C'était la faute de Jenny, tout ce qui est arrivé. D'abord, si elle n'avait pas été avec Mark, alors maman n'aurait pas eu à faire ce qu'elle a fait. »

Sara s'adossa contre la porte, tâchant de trouver quelque chose à dire. Elle était sidérée par le pouvoir de Grace Patterson et Dottie Weaver sur tous ces enfants. Que Sara, qui se trouvait régulièrement en leur présence, n'ait pas décelé la situation horrible qu'ils vivaient était une erreur qu'elle ne se pardonnerait jamais.

Lacey s'assura de retenir toute l'attention de celle qui l'écoutait, avant d'ajouter encore une révélation.

« Maman a dit à Jenny que si elle ne restait pas pour l'aider, alors elle vous dirait ce que Jenny avait fait.

— A moi ? s'étonna-t-elle, incapable de dissimuler sa stupeur.

— Jenny voulait devenir docteur pour les enfants, comme vous, lui rappela la jeune fille. Elle pensait que si vous saviez qu'elle faisait l'amour avec tous ces gens, vous ne l'aideriez jamais. » Et puis elle ajouta encore une phrase, du même ton blasé. « “Si tu ne fais pas ça, je vais dire au Dr Linton que tu es une putain.” »

Sara était horrifiée que son nom ait pu être utilisé pour menacer un enfant.

« Ce n'est pas vrai, se défendit-elle avec véhémence. Ce n'est pas du tout vrai. »

Lacey haussa les épaules, comme si ça ne comptait pas.

Sara avait envie de la secouer.

« J'aurais tout fait pour l'aider, Lacey. Exactement comme je vais tout faire pour t'aider.

— J'ai pas besoin qu'on m'aide, maintenant », lâcha Lacey, sur un ton qui laissait entendre qu'il était trop tard.

Sara était tellement en colère que les larmes lui vinrent aux yeux. Elle avait autopsié le bébé. Elle savait exactement ce que Grace et Jenny avaient infligé à cette pauvre créature. Penser que Jenny s'était pliée à cette mutilation par crainte d'être dénoncée à elle lui fit remonter la bile dans la gorge.

« Maman disait tout le temps ça, renchérit Lacey. Jenny voulait que vous pensiez qu'elle était une personne bien. »

Sara porta la main à sa gorge.

« Mais c'était une personne bien. »

Lacey regarda par terre.

« De toute façon.

— C'est horrible, ce qui est arrivé à Jenny. Ce n'était pas sa faute. »

Encore une fois, Lacey haussa les épaules.

« Mon cœur », fit Sara en essayant de se donner un air rassurant. Elle prit la main de la jeune fille, qui la lui retira.

Sara laissa s'écouler une minute avant de poser sa question.

« Pourquoi crois-tu que Jenny a menacé de tuer Mark ? »

Lacey haussa de nouveau les épaules, mais Sara vit bien qu'elle connaissait la réponse.

« Tu crois qu'elle voulait tout faire cesser ? »

Encore ce haussement d'épaules.

« Tu crois que, pour elle, c'était le seul moyen de tout faire cesser, braquer ce pistolet sur Mark ? Y mettre un terme en… » Sara s'arrêta, un poids très lourd sur la poitrine. Jenny savait qu'elle finirait sur une table, à la morgue. Forcer Jeffrey à presser sur la détente, c'était sa manière de forcer Sara à constater ce qui lui était arrivé.

Lacey leva les yeux, le visage totalement dénué d'émotion.

« Jenny n'était pas assez bête pour ça, dit-elle. Elle savait qu'on ne pourrait jamais rien faire cesser. »

Elle chercha une réponse, redoutant plus que tout que la jeune fille n'énonce là une vérité.

« Nous arrêterons Dottie avant que ça ne recommence, Lacey. Je te promets que nous ferons tout notre possible pour l'arrêter.

— Ouais, mais bon… » Elle haussa les épaules, comme si Sara venait de lui faire part d'un fantasme hors d'atteinte. « Est-ce que mon papa va venir bientôt ici ? J'ai envie de rentrer à la maison.

— Lacey… », commença-t-elle, sans savoir quoi ajouter d'autre.

La jeune fille se leva, avec des larmes dans les yeux. Ces dernières journées l'avaient vieillie. Elle n'avait plus l'air d'être cette toute jeune fille insouciante, sans autre sujet de préoccupation que de savoir si elle intégrerait la brigade des majorettes. Les gens qui l'avaient maltraitée avaient disparu, mais elle porterait toujours avec elle, partout, dans son cœur, le poids de ce qu'ils lui avaient fait subir. En la regardant, Sara se sentit impuissante comme elle ne l'avait jamais été. Elle avait envie de faire quelque chose pour lui venir en aide, mais elle savait qu'il était beaucoup trop tard. Elle savait aussi qu'il y avait par ici d'autres gamins dans le même cas que Lacey, d'autres enfants tombés sous la coupe de Dottie Weaver — et quantité d'autres qui couraient encore ce risque.

Lacey s'essuya le nez du dos de la main, en reniflant bruyamment. Elle réussit à sourire à Sara.

« Est-ce que mon papa va bientôt venir ici ? répéta-t-elle. J'ai envie de rentrer à la maison. »

Dimanche

Une semaine plus tard

VINGT-TROIS

Tessa se laissa choir sur la chaise en face de Sara, à la table de la salle à manger.

« Est-ce que je vais vomir comme ça tout le reste de ma vie ?

— J'espère que non », maugréa Sara, sans vraiment lui prêter attention. Elle parcourait un dossier, tâchant de se relire. « Qu'est-ce que ça raconte ? » lui demanda-t-elle, en lui faisant passer le dossier.

Tessa examina les gribouillis.

« Des "pommes en permanence" ? déchiffra-t-elle.

— C'est aussi ce que je comprends », grommela Sara, en reprenant le document. Elle considéra les mots écrits, cherchant à en percer le sens.

Tessa plongea la main dans la serviette de sa sœur et en ressortit un magazine.

« C'est une revue médicale, la prévint Sara.

— Je ne suis peut-être pas médecin, mais je sais quand même lire », lui rétorqua sa sœur, en feuilletant la publication. Au bout de quelques instants, elle la referma. « Il n'y a pas de photos.

— Il y en a vers la fin », lui signala Sara, en tendant la main pour montrer à sa sœur un gros plan d'un appendice très rouge et très agrandi. Elle tourna la page, pour lui montrer le cliché qui allait de pair, et qui présentait l'organe disséqué, dans toute sa splendeur sanguinolente.

« Oh ! Seigneur ! », gémit Tessa, la main plaquée sur la bouche, et elle se leva de table. Elle renversa presque Cathy en sortant de la pièce.

Sa mère s'étonna.

« Qu'est-ce qui lui prend ? » Et elle posa un plat d'œufs à la diable sur la table.

« Je ne sais pas, fit Sara, sans quitter le dossier des yeux. Oh ! dit-elle, en parvenant enfin à se relire. “Palpation de l'appendice”. »

Cathy se renfrogna.

« Tu es obligée de regarder ça à table ? »

Sara empila ses dossiers.

« Non, c'est terminé, annonça-t-elle. C'était le dernier. »

Cathy s'assit en face d'elle, but une gorgée du thé glacé de Sara.

« Comment ça se présente ? demanda-t-elle, en désignant les dossiers.

— Ça avance lentement, lui répondit Sara. Mais c'est moins grave que je le craignais. Je veux dire, moins grave pour Grant. Ici, Dottie a conservé un profil bas.

— Comme dirait ton père, ne va pas chier dans ton assiette.

— Exactement, acquiesça-t-elle, avec un sourire un peu crispé.

— En parlant de ça, fit Cathy. J'ai entendu dire que David Fine passait en procès. »

Sara hocha la tête.

« Il s'imagine encore pouvoir s'éviter la prison.

— A mon avis, en ce qui le concerne, la prison risquerait bien d'être le seul endroit à peu près sûr, observa Cathy, en buvant une autre gorgée de thé. Tu as parlé au père de Lacey de cette idée qu'elle vienne t'aider à la clinique après les cours ? »

Sara hocha la tête, en fourrant les dossiers dans sa serviette.

« Il va y réfléchir.

— Ça m'étonnerait qu'il traîne très longtemps en ville, observa Cathy en lançant à sa fille un regard circonspect. Il a beau dire, les gens sont convaincus qu'il était au courant. »

Sara haussa les épaules, cela la mettait mal à l'aise d'aborder ce sujet avec sa mère.

« J'ai entendu dire qu'on lui a lacéré ses pneus devant le Piggly Wiggly, l'autre jour. »

Sara considéra sa mère, tâchant de saisir où elle voulait en venir.

« Je veux juste qu'on ne te fasse pas de peine, lui avoua finalement Cathy. Je n'ai aucune envie de te voir te rapprocher de cette fille, pour qu'ensuite son père l'emmène loin d'ici. »

Sara s'affaira, s'occupa de ranger sa serviette. Jeffrey lui avait fait la même remarque l'autre soir.

« Tu sais, reprit sa mère, tu pourrais toujours adopter un enfant. »

Sara sentit revenir le même sourire crispé. Elle retira ses lunettes et les posa sur la table.

« Je… euh… » Elle s'interrompit, avec un rire froid. C'était tellement plus compliqué que ça.

Cathy attendit qu'elle parle.

« Je n'ai vraiment pas envie de parler de ça pour le moment, maman. »

Cathy lui tendit la main et prit celles de Sara dans les siennes.

« Je suis là, quand tu en as besoin.

— Je sais. »

Tessa revint dans la pièce et flanqua une tape sur la tête de sa sœur.

« Garce », marmonna-t-elle.

Sara éclata de rire, et Tessa lui tira la langue.

Cathy haussa les sourcils en se levant de table, mais sans ajouter de commentaire.

« Tu te sens bien, mon bébé ? s'enquit-elle auprès de Tessa.

— Oui, maman », lui répondit-elle, mais elle n'en avait pas l'air. Sara éprouva un bref accès de culpabilité pour lui avoir montré cette photo.

« Tu es sûre ? lui demanda-t-elle.

— Oh ! moi, j'ai la pêche ! lui rétorqua-t-elle d'un ton sec. J'ai les cheveux gras, ma peau me démange, mes pantalons sont trop étroits. » Elle illustra ce dernier point en tirant sur les jambes de son pantalon. « Ils n'arrêtent pas de me remonter dans l'entrejambe.

— La nature a horreur du vide, lui rappela Sara, en riant.

— Sara ! », s'exclama Cathy, mais en repartant vers la cuisine elle riait elle aussi.

Tessa reprit place, choisit l'un des œufs à la diable.

« Où est Jeffrey ? Il a une demi-heure de retard.

— Je ne sais pas, fit Sara, en regardant sa sœur gober l'œuf. Je croyais que tu avais mal au ventre.

— J'avais mal, en effet, souligna Tessa, en choisissant un autre œuf. Mais maintenant… plus tellement. »

Sara allait ajouter quelque chose, mais se ravisa en entendant une voiture s'arrêter dans l'allée.

« C'est Jeffrey », fit-elle en se levant de table, si vite que sa chaise bascula. Elle la rattrapa avant qu'elle ne heurte le sol, et lança à Tessa un regard mauvais, dans l'espoir de couper court au commentaire que sa sœur avait évidemment envie de faire.

Elle prit exprès son temps pour franchir le seuil. Jeffrey était sur le point de frapper, quand elle ouvrit la porte. Elle se pencha pour l'embrasser, mais quand elle vit son air, elle se figea.

« Qu'y a-t-il ? »

Il leva en l'air une cassette vidéo.

Elle secoua la tête.

« Quoi ?

— Descendons dans le petit salon de la télévision », suggéra-t-il, en passant le premier dans l'escalier. Elle vit bien, à la manière dont il tenait ses épaules, qu'il était en colère. Il était raide, la mâchoire contractée.

Sara s'assit sur le canapé, regarda Jeffrey insérer la cassette dans le magnétoscope. Il prit place à côté d'elle, actionna la télécommande, jusqu'à ce que l'image apparaisse. Sara reconnut le format noir et blanc d'une caméra de surveillance.

« Le bureau de poste d'Atlanta », commenta-t-elle.

Jeffrey s'adossa sur le canapé, Sara se serra contre lui, et ils visionnèrent la bande. La scène était assez ordinaire, une salle pleine de boîtes postales, avec une table au centre. Jeffrey déclencha l'avance rapide, puis remit en lecture quand un jeune homme à la silhouette mince entra dans le champ.

« On dirait presque Mark Patterson », chuchota-t-elle,

en regardant le gamin se rendre dans le fond de la salle. A mesure qu'il se rapprochait de la caméra, la similitude entre ce garçon et Mark devenait encore plus frappante. Il avait la même constitution, il était grand et mince, avec un air insolent. La manière dont tombaient ses vêtements dégageait la même impression d'androgynie sexuelle.

« Il lui ressemble vraiment. »

A l'écran, le garçon marchait d'un air soupçonneux. Il s'arrêta, regarda furtivement autour de lui avant d'ouvrir une boîte. Il tournait le dos à la caméra, barrant la vue sur le contenu de la boîte postale, sortit le tout, regarda de nouveau autour de lui, puis fourra les enveloppes dans la ceinture de son pantalon. Il renfila les pans de sa chemise en se dirigeant vers la sortie, et passa devant l'objectif.

Jeffrey appuya sur « Pause », immobilisant l'image du garçon à l'écran.

« Elle a envoyé quelqu'un d'autre, devina Sara.

— Il est ressorti sur le parking, il est monté dans une Thunderbird noire et il s'est rendu dans une galerie marchande du coin, lui expliqua Jeff. Là-bas, personne ne l'a rejoint, personne ne s'est montré. Il a attendu deux heures, puis il a téléphoné d'une cabine.

— Pour appeler qui ?

— Nick a identifié l'appel, un numéro de portable. Personne n'a répondu.

— Et le gamin ?

— David Ross, alias Ross Davis, l'informa-t-il. Nick a retrouvé ses empreintes. Il a été enlevé il y a dix ans, chez lui, en plein jour. Porté disparu. Présumé mort. »

Sara sentit son cœur se serrer dans sa poitrine.

« Dix ans ?

— Ouais, confirma-t-il, de la colère dans la voix. Il jouait dehors avec son frère aîné. Dottie est arrivée en voiture. On pense qu'il s'agissait de Dottie. Wanda. Peu importe le nom, bordel. C'était une femme. Ross Davis est parti avec elle et n'est plus jamais rentré chez lui. »

Sara porta la main à la poitrine.

« Les pauvres parents.

— Ce n'est plus leur enfant, Sara. Il est comme Mark. Il ne parle pas. Nick l'a mis sur le gril pendant six heures, et le gamin a refusé de dire un mot. Il n'a même pas admis qu'il connaissait Dottie. Il a simplement raconté qu'il était venu relever son courrier à lui.

— Avait-il un tatouage, comme Mark ? »

Jeffrey secoua la tête.

« Quel âge a-t-il ?

— Dix-sept ans.

— Il a été enlevé quand il avait sept ans ?

— Légalement, c'est un adulte désormais, lui rappela Jeffrey, et il affichait une telle expression de défaite que Sara prit ses mains dans les siennes.

— Tu as informé les parents ?

— Nick s'en est chargé. Cela étant, il ne pouvait pas retenir le gamin. Il n'est pas illégal de venir relever une boîte postale, et la voiture est en règle, carte grise à son nom.

— Nick l'a mis en filature, non ? supposa-t-elle. Au moins, qu'il puisse indiquer à ses parents où il se trouve. »

Jeffrey hocha la tête, sans quitter des yeux l'image figée du garçon.

« Regarde », reprit-il, en pointant à nouveau la télécommande sur le magnétoscope. Il appuya sur « Lecture », et le garçon disparut.

L'espace de quelques secondes, la bande montra la salle vide. Sara était sur le point de lui demander ce qu'elle était censée regarder, quand une autre silhouette apparut à l'écran. Une femme, coiffée d'une casquette de base-ball, des lunettes noires, entra délibérément dans le champ de la caméra. Elle se rendit tout droit dans le fond de la salle et ouvrit la même boîte que le garçon venait de relever quelques minutes plus tôt. Elle en sortit deux enveloppes, puis les rangea dans son sac à main. Quand elle se retourna, Sara en eut le souffle coupé, et pourtant rien de tout cela n'aurait dû la surprendre.

« C'était Dottie Weaver ? » s'écria-t-elle, mais elle le savait bien. Il n'y avait pas moyen de confondre la femme à l'écran avec quelqu'un d'autre. Ensuite, comme si elle savait qu'un jour on la regarderait, Dottie leva ses lunettes de soleil, regarda droit vers l'objectif, le majeur dressé, à leur intention.

Jeffrey appuya sur « Pause ».

« Où était l'équipe de Nick ? demanda-t-elle, assise sur le bord du canapé. Où était l'équipe de filature ?

— Ils ont suivi le garçon, lui expliqua-t-il. Nick n'a trouvé sur lui qu'une liasse de prospectus. Les cartes de crédit étaient restées dans la boîte postale.

— Elle ne peut pas s'en servir, répliqua Sara, toujours incrédule. Dès que les numéros vont sortir en informatique, on saura où elle est.

— Elle est au courant, lui assura Jeff. Elle vous a fourni tous ces indices, à Lena et toi, quand vous l'avez interrogée. Tout ça n'est qu'un jeu. Elle joue au con avec nous, c'est tout.

— Pourquoi ?

— Parce que rien ne l'en empêche, lâcha-t-il, caustique. Que Dieu l'envoie en enfer ! »

Sara lui posa la main sur l'épaule.

« Jeff. » Elle essaya de lui apporter son soutien. « Dave Fine ne sortira jamais de prison. Lacey est chez elle. Grace est morte.

— Ne cherche pas à me réconforter, Sara, dit-il, et sa voix s'étranglait dans sa gorge. Je t'en prie. »

Elle laissa retomber sa main, et il se pencha en avant, les coudes sur les genoux, la tête dans les paumes.

« Elle est quelque part, Sara. Elle est quelque part, et elle s'apprête à recommencer.

— Quelqu'un va l'arrêter », lui affirma-t-elle, mais elle n'en était pas certaine elle-même. Jeffrey dut percevoir cette hésitation dans sa voix, car il se tourna pour la regarder. Il y avait tant de douleur dans ses yeux qu'elle dut détourner les siens.

A la place, elle regarda l'écran de la télévision, cette Dottie Weaver qui leur annonçait, en des termes sans ambiguïté, que non seulement elle avait échappé à la justice, mais qu'elle était libre de faire ce qu'elle voulait à des enfants comme Mark et Lacey Patterson. Et c'était probablement à cela qu'elle s'occupait, en ce moment même.

« Comment en est-on arrivé là ? », demanda Sara, mais à cette question il n'y avait pas de réponse. Elle songea à Lacey, à ce que cette enfant avait enduré, aux épreuves qu'elle avait traversées, dont elle était encore incapable de parler. Cette jeune fille de treize ans avait connu plus de souffrances et de douleurs que la plupart des êtres. Et pourtant, tous les matins, elle se levait pour aller au collège, elle se rendait à l'église le dimanche avec son père, comme si elle n'était pas encore sortie du monde de l'enfance.

Jeffrey se cala contre le dossier du canapé, la main de Sara dans la sienne, la serrant trop fort. Ils restèrent assis ainsi, ni l'un ni l'autre ne disant mot, tous deux incapables d'exprimer ce qu'ils ressentaient, jusqu'à ce que Cathy apparaisse en haut des marches et les appelle pour le dîner.

REMERCIEMENTS

Comme toujours, je veux d'abord remercier mon agent, Victoria Sanders. A elle seule, elle a autant d'envergure que trois personnes. Meaghan Dowling, mon éditeur chez Morrow, m'a aidée à ne pas m'écarter de mon sujet, avec ses conseils infaillibles. Kate Elton, chez Century, m'a également été d'une grande aide. L'équipe commerciale et publicitaire chez Morrow et Century a été fabuleuse. Juliette Shapland vaut son poids en Tim Tam.

Mes renseignements sur le plan médical, je suis encore allée les puiser auprès de Michael A. Rolnick, docteur en médecine, et de Carol Barbier Rolnick. Le capitaine Jo Ann Cain m'a éclairée sur les questions de procédure. Ric Brandt ne m'a pas ménagé ses conseils en matière d'armes à feu. Melissa Cary m'a expliqué comment on débouche une évacuation d'eau. Jatha Slaughter a répondu à mes questions sur les médicaments avec franchise et beaucoup d'aplomb. Mes confrères et auteurs, Jane Haddam, Keith Snyder, Ellen Conford et Eileen Moushey m'ont apporté leur soutien moral. L'écrivain Sal Towse a traversé le Golden Gate Bridge avec moi à pied, une expérience que je n'oublierai jamais. Laura « Slim » Lippman m'a permis de tester mes idées. Toutes les erreurs que j'ai pu commettre viennent entièrement d'elles.

Mon père a été pour moi un soutien constant, depuis ma naissance, et j'ai de la chance de l'avoir. Judy Jordan est mon amie très chère. Même chose pour D.A. — je ne sais pas de quoi nos âmes sont faites, mais la tienne et la mienne sont identiques.

Je suis redevable pour toujours envers Billie Bennett Ward, mon professeur d'anglais en classe de seconde. Je fais partie de ces quelques personnes qui savent qu'elles doivent leur carrière, si ce n'est même leur existence, à un professeur comme lui. Il faut le féliciter, lui et ses collègues, pour le bien qu'ils dispensent. Avec toute ma gratitude.

Enfin merci aux petites canailles qui dépassent la limite impartie des trente minutes à mon association locale du YMCA. J'ai évité de commettre plus d'un meurtre en faisant la queue pour mon tapis de gym.

Composé et édité par HarperCollins France.

Achevé d'imprimer en octobre 2016.

CPi
BLACK PRINT

Barcelone

Dépôt légal : novembre 2016.

Pour limiter l'empreinte environnementale de ses livres, HarperCollins France s'engage à n'utiliser que du papier fabriqué à partir de bois provenant de forêts gérées durablement et de manière responsable.

Imprimé en Espagne.